TÀNIA JUSTE

AMOR A L'ART

Premi Prudenci Bertrana 2021

Columna

COL·LECCIÓ CLÀSSICA
PRIMERA EDICIÓ: SETEMBRE DEL 2021

AV. DIAGONAL, 662-664 - 08034 BARCELONA
ISBN: 978-84-664-2814-9
DIPÒSIT LEGAL: B. 9.793-2021
FOTOCOMPOSICIÓ: MOELMO

www.columnaedicions.cat

EL JURAT DEL 54È PREMI PRUDENCI BERTRANA DE NOVEL·LA (2021),
CONVOCAT PER LA FUNDACIÓ PRUDENCI BERTRANA, EL FORMAVEN: MONTSE BARDERI,
GEMMA LIENAS, GERARD QUINTANA, CARE SANTOS I GLÒRIA GASCH.

Certificat PEFC
Aquest llibre procedeix de boscos gestionats de forma sostenible i fonts controlades
PEFC/14-38-00305
www.pefc.es

Al meu pare.
Plegats hem celebrat la vida a cada instant.
Per amor a l'art, que tu em vas fer descobrir.
Per amor a tu.

I a totes les dones lliures,
independents i valentes
que han triat i defensat una vida pròpia.

El retrat de l'artista (1925)

El sol es filtra a través de les cortines i sobre el seu blanc hi juguen, capricioses, unes ombres xineses. Són les fulles de les copes dels arbres del Quai d'Orléans, que arriben a mitja alçada de la finestra de la Valèria. El seu nou estudi dona a la riba del Sena i ella n'està enamorada perquè allà pot pintar millor que en qualsevol altre lloc. Les cortines voleien amb la brisa matinera i els rajos de sol s'escolen entre les escletxes i ho llepen tot, el terra, un tros de paret blanca, la taula dels pinzells i un angle del llenç que reposa en el cavallet. La pintura encara és fresca, tot just hi acaba de fer les últimes pinzellades i ara se n'ha apartat per veure-la en perspectiva.

La cambra embolcalla l'obra que la Valèria intueix com la millor que ha fet mai. Un pessigolleig la recorre per dintre i pensa que allò és el més a prop que es pot estar de la felicitat. És la seva obra més personal, l'autoretrat on hi ha deixat part de la seva ànima i se li acut que ara és, en certa manera, immortal. La pintora contempla la tela i la imatge que veu esdevé molt més precisa que un mirall. És ella, en el nu més autèntic i sincer que ha realitzat mai.

És ella, amb els cabells negres lluents tallats de fa poc *à la garçonne*. La Valèria que ja viu a la tela l'observa amb la mirada de gat que tots i totes li diuen que és seva. Estudia el seu cos mig ajagut sobre el vellut vermell cirera del divan, la pell blanca que contrasta amb l'esclat acolorit de teles que omplen el fons del quadre i en les quals hi ha estampat infinitat d'ulls que tot ho observen. El seu ull d'artista es passeja com si fos un dit pel contorn del seu cos, en segueix la corba accentuada, com la d'una muntanya, que forma el seu maluc i tot seguit marca la depressió cap a la cintura; altre cop cap amunt fins al perfil del pit dret i el braç que s'alça com el pic més alt de la carena. Els mugrons, que ha pintat d'un rosa carn molt encertat, fan la perpendicular de l'eix central que baixa de l'estern fins al melic i segueix en una corba fins al borrissol negre i espès que amaga el sexe. Una cama estirada i l'altra que s'arronsa per trencar aquella onada que sembla el seu nu. És com una de les odalisques que han pintat els grans mestres, però ella no té res d'esclava. És la model, és l'artista, és la dona que sempre ha volgut ser.

I

En Boris Badia es va llevar d'un humor excel·lent. El dia acompanyava, és clar, amb aquells rajos de sol de principis de maig que inundaven Barcelona i anunciaven l'arribada del bon temps i de nou la vida al carrer, les passejades de cada migdia i algun vespre al cafè amb els amics, un cop abaixada la persiana del seu antiquari del carrer de la Palla. Sense pressa, perquè els dies s'allargassaven, començarien les partides de dòmino a la terrassa del bar. Quatre cadires sobre l'empedrat i les fitxes que perillaven cada cop que els marrecs de la plaça del Pi els passaven a frec de la taula en el seu anar i venir enjogassat. A casa, l'abric ja havia quedat enterrat a l'armari fins al proper hivern, la manta desada de feia dies al bagul de l'espona del llit i, ara sí, tornarien els sopars al menjador de casa, amb les portes del balcó obertes de bat a bat mentre l'Olivia i ell gaudien del reguitzell de sons que els arribaven del carrer. La flaire calenta que ja s'ensumava els començaria a omplir els narius d'aquella primera porció de primavera del 1974. En Boris va pensar que potser al vespre ja podrien fer del sopar una petita celebració, avi i neta, com en les grans ocasions, perquè tenia la ferma intuïció que els havia caigut un bon negoci a les mans. És clar que calia ser prudent, com sempre, i no covar més expectatives del compte, però l'olfacte li deia que en el pis que havia d'anar a visitar aquell matí a la plaça Reial, un d'aquells pisos nobles, propietat d'un ric industrial i col·leccionista d'art recentment traspassat, del contingut del qual ara els hereus se'n volien desfer, hi trobaria peces molt interessants i prometedores.

La trucada l'havien rebut a l'antiquari dos matins enrere, mentre ell era en una subhasta als Encants. La Teresa havia agafat l'encàrrec amb tota la cura i, tan bon punt en Boris va tornar-hi a mitja jornada, la bona dona se li havia apropat amb el paper a les mans:

—Senyor Hailer, al número 5 de la plaça Reial —va llegir-li en veu alta. El telèfon de contacte també hi era anotat.

La Teresa havia aixecat la vista del tros de paper i l'havia mirat amb uns ulls ben oberts que li deien: «Sembla important». No es buidava cada dia un pis com aquell, tots dos sabien la mena de famílies que hi vivien i tot el que podien contenir. A en Boris, el cognom del difunt no li era desconegut, ja que n'havia sentit a parlar als seus col·legues de professió. Coneixia la fàbrica de teixits que duia el seu nom, Tèxtils Hailer, una important empresa catalanoaustríaca, i sabia que era un gran col·leccionista d'art que de vegades cedia obres seves a algunes exposicions. No volia fer-se gaires il·lusions, el més probable era que els hereus volguessin conservar la major part de les obres bones, alguns mobles de valor, certs objectes i joies..., però de ben segur que hi trobaria coses interessants. Mentre la Teresa li reproduïa la conversa telefònica mantinguda amb el fill del difunt, «un senyor que viu en una torre a Sarrià, una d'aquelles tan boniques», i li deia que no tenia cap intenció de mudar-se al pis del pare i que per això volien el pis buit per poder-lo llogar, per la imaginació d'en Boris van començar a desfilar peces que podria trobar-hi: qui sap si algun moble del segle XVIII o fins i tot del XVII, tan en alça en aquells moments; plata antiga, segur; ceràmica catalana, i, potser, porcellana de Sèvres. També alguna talla i obres que la família no s'hagués volgut emportar. Per descomptat una bona biblioteca, potser única, tenint en compte el perfil del seu propietari: primeres edicions, llibres rars de trobar... Però prou, Boris, no t'avancis, es va dir mentre la Teresa encara parlava.

Dit i fet, dos dies més tard havia arribat l'hora de visitar el pis i fer-ne una valoració ràpida. Tot seguit una oferta, la millor, abans que un altre antiquari li passés al davant. Aquella barreja de nervis i alhora d'il·lusió determinava en Boris a no deixar mai l'ofici. «No em puc jubilar —els deia als amics i col·legues d'ofici—, no podria pas viure sense aquest cuquet».

—Olivia, són les set!

Va trucar amb els artells a la porta de l'habitació de la seva neta i es va dirigir cap a la cuina a preparar l'esmorzar. Quan el cafè ja fumejava i la casa s'omplia de l'olor de les torrades, va aparèixer la noia amb la bata lligada a una cintura tan prima que gairebé no quedava cos.

—Bon dia, avi —va dir-li amb aquell somriure dolç que apuntava sota un serrell llarg que li tapava mig rostre.

Va estampar un petó al cap de cabells blancs i abundants de l'avi que començaven a clarejar a la coroneta i va estirar les dues llesques de pa de la torradora abans de seure a taula amb ell. Mentre s'untava la primera llesca amb mantega i una mica de confitura de taronja, els ulls sota el serrell es van fer un lloc amb un simple moviment de cap i va demanar-li a l'avi els detalls del buidatge del dia.

Aviat faria cinc anys que l'Olivia ajudava l'avi en l'ofici d'antiquari, els mateixos que feia que havia deixat enrere el poble, els pares i els seus germans per traslladar-se a viure a Barcelona i cursar la carrera de Filosofia i Lletres en l'especialitat d'Història de l'Art. Qui li havia de dir, aleshores, que s'entendria tan bé amb l'avi. D'entrada, hi havia anat una mica espantada perquè només feia un mes que s'havia mort l'àvia i ella no havia conviscut mai amb el seu avi. «Les coses han anat així», va dir-li la mare, resignada. Se la veia trista de perdre-la de vista i alhora alleujada pel fet que son pare no es quedaria sol a la ciutat. «Viureu el dol plegats», li va dir a l'Olivia el dia que la va acompanyar a Barcelona, i poc després es van acomiadar. I així va ser. De fet, allò els va unir. Avi i neta van haver de buidar plegats els calaixos de l'àvia, treure la roba dels armaris i fer tot allò que ara acostumaven a fer en els pisos dels qui morien i ells es dedicaven a netejar. Com ho farien avui, si en Boris feia un bon tracte.

A dos quarts de deu es van presentar al pis de la plaça Reial. Després d'intercanviar unes paraules amb el porter, van haver de pujar alguns trams d'escala, passar de llarg l'entresol fins a arribar al primer pis. Un home de mitjana edat, ni gras ni prim, amb un bigoti prominent i alguns cabells blancs incipients a les temples els esperava al replà, amb la porta de casa oberta. Va encaixar amb en Boris i es va presentar com el senyor Hailer. Els va fer passar a dintre, i tots tres van quedar en l'espai reduït d'un rebedor que rebia la minsa claror d'una finestra que donava al pati de llums. Malgrat que el dia era clar, l'espai no es va fer del tot visible fins que l'home va encendre els llums d'un passadís que tenien al davant. Van seguir-lo fins al fons de tot i mentre el recorrien van escoltar les primeres explicacions que els va donar sobre el pis i sobre el fet que la família volia llogar-lo al més aviat possible.

—Tot això ha de quedar buit en pocs dies —va concloure tan bon punt van arribar al final del passadís.

Davant seu s'obria una sala de grans dimensions, enorme, que rebia la llum de quatre finestrals que donaven a la plaça Reial.

—Aquí hi ha el menjador sala d'estar —els va indicar, sense cap necessitat.

El primer que van veure avi i neta va ser la gran taula de caoba de forma ovalada damunt de la qual hi havien acumulat tota mena d'objectes del difunt propietari, alguns de valor relatiu, d'altres d'aquells que no vol ningú. S'hi distingien algunes carpetes, al costat de figuretes de porcellana, algun llum de mida mitjana i litografies, làmines de tota mena, algunes emmarcades, d'altres no. També un rellotge de paret que algú havia despenjat i que va fer alçar la mirada de l'Olivia cap a les parets, on s'hi podien apreciar les nombroses ombres dels quadres que un dia hi havien penjat.

—Aquí hi hem deixat part del que no volem conservar —va fer l'actual propietari, amb un gest que assenyalava la taula—, a banda dels mobles que queden al pis. També hi ha les coses que encara són dins dels armaris i alguns olis i aquarel·les acumulats a la cambra de la minyona. Veuran que hi ha una de les cambres que està tancada amb clau, allà hi tenim coses de la família, encara per recollir. Però facin, facin, no s'estiguin de mirar-ho tot.

L'Olivia va treure la càmera fotogràfica i, amb el permís de l'home, va començar a fer instantànies de tot plegat. Es van posar a treballar.

El pis era una autèntica meravella, una barreja d'antic i modern fet amb molt de gust i que donava força pistes sobre l'antic propietari. És clar que faltaven els quadres, que transmeten aquella primera impressió del bon gust o del mal gust de qui hi viu, però encara hi havia molts mobles, de tota mena, com ara unes magnífiques cadires Thonet, un parell de butaques Hoffmann, que en Boris va distingir com un ocell rapinyaire, tot i que prou se'n va guardar de mostrar cap emoció. Mobles de fina marqueteria, una bonica i valuosa parella de gerros de porcellana de Sèvres, així com una calaixera catalana de Torroella que, amb tota seguretat, datava del segle XVIII. La càmera de l'Olivia la va captar en diverses fotografies, després d'un senyal discret però prou explícit de l'avi.

Una veu nova els va interrompre.

—Disculpin... Pare, pots venir un moment?

Un noi de cabells rossos amb barba curta i un cert aire estranger, si fa no fa de l'edat de l'Olivia, els mirava amb una barreja de timidesa i recel des del llindar de la porta i feia gestos al pare perquè se li acostés.

—És el meu fill petit, en Marc Hailer. Ja em perdonaran. Però vostès facin, facin —els va repetir. I tot seguit va tancar-se amb el jove en una cambra contigua.

En Boris seguia amb el seu inventari mental, l'Olivia ho fotografiava tot, i de tant en tant s'assenyalaven noves descobertes al seu abast. Es va sentir el murmuri de veus, pare i fill discutien rere la porta ajustada i ben aviat en va sortir el senyor. Se'ls va tornar a unir:

—I bé? Prosseguim amb la resta del pis, senyor Badia?

Van accedir al despatx del difunt, on el noi s'estava plantat amb una clara expressió de disgust. No els va dir res. En Boris va distingir a l'instant la valuosa taula que lluïa al bell mig de l'estança, «una pota de lira, Olivia», va indicar-li a mitja veu, i ella li va respondre: «Segle XVII». L'avi va somriure, satisfet davant l'alumna ben instruïda. Es van fixar en el quadre que penjava just al davant de la taula, una marina de Cadaqués, bonica, de format mitjà, tot i que no devia tenir un valor gaire elevat. Tot seguit, l'antiquari es va dedicar a revisar els volums d'una magnífica biblioteca que de cap manera el va decebre. Exactament el que m'havia esperat, es va dir. El senyor Hailer revisava títols al seu costat, gairebé com si vigilés que no se li hagués escapat algun bon exemplar que volgués conservar. I mentre ell parlava i en Boris se l'escoltava i li formulava algunes preguntes de tant en tant, l'Olivia es va dedicar a observar de cua d'ull el fill del senyor Hailer. Des del racó de l'estudi, el noi clavava la vista a terra sense poder amagar un cert aire de desconsol. Se'l veia molt afectat. Per la mort del seu avi? Per tot allò de què el pare es desprenia amb un esperit massa pràctic i resolutiu? L'Olivia no ho sabria dir, però era evident que aquella situació l'incomodava i potser per allò a l'Olivia li va sortir fer-li un somriure, entre solidari i encoratjador, quan les seves mirades es van topar. Ell, tanmateix, no li va tornar el somriure, sinó que es va tocar la barbeta desconcertat.

Van recórrer la resta de les habitacions, l'actual propietari al davant, seguit de prop per un Boris que no se'n perdia detall. El seu cap treballava de pressa, inventariava tot el que portava vist i feia els seus càlculs. Van obrir portes d'armaris, calaixos, arques de l'àvia a l'espona del llit, van entrar a l'habitació de la minyona on la família havia guardat els quadres que no volien emportar-se i en Boris va anar confeccionant la seva oferta final. Els dos homes es van dirigir altre cop a la sala i allà l'antiquari va començar a temptejar el terreny: que si l'home ja havia rebut alguna oferta, que si altres col·legues seus també havien visitat el pis, que si el senyor tenia una xifra al cap del que en volia treure pel lot complet. «No, posi-hi una xifra, vostè és el professional», li insistia en Hailer. I mentre l'un i l'altre jugaven a l'estira-i-arronsa propi d'aquestes ocasions, mentre en Boris anava demorant la xifra que ja tenia al cap i que acabaria per oferir-li al final de la conversa, l'Olivia i el fill del propietari van quedar a un costat.

—Em sap greu això del teu avi —va provar de dir-li ella.

Ell va assentir en silenci i a l'Olivia li va semblar que suavitzava la seva expressió. Rere aquella barba rossa de pèl curt i ben retallat s'hi amagava un rostre molt jove.

—Em dic Marc. I tu?

—Jo soc l'Olivia.

El noi recolzava l'esquena a la paret i arronsava les espatlles encongint el cos una mica cap endavant, com si amb allò pogués protegir-se en certa manera de la situació.

—És que tot això em va gros —va admetre. Va fer espetegar la llengua i amb la mà es va apartar un ble de cabells rossos que li queien al front. Aviat, tornaven a caure-li endavant—. Fa quatre dies que el meu avi... Bé, això ha estat com una cursa: tota la família ha arreplegat coses. Ara, cada objecte seu té un preu. Suposo que deus estar acostumada a aquestes situacions, però per a mi tot això és nou.

—Tranquil, és normal.

—Per a mi no ho és. S'ha mort el meu avi. Se me'n foten els mobles, les coses...

Va contenir-se uns segons.

—Disculpa.

—No passa res. T'entenc —va respondre-li l'Olivia, amb senzillesa.

—És que jo voldria més temps per acabar de revisar les coses més personals del meu avi, estic segur que n'hi ha algunes de molt valuoses, i no parlo de diners, sinó de records. Però mon pare... —Amb un gest de barbeta el va assenyalar i l'Olivia va percebre el seu ressentiment—. Mon pare ha volgut enllestir-ho tot ben ràpid, com sempre fa les coses.

Va girar el rostre per mirar de fit a fit l'Olivia. Per primer cop ella es va fixar en els seus ulls d'un blau aigualit que s'obrien per fer-se entendre.

—És que som una família molt pràctica —el seu to desprenia sarcasme—. Sempre anem per feina, les coses es fan deixant a un costat els sentiments.

En aquell moment, els dos homes semblaven haver arribat a un tracte i el van segellar amb una encaixada de mans. Al cap de dos dies, l'antiquari es presentaria al pis per fer-li entrega dels diners en efectiu i a canvi el senyor de la casa li lliuraria les claus de l'immoble per tal que poguessin anar a buidar-lo. Feina feta, tothom semblava prou satisfet, excepte en Marc, que tornava a lluir aquella expressió de disgust.

Just a l'instant d'acomiadar-se, l'Olivia es va saltar una de les normes més bàsiques de l'avi.

—Si trobem cartes, fotografies, alguna cosa personal que consideri que et pot agradar conservar —li va dir de pressa i gairebé en un murmuri—, t'ho deixaré en un racó del pis. D'acord?

En Marc va obrir molt els ulls i les celles rosses li van formar un arc.

—Tens un paper? —li va demanar.

Ella va furgar la seva bossa i en va extreure un tiquet.

—Pots escriure-hi al darrere. Et serveix?

Va servir. Ell li va apuntar el seu número de telèfon.

—M'estimaria més que em truquessis un cop ho hagis fet —va pregar-li—. Així m'asseguro de venir de seguida, abans que el pare...

Abans que el teu pare se'n desfaci, va acabar l'Olivia en el seu pensament.

Es van donar la mà, aquesta vegada en Marc es va mostrar fins i tot proper, gairebé com si fossin amics. Es van acomiadar.

2

—No m'esperis per sopar. Avui he quedat amb en Quico.

—Ja ha tornat de Portugal? —va preguntar en Boris en un to volgudament neutre.

L'Olivia va fer que sí amb el cap i va fer veure que llegia un catàleg de subhastes que havia arribat a l'antiquari. La Teresa els escoltava, però no deia res.

—I doncs? —va fer l'Olivia després d'un silenci incòmode.

—I doncs què? —L'avi la va mirar per sobre les ulleres.

Ella va deixar el catàleg i es va acostar a la taula d'escriptori on en Boris prenia les seves notes. S'hi va recolzar amb les mans i va mirar de prop el seu avi:

—Vull dir que si ja tens clar a quina hora vols que anem demà dijous al pis de la plaça Reial.

—Vull anar-hi ben d'hora, havent dinat. Tenim molta feina per classificar-ho tot —va aixecar la vista cap a la neta—. No tornaràs tard, avui, oi? Pensa que al matí tens classe a la facultat.

—Avi, fa molts dies que no veig en Quico. I soc prou grandeta... Te n'adones que en un parell de mesos seré una dona llicenciada? —va dir-li amb aquell somriure de quan estava contenta, no sabria dir si per la feliç perspectiva d'acabar els estudis d'art o pel fet de tornar a veure en Quico.

—D'acord —va claudicar en Boris. Va llambregar cap a la Teresa i ella va arronsar les espatlles.

A dos quarts de vuit l'Olivia va començar a mirar el rellotge cada mig minut. En Boris es va preguntar si en Quico vindria a buscar-la a la botiga o bé haurien quedat en un altre lloc. Es va preparar per fer el paperot al xicot de la seva neta, malgrat que no en tenia cap ganes. Com més gran et fas, més et costa dissimular, es va dir. La veritat és que en Quico no li havia agradat mai, ni tan sols en els primers dies en què ell venia a casa seva i s'esforçava per ser amable i fer-se l'enamorat. Ho estava? En Boris pensava que aquell noi només podia estar enamorat d'ell mateix. No es refiava de la gent que tan sols sap parlar del que fa, del que li agrada, del que detesta, d'allò amb què està d'acord i tot allò que rebutja... Aquella mena de persones que quan et pregunten per tu ho fan més per cortesia que per interès, un interès que de seguida s'apaga i la conversa torna a derivar cap a ells. Així veia en Quico des del primer dia, i no, no li agradava gens ni mica per a l'Olivia, que bé es mereixia algú millor. Això sí, prou se'n guardava d'opinar. «Només falta que m'hi oposi perquè se l'estimi encara més», solia remugar-li a la Teresa. Va pensar que amb això de ser reporter gràfic, sempre amunt i avall, viatjant per tot arreu per cobrir les notícies, ja se'n cansarien, l'un de l'altra, però no, aquella relació ja durava de feia... quan? Un any? Com passa el temps, coi! Encara em donarà un disgust i se n'anirà a viure amb ell. La Teresa, quan l'Olivia era a la facultat i ells dos podien parlar amb tranquil·litat, li deia que no s'hi amoïnés, que aquest Quico no feia per a ella i que tard o d'hora ho acabaria veient. «Doncs a veure si és més aviat que tard, coi», li responia en Boris. La Teresa era la dona més discreta sobre la capa de la terra, només a ella podia confiar-li certes cabòries que mai deixaria anar davant dels seus amics del cafè. «Els problemes de casa, de portes endins» era la seva màxima, però amb la Teresa era diferent, perquè ella era com de la família, gairebé. Tantes hores que tenien tots dos per xerrar, allà a la botiga, i tan tranquil que vivia ell anant d'un costat a l'altre de la ciutat mentre ella guardava l'antiquari amb la cura de qui li és propi. La millor amiga de la seva dona, la millor amiga d'en Boris des que va entrar a treballar a la botiga cinc anys enrere, quan ell va quedar vidu.

Van tocar les vuit en el rellotge de corda que tenien en un prestatge i l'Olivia es va aixecar d'una revolada.

—Me'n vaig. En Quico m'espera al Bar del Pi. Recorda que no vinc a sopar.

Va acomiadar-se de la Teresa amb un petó que va tirar a l'aire i en va estampar un altre al front del seu avi. Va sortir al carrer fent saltirons i aviat va desaparèixer carrer enllà. Almenys avui m'estalviaré fer-li el paperot a en Quico, es va consolar l'ancià.

S'havia posat la faldilla que més li agradava a ell, aquella que deia que li feia les cames sexis, amb les botes altes i la jaqueta de llana fina. Al matí s'havia rentat els cabells i se'ls havia deixat assecar a l'aire per tal que li quedessin més bufats, perquè detestava que se li enganxessin al cap, de tan llisos com eren. La mare sempre li deia que el serrell massa llarg no l'ajudava, que li tapava la cara i no se li veien els ulls, «ni aquest rostre tan bonic», la renyava. Però la mare no entenia que aquell serrell era un escut perfecte per a la seva timidesa i amb el qual jugava a mostrar-se o no en funció de cada ocasió.

Tan bon punt va arribar a la plaça de Sant Josep Oriol ja va sentir la remor de converses animades que s'esdevenien a l'entrada del bar. Va distingir la rialla d'en Quico des de lluny i el cor li va fer un salt. Per fi havia tornat, els dies li passaven lents i feixucs quan ell no hi era, es tornaven més grisos, més tristos, menys interessants. «Ja hauries d'estar-hi acostumada —li deia la seva amiga Rosa—, si sempre és fora!». Però per a ella, cada cop que tornava era com la primera vegada. No es creia la seva sort: tantes noies que el volten i en Quico m'estima a mi.

El va sentir abans de veure'l i tot seguit el va distingir entre el grup d'amics. Vaja, si ja hi són tots, es va dir una mica fastiguejada. L'Olivia l'hauria volgut per a ella sola, tota la nit, però és clar, en Quico sempre s'envoltava de gent. Quan s'hi va acostar una mica més, ell la va veure i li va fer una d'aquelles rebudes que a ella l'afalagaven i la incomodaven a parts iguals:

—Mi-te-la! La meva deessa! De quin quadre has sortit, avui?

Va agafar-la per la cintura i va besar-la àvid amb aquella boca de llavis molsuts que la desfeien per dintre.

—Ep, parella! Ja n'hi ha prou, no? —va dir un amic seu, sorneguer, en veure que el petó s'allargava més del compte.

Tots van esclafir a riure, però a en Quico tant li feia. La va alçar una mica com si fos una ploma i la va fer giragonsar.

—Princesa, t'he trobat a faltar —va xiuxiuejar-li a l'orella.

Tot el grup de nois i noies van entrar al Bar del Pi i van demanar unes quantes cerveses a la barra abans d'ajuntar un parell de taules i prendre lloc. A l'altell hi havia un piano que algú feia sonar. En Quico se li va posar al darrere mentre ella demanava a la barra.

—T'has posat la faldilla que m'agrada —va dir-li mentre li enfonsava la barbeta entre el coll i l'espatlla dreta.

I l'Olivia va notar com se li eriçava la pell i li pujava el pessigolleig de l'estómac. Van seure tots, encaixats els uns amb els altres en l'espai estret, i aleshores li van demanar a en Quico que els expliqués el seu periple d'aquells dies a la Revolució dels Clavells.

—Com ja us he dit, havíem rebut l'avís del nostre contacte a Portugal. Sabíem que l'MFA preparava la revolta armada contra el règim dictatorial des de feia mesos. Era només qüestió de dies que tot es fes efectiu.

—Què és l'MFA? —va preguntar-li un dels amics menys informats.

—Són les sigles del Movimento das Forças Armadas —va respondre-li—, l'organització dins l'exèrcit portuguès que preparava la revolució.

—Així doncs, ho vas viure des del primer moment —va intervenir la Glòria, una amiga d'en Quico que, com tots els presents, era uns anys més gran que l'Olivia.

En Quico va assentir orgullós.

—Heu llegit l'article del *Mundo Diario* del company periodista amb qui vaig anar-hi, oi? Ell ho explica molt bé: El règim portuguès sempre ha justificat la guerra amb les colònies, però la veritat és que la gent del carrer, per no parlar de les tropes allà destinades, n'estaven farts de fa anys. Les campanyes militars han costat fortunes, la societat no s'ho pot permetre, i què us haig de dir sobre l'abús de poder dels governants, la manca de drets del país...

—Com aquí... Una de les poques dictadures que queden a Europa —va apuntar un company. Tots van assentir en un murmuri col·lectiu.

—El més interessant és que a Portugal han estat oficials molt joves els qui han fet la revolució —va prosseguir en Quico—. Hauríeu de veure'ls les cares somrients! Capitans, la majoria. Els vaig fer un munt de fotos que ara em toca revelar. A la redacció només en vaig enviar un parell. De moment, aquests oficials han fet de Spínola el seu màxim representant, ell és qui va rebre la rendició per part del govern i també qui ara presideix la Junta de Salvació Nacional, un òrgan que, ara per ara, ha assumit les funcions del govern.

—Però aquest paio, l'Spínola, no és molt de dretes? No és el que va estar amb la División Azul al setge de Leningrad durant la Segona Guerra Mundial? —va fer en Pere, un dels amics més llegits d'en Quico, que no es perdia ni una sola manifestació de les que se succeïen a Barcelona.

—El mateix —va respondre-li ell—. El que passa és que va ser apartat del règim salazarista fa tot just uns mesos, quan va publicar un llibre en què es mostrava en contra de seguir amb la guerra colonial. Això el va fer popular entre les tropes. No sé què dir-te, d'aquest paio... Ja es veurà. De moment, l'important és que estan parlant de restablir la democràcia, de fer eleccions generals en menys d'un any... i la gent, la gent! En això ja no hi ha marxa enrere, us ho dic jo que ho he vist.

Tots van començar a parlar alhora. Els més implicats alçaven la veu per assegurar que també aquí seria l'alçament popular el que acabaria amb Franco, que havien d'incrementar la denúncia, sortir encara més al carrer fins a tensar la situació com havien fet els portuguesos, mentre que d'altres els ho discutien, potser per por, potser per prudència o perquè encara no es creien que al país veí la revolució hagués reeixit del tot. L'Olivia caçava retalls dels uns i dels altres sense arribar a intervenir, perquè entre els amics d'en Quico no se sentia segura per opinar. Ells tenien uns anys més que ella, havien viscut el Maig del 68 quan ella encara era massa jove per saber de política i sortir a manifestar-se al carrer.

Al final va ser la Glòria la que va imposar la seva veu per damunt de les altres.

—Calleu! —va interrompre'ls, contundent—. Deixeu que en Quico ens segueixi explicant.

Va dipositar la mà sobre l'espatlla del noi i va adoptar un posat de gata maula que va tensar l'esquena a l'Olivia.

—Au, Quico, explica'ns els primers dies a Lisboa. Què vas veure exactament al carrer?

Ell, satisfet, va tornar a tenir tota l'audiència concentrada en les seves paraules i aleshores els va relatar aquella matinada del 24 al 25 d'abril en què la revolució havia esclatat: la cançó que un periodista portuguès va fer sonar en una ràdio de la capital i que donava el primer senyal a les tropes perquè cadascú romangués al seu lloc i sincronitzessin els rellotges; els oficials que van envoltar el Govern Civil i van ocupar l'emissora de ràdio per fer sonar la segona cançó, aquella meravellosa «Grândola, Vila Morena» que donava el tret de sortida als capitans revolucionaris per ocupar els punts estratègics arreu del país. I l'èxit en qüestió d'hores. «Hores, només!», els va dir. Tot seguit, els va relatar la rendició sense oposar resistència del govern dictatorial, la gent que sortia als carrers en les primeres hores del dia i s'aproximaven als joves militars que patrullaven amb els seus tancs i els donaven la flor de temporada, el clavell, que tots ells van començar a posar a la boca del seu fusell en un gest clar i inequívoc que no desitjaven la violència.

—Us asseguro que se't posava la pell de gallina. Ha estat una revolució exemplar —va concloure un Quico amb els ulls encara amarats de tot el que havia vist.

Els amics van romandre en silenci. En Quico s'explicava tan bé que, per uns instants, ells també havien fet la revolució a Portugal. De fons se sentia el dringar de gots i plats, la remor de les converses de les altres taules, l'anar i venir dels cambrers, i mentre alguns dels amics assentien i d'altres rumiaven en la propera revolució, la que havia de donar-se per força a Espanya, l'Olivia no podia deixar de mirar el seu xicot. Anhelava el moment en què quedarien tots dos sols, en què les paraules serien només per a ella, els seus petons la impregnarien tota i li saciarien la fam que tenia d'ell després de dies de no veure'l.

—El món està canviant.—En Pere la va treure dels seus pensaments.

—Franco ja no pot durar gaire —va afegir algú altre—. La dictadura espanyola comença a ser una relíquia.

—Tu creus? Jo no n'estic tan segura —va dubtar la Glòria.

—Des de l'atemptat d'ETA a Carrero Blanco que Franco ja no és el mateix —va respondre-li en Pere i tot seguit es va dirigir a la taula—: Se'l va veure plorar per primer cop, no recordeu que no va ni poder assistir al funeral i hi va enviar el príncep? És un vell decrèpit.

—Vell sí, però bé que es va afanyar a nomenar nou president. Què ha canviat? —va fer ella alçant les mans al buit.

—Cal pensar en positiu, companys —va insistir en Pere—. El paio no pot durar gaire més i el desgast del règim és evident, no només als nostres ulls, sinó a escala internacional. Franco ja no té el suport d'abans a fora: Que si el millor seria que el príncep Joan Carles el succeís ja, diuen uns, que si convindrien unes eleccions democràtiques, ja apunten altres... Cada cop anem sumant més veus i, vaja, que al dictador li queden quatre dies!

—Però el molt malparit morirà matant —va interrompre en Quico amb veu funesta, en clara al·lusió a les últimes execucions.

Una remor de veus li va donar la raó. Feia dos mesos escassos que havien matat en Salvador Puig Antich i les ferides de tots els joves encara eren ben obertes. Qui, de tots els presents, no havia sortit al carrer per demanar la commutació de la pena de mort d'aquell noi, si fa no fa, de la seva mateixa edat? Quin d'ells no havia plorat de ràbia el dia que el van executar a la seva cel·la de la presó Model amb el garrot vil? A l'Olivia mateixa se li posaven els pèls de punta cada vegada que hi pensava. Ella s'havia manifestat juntament amb els seus companys d'universitat; havien cregut que potser, només potser, totes aquelles peticions al règim, totes aquelles pintades que van sorgir de manera espontània i solidària per Barcelona d'un dia per altre, ajudarien a revisar la pena i a no executar el noi. Però Franco, implacable, va tirar pel dret.

—Puig Antich sabia que ho farien —va dir un dels amics d'en Quico, que portava un bigoti espès i ulleres quadrades. S'havia ficat en un bon merder anys enrere i en Quico li havia explicat a l'Olivia que l'havien estomacat de valent a comissaria. Tothom solia escoltar-lo amb respecte i atenció—. Ho va dir poc després de ser empresonat, quan ETA va atemptar contra Carrero Blanco. Ho recordeu? Va dir: «ETA m'ha matat».

En Pere va assentir amb posat greu. Coneixia un bon amic d'en Puig Antich i havia viscut el procés de manera propera:

—S'ho va veure venir... Franco havia de fer pagar la mort del seu home de confiança a algú. I, és clar, a ell i a aquell altre noi estranger, en Heinz Chez, els tenia ben a mà. Quina bèstia salvatge ordena una execució amb el garrot vil? —va reblar.

Cap al tard, el grup es va anar desfent: els uns es van aixecar per anar-se'n a casa i els altres van parlar d'anar a fer un mos. En Quico, a la fi, va dir-li a l'Olivia de marxar. Menjarien alguna cosa, tots dos sols, en una taverna propera que li agradava molt i tot seguit l'acompanyaria a casa perquè l'endemà havia de matinar. Anaven pel carrer agafats de la mà, en Quico, de tant en tant, l'agafava per la cintura i se l'acostava cap a ell. S'aturaven a mig carrer i li omplia la boca amb els seus petons apassionats, li xiuxiuejava algunes frases picants a l'orella que a ella la feien trencar-se de riure i, feliços, un pèl més excitats del compte, seguien caminant. Van entrar a la taverna, un local estret i profund amb taules de fusta a banda i banda de la paret i un passadís estret que conduïa al fons de tot. A les tardes, sovint s'hi llegia poesia, en aquell indret, però cap al tard només hi havia parelles que anaven a fer una llesca i una copa de vi. En Quico va recórrer el passadís fins a la taula més amagada del fons i en aquell racó a la penombra, lliures per fi de les mirades dels altres, no només van devorar les tapes que el cambrer els va servir, sinó que també es van multiplicar les besades, mentre les mans d'en Quico s'escolaven per cada escletxa de roba de l'Olivia i l'encenien tota.

Se'ls va fer curt, haurien desitjat que la nit fos més llarga i tenir més estona per estimar-se, almenys això és el que va pensar ella quan, després d'abandonar la taverna i recórrer els pocs carrers fins a casa seva, es van acomiadar al portal. Encara van treure temps per a uns quants petons més, en Quico li posava la llengua tan endintre que ella havia d'apartar-se'n de tant en tant per agafar aire. Un cos contra l'altre en la paret freda a peu d'escala, poques paraules, dites amb certa urgència entre petó i petó.

—M'estimes?

—T'estimo.

—M'has trobat a faltar?

—Una mica.

—Una mica, només! —En Quico es feia l'ofès i feia un pas enrere, mentre que l'Olivia l'estirava cap a ella gairebé en un prec perquè el mig metre que els separava li feia mal.

—Molt, t'he trobat molt a faltar —acabava per confessar-li.

Van quedar per al dissabte següent, aleshores tindrien la tarda sencera per a ells i en Quico li va prometre que anirien al seu pis.

—Tu i jo, Olivia, ningú més.

Ella l'hi va fer prometre dues vegades abans de l'últim petó. Aleshores va pujar les escales lleugera, va obrir amb una volta de clau sense fer gens de fressa, ja que no volia despertar l'avi. En tancar la porta rere seu hi va recolzar l'esquena i va deixar anar un sospir. Es va ensumar la pell i va notar com l'envaïa una escalfor coneguda. Feia olor d'en Quico i allò l'encenia.

3

El matí del dijous se'l va passar sencer a la Facultad de Altos Estudios Mercantiles, el lloc provisional on havien traslladat els estudiants de cinquè de Filosofia i Lletres mentre habilitaven la nova i flamant Facultat de Geografia i Història a la zona universitària de Pedralbes. Les futures generacions d'historiadors i historiadores de l'art es formarien al nou edifici, però no pas l'Olivia, que aspirava a llicenciar-se aquell proper mes de juny. No li sabia greu no estrenar-la, però sí que l'havia disgustada no poder acabar els estudis a la que sí considerava la seva facultat: la de l'edifici històric de la plaça Universitat, de la qual els havien fet fora el curs anterior per manca d'espai. Allà havia cursat els primers anys de la carrera. En aquelles classes de l'edifici antic, en forma d'amfiteatre, disposades al voltant del Pati de Lletres, havia descobert la seva passió per la història de l'art i n'havia començat l'especialitat. També hi havia conegut les seves millors amigues, la Rosa i la Natàlia, que, malgrat que no havien continuat els estudis com ella, ja no s'havien separat. La Rosa ho va deixar a primer curs, quan un embaràs no esperat la va fer casar-se amb l'Oriol a correcuita, abans que la panxa se li notés; la Natàlia va seguir a la facultat fins a acabar el segon any, tot i que estava escrit que ho deixaria, tenint en compte que era un esperit lliure incapaç de romandre un període tan llarg en un mateix lloc. Ara treballava en una botiga de roba estrafolària del Raval, tot i que l'Olivia aprofitava qualsevol ocasió per advertir-li que, amb la seva intel·ligència, era una llàstima que hagués deixat d'estudiar. Però l'Olivia sí que va seguir estudiant, ella s'havia esmerçat per treure's una assignatura rere l'altra, havia gaudit dels magnífics professors amb els quals s'havia anat trobant al llarg dels darrers cinc anys i ara notava aquell regust de final d'etapa que la feia sentir-se una mica perduda, una mica nostàlgica fins i tot abans d'haver acabat. Assistia a les últimes classes que li quedaven i planificava en la seva ment les tardes de l'últim mes de juny que passaria a la biblioteca de l'edifici històric tot preparant els exàmens finals i els treballs que havia d'entregar. Amb sort, acabat aquell mes on comença l'estiu, esdevindria llicenciada en història de l'art.

Va sortir de l'última classe del matí i va anar a agafar l'autobús a la parada propera. No va esperar cap company perquè tenia pressa per arribar a casa, ja que aquella tarda havia d'acompanyar el seu avi al pis d'en Hailer a la plaça Reial. Un cop acomodada en un seient que donava a la finestra, es va dedicar a revisar mentalment el pis visitat. Va pensar en el fill d'en Hailer, en Marc, i en la conversa breu que havien mantingut. Li va prometre que li apartaria certes coses del seu avi, les que trobés de caire més personal, objectes que ell podria voler conservar per una qüestió sentimental i, tot i que encara no l'hi havia comentat al seu avi, estava decidida a complir la seva promesa.

Van sortir de casa quan faltaven deu minuts per a les quatre. En Boris caminava a pas viu i movia les mans endavant i enrere com feia sempre que estava impacient. Malgrat la seva complexió forta i quadrada, els peus li anaven lleugers. Els esperava una tarda sencera de molta feina, a la qual seguirien uns quants dies més. En primer lloc, els caldria classificar els objectes de més valor: mobles, obres d'art, la part més valuosa d'aquella biblioteca que ja havien vist del difunt, a més a més dels objectes que en Boris considerés apropiats per vendre al seu antiquari. Tot seguit es dedicarien a buidar els calaixos i els armaris de tota la casa, el contingut dels quals configurava una vida sencera d'objectes personals. Mantes, roba de llit, estovalles, coberteria, cristalleria, roba de les persones que un dia hi van viure, papers oblidats, objectes de tota mena que avi i neta s'encarregarien de carregar un altre dia al camió i portarien a subhastar als Encants.

Van superar els pocs metres que els separaven de la plaça del Pi i van deixar enrere els captaires que sempre s'acumulaven a les escales de l'església. Van agafar el carrer del Cardenal Casañas a la dreta i van seguir el seu curs sinuós, com el d'un rierol, fins a sortir a les Rambles. El dia era lluminós i convidava a baixar per la Rambla dels Caputxins fins a arribar a la Rambla de Santa Mònica, on les siluetes allargades dels vaixells del port ja es feien presents i l'olor de mar t'omplia els narius del sabor dels viatges i les aventures llunyanes. En comptes d'això, avi i neta van trencar a l'esquerra pel segon carrer i van creuar la porxada després de la qual s'obria la plaça Reial. La plaça lluïa amb tota l'esplendor primaveral i les terrasses de les cerveseries convidaven a asseure's a prendre alguna cosa i veure-hi passar les hores. L'Olivia s'hi va entretenir amb la mirada, però l'avi la va fer afanyar-se. Aquesta tarda toca pecar de valent, semblava dir-li amb la seva expressió múrria.

Al pis hi van trobar el propietari, que els havia vingut a obrir. En Boris li va entregar el sobre amb l'import que havien acordat i un cop el senyor va haver-li donat el rebut i una còpia de les claus del pis, van encaixar de mans.

Quan en Hailer va haver marxat, avi i neta van quedar sols enmig d'aquell univers que els tocava desmantellar. L'Olivia es va arremangar, no li feia por la feinada, menys encara al costat del seu avi.

Les hores passaven de pressa malgrat que la llum del dia es resistia a marxar. En Boris havia obert les finestres que donaven a la plaça i els arribava la remor de la gent que omplia les terrasses mentre ho anaven classificant tot. Havien començat per la sala gran, el menjador, i tot seguit s'havien dedicat a extreure de la biblioteca tots aquells llibres més valuosos que havien anat deixant en una pila a punt per encaixar. Es trobaven tots dos al despatx del difunt, en Boris va asseure's un moment a la cadira davant l'escriptori i va passar les mans per aquella taula preciosa de pota de lira que lluiria ben aviat a l'antiquari. En alçar la vista, va topar-se amb el quadre que ja havia vist la primera vegada, la marina de Cadaqués que la família no s'havia emportat. S'hi va entretenir uns minuts. Des d'allà on era assegut, va observar l'escena dels pescadors arribant a port a l'horabaixa, les dones que ja desfeien nusos d'algunes xarxes...

—No en traurem gaire —va dir en veu alta—, però és bonic. Em pregunto per què en Hailer no tenia un dels seus quadres bons en aquest lloc tan seu.

L'Olivia es trobava ajupida davant d'un moble amb portes de vidre i en aquells moments en buidava el contingut.

Es va tombar cap a l'avi i va seguir la direcció dels seus ulls. Es va aixecar per acostar-se al quadre, que per primer cop es mirava amb cert interès.

—Tens raó —va reflexionar—. De bonic ho és, però és un lloc massa important de la casa... El senyor Hailer devia passar moltes hores assegut on ets tu i amb tots els quadres valuosos que tenia no té gaire sentit posar-hi aquest.

En Boris va arronsar les espatlles.

—En fi, rareses de cadascú —va concloure.

Es va aixecar de la cadira per prosseguir amb la feina. Encara els quedava molt. Tanmateix, a l'Olivia li havia picat la curiositat. Va romandre uns instants davant la marina mentre rumiava. Alguna cosa no encaixava. Va passar les mans pel marc i es va adonar del gruix que tenia. Per què un quadre com aquell tenia un marc tan consistent? De fet, si el mirava de perfil sobresortia més del compte de la paret. Aleshores va mirar el seu avi, però ell li donava l'esquena, altre cop enfeinat en una de les prestatgeries de llibres. Es va decidir a despenjar-lo i aleshores, amb veritable sorpresa, va veure que pesava molt.

—Avi, em pots ajudar?

En Boris es va girar i la va veure que tenia dificultats amb el quadre, de manera que es va afanyar a donar-li un cop de mà. El van posar a terra i tots dos es van mirar amb cert desconcert. L'Olivia es va ajupir a poc a poc i va mirar el dors del quadre.

—No m'ho puc creure! —Es va posar una mà al front.

—Què passa, Oli?

—Mira-ho tu mateix. —Els ulls li sortien de les òrbites.

En Boris va donar la volta al quadre i allà ho tenien, la sorpresa més inesperada de totes les que es podria haver imaginat. Si bé era cert que en els buidatges dels pisos solia trobar-hi algunes peces no previstes, objectes de força valor, a vegades, que els descendents del difunt havien deixat allà sense saber ni tan sols que existien, mai de la vida, en tots els seus anys d'antiquari, s'havia topat en Boris Badia amb res semblant.

—No pot ser... —va murmurar meravellat.

—És un altre quadre, avi —repetia l'Olivia una vegada i una altra com si encara no s'ho acabés de creure—. Un quadre amagat, avi. I quin retrat!

Asseguda a terra de l'emoció, fascinada pel que tenia davant dels ulls, l'Olivia es recreava en el retrat d'una dona bellíssima. Hi apareixia tota nua, ajaguda en un divan de vellut vermell i la mirava com si fos viva. Aquella obra, la model mateixa, desprenien alguna cosa tan poderosa que la noia no podia deixar d'observar.

—Avi, qui és? Què és aquest retrat?

En Boris es mantenia dempeus al seu costat mentre provava de contenir la seva torbació. Observava en silenci la descoberta i l'assimilava a poc a poc. Encara va trigar uns instants a respondre a la seva neta.

—No havia vist mai aquesta obra, però... —va dir-li en un fil de veu. Es va escurar la gola.

—En reconeixes l'autor? —va preguntar l'Olivia.

Ell va fer que sí amb el cap, però no va dir res.

—Avi, em faràs parar boja! Què és el que hi has vist? T'has quedat de pedra.

L'avi es va refer, com si es despertés d'un viatge llunyà.

—No havia vist mai el quadre —va tornar a començar—, però vaig conèixer la dona que hi surt.

—De debò? És una model increïble. I qui...?

—És la pintora. Es tracta d'un autoretrat.

A l'Olivia el cor li va fer un salt. Va obrir la boca perquè les preguntes se li acumulaven a la gola però les va fer callar. Després, es va dir. Ara només volia observar cada detall d'aquell autoretrat meravellós. Mai a la vida n'havia vist cap d'igual, ni tan sols dels seus pintors favorits.

La pintora s'havia representat ajaguda, en actitud relaxada, com aquelles odalisques de Matisse o com l'Olympia de Manet, tot i que ella no es cobria el sexe amb una mà pudorosa. Ni tan sols un retall de les teles riques i de colors ardents que vestien el fons del quadre i en les quals hi havia infinitat d'ulls estampats, amb clares reminiscències surrealistes, tapava un centímetre de la seva pell blanca, lluminosa, que gairebé li semblava tocar. En una marcada diagonal que només trencava la seva cama arronsada, ella es mostrava tota, com una mena de Venus perfecta, però no d'una bellesa clàssica, sinó molt particular: el nas força gros, unes celles ben arquejades i la mirada felina. Com es podria definir aquella mirada? Provocativa? No. Desafiant, honesta, segura de si mateixa. Els pòmuls se li marcaven amb dues pinzellades fermes i tota ella desprenia una elegància natural d'aquelles que ni tot l'or del món podrien comprar. Els seus cabells negres com el carbó, les ondes marcades que caçaven reflexos de llum provinents d'una finestra propera i el tall arran d'orella que la situava sens dubte als anys vint. La pinzellada segura, moderna, la paleta de tons càlids i ardents li van recordar algunes obres de Modigliani, un pintor que havia estudiat i que l'havia enlluernat. A l'Olivia li va semblar que aquella dona l'apuntava directa a l'ànima, la interpel·lava, la penetrava com una fletxa fins al més profund. No podia deixar de mirar-la, l'havia captivat completament.

—De debò la vas conèixer, avi? Com es deia? Per què no l'he estudiat en tota la carrera? Què se n'ha fet, d'ella? Qui pot tenir un quadre tan meravellós amagat rere un altre quadre?

En Boris va sacsejar el cap de cabells blancs.

—No puc contestar-te a totes aquestes preguntes, Olivia. Jo mateix estic tan sorprès... Es deia Valèria Sans.

—Es deia?

—Va morir jove, més o menys amb l'aspecte que presenta aquí.

En Boris parlava pausadament mentre el tel del record envaïa els seus ulls encara fixos en la pintora. Gairebé no se'n podia avenir que aquell quadre ara fos seu.

4

Al vespre ja eren a casa i preparaven el sopar. Els pesava l'esgotament del dia, tota la feina que havien fet al pis d'en Hailer, però encara se sentien amb bon ànim per a una petita celebració casolana. En Boris va fer una plata de macarrons gratinats, l'Olivia va preparar unes cuixetes de pollastre a la cassola amb prunes i pinyons. El pis se'ls va omplir d'una olor saborosa i van posar una ampolla de vi blanc a refredar. Van engegar la ràdio i de l'aparell en va sortir un d'aquells boleros d'Antonio Machín que tant agradaven a l'àvia i que amaraven els ulls d'en Boris d'una agradable nostàlgia. I mentre paraven la taula, van obrir les finestres del menjador per tal que els entrés una mica de l'aire fresc del carrer. Des del balcó estret, en el qual si t'abocaves una mica podies veure el rosetó enorme de Santa Maria del Pi, l'Olivia prenia la primera copa de vi mentre sentia la veu rogallosa i dolça de l'avi que, des de la cuina, cantava el bolero en un murmuri mentre enllestia el sopar.

El pis d'en Boris no era gaire gran, tot i que el vell antiquari podria haver-se'n permès un de millor tal com li havien anat les coses al llarg dels anys. Abans de tot, però, havia estat drapaire, com tants altres col·legues seus amb botiga al carrer de la Palla o els seus voltants. Va començar de jove, anava amunt i avall per la part vella de la ciutat i recollia tota mena de coses que la gent no volia i els feien nosa, com ara paper, matalassos de llana d'un pis que es buidava, ampolles buides de xampany o qualsevol andròmina de la qual els senyors d'una casa o d'un establiment volguessin desfer-se. Amb el temps, però, en Boris va començar a comprar alguns objectes més importants, fins i tot algun moble que va començar a guardar en un local llogat al carrer dels Banys Nous que li feia de magatzem i botiga. Un local petit, però tot va ser començar. El seu tracte seriós i discret agradava als clients més selectes i l'un el recomanava a l'altre. D'allà a l'actual antiquari Badia del carrer de la Palla hi havia una història de certes penúries, molta feina, alguna aventura més o menys arriscada i sobretot hi havia molts encerts, l'un rere l'altre, els quals l'havien portat a una posició ben pròspera i a guanyar-se la fama de moure's molt bé entre les cases més nobles de Barcelona. Allò li va valdre ser conegut entre els companys d'ofici com a «Boris, el baró», un sobrenom a cavall entre l'admiració i l'enveja. Podria haver-se'n anat d'aquell pis estret del carrer de Petritxol, però allà havia nascut, allà hi van morir els seus pares i després hi havia viscut amb la dona, amb la filla abans que se'ls casés i anés a viure al poble. Tot això abans que l'Olivia s'hi instal·lés. Com podia renunciar a tanta història com explicava aquell pis? Ell buidava les cases dels altres i endevinava vides, històries, relacions humanes, amors i passions. A algú altre li tocaria buidar els seus calaixos i armaris un dia no gaire llunyà, potser l'Olivia, amb l'ajut de la seva mare i els seus germans. I allà ho trobarien tot, endreçat, estimat i guardat al mateix lloc des de feia dècades. Així ho desitjava ell.

L'olor del menjar que cuinaven li havia obert una gana ferotge a l'Olivia i aviat era asseguda a la taula, amb la cullera a la mà. Quan en Boris va portar-hi la safata dels macarrons, ella va servir-li el plat i a continuació es va omplir el seu.

—Ara em parlaràs de la pintora? —li va demanar, impacient.

Des que havien fet la gran descoberta al pis de la plaça Reial que en Boris li havia promès que li explicaria tot el que sabia de l'autora de l'autoretrat, a condició que s'esperés fins a l'hora de sopar, quan ja ho tinguessin tot fet. Ella l'hi va respectar, però ara ja no es podia esperar ni un minut més, i mentre s'omplia la boca amb la primera enforquillada de pasta i el formatge se li desfeia a la boca, el va mirar amb ulls expectants. En Boris va somriure, de vegades l'Olivia li semblava encara més jove del que era.

—Recordo molt bé aquella mare i aquella filla. Havien vingut a viure al carrer Petritxol abans que jo nasqués. —Amb una mà va assenyalar cap allà on el carrer desembocava amb Portaferrissa—. La meva mare, és a dir, la teva besàvia, me'n parlava; em deia que van arribar totes dues soles i que ella es feia passar per vídua.

—Què vols dir «es feia passar»?

En Boris va somriure amb benevolència.

—Et parlo de finals del segle passat i, si avui la reputació d'una dona sola amb una criatura és rellevant per a bona part de la societat, en aquells temps encara ho era més. La mare deia que alguna gent enraonava, que havia sentit a dir que a la senyora Sans no se li coneixia cap marit i que aquella nena amb la qual havia arribat al barri era fruit d'una relació extramatrimonial. «Qui sap, a la gent li agrada massa enraonar», els criticava ella. A la mare no li agradava que especulessin amb la desgràcia dels altres. Ella mai es ficava en aquells merders.

—I ben fet que feia —va sentenciar l'Olivia, després d'un glop de vi.

En Boris va fixar la mirada en un punt indefinit, transportat de cop i volta als anys en què només era un marrec.

—El barri no ha canviat gaire, a banda d'alguns establiments moderns. Per aquests carrers jugàvem els meus amics i jo, a la plaça del Pi, a Sant Josep Oriol... La Valèria Sans, la futura pintora, era deu anys més gran que nosaltres i tots n'estàvem enamorats. Era bonica, sofisticada, i sempre anava amb un quadern de dibuix sota el braç. Estudiava a la Llotja, això sí que ho recordo bé, com també que jo tenia dotze anys i un borrissol incipient quan ella va marxar a París amb una beca per anar a estudiar pintura. —Els llavis li van dibuixar un somriure i va semblar que la veia altre cop—. La senyora Sans no va quedar sola, perquè feia temps que s'havia instal·lat a viure amb elles una germana seva, molt més jove, soltera. La Quimeta, que encara és viva.

—La Quimeta? Aquella senyora tan gran que té el balcó ple de canaris?

—La mateixa.

L'Olivia va quedar pensarosa i en Boris va continuar:

—La Valèria Sans es va quedar a viure a París, vam deixar de veure-la pel barri i tots plegats ens vam anar fent grans. Després va venir la Gran Guerra a Europa i aleshores ella va tornar, com van fer tants artistes estrangers a qui ella coneixia i amb els quals sembla que es relacionava. Artistes de diverses nacionalitats que buscaven al nostre país la neutralitat. La Valèria s'havia convertit en una dona fascinant, encara més bonica i sofisticada, tenia un gran talent, era moderna... no semblava d'aquí. De fet, va tornar casada amb un estranger, de manera que només la vèiem molt de tant en tant, quan anava a visitar la seva mare, si és que coincidíem pel carrer. No ens coneixíem gaire personalment, només de vista, com tants altres del barri. Ens saludàvem pel carrer com a bons veïns, comprens?

En Boris va fer una pausa per anar a buscar el segon plat. Va col·locar la cassola amb el pollastre al centre de la taula i es va servir una cuixa ben sucosa. Va començar a menjar-se-la a petites mossegades mentre a la ràdio sonaven les últimes notes d'un tango.

—Després de la guerra, tots aquells artistes internacionals van tornar a París. També la Valèria Sans. Pel que sé, va ser aleshores que va començar a triomfar.

—Va tenir èxit? Com és que no n'havia sentit a parlar? —va fer l'Olivia, cada cop més desconcertada i amb ganes de saber-ne més.

En Boris va arronsar les espatlles. Els últims compassos del tango van anar morint i aleshores, tot d'una, va deixar caure el cobert.

—És clar! El senyor Hailer! —va exclamar.

Davant l'expressió interrogant de la seva neta, es va explicar:

—Olivia, el difunt senyor Hailer era el marit de la Valèria Sans. Jo només sabia que s'havia casat amb un estranger, col·leccionista d'art, però en desconeixia el nom. Ha de ser ell.

—Aleshores l'hereu és el fill...

—No, la Valèria Sans va morir jove, no devia tenir més de trenta-cinc anys. Una veritable llàstima.

—Saps de què va morir?

En Boris ho va negar.

—La gent moria de qualsevol malaltia als anys vint. Em consta que no va tenir descendència, així que en Hailer devia tornar a casar-se.

—Per tant, en Marc Hailer no és parent de la pintora —va concloure l'Olivia sense amagar una certa decepció. Per un instant havia cregut que podria saber moltes coses a través seu ja que hi tenia una trucada pendent. Tal com havien quedat, un cop apartats alguns objectes personals del seu avi, sense més valor que el sentimental, ella l'havia d'avisar. Qui sap si l'avi Hailer no li va parlar de la seva primera esposa? Qui sap si la família no n'ha conservat altres obres que jo pugui demanar-li de veure?, va començar a rumiar.

Aquella nit, l'Olivia es va ficar al llit i va començar a donar voltes a tot allò que l'avi li havia explicat. No es treia del cap l'autoretrat que, per sort, podria contemplar tot sovint mentre quedés exhibit a l'antiquari, fins que algú el comprés. Li agradaria que el seu avi no se'l vengués mai, li agradaria conservar-lo per a ells, poder-lo observar sempre que volgués i no haver de renunciar-hi mai. Els interrogants sobre la pintora se li acumulaven mentre donava voltes al llit i els llençols li feien nosa. En volia saber més, ho volia saber tot. Una noia del carrer Petritxol, es deia, una noia com jo. Becada per anar a París als anys deu i reconeguda com a artista d'avantguarda als anys vint. Pensava en la comunitat d'artistes que van viure a la capital francesa durant aquells anys i es preguntava quants n'hauria conegut ella i si s'hi hauria relacionat. Picasso, Modigliani, Henri Matisse... Imatges de les seves obres, vistes una vegada i una altra en els llibres que estudiava, desfilaven per la foscor de la seva cambra. S'imaginava els anys de la Primera Guerra Mundial, en què la Valèria va tornar a Barcelona i, segons li havia explicat el seu avi, havia conviscut amb tota la comunitat d'artistes exiliats. Estrangers de totes les nacionalitats que durant el conflicte van instal·lar-se a Barcelona i van seguir creant, exhibint durant uns anys les seves obres a les galeries locals, com la propera Sala Parés, que encara existia al seu carrer, o com les desaparegudes Galeries Dalmau, que, li constava, eren el lloc on exposaven els més moderns. Es va adormir tot pensant en la Valèria Sans entre tots ells.

5

Amig matí de divendres les classes ja s'havien acabat, així que l'Olivia va agafar l'autobús des de la zona de Pedralbes i va baixar fins a l'edifici històric de la plaça Universitat. Anava decidida a destinar el temps que li quedava fins a migdia —moment en què les seves amigues la vindrien a buscar per anar a dinar— a consultar tots els llibres on pogués trobar informació sobre la Valèria Sans. Va accedir al vestíbul principal de la universitat, aquell bosc endreçat de columnes de pedra nerviüdes que imposaven a l'estudiant, així com les estàtues de pedra situades als nínxols dels murs laterals que representaven alguns dels grans personatges de la cultura catalana i hispànica, com Ramon Llull, Lluís Vives o Alfons X. Sota l'atenta mirada d'aquells ulls de pedra, va pujar al pis superior i, després de recórrer tot el llarg de la galeria del Paranimf, va entrar a la biblioteca. No disposava de gaire temps, així que va anar directa al mostrador i va demanar a l'assistent que li indiqués aquells llibres on podria trobar informació sobre una pintora dels anys deu i vint. Amb una pila considerable a les mans, la seva poca envergadura la va fer trontollar una mica fins que va arribar a la taula més propera. Un parell d'estudiants hi llegien tan concentrats que ni tan sols van aixecar el cap quan ella s'hi va instal·lar. Va submergir-s'hi durant una estona seguida, anava passant les pàgines dels llibres i n'observava les obres il·lustrades, l'índex de pintors... Res. Ni rastre de la Valèria Sans. Una sensació de frustració va començar a pujar-li des de l'estómac fins a escalfar-li les orelles. Fullejava aquells llibres i, potser, per primera vegada en els seus anys de carrera, s'adonava que només eren plens de pintors, escultors i arquitectes. Homes, gairebé tots. I les dones? On eren les dones artistes en els llibres d'art? De fet, no recordava haver-ne sentit mencionar gaires exemples als seus professors i es va maleir per no haver-hi rumiat abans. Com és que una pintora capaç de fer un autoretrat com el que ella havia descobert, una dona amb talent que havia viscut al París dels anys deu i els anys vint, que segons el seu avi s'havia relacionat amb la flor i nata dels artistes d'avantguarda del moment i havia exposat aquí i allà, una pintora d'aquí, coi, no apareixia enlloc? Per què s'havia fet invisible? Es devia, potser, al fet que va morir jove? Però no, aquell no podia ser-ne el motiu perquè alguns homes artistes havien tingut una vida curta, com el mateix Modigliani, i no per això la història de l'art els va descartar. Necessitava saber més coses de la Valèria Sans, volia conèixer-ne altres obres, estudiar-la amb la mateixa passió i el mateix deteniment com havia fet amb altres artistes homes. On era la Valèria Sans? On eren les dones pintores?

Abans del que hauria desitjat se li va fer l'hora de marxar. A dos quarts de dues havia quedat a sota la torre del rellotge, just a la cantonada de la Gran Via amb el carrer Aribau, amb la Rosa i la Natàlia. A desgrat, va tornar tots els llibres al mostrador i es va prometre no rendir-se. Allò només era el començament. Va sortir esperitada de l'edifici i de seguida va veure el cotxe de la Rosa aturat a la cantonada, un Mini Cooper molt bufó de color groc amb el sostre blanc. De la finestra del copilot en sortia la cabellera resplendent d'un pèl-roig color de foc de la Natàlia i el gest enèrgic de la seva mà.

—Olivia, afanya't! —va cridar-li.

Ella va córrer els pocs metres que li quedaven, es va ficar al seient del darrere i va tancar amb un cop de porta.

—On eres? Aquí no puc parar gaire estona, noia! —se li va queixar la Rosa.

El rostre de poma, els ulls rodons que mai s'enfadaven de debò amb ella li van somriure pel retrovisor. La Natàlia es va girar cap a ella i va repassar-la de dalt a baix.

—Has quedat amb en Quico, avui?

—Sí, a la tarda. Per què?

—Doncs perquè t'has de comprar roba nova, o bé arreglar-te alguna de la que ja tens. Vas massa avorrida, Olivia!

—Tu creus? —va fer ella, de cop i volta insegura. Es va mirar els texans, la samarreta ampla, un pèl masculina. Per què no s'esmerçava més en el seu aspecte? La Nat tenia raó.

—És que no hi he pensat aquest matí —va remugar fastiguejada—. He anat a classe i després a la biblioteca...

La Natàlia va rebufar i, tot d'una, mentre la Rosa li clavava una mirada de costat i li deia: «Què fas, boja?», ella es va treure la brusa verd maragda que portava i va quedar amb els pits al descobert, ja que no duia sostenidors. La pell blanca i pigallada pròpia de les pèl-roges lluïa amb l'esclat de migdia.

—Té —va llançar-li la brusa al seient del darrere—. Dona'm la teva samarreta avorrida. Aquesta ja me la tornaràs.

Totes tres van esclatar a riure. La Natàlia sempre tenia aquests rampells.

Van aparcar el cotxe al carrer Tuset, a prop d'on vivia la Rosa, perquè les havia convidat a dinar al Flash Flash. Aquest restaurant havia obert les portes pocs anys enrere i la Rosa i el seu marit hi tenien veritable devoció, com tota la gent amb la qual es movien: fotògrafs, arquitectes, dissenyadors i models que s'hi donaven cita a qualsevol hora del dia, gràcies al seu horari flexible. «Gent guapa de Barcelona», els titllava la Natàlia amb un deix de menyspreu cada cop que volia fer enrabiar la Rosa. El local ja era força ple quan hi van accedir i, mentre esperaven que el cambrer els assignés la seva taula, l'Olivia es va entretenir amb l'ambient modern i sofisticat que s'hi respirava. El doll de llum que entrava per les finestres rodones que donaven al carrer ho emblanquinava tot i feia ressaltar el blanc immaculat de la barra del bar, de les taules i dels sofàs de pell. Un blanc que contrastava amb les siluetes negres de les parets en què hi sortia una noia fotògrafa que, càmera en mà, amb postures àgils i desenfadades, fotografiava la concurrència. La primera vegada que hi van anar, la Rosa els va explicar que el local l'havien obert dos matrimonis que coneixien, un tal Alfonso Milà —un arquitecte reconegut que era amic del seu sogre—, i en Leopoldo Pomés, el fotògraf i publicista d'avantguarda. «De vegades en Pomés hi ve a dinar», els havia comentat. No és que a l'Olivia no li agradés el local, però la mirada incisiva de tots aquells «guapos», com els anomenava la Nat, la posava un pèl nerviosa i la feia sentir poc moderna i insignificant. Ella s'estimava més els carrers antics del seu barri, els locals tronats i bohemis on es petonejava amb en Quico en la penombra.

Van asseure's en un dels sofàs blancs que feien cantonada i van obrir la carta per escollir el menjar.

—Haig de reconèixer que fan les millors truites de la ciutat —va admetre la Natàlia, a qui ja li havia vingut salivera en veure la de la taula del costat. S'havia lligat els extrems de la samarreta de l'Olivia de tal manera que li havia canviat el to—. Tinc una gana que m'alço. Au, demanem.

Sempre portava la veu cantant. De les tres amigues, la Natàlia era la més decidida, la que sempre opinava de tot, la que donava consells i t'esbroncava si calia. Un volcà en plena erupció que despertava passió entre els homes, joves i no tan joves, una passió amb la qual ella jugava de bon grat, encara que li durava poc. «Jo no soc de cap home, com vosaltres», els deia a les seves amigues en to de crítica. Es podia presentar a qualsevol festa, sempre hi coneixia algú, i estar amb ella era, segons li deien l'Olivia i la Rosa en to burleta, esgotador.

Van demanar un parell d'amanides que van compartir entre les tres, cadascuna va triar una truita d'aquelles petites, individuals, fetes amb ingredients diferents, que tanta fama donaven al restaurant, i van xerrar de tot una mica durant el dinar. La Rosa els va mostrar les fotografies més recents dels seus dos fills que portava a la cartera i els va llistar les virtuts i els progressos de cadascun fins que la Natàlia va dir prou de l'avorriment.

—Ai, noia! Mira que ets antipàtica, de vegades —li va etzibar la Rosa una mica ofesa.

—No li facis cas —va dir-li l'Olivia, a la qual li agradava sentir parlar la seva única amiga casada i amb fills. Era una vida que li quedava lluny, encara, però aspirava a poder trobar-se en el seu lloc algun dia.

A les postres, l'Olivia va compartir amb elles la història de la seva troballa recent: els va parlar del buidatge del pis de la plaça Reial, del noi que havia conegut allà i del seu aire trist. Els va descriure el quadre de la pintora que dos dies més tard en Boris i ella havien descobert rere la marina de Cadaqués i va fer esforços perquè entenguessin com n'eren d'enlluernadors, tant l'autoretrat com la pintora, i com era de frustrant la seva recerca infructuosa d'aquell matí en els llibres que havia consultat. Els va dir que el proper pas que volia fer era quedar amb el net del difunt, el qual li havia donat el seu telèfon, i veure quina informació en podia treure.

—És apassionant —va dir la Rosa amb aire somiador—. Us imagineu la vida que devia tenir aquesta pintora? Quins temps!

—Com has dit que es deia ell? —va preguntar-li la Natàlia.

—Qui?

—El net de l'home que ha mort, dona. El noi d'ulls tristos a qui has de trucar.

—Marc Hailer —va respondre-li ella.

—Marc Hailer —va repetir la Natàlia—. Segur que està folrat de diners.

La Rosa li va fer un cop de colze i es va adreçar a l'Olivia sense fer-li més cas:

—I què més en saps, de la pintora? Explica'ns fil per randa tot el que el teu avi te n'ha dit.

La conversa no va durar gaire més perquè, tot d'una, la Rosa va mirar el rellotge de polsera i va adonar-se que se li havia fet tard. Havia de recollir els nens a casa la seva sogra i passar per la tintoreria a buscar les camises de l'Oriol abans que se li fes tard per canviar-se de roba.

—Avui anem a sopar a casa d'uns amics a la Bonanova. L'Oriol els ha decorat el pis —els va dir amb orgull. Va deixar els diners per pagar el compte sobre la taula i tot seguit es va aixecar per marxar—. Oi que em perdonareu? Que tard que s'ha fet!

Les va besar a cada galta i va sortir com una foguerada. La Natàlia i l'Olivia encara es van quedar una estona assegudes a la taula, van prendre's el cafè sense pressa i la Natàlia es va encendre un cigarret.

—De veritat, Olivia, fes-me cas i no et casis mai. No suportaria que et tornessis com ella —va advertir-la abans de deixar anar tot el fum.

—Natàlia, si us plau, no comencis. No m'agrada que critiquis la Rosa. Som amigues, no?

Ella va fer que sí però no es va poder estar de continuar.

—No te n'adones? Se'ns ha tornat fleuma des del dia que es va casar. Que si els nens, que si l'Oriol... I ella? Mai parla d'ella. No té vida pròpia, només viu per a ells, i et dic una cosa —va aixecar un dit—: no l'hi agrairan mai, creu-me. Els nens creixeran, el marit ves a saber i aleshores ella què tindrà? Res, ja t'ho dic jo. El mateix quadre que ma mare i que tantes dones de la seva generació. I t'asseguro que si una cosa no vull en aquesta vida és assemblar-me a ma mare. Ja ho saps, sempre m'ha fet la vida impossible perquè no té altra cosa a fer que controlar els fills.

—No siguis tan dura, Natàlia.

—Però si és cert! —es va queixar ella—. Saps prou bé que no em va deixar en pau fins que vaig marxar de casa. I no he necessitat casar-me amb ningú per fer-ho!

—Dona, el cas de la Rosa és diferent i, a més a més —va puntualitzar l'Olivia—, no tothom vol ser com tu.

—Vols dir una dona lliure? —La Natàlia se la mirava amb una cella alçada i el colze sobre la taula. Quan s'encenia, encara estava més bonica.

L'Olivia va sacsejar el cap.

—No tens remei —va respondre-li—. Ets incapaç d'entendre que cada dona vol una cosa diferent i que ho has d'aprendre a respectar.

Van sortir al carrer i van caminar una estona plegades abans de separar-se. A l'hora d'acomiadar-se, la Natàlia la va agafar per les espatlles i la va situar al seu davant. Li va descordar un botó més de la brusa verd maragda, la va mirar satisfeta i li va estampar un petó a la galta.

—Dona-li records a en Quico. Un dia d'aquests hem de quedar —va dir-li. Després es va posar unes ulleres de sol molt grosses que la feien semblar una artista de cine, va donar-li l'esquena i va començar a allunyar-se. Abans de desaparèixer per la cantonada encara es va girar un instant per tirar-li un altre petó al vol.

6

Havien quedat al seu pis. En Quico li va dir que hi anés tot seguit de dinar amb les amigues, però a l'Olivia li venia de gust caminar una estona. No és que no tingués ganes de veure'l, de fet, el cor li bategava de pressa cada cop que s'hi havia de trobar, però passejar sense pressa per Barcelona li calmava els ànims, li permetia estar amb si mateixa i rumiar. I l'Olivia necessitava aquells moments perquè en el fons era una persona solitària, acostumada des de petita a tenir germans molt més grans que ella i per tant avesada a jugar sola. Així havia crescut al poble i d'aquelles estones amb si mateixa s'havia format, en bona part, la seva personalitat. A la facultat hi havia hagut gent que, des de primer curs, l'havien etiquetat com una noia tímida, més aviat introvertida i de pocs amics, i potser tenien una mica de raó, però no tota, perquè bé que li agradava estar amb les seves amigues de l'ànima i bé que s'havia llançat a una relació amb el noi més sociable i mundà que coneixia. Un any, gairebé, des que van començar amb en Quico. Els havia presentat la Natàlia en una festa en un pis d'estudiants. Ella hi havia tingut una història curta, res seriós, però allò ja era aigua passada i ara eren tan sols bons amics. Aquell dia, l'Olivia i en Quico gairebé no van xerrar. Bé, ell sí que ho va fer amb un munt de noies que li reien totes les gràcies, era evident que tenia un imant que les atreia com mosques al seu voltant. Però al final de la nit ell se li va acostar per acomiadar-se'n. Ella pensava que ja no devia recordar-se que els havia presentat la Natàlia, però «sí, i tant, m'he estat fixant en tu tota la nit. No te n'has adonat?», li va dir. Els ulls li somreien burletes. A l'Olivia li va sortir fer la desmenjada, no tenia clar que aquell noi no s'estigués rient d'ella. Que no es pensi que soc una noia fàcil d'impressionar, es va dir. Però quan ell li va dir: «M'agradaria quedar amb tu un dia. Com ho veus? Anem a fer un volt i xerrem més tranquils, ens coneixem», ella hi va accedir de seguida, no ho va poder evitar. Perquè, en el fons, tant li feia que fos un cregut, el cert era que li havia agradat i molt. I se sentia afalagada, per què no admetre-ho?, que de totes les noies d'aquella festa, ell s'hagués fixat en ella.

Van començar a quedar. En Quico l'anava a buscar a la facultat, passejaven plegats pels carrers sense anar a cap lloc concret i, al cap d'una estona, quan estaven tips de caminar, es ficaven en qualsevol bar que els feia el pes i ell la convidava a una cervesa o a una copa de vi amb una mica de formatge. Xerraven i es coneixien. Bé, sobretot parlava ell. Aviat l'Olivia ho va saber tot sobre el seu ofici de reporter gràfic, que era la seva passió. En Quico li descrivia tots els llocs on havia estat i la gent que havia fotografiat. Ella se l'escoltava amb interès perquè tot el que tenia a veure amb ell li semblava interessant. En canvi, quan ell s'aturava uns instants i li feia preguntes a ella, gairebé li contestava amb monosíl·labs perquè la seva vida era ben poca cosa al seu costat. Allò no era cap problema per a en Quico, que aviat tornava a parlar de les seves coses i així passaven les tardes després de la facultat, fins que es feia fosc i l'Olivia, a desgrat, li deia que havia de tornar a casa seva. Al principi, en aquells bars als quals anaven a fer una tapa i un vi, en alguns en concret en què tocaven música o es recitaven poemes, ell li posava la mà a la cuixa i a poc a poc l'anava apujant. L'Olivia notava una forta escalfor, el seu sexe no havia cremat mai tant, i malgrat que ella tancava les cames i feia com si no passés res per sota la taula, per dintre va començar a desitjar que ell anés més enllà. Quan ja feia uns quants mesos que estaven junts, ell li va dir d'anar al seu pis, que compartia amb un company de la redacció de *Mundo Diario*. Ho va proposar com qui no vol la cosa, però es va assegurar de fer-li saber a l'Olivia que el seu company de pis era fora. A ella se li va disparar el cor. Un cop allà, tots dos sols per primera vegada, ell va posar música al tocadiscos i li va servir una copa de vi. Sonaven cançons d'amor dels Beatles, ho recordava bé. Ella ja portava un parell de copes a sobre, que s'havien pres al bar, però no va rebutjar aquella tercera perquè l'ajudava a desinhibir-se. Van començar a besar-se i a tocar-se amb la novetat que ningú els podia observar. A partir d'aquell dia el pis d'en Quico va esdevenir l'escenari del seu despertar sexual. Ell era el primer noi que la besava d'aquella manera, el primer que la va veure despullada i el primer amb qui va fer l'amor. Ho feia tan bé que s'hi va aficionar. La Natàlia la va acompanyar al metge per aconseguir la recepta necessària per començar a prendre la píndola. Li va dir: «Això és sagrat». I no era una tasca gens fàcil, sobretot per a una noia soltera, ja que la majoria dels metges es negaven a prescriure-la. Corrien encara temps foscos en aquest sentit i les noies com elles, alliberades de les cotilles morals i religioses d'un règim que no sentien seu, imbuïdes dels nous aires que deien que corrien per l'estranger, vivien el seu cos d'una manera molt diferent de com l'havien viscut les seves mares. Per descomptat que no en parlaven amb elles, i és per això que entre moltes sorgia la complicitat absoluta i una solidaritat que les conduïa a passar-se, les unes a les altres, el telèfon d'un ginecòleg «amic», algú de confiança, més jove, progressista, que sí que els proporcionava la ineludible recepta amb la qual presentar-se a la farmàcia i poder adquirir la píndola anticonceptiva. L'Olivia somreia en recordar aquells primers dies en què tot ho aprenia sobre la marxa i a les palpentes i s'adonava que, des d'aleshores, vivia una història d'amor de la qual no en volia pas despertar.

En Quico vivia en un cinquè pis amb ascensor del carrer Diputació. Quan hi va arribar va saludar el porter, un home de mitjana edat que es pentinava la calba amb una doble volta de cabells i que tenia una veu tan punyent com un timbre agut. Vivia amb la seva dona i dos fills al piset que hi havia rere el taulell de la porteria i sempre feia els ulls grossos amb les visites a casa d'en Quico, ja que ell mai s'oblidava de portar-li algun detallet per als seus fills quan tornava de viatge. A l'Olivia li queia bé i sempre s'hi mostrava amable.

—*Buenas tardes, señor Barranco. ¿La familia, bien?*

—*Todos bien, señorita Olivia. Ya puede subir, su compañero está en el piso.*

L'Olivia va amagar un somriure. Recordava el primer dia en què se'l va topar i en Quico la va presentar com una companya de la redacció. De debò es creia que hi venia a treballar, a casa d'en Quico i en Pedro? Tot sovint es preguntava si aquell era el recurs que en Quico sempre havia utilitzat amb les noies que convidava al seu pis.

Es va ficar a l'ascensor i va prémer el botó del cinquè amb gest impacient. L'aparell ascendia lent i feixuc i ara es delia per veure'l. Tenien el vespre i la nit sencera perquè li havia dit al seu avi que anava a dormir a casa la Rosa, que havia de cuidar-li els nens. No és que li agradés mentir-li, de fet no ho havia fet mai abans de conèixer en Quico, però és que l'Olivia no estava disposada a renunciar a aquells moments d'intimitat amb ell. Per al seu gust, eren pocs i escassos, perquè en Quico es passava la vida amunt i avall a causa dels seus reportatges o bé, quan era a Barcelona, hi havia amics seus per tot arreu. Un cop l'aparell es va haver aturat al cinquè, en Quico se li va avançar i va obrir-li la porta. Amb un somriure encantador als llavis, la va estirar cap enfora i li va fer un petó amb aquells llavis molsuts que ella anhelava i que la devoraven tota. La va magrejar una mica, amb mans impacients, allà drets al replà, i ella se'n va desfer mig en broma.

—És que no et pots esperar una mica? —va riure.

—Em costarà.

—Què dirà el Pedro? Ja deu estar fart de nosaltres —va dir-li l'Olivia en plena rialla.

—El Pedro no hi és, tenim el pis per a nosaltres sols. —Va aixecar un dit a mode d'advertència i l'hi va posar als llavis—. No penso deixar-te ni un moment.

Van entrar i, com sempre, l'Olivia es va entretenir amb les fotografies que penjaven al rebedor i que havia fet en Quico. Sabia com complaure'l.

—Aquesta sèrie és la que més m'agrada. Ja t'ho havia dit, oi? —va comentar-li mentre passava el dit pels tres retrats consecutius en què es veia el rostre d'un home gitano, molt vell i ple d'arrugues, que cantava a plens pulmons amb tot el sentiment: la boca molt oberta en una autèntica ganyota, una mà alçada de la qual només es veien tres dits, i uns ulls que quedaven enterrats entre els plecs d'una pell fosca i gastada pel pas del temps. El talent del fotògraf era indiscutible.

Després d'un passadís on hi havia la cuina, massa bruta i desendreçada per al gust de l'Olivia, venia l'estudi d'en Pedro i a continuació el seu, una mena de santuari al qual poca gent hi tenia accés. A ella li agradava entrar-hi i saludar el pòster del Che Guevara que donava la benvinguda a l'intrús. A l'esquerra d'aquell espai en forma de tub llarg i estret en Quico hi tenia la taula amb els seus treballs més recents, la majoria dels quals els havia fet amb la seva càmera Leica d'última generació. N'estava molt orgullós. A l'altre costat, dues prestatgeries de ferro de color verd molsa guardaven llibres i revistes censurades pel règim franquista, tots ells obtinguts en les seves incursions a l'estranger. Llibres que passaven de les mans d'un amic a l'altre, amb aquell interès de tot el prohibit. D'entremig, l'Olivia en va agafar la pilota dels grisos, la policia franquista, que en Quico havia arreplegat d'una manifestació d'estudiants i la va fer botar.

—Au, vine a seure. —Va estirar-la cap a ell. Li va agafar la pilota de les mans i la va tornar a col·locar amb cura al seu lloc.

Es van instal·lar en un dels dos sofàs marrons de la sala d'estar i ella va llambregar cap a la reproducció del *Guernica* de Picasso que ocupava bona part de la paret de sobre. Aquella era la imatge que ella veia cada cop que eren sols al pis i feien l'amor al sofà. Es va treure les vambes i va ajeure-s'hi mentre en Quico anava cap al tocadiscos. En aquella casa sempre hi havia música que sonava i ara era el torn de «Paraules d'amor» d'en Joan Manuel Serrat, un clàssic de l'Olivia i en Quico. Van fer l'amor una primera vegada, de manera lenta, sensual, demorant-se en les carícies de l'un i de l'altre sobre els cossos despullats. Ella passava la mà pel seu pit pelut mentre la cadena que li penjava del coll li feia pessigolles al nas. Ell li conduïa la mà cap avall fins a dipositar-la en el seu membre, que li feia tocar sense pudor. Li enfonsava els llavis al coll i li omplia la boca amb la seva llengua inquieta i juganera mentre l'Olivia el seguia tocant. I quan ell entrava en plena erecció, la penetrava en una cadència rítmica i constant que esdevenia frenètica en arribar a l'èxtasi. Aleshores ell es feia a un costat i es posava les mans sota el cap. S'encenia un cigarret i es quedava mirant el *Guernica*, com ella. Començava a parlar-hi, de tot i de res. I l'Olivia, tota nua, buscava el contacte de la seva pell en una abraçada que procurava allargar, tot gaudint del fet d'haver-li donat plaer. Ella no sempre arribava a l'orgasme, però prou se'n guardava de dir-li res. Ella cremava quan ell la tocava, quan la seduïa amb els seus petons, amb la seva llengua, que la humitejaven tota, quan els seus dits arribaven al seu sexe i s'hi entretenien una mica, no gaire, abans de penetrar-la. Però sovint acabaven abans del que ella hauria desitjat i en Quico, lluny d'adonar-se'n, somreia satisfet. Tot i així, ella sentia una joia que l'envaïa. En Quico m'estima, es deia, de totes les noies amb qui podria estar, ell em desitja a mi.

La nit va acabar engolint les darreres guspires de llum. Van sopar unes torrades amb embotits i aviat van seguir xerrant i estimant-se al llit. Les hores passaven de pressa quan era al seu pis. De matinada, ell va quedar-se adormit, però l'Olivia encara seguia desperta i es va dedicar a gaudir del silenci i del respirar rítmic i apaivagat del seu company. «T'imagines viure plegats?», li va preguntar per dintre. En la penombra de la cambra va deixar voleiar amb llibertat els seus pensaments. Li agradava fantasiejar amb la idea d'en Quico i ella, un cop casats, amb un parell de criatures precioses al seu voltant. Fins i tot dibuixava els detalls de la seva futura llar. Era agosarat somiar-hi? Al cap i a la fi ja feia un any que estaven junts, no era una idea tan boja. Però aleshores li venia un mal pressentiment, una certesa que se li manifestava com un raig de llum, malgrat que ella tenia per costum enterrar-la: En Quico no em demanarà mai de casar-nos. No fa per a ell, li deia una veueta interior. Ell era un esperit lliure, què hauria de fer-lo canviar? Era la mena de persona que no tenia cap lligam, ni parella, ni família, ni tan sols una casa durant molt de temps. Tenia vocació de rodamon i li agradava dir als seus amics que tant podia viure a Barcelona com a Madrid com a qualsevol lloc de l'estranger. «Si t'estàs quiet, tota la vida, al mateix lloc, ets home mort», assegurava a tothom. Ella el mirava cada cop que l'hi sentia dir i desitjava respondre-li en veu alta que el seguiria a qualsevol lloc, perquè la vida al seu costat adquiria un color diferent, era excitant, divertida i, sobretot, perquè la feia sentir-se especial. Però no li deia res de tot això perquè en el fons li feia por que si es mostrava tota, ell podria perdre-hi l'interès. A en Quico li agradava dir-li que era la «seva» nina, la «seva» musa, la «seva» moreneta d'ulls verds, però l'Olivia mai no l'havia sentit «seu» del tot.

7

Va trucar a en Marc Hailer i es van citar a la granja La Pallaresa del carrer Petritxol, a tan sols unes porteries d'on vivia l'Olivia. Faltaven pocs minuts per a les cinc de la tarda quan ella va sortir de casa i s'hi va dirigir. Li va venir salivera només de pensar en la tassa de xocolata desfeta que pensava prendre's. Deien que el carrer Petritxol feia olor de xocolata gràcies a les granges que s'hi repartien: La Pallaresa, la Granja Dulcinea, establiments de tota la vida que abans havien estat lleteries i que ara acollien les famílies endiumenjades, a més a més de la gent del barri. No hi havia carrer en tot Barcelona que l'Olivia preferís al seu. Li agradava tocar les pedres fredes dels vells edificis, alçar els ulls cap a la pinzellada de cel retallat que s'hi veia al capdamunt i sentir les veïnes parlar de balcó a balcó que, de tan junts com es trobaven, gairebé es podien donar la mà. Les cases, per dintre, no havien canviat tant: la majoria hi seguia vivint com abans ho havien fet els seus pares, els seus avis, amb algunes comoditats més de l'era moderna, això sí. La carcassa, però, és la mateixa —es deia ella—, si un avantpassat aixequés el cap encara podria reconèixer casa seva i no s'hi perdria pas.

Va veure venir en Marc Hailer des de Portaferrissa. Caminava amb les mans ficades a les butxaques i capcot, de manera que no la va veure fins que gairebé va ser al seu davant.

—Hola. —Li agradava el seu somriure net.

L'Olivia es va preguntar fins a quin punt la podria ajudar. Van entrar a la granja i un cambrer els va assenyalar una taula amb l'única mà que tenia disponible, ja que a l'altra hi sostenia una safata plena d'ensaïmades ensucrades i uns xurros acabats de fer. L'espai era gran i el xivarri considerable, donada l'acumulació de taules i de gent. L'Olivia va demanar la seva xocolata a la tassa i en Marc es va decantar per un suís, aquella especialitat de la casa que consistia a incrementar el plaer de la xocolata amb una mica de nata muntada per sobre.

—Vols que compartim uns melindros? —es va engrescar el noi—. Convido jo.

A l'Olivia se li va escapar el riure i se'n va adonar que, a pesar de les modes, ell tampoc renunciava als plaers de sempre. Es podrien haver citat en un cafè d'aquells que obrien en altres barris, un bar o una cocteleria més a la moda, però quan ella li va proposar un berenar com el de les àvies al carrer Petritxol de seguida li va dir que sí.

Abans que els portessin la xocolata, en Marc ja li havia donat les gràcies un parell de vegades per les coses del seu avi que li havia deixat en un racó del pis.

—Ja les he recollides. De moment ho he desat tot en un armari de la meva habitació. Saps què em passa? Encara no em veig amb cor de tocar les seves coses... Em costa assumir que ja no hi és, sento un buit aquí, al mig del pit.

L'Olivia el va observar amb tendresa, voldria haver sabut què dir-li, però no va caldre, perquè en Marc es va espolsar els pensaments tristos amb un gest de cap i va canviar de tema.

Van parlar sobre ells, es van fer preguntes com ara «què estudies», «a què et dediques» i d'altres per l'estil. L'Olivia s'hi trobava còmoda, fet poc usual quan coneixia algú, i es va sorprendre xerrant-hi pels descosits: que si la facultat, que si els nervis dels exàmens finals que ja tenia a tocar, li va detallar la feina que feia el seu avi i com ho aprenia tot al seu costat.

—Un cop llicenciada —li va confiar—, em dedicaré de ple a l'antiquari, tot i que a mi el que m'hauria agradat és treballar en un museu o en una galeria d'art d'aquestes noves que obren ara. Saps què vull dir? Art modern, muntar exposicions, aquesta mena d'activitats.

Ni tan sols a les seves amigues els havia confiat aquell desig. També ell es va mostrar obert a l'hora d'explicar-li coses seves, malgrat que la va advertir que tot plegat era força avorrit.

—Treballo a l'empresa familiar Tèxtils Hailer, res de l'altre món. Per a mi només és feina, no hi tinc cap vocació.

—Ho comprenc.

—Saps què és el que de debò m'agrada? —va dir-li el noi—. Dibuixar.

Els ulls d'un blau aigualit li van brillar més del compte i la barba rossa va trencar la seva simetria per eixamplar-se en un ample somriure.

Ella s'hi va interessar:

—I què dibuixes?

—De tot una mica. Retrats, figura humana, també paisatges quan vaig a Àustria.

—M'agradaria veure alguns dibuixos teus. —L'Olivia sentia curiositat.

—Oh, no et pensis que són gran cosa —va respondre-li amb un gest de la mà—. No soc cap Picasso, només que m'agrada molt. Tu pintes, o dibuixes?

Ella va sacsejar el cap en una rialla.

—Ho vaig provar un temps, però jo no serveixo per a això.

—Tot és posar-s'hi. Però, t'agrada?

—M'agrada l'art, m'agrada veure com ho fan els altres i meravellar-me del que és possible fer amb un carbonet o els pinzells.

En Marc rumiava amb gest murri.

—Podries venir un dia al Cercle Artístic de Sant Lluc. Jo hi vaig dues tardes a la setmana a dibuixar al natural. Hi tinc bons amics, allà, te'ls puc presentar —va proposar-li.

—M'encantaria —va respondre-li ella espontània. Al cap i a la fi, no hi havia cap mal, en allò.

L'Olivia havia anat demorant la qüestió que l'havia portat fins allà, el motiu pel qual havia accedit a quedar amb en Marc i que la convidés a berenar. Arribats en aquell punt, va decidir abordar-lo sense embuts:

—Et puc confiar una cosa?

—És clar.

L'Olivia encara va fer una pausa, cosa que va generar certa expectació en el noi.

—El meu avi i jo vam trobar un quadre darrere de la marina de Cadaqués —va començar ella. El seu to era molt prudent—. Ja saps, el quadre que penjava davant la taula del despatx del teu avi. Sabies que hi havia un segon quadre, al darrere?

En Marc va alçar les celles i va recolzar l'esquena al respatller esquifit de la cadira.

—No, no en sabia res.

Ella va dubtar un instant: era ben clar que el tracte ja estava fet, que tot el contingut del pis formava part del lot que el seu avi havia adquirit en fer l'oferta al senyor Hailer, però sempre hi havia qui no s'hi conformava de bon grat, quan apareixien coses... I en un pis per buidar sempre n'apareixien. Va mirar als ulls expectants d'en Marc, no s'hi veia ni un punt de malícia. Ara ja has començat, es va encoratjar a si mateixa.

—Es tracta de l'autoretrat d'una pintora. La Valèria Sans.

La reacció d'en Marc no es va fer esperar.

—La primera dona del meu avi! —va exclamar—. De debò? El puc veure?

L'Olivia va tensar una mica les espatlles.

—Pots confiar en mi —li va reiterar en Marc—. Soc conscient que ara el quadre és vostre. Només és que tinc molta curiositat. Gairebé no en sé res, de la Valèria Sans. El meu avi no en solia parlar per respecte a la meva àvia, però m'hauria agradat saber-ne més. Era una pintora de gran talent.

L'Olivia es va inclinar cap a ell.

—Teniu més obra seva? —va preguntar-li.

En aquest punt, el rostre del noi es va il·luminar.

—Tens temps?

Ella va fer que sí amb el cap.

—Doncs, au, anem.

En Marc Hailer la va portar fins al pis de la plaça Reial, del qual encara tenia la còpia de les claus del seu pare. Durant el camí va explicar-li a l'Olivia que hi havia obres de la Valèria a la cambra que tenien tancada amb clau, aquella a la qual el senyor Hailer no els havia donat accés perquè hi tenia encara algunes pertinences de la família. Ella parlava de pressa mentre caminaven a bon pas i esbufegava una mica, li relatava com havia descobert el quadre al despenjar-lo de la paret i el noi la mirava amb interès creixent. Estava del tot fascinada amb la pintora, va admetre-li ella, tant per la seva bellesa enigmàtica com pel seu talent. Va detallar-li tot el que el seu avi li havia pogut explicar sobre ella i de seguida es va adonar que en sabia més coses ella que ell. Tal com li havia exposat en Marc, el seu avi no n'hi va parlar mai gaire per respecte a la seva àvia, malgrat que ara se'n lamentava, i molt, perquè el profund interès de l'Olivia havia encès novament el seu.

Un cop al pis, on encara quedaven coses per retirar de les que en Boris havia adquirit —no pas l'autoretrat de la Valèria Sans, que ja s'havien encarregat de portar a l'antiquari juntament amb altres obres d'art i objectes valuosos—, van anar directes a la cambra tancada i en Marc va treure el joc de claus per obrir-la. Va fer girar dues voltes de clau i van accedir a un espai més gran del que l'Olivia havia calculat. De seguida es va fixar en la pila de quadres que hi havia recolzats a la paret. I, mentre en Marc els anava mirant i en separava ara un, ara un altre, ella es va quedar en un racó sense tocar res. No volia, no gosava moure un dit, es mantenia expectant amb els ulls posats en les mans d'aquell noi que triava i remenava entre pintures. Al final en van quedar tres d'apartades en una paret lateral. Totes tres fetes per la Valèria Sans. En Marc els va donar la volta i les va posar seguides perquè l'Olivia les pogués contemplar. Silenci. Ella hi va passejar la mirada, encara no va dir res. La pintura situada més a l'esquerra era el retrat d'un home que, per algunes fotografies trobades en el buidatge, va reconèixer com l'avi d'en Marc.

—Oi que és increïble? —va fer ell al seu costat. Tots dos contemplaven el quadre i es delectaven amb cada detall. En Lukas Hailer hi era representat a una edat encara jove, potser quan es van casar. Havia estat un home atractiu, això s'apreciava de seguida en els trets angulosos del seu rostre, rematat per una barba rossa ben retallada, semblant a la que duia el seu net. L'Olivia no va poder evitar llambregar cap a en Marc i preguntar-se si es devia haver deixat aquella barba per ell. També la mirada ferma i alhora bondadosa que la Valèria Sans havia plasmat en el rostre d'en Lukas Hailer li feia pensar en en Marc, tot i que el seu avi lluïa uns cabells ben clenxinats molt de l'època i una elegància en el vestir que li donaven l'aire d'un veritable dandi. «Un ric empresari, col·leccionista d'art», li havia descrit en Boris el primer dia que n'hi va parlar, i així se l'havia imaginat ella, tal com ara el veia representat. Si bé la figura era prou realista, la pintora havia optat per un fons fragmentat que s'encaminava cap a l'abstracció en unes línies corbes i uns volums cromàtics on l'Olivia hi va veure reminiscències d'alguns cubistes i d'expressionistes dels anys deu.

—És meravellós —va dir en un murmuri.

El segon quadre era un autèntic esclat de llum i color. Una escena preciosa d'una terrassa que bé podia ser un d'aquells cafès típics dels anys vint a París. A cops de pinzell l'artista havia captat no només els detalls, la gent que ocupava les taules, el trànsit de cotxes al bulevard, sinó que també es percebia el ritme frenètic, gairebé es podia sentir el brogit del carrer, la remor de les veus, en una horabaixa on els llums del cafè s'encenien tot anunciant el començament de la nit.

L'Olivia l'observava de prop i de tant en tant mirava en Marc i li somreia, agraïda per la confiança, per donar-li l'oportunitat de veure tot allò. Sentia una mena d'opressió al pit que, amb tota facilitat, li hauria arrencat alguna llàgrima si no s'hagués contingut. Era tanta l'emoció que sentia!, pocs artistes l'havien colpit així.

I a la fi va arribar al tercer, davant del qual es va quedar aturada amb expressió interrogant. Les línies quedaven més definides, la imatge es feia més rica en detalls, en la línia, en la perspectiva. Aquell quadre parlava d'una altra època de la Valèria en la qual el seu art havia esdevingut més proper al surrealisme. Hi apareixia una dona gairebé d'esquena, només es veia un quart del seu perfil. Des d'una habitació tancada, de parets marrons, la mirada seguia la direcció de l'única finestra al fons i el paisatge que s'albirava a fora, fet d'arbres d'un verd intens i uns ocells estranys. Aquella dona, d'espatlles robustes, de monyo alçat...

—Saps qui és? —va preguntar-li en Marc. S'havia situat just al seu costat.

—Em sembla que sí —va fer ella, encara insegura.

—És Gertrude Stein —se li va avançar en Marc Hailer—. El quadre és dels anys vint. Coneixes el personatge?

—No en sé gran cosa, a banda que era una nord-americana rica, col·leccionista d'art modern, escriptora d'avantguarda i molt amiga d'artistes com Picasso. Sabia que l'havia vist en algun lloc i... és clar, era en el retrat de Picasso, aquell tan famós.

—Exacte. —En Marc mostrava la seva satisfacció.

—Aquesta pintora va viure una època a la qual no m'importaria viatjar —va fer l'Olivia, més per a ella que per al noi.

Van tornar a deixar a lloc aquelles obres de la Valèria Sans que la família sí que havia conservat. El més probable era que ben aviat pengessin de les parets de la seva casa de Sarrià. Uns quadres que l'Olivia va mirar per últim cop, ja que s'adonava que el més probable era que no en tingués cap altra oportunitat. Va sentir un glop de tristesa per totes aquelles obres que quedaven recloses en un indret privat i no podien gaudir de la mirada del públic.

Definitivament, havia descobert una gran pintora i es feia creus que el món sencer no la conegués. Com era possible? Tanmateix, ella pensava posar-hi remei; sabia que havia d'abandonar la seva recerca durant el mes següent, els exàmens finals de carrera reclamaven la seva atenció absoluta i no els podia deixar de banda, s'hi jugava la llicenciatura. Però ara ho tenia molt clar: havia pres la ferma decisió de recuperar aquella pintora d'un inexplicable oblit, rescatar cada retall de la seva vida i la seva obra, reconstruir-la peça a peça, si calia, fins a mostrar-la amb tota la seva llum, tal com es mereixia i com hauria estat si el relat de la història de l'art —ara ho veia amb tota la cruesa i claredat—, no l'haguessin fet només els homes, sinó també les dones. La Valèria Sans li atansava un fil del qual volia estirar, va comprendre que era allò el que la seva mirada li deia el primer cop que la va observar. I ho pensava fer, per justícia, per amor a l'art.

8

Van venir els últims dies de classe a la facultat, als quals van seguir les jornades maratonianes d'estudi per als exàmens finals. Tancada a la biblioteca de l'edifici històric de la universitat, l'Olivia es va passar el mes de juny amb el nas ficat entre llibres. Història de l'Art Modern i Contemporani, Història de l'Art Dramàtic amb en Ricard Salvat, el Cinema a través del professor Porter, abans d'això la descoberta de l'Art Antic i Medieval, els mestres del Renaixement i del Barroc, Història de les Idees Estètiques, aprendre a pensar, a observar una pintura, una escultura, qualsevol mena de representació artística dels temps antics i moderns i veure-hi més, molt més del que l'ull no instruït hi arribava a veure abans. L'Olivia sentia el pes d'aquells cinc anys de formació al costat de grans mestres i els estava agraïda, sabia que trobaria a faltar les seves veus a l'aula, aquell viatge a través de la història i de la història de l'art de tots els temps que ella havia fet gràcies a ells. Tanmateix, ara que faltava ben poc per llicenciar-se, s'adonava que allò només era el principi, si és que era ambiciosa de debò. Ells tan sols li havien obert les portes de tot un món que li quedava per descobrir, de camins inexplorats que volia recórrer, a partir d'ara tota sola, amb l'únic guiatge del seu instint i de la curiositat creixent. I ho pensava fer, s'hi llançaria de cap perquè ara sabia que allò era el que desitjava per a la resta de la seva vida, perquè aquells artistes que ja tenia a la retina i tots els que hi volia sumar omplirien la seva existència fent d'aquesta el lloc exacte on volia viure, on volia ser.

Asseguda a la taula de fusta massissa d'una de les sales de la biblioteca central, envoltada de llibres oberts que reproduïen les obres, amb els apunts al davant i els esquemes a mig fer, estirava les hores del dia fins que se li feia de nit. I cada cop que el clatell encarcarat li deia prou, descansa una mica, i dreçava l'esquena i aixecava la barbeta cap a la finestra que tenia al davant, a una certa alçada, topava amb les fulles dels plataners que lluïen formoses com cada mes de juny i observava la plaça Universitat amb el seu transitar de cotxes, de gent que hi passejava. Es fixava en les parelles assegudes en alguns bancs i pensava en en Quico i que poc que el podia veure aquells dies. S'entretenia amb els marrecs a qui els estudis encara quedaven lluny i jugaven a ple sol, amb la calor de l'estiu imminent i aquell regust de vacances que l'Olivia encara no podia tastar. A l'hora de dinar s'aixecava, ho deixava tot ben endreçat i sortia una estona de la biblioteca. Recorria, aleshores, tot el llarg de la galeria del Paranimf, que connectava el claustre de Ciències amb el de Lletres, la totalitat del saber. Gairebé un segle tenia aquell edifici i a l'Olivia li agradava pensar en totes les promocions que hi havien estudiat abans que la seva. Trepitjava la quadrícula de marbre blanc i negre, que lluïa de tan neta i atrapava els reflexos de llum, alçava els ulls cap al sostre enteixinat i passava per sota els llums que, en filera, penjaven del passadís. A una banda, la biblioteca, el Paranimf —a porta tancada—, i més enllà l'Aula Magna; a l'altra, la immensa filera de finestrals amb gelosia de ferro que donava als jardins posteriors. L'Olivia es dirigia a la planta baixa i anava directa al seu banc favorit situat al Pati de Lletres. Allà desembolicava l'entrepà que s'havia preparat al matí i se'l menjava en silenci, tot observant els altres estudiants que, com ella, vivien immersos en la preparació dels exàmens finals. A vegades es trobava amb algun company, hi mantenia una conversa breu, intercanviaven informació sobre tal o qual professor i les recensions finals que havien d'entregar, però el cert era que no havia fet cap amic de debò, cap d'inseparable, d'aquells amb qui convius a la universitat, des dels temps de la Natàlia i la Rosa. Allò no treia que, un cop elles van haver deixat els estudis, l'Olivia fes un esforç per integrar-se una mica més amb la resta de companys. Va ser aleshores quan va començar a assistir a més d'una assemblea d'estudiants i també a moltes protestes, vagues i manifestacions que es coïen allà dintre i al carrer. Sempre hi havia alguna qüestió per la qual calia lluitar, ja fos el nou pla d'estudis, la manca d'espai o el preu de la matrícula. Però no només es tractava dels interessos dels estudiants, sinó que la universitat servia de caixa de ressonància per a la denúncia política i social i l'Olivia volia formar-ne part. Eren temps de canvi, s'ensumava en l'ambient, i els joves lideraven la lluita antifranquista amb una nova efervescència. S'alçaven en favor de les llibertats i en contra d'un règim que feia dècades que reprimia i intervenia en tot. En aquell mateix pati de pedra, ara tan tranquil, amb el seu estany de nenúfars i peixos i els quatre parterres de gespa i xiprers, l'Olivia hi havia passat por de debò. Un dia hi va veure entrar la policia muntada a cavall i per poc que no li surt el cor per la boca. Quan hi pensava, el batec li tornava a les temples en reviure el moment: asseguda al terra del pati juntament amb altres estudiants, s'havien mantingut ferms en la seva protesta malgrat els avisos que els arribaven de la gent del carrer. «La bòfia ronda per fora, val més que foteu el camp», els havia advertit algú. L'Olivia tremolava, però no seria ella qui s'aixecaria si els seus companys no ho feien, per tant, es va limitar a concentrar-se en el contacte d'espatlla amb espatlla, en la suor fins i tot compartida, per apaivagar el neguit. I aleshores va succeir. Primer els crits que venien de fora, de cop i volta el soroll dels cascos dels cavalls, la gent aixecant-se d'una revolada i aleshores la gran dispersió, com una desbandada d'ocells. Alguns estudiants van refugiar-se a les aules i d'altres van sortir disparats en direcció als jardins posteriors mentre el caos regnava al pati de Lletres entre insults dels estudiants més valents i els cops de porra que repartien els grisos des de dalt dels cavalls. Encara ara, quan hi pensava, era incapaç de destriar qui la va ajudar a sortir d'allà. Una nebulosa cobria la seva fugida i només en recordava el xiulet agut de les orelles que li va durar dies, de tanta por com havia passat. Alguns companys d'estudis van ser portats a comissaria aquell dia, però no va ser pas l'únic.

Un cop enllestit l'entrepà, l'Olivia abandonava el pati i els seus records, travessava cadascun dels espais, que adquirien l'aire nostàlgic d'abans del comiat, i tornava a la feina, als llibres, als apunts i als esquemes que havien de servir-li per endreçar tots els coneixements adquirits i treure's el títol de llicenciada.

Després de Sant Joan l'Olivia va quedar en espera de les notes finals. Va assistir a alguna festa universitària, va recuperar el temps perdut amb en Quico i es va tornar a posar al dia amb les seves amigues, que es van queixar de no haver-la vist en més d'un mes. I va quedar amb en Marc. Li va trucar per avisar-lo que pensava anar a visitar la Quimeta, la tieta de la Valèria Sans que encara vivia al carrer Petritxol.

—He pensat que potser m'hi voldries acompanyar —va dir-li.

A l'altra banda del fil la resposta no es va fer esperar.

—I tant! M'agradarà molt conèixer-la. Potser ens pot explicar moltes més coses. Penses seguir amb la teva investigació?

L'Olivia va fer un somriure que ell no podia veure.

—No em coneixes pas. Soc molt tossuda. Pel que fa a la pintora, penso arribar fins al fons.

Així doncs, i per mediació d'una veïna a qui en Boris coneixia de tota la vida i que tenia cura, a estones, de la vella Quimeta, un dia del mes de juliol els dos joves es van presentar al pis de l'anciana. Va trigar força estona a obrir-los, però la veïna els havia advertit que sordejava força, i van seguir insistint. Al final van sentir unes passes arrossegades i la porta es va obrir.

—Hola Quimeta, soc l'Olivia i ell és en Marc —va dir-li l'Olivia en to amable—. Se'n recorda, que avui ens havíem de veure? L'hem vingut a visitar.

L'anciana els va mirar des de la seva curta estatura, va aixecar el cap fins als dos rostres joves que li somreien i els seus ulls petits i junts, com els d'un esquirol, en van mimetitzar l'expressió.

—Oh, i tant que me'n recordo. Passeu, passeu. Si en fa d'anys, que en aquesta casa no hi entra jovent!

L'estructura del pis era molt semblant a la de casa d'en Boris, però de dimensions més reduïdes: més enllà del rebedor hi havia la sala d'estar que donava al carrer i la cuina a un costat. Al fons, el passadís curt i en penombra deixava veure un parell de portes tancades corresponents a les habitacions. Van avançar cap a la sala d'estar tot sentint la remor de veus d'un televisor encès que l'anciana aviat va haver apagat.

—M'agrada tenir la tele encesa, em fa companyia —els va dir.

Va ser tancar l'aparell i sentir la forta piuladissa dels canaris del balcó adjacent.

—Voleu veure els meus petitons? —va fer la Quimeta amb posat gairebé infantil.

Va obrir la porta del balcó i malgrat l'estretor els va fer sortir a fora. Els dos nois van veure-hi les gàbies plenes d'aquells ocells grocs que l'Olivia sentia tot sovint quan passava caminant pel carrer Petritxol. L'anciana s'hi va situar ben a prop, la punta del nas gairebé ficat dins d'una de les gàbies, i els va començar a fer carantoines. Els canaris li picaven el nas i la piuladissa es va fer ensordidora.

Un cop novament dins el pis, els dos joves es van asseure al davant de la butaca on ella es va acomodar. La vella Quimeta, una mica cansada de tantes festes als seus petitons, va recolzar el cap blanc sobre el tapet de ganxet que cobria el respatller i va deixar anar un feble sospir. L'Olivia va pensar que ja devia haver fet els noranta, aquella dona, i es va preguntar si la seva memòria devia trobar-se en bon estat. Amb un moviment de cap, va donar la volta sencera a la sala, que no devia haver canviat gaire des dels temps de la Valèria Sans.

—Vosaltres direu, fillets. En què us puc ajudar?

—La senyora Conxita li deu haver explicat que estem molt interessats en la Valèria Sans —va començar l'Olivia, en un to de veu una mica alt, degut a la sordesa de la Quimeta—. Voldríem fer-li algunes preguntes.

—La nostra estimada Valèria... —va fer l'anciana, alçant una mà—. Ens va deixar amb trenta-cinc anys, quina desgràcia. —Els va semblar que es posaria a plorar perquè l'anciana va abaixar el cap i va quedar sumida en els seus pensaments. Al cap de ben poc, tanmateix, va tornar a alçar la vista cap a ells—. Tampoc la seva mare, la meva germana, no hi és pas. Ja ho veieu, fillets, només quedo jo. Qui m'ho havia de dir que jo seria l'última de marxar.

«De què va morir, Quimeta?», li hauria preguntat l'Olivia en aquell moment, però li va fer por que l'anciana es posés més trista i va canviar d'estratègia.

—Digui'ns, Quimeta, com era la seva neboda?

A l'anciana se li van eixamplar les comissures dels llavis i va tancar els ulls.

—Valèria, maca, què t'ha dit la mare? —havia canviat el to de veu, com si parlés a la petita i l'Olivia i en Marc haguessin desaparegut del seu davant—. Deixa el quadern de dibuix i ves a rentar-te les mans que el sopar aviat serà llest. No veus que ja no queda ni un fil de llum al balcó? Vine amb la tieta, deixa els colors i sigues bona minyona, au, que, si no, la mare ens renyarà a totes dues.

Els dos joves es van mirar sorpresos. No gosaven dir res. Però la Quimeta va obrir els ulls i, després d'uns instants, va seguir parlant amb ells com si res.

—La meva neboda va començar a dibuixar de ben menuda. Tenia molt talent, ja ho crec. Encara la veig al balcó, asseguda a terra amb les cames encreuades i dibuixant tot el que se li posava al davant. De vegades era un petit ocell que s'entretenia en un balcó proper, de canaris encara no en teníem; altres cops dibuixava el carrer, un gos que passava, un gat que s'enfilava, i també s'entretenia dibuixant-nos a mi i a la seva mare mentre cosíem. Us ho he explicat, que jo cosia flors de roba? Treballava per a una casa molt bona, la millor de Barcelona: els cosia flors per als barrets, els vestits, les jaquetes... Hi tenia molta traça.

La Quimeta els va mostrar un cistell que tenia als peus de la seva butaca on encara hi guardava flors de roba. Tot seguit els va dir que la seva germana cosia vestits.

—Per a les dames riques. En sabia un munt!

—I mentrestant la Valèria dibuixava, oi? —va dir l'Olivia, per tal que l'anciana reprengués el fil del seu record.

—La Valèria ho dibuixava tot. De seguida va demostrar un gran talent. Jo ja li deia a la meva germana: «La nena se't farà pintora», i ella, primer em deia: «Fuig, Quimeta! No diguis bestieses!». I fixa't quanta raó tenia jo.

Va desviar la mirada cap al balcó i va quedar callada, els llavis tan fins com una ratlla.

—La mare no volia que estudiés pintura, doncs —la va tornar a ajudar l'Olivia.

—Al principi no ho veia clar. Ella volia que la nena fes alguna cosa de profit. No li semblava que aprendre a pintar la portés enlloc.

L'Olivia va fitar en Marc de cua d'ull i ell va riure una mica per sota el nas.

—Que potser guarda dibuixos de la Valèria? —va preguntar-li ell.

—Dibuixos, dius? Un munt! De quan era joveneta, això sí, perquè els altres els va vendre en vida. El seu espòs, en Lukas Hailer, li feia de marxant.

En Marc va dreçar l'esquena. Encara no li havia mencionat el seu cognom a l'anciana perquè havien quedat amb l'Olivia que primer la deixarien parlar. De fet, el noi desconeixia la mena de relació que havien tingut la mare i la tieta de la Valèria amb el seu avi, ja que ell mai n'hi havia parlat. Però arribats a aquest punt, en Marc es va decidir.

—Senyora, jo soc el net d'en Lukas Hailer.

La Quimeta va fer cara de no entendre gaire el que li deia. El seu cap no acabava de relacionar aquella informació.

—Tu ets el fill d'en Lukas Hailer?

—No, senyora, soc el seu net.

L'Olivia va fitar el noi i en el seu posat va veure que per a ell aquell era un moment important.

L'anciana va endolcir el rostre.

—Quin home més elegant! —Va somriure i els ulls se li van empetitir. El rostre d'en Marc es va il·luminar—. A la meva germana sempre li va agradar molt per a la nostra Valèria. És tot un senyor. Com està? Digues-li que ens pot venir a visitar. A la meva germana li farà molta il·lusió.

En Marc va quedar una mica descol·locat, la pobra dona els parlava a cavall entre el present i el passat i a estones no en distingia la línia. L'Olivia va decidir reprendre el tema dels dibuixos d'infantesa.

—Quimeta, que ens permetria veure'ls?

—És clar!

La vella Quimeta es va aixecar de la cadira, no sense certa dificultat, tot i que no es va deixar ajudar. Va anar fins al moble aparador que hi havia al costat de la taula del menjador i d'una porteta en va extreure unes quantes carpetes que va anar deixant sobre la taula. Amb un simple gest, va fer venir en Marc a ocupar-se de traslladar-les totes a la taula de centre al voltant de la qual estaven asseguts.

—Feu, feu —els va dir la Quimeta acomodada de nou a la seva butaca—. Ja les podeu obrir i mirar tot el que hi ha a dins.

L'Olivia i en Marc es van mirar un instant i aleshores van començar a deslligar les gomes d'aquelles carpetes voluminoses que prometien noves descobertes. A poc a poc, en van anar extraient els dibuixos al carbonet, les sanguines, les làmines al pastel i també un munt de retalls de revistes, catàlegs d'exposició i altres papers que la jove aspirant a artista havia anat acumulant en els seus primers anys. La vella Quimeta, amb el record a flor de llavis per cada imatge i cada retall guardat, va començar a compartir amb tots dos el que hi veia. Va ser aleshores quan el món de la jove pintora se'ls va obrir al davant.

El despertar de l'artista

La Valèria sap el moment exacte en el qual va decidir esdevenir pintora. No és que el seu cor no l'hi demanés des de sempre, ja ho deien la mare i la tieta, que havia nascut amb el carbonet a la mà. Però el dia que va complir els tretze va saber que d'aquella passió, d'aquella única activitat a la vida que li agradava fer, més que res en el món, en faria el seu ofici. I va ser gràcies a la Lluïsa Vidal.

El senyor Parés tenia una galeria d'art al mateix carrer on vivia ella. Sovint hi entrava amb la mare o amb la tieta Quima per admirar els quadres que penjaven del seu gran saló. Cada mes n'hi havia de nous, d'artistes com en Ramon Casas o en Santiago Rusiñol, que ella va descobrir allà. Tot el que li interessava ho retenia en la seva memòria i després ho copiava a casa, en feia versions personals. Però aquell dia del seu aniversari va entrar al Saló Parés i va descobrir-hi els quadres d'una pintora. Alguna cosa la va sacsejar per dintre. El primer que va veure va ser el retrat d'una nena que llegia, dreta, recolzada en el llindar d'una porta mentre un gat negre l'observava als seus peus. El vestit negre, el gat, l'actitud ben trobada d'una nena com ella, si fa no fa de la mateixa edat, la incidència de la llum en el seu rostre, en la mà que aguantava el llibre, tot plegat la va fer acostar-s'hi, empesa per una atracció. Aleshores va llegir la signatura a l'angle inferior esquerre del quadre: Lluïsa Vidal. Una dona. Una dona pintora. Una artista capaç d'exposar al Saló Parés al costat dels grans noms modernistes i de fer-ho amb un quadre que t'atrapava, que li hauria agradat fer a ella. El va contemplar una bona estona, per sort aquell dia l'acompanyava la tieta, que tenia més paciència que la mare, i el senyor Parés ja les coneixia del barri i sempre les deixava fer. A la sala hi havia altres pintures d'artistes diversos, algunes més interessants que altres per a l'ull jove i escrutador de la Valèria. De la Lluïsa Vidal en va descobrir fins a onze obres més: una gitana que sostenia unes taronges, un escolanet amb cota vermella i un encenser que fumejava, el retrat circular d'una damisel·la, però el que més la va impactar va ser la nena del gatet negre i el fet que fos una dona qui l'havia pintat. La va seguir amb fruïció des d'aquell dia, amb el desig secret d'esdevenir pintora com ella, de professió.

Anys més tard va haver-hi un altre quadre seu, en concret, que li va causar una forta impressió, en una exposició que la Lluïsa Vidal va compartir amb una altra pintora, la Pepita Teixidor. Dues dones van regnar aquell mes de maig del 1909 a la sala gran de Can Parés. Aleshores, a la Valèria li quedaven uns mesos per complir els dinou anys i feia temps que havia començat una campanya per convèncer la mare que li permetés presentar-se a les proves d'ingrés de l'Escola de Belles Arts de la Llotja. En aquella exposició hi va veure uns quants retrats a l'oli de la pintora ja coneguda, també alguns dibuixos a la sanguina, escenes que representaven la ciutat de París —devia haver-hi viatjat, la Vidal?— i, destacant per damunt de tots els altres, un oli sobre tela de grans dimensions que portava per títol *La violoncel·lista descansant*. Dos senyors s'hi trobaven just al davant quan la Valèria s'hi va apropar i es va situar al costat d'ells. Meravellada, es va dedicar a contemplar aquella noia representada amb un vestit clar ple de blondes, en mànigues i coll, que reposava els peus en un tamboret mentre el seu violoncel quedava momentàniament apartat damunt la taula propera. La llum tènue que arribava d'allà on es trobava la Valèria incidia de ple en el vestit de la violoncel·lista, en les fines sabates blanques, en el seu rostre de galtes enceses. Un rostre que a la Valèria li va semblar modern, de mirada reflexiva, segura, intel·ligent.

—La Lluïsa Vidal s'ha guanyat el mèrit de pertànyer al bo i millor d'aquesta segona generació de modernistes —va dir un dels senyors al seu costat.

—No se li pot negar el talent —va murmurar l'altre—. Té una força més pròpia del temperament d'un home que no pas el d'una senyoreta. No ho troba així, amic meu?

La Valèria els va mirar de cua d'ull: dos homes amb les seves barbes ben retallades i el vestit fosc ben polit. Sense moure's d'on era, va passejar la mirada per la resta del gran saló i, de lluny, va donar un cop d'ull al seguit d'olis i aquarel·les de l'altra pintora, la Pepita Teixidor, en els quals hi havia pintades tota mena de flors: roses, clavells, lilàs, crisantems, cada obra era un veritable esclat de color. Però la Valèria no semblava voler apartar-se de la violoncel·lista, ni tampoc de la conversa dels dos senyors.

—Dues pintores ben diferents —va sentir dir-li tot seguit a un d'ells—. Mentre que l'art de la senyoreta Vidal és més masculí, el de la senyoreta Teixidor se subscriu del tot en la pintura femenina. Res a veure la pintura de flors amb la força expressiva i els temes escollits per la Vidal.

Masculí, era el terme que havien fet servir per a la Lluïsa Vidal, sinònim de bo, d'estar a l'alçada, de tractar-se d'art de debò, va entendre la Valèria, mentre que a la pintora de flors l'havien titllada de fer «art femení» com una cosa menor. Era la primera vegada que la noia sentia aquella mena d'apreciacions, i no seria l'única, i també va ser el primer cop que la seva feminitat la va incomodar. Va decidir que ella no se cenyiria mai a aquells patrons, va prometre's a si mateixa que pintaria sempre tot allò que li vingués de gust i que no hi hauria res ni ningú que l'aturés a l'hora de creuar aquella frontera que els homes, de manera tan absurda i incomprensible per a una noia com ella, havien aixecat entre els dos sexes.

Recorda el dia que va anar a la Llotja a fer les proves d'ingrés. En fa tants anys, d'allò! Era l'any 1910 i, gairebé a punt de la vintena, se sentia més que preparada. La va sorprendre trobar algunes noies més joves que ella, a totes les van fer dibuixar un parell d'escultures per tal de ser admeses a la classe de dibuix al natural, és a dir, la classe on podrien practicar amb model nu. Allò no l'hi va comentar a la mare, és clar, que ja li havia costat prou de convèncer-la per tal que li permetés estudiar a l'Escola de Belles Arts. Del que li ha quedat més bon record d'aquells primers temps és de quan sortien, a finals de cada curs, a dibuixar racons de la ciutat en companyia d'alguns professors. Matins de primavera al claustre de la catedral, cada alumne de la Llotja amb el seu quadern i les hores que transcorrien entre les pedres velles mentre treballaven la perspectiva, la incidència de la llum en cada angle, les ombres reflectides en justa proporció. Eren pura delícia. Va treballar molt durant aquells dos cursos, va esforçar-se per aprendre la tècnica, per dominar l'ús del color, per absorbir i desenvolupar cada nou coneixement, cada bon consell dels seus professors. I en va recollir els fruits quan la van començar a valorar. Els professors lloaven els seus treballs, algunes obres seves van ser exposades en mostres col·lectives i es va guanyar el seu primer reconeixement. També el de la mare, que va començar a mirar-se aquella passió de la Valèria amb més bon ull. Són dies que formen part d'una vida passada, de l'altra vida de la Valèria Sans, abans que el món li canviés de debò.

Va succeir l'any següent. En Josep Dalmau, un desconegut per a ella en aquella època, havia obert una nova galeria d'art al carrer Portaferrissa en la qual es dedicava a fer exposicions d'art modern. El 1912 va organitzar una exposició: *Art cubista*, la va anomenar, i abans d'inaugurar-la ja hi havia cartells que l'anunciaven per tot Barcelona. En Dalmau portava així, per primera vegada a la ciutat, les propostes que un grup de joves artistes residents a París estaven desenvolupant. La Valèria n'havia sentit a parlar a la Llotja, sabia que l'iniciador d'aquell moviment anomenat *cubisme* era un pintor de gran talent, espanyol, que feia temps que vivia a la capital francesa i que es deia Pablo Ruiz Picasso. La Valèria no va anar a la inauguració de l'exposició, és clar, ja que l'entrada anava per rigorosa invitació. Però a partir de les sis de la tarda d'aquell dia d'abril ella es va situar a uns metres de l'entrada de la nova galeria i es va dedicar a observar el personal que hi entrava i en sortia. Les expressions que va veure en els rostres dels convidats li van fer créixer, encara més, la curiositat que sentia per aquella mostra d'art estranger. Quina mena d'obres havia exposat el senyor Dalmau que provocaven la sorpresa en els que les havien vist, comentaris tan contradictoris? «No he entès res! Això és art?», li va sentir dir a un senyor que sortia i clavava el seu bastó a terra amb un gest indignat; «És escandalós, què vols que et digui?», va xiuxiuejar una dama al seu marit, i ell li va respondre amb un «Joves extravagants... al cap i a la fi», mentre feia espetegar la llengua. Però també n'hi va haver d'altres que van sortir de la galeria amb la mirada encesa, amb exclamacions com ara «És una autèntica revolució! Això canviarà la concepció mateixa de l'art», o bé «Ara sí que l'impressionisme ha quedat superat». La Valèria frisava per veure-ho amb els seus propis ulls i jutjar per si mateixa, tot i que no va ser fins al cap d'uns dies que hi va poder anar. La mare s'havia prestat a acompanyar-la.

En recorda la primera impressió. Desconcert. I també tot el cúmul de sensacions que van seguir i que la van fer adonar-se que tot allò que havia après, tot allò que li havien ensenyat els seus professors de la Llotja, no era més que el principi d'un món encara per descobrir. A Can Dalmau hi va veure pintures, dibuixos, aiguaforts i alguna escultura de prop d'una desena d'artistes els noms dels quals eren nous per a ella, tot i que se'ls aprendria de memòria: Metzinger, Le Fauconnier, Gleizes, Juan Gris, Léger, Marcel Duchamp i una dona, Marie Laurencin. Va recórrer els espais a poc a poc, es va aturar davant de cada obra presentada i es va delectar amb aquella realitat nova, on els volums es descomponien, les formes es tornaven geometritzants i fins i tot les lleis clàssiques de la perspectiva quedaven qüestionades. Una autèntica revolució! Els colors tènues, en general, contrastaven amb l'exaltació del seu ànim i la feien somiar a anar a París, a conèixer artistes tan agosarats com aquells. Es va quedar paralitzada davant d'un quadre que Marcel Duchamp havia titulat *Nu baixant l'escala*: com era possible percebre amb tanta claredat el moviment d'aquella figura que el pintor havia reduït a elements cònics i cilíndrics? La figura humana transformada en unes simples formes geomètriques i aleshores n'havia creat una seqüència que reflectia el ritme, el descens del suposat cos per l'escala. La Valèria estava segura que aquella obra devia estar produint un veritable escàndol entre les files més conservadores de l'art. Tanmateix, les obres més radicals, les de rigorosa descomposició volumètrica, tenien el seu contrapunt en la mostra del senyor Dalmau, i aquest era, ni més ni menys, que l'art de gust més primitivista, més líric, de Marie Laurencin. La pintora seguia les seves pròpies premisses. Va ser allà on la Valèria va veure la seva obra per primera vegada.

Li sembla que ha passat una eternitat des d'aquella exposició. «Mare, vull anar a París», li va dir tan bon punt va entrar a casa, el mateix vespre. La dona no en va fer gaire cas, acostumada com estava als rampells de la seva filla. Però aquell desig expressat en veu alta es va convertir aviat en convicció i, sense que l'una ni l'altra s'ho acabessin de creure, va esdevenir oportunitat: a la tardor, la Valèria va rebre la notificació que se li concedia una beca per anar a París. Allà podria completar els seus estudis en una acadèmia de pintura i viure a dispesa en una residència d'estudiants. El món sencer s'obria davant la Valèria i res ni ningú s'hi podria interposar. La mare ho sabia i hi va accedir. Els dies abans de marxar són un seguit d'imatges que la Valèria no ha oblidat mai: el comiat silenciós dels espais coneguts, casa seva, la mare i la tieta que ho xerraven a les veïnes amb una barreja de por i d'orgull, el carrer Petritxol, els dies a la Llotja, els seus professors, les passejades amb algunes companyes d'estudi per la Rambla de les Flors, els colors vius de les parades que li encongien el cor, les copes dels arbres a mig despullar i aquell cel blau de Barcelona que aviat començaria a enyorar. Ja aleshores, tenia la certesa que l'estada a París seria per a ella un abans i un després.

9

El mes de juliol va ser un degoteig de notes que anaven sortint publicades a la universitat. L'Olivia acudia de manera periòdica a Secretaria de la plaça Universitat i buscava el seu nom per ordre alfabètic en els fitxers que el personal posava a disposició dels alumnes damunt dels taulells. Els seus dits lliscaven neguitosos d'una fitxa a l'altra fins que arribava al seu nom. Aleshores n'extreia la cartolina i llegia: aprovat, notable... Va anar superant cada assignatura, fins que va arribar el dia d'anar a buscar l'última nota. Els nervis la consumien, d'aquella darrera en depenia que fos una dona llicenciada. Gairebé se li escapa un crit, quan, entremig de l'eixam de companys i companyes que s'acumulaven davant del taulell, entre dits que es movien de fitxa en fitxa, braços que li passaven pel davant, va llegir el seu aprovat final. Es va quedar paralitzada per un instant, la respiració continguda. Havia acabat els estudis, ara sí. Historiadora de l'art, es repetia per dintre mentre caminava lleugera de tornada a l'antiquari. Frisava per veure l'expressió del seu avi, els ulls plens d'orgull, ho sabia, i després la trucada al poble, el pare, la mare... El cor no li cabia dintre el pit de tan fort com li bategava.

Per acabar d'arrodonir aquell dia esplèndid, al vespre hi havia una festa en un pis d'estudiants del passeig de Sant Joan. L'organitzaven uns companys de la facultat que s'havien llicenciat com ella, un noi de Burgos que es deia Javi amb qui s'havien intercanviat molts apunts i dues noies gallegues molt simpàtiques i extravertides que coneixien a tothom. Tots tres compartien el pis de lloguer. L'Olivia li havia demanat a en Quico que l'acompanyés i ell hi havia accedit, amb la condició que en acabar la festa en fessin la celebració íntima a casa seva. «Fa dies que no vens i ja tinc ganes de tu», li va dir per telèfon. A dos quarts de set van quedar a la cantonada de Rambla amb Portaferrissa, on en Quico l'esperaria amb la moto.

L'Olivia el va albirar des de lluny, s'estava dret, les cames encreuades i recolzat a la moto. Els ulls rere unes ulleres de sol força grans i quadrades semblaven observar-ho tot al seu voltant i de la boca li penjava un cigarret. Tan bon punt la va veure, va llençar la burilla a terra i va trepitjar-la amb el peu. Les ulleres al cap, les mans que l'agafen per la cintura i un petó d'aquells que a l'Olivia la desfeien per dins.

—Estàs preciosa —va dir-li—. Segur que vols anar a la festa o anem directes a casa meva?

Ella se'n va desempallegar a rialles.

—No m'ho facis això, Quico! M'ho has promès.

—D'acord, d'acord. Tu manes.

Van pujar a la moto, un model de la casa Derby de color vermell i negre que a l'Olivia li agradava molt. Es va agafar amb delit a la cintura del noi i es va deixar portar. El pit contra la seva esquena buscava el contacte a cada sotrac. Era tan feliç que de bona gana hauria aturat el temps en aquell precís instant.

Van deixar la moto aparcada a la vorera i van caminar agafats de la mà fins al número 78 del passeig de Sant Joan.

La porta era d'aquelles antigues amb marc de fusta i fulla de vidre pesant i estructura de ferro, que van haver d'empènyer amb força cap endins per accedir al vestíbul. Van pujar el tram d'escales de marbre de dos en dos i van arribar a l'entresol, on no els va caldre picar el timbre perquè la porta estava a mig obrir. Els va arribar la remor de les veus de tots els nois i noies que ja s'acumulaven dintre el pis. La festa havia començat i sonava un disc de Jimi Hendrix. Van recórrer el passadís llarg i estret fins al fons, obrint-se pas enmig de la gent que s'hi entretenia parlant. De la sala que donava a la part del darrere, on la guitarra elèctrica de Jimi Hendrix sonava més fort, en va sortir en Javi, el seu amfitrió.

—*¡Olivia! Pasa, qué bien que hayas venido.* —Li va fer un petó a cada galta.

—*Este es Quico* —va contestar-li ella mentre es feia a un costat per mostrar el seu acompanyant.

Tots dos nois van encaixar i en Quico li va preguntar d'on era.

—*De Burgos.*

—*He estado un par de veces por allí* —va respondre-li ell, que sempre tenia alguna cosa a explicar sobre qualsevol lloc que li mencionaven. De manera que els dos nois es van posar a xerrar i l'Olivia va decidir anar a buscar un parell de cerveses per a en Quico i ella. Algú va canviar el disc i, mentre l'Olivia es ficava a la cuina estreta plena de gent, va començar a sonar Pink Floyd. Gairebé no s'hi cabia, tothom obria els armaris i calaixos d'aquella cuina i n'agafava coses. L'Olivia va pensar com li agradava la tranquil·litat del seu pis. Van donar-li una empenta quan ja tenia les dues cerveses a la mà i va anar de poc que no li cau tot el líquid per sobre. Quan es va girar, va veure el rostre pigallat de la Natàlia que li somreia.

—Natàlia! Has vingut! —Va obrir els braços, una cervesa a cada mà, i es va deixar abraçar per la seva amiga.

—Què et penses? Que deixés la facultat no vol dir que hagi desconnectat dels amics. En Javi em va trucar per convidar-me.

—Me n'alegro molt. Ara la festa serà més divertida —li va dir l'Olivia.

La Natàlia es va apropiar d'una de les dues cerveses i va estirar l'Olivia cap a fora d'aquell espai estret.

—Per a qui era? —va preguntar-li a mig passadís, alçant l'ampolla després de fer-ne un glop.

—Era per a en Quico —va respondre-li l'Olivia resignada.

—Has vingut amb ell?

—Sí.

—I per què?

—Doncs perquè és la meva parella. Te'n recordes?

—Dona, no t'enfadis, ho deia perquè a aquestes festes és més divertit anar-hi sola i deixar-se portar. Ja m'entens —li fa fer l'ullet.

—Natàlia! Ja saps que jo no soc així.

—Per desgràcia, ho sé.

Van dirigir-se cap a la sala on en Quico seguia xerrant amb en Javi. Ara se'ls havien ajuntat uns quants més i comentaven la notícia que aquells dies estava en boca de tothom: Franco portava uns dies hospitalitzat a causa d'una flebitis a la cama dreta. El metge en cap havia fet una roda de premsa en la qual havia volgut treure ferro a l'assumpte, insistint que el pronòstic era bo però que havien decidit deixar-lo uns dies més ingressat. No obstant això, en les seves últimes aparicions al dictador se'l veia més vell que mai. El Parkinson es feia cada cop més evident i la seva imatge es deteriorava amb rapidesa.

—Potser tindrem sort i aviat la palmarà —va dir un company de la facultat.

—No sé què dir-te. Aquest cabronàs ho aguanta tot —va contestar-li en Quico i tot seguit es va encendre un cigarret.

Aleshores es va girar cap a l'Olivia, que li va allargar l'única cervesa que li quedava a la mà i va fer-li un gest de cap per assenyalar la Natàlia. Va sortir del grup de nois per anar a saludar-la. Li va fer un petó a cada galta.

—Aquesta sí que és bona! No sabia que també venies. Però si tu no t'has llicenciat —li va dir, sorneguer.

—Jo també m'alegro de veure't, guapo —va respondre-li ella amb una empenta.

L'Olivia se'ls va mirar. A en Quico li agradava provocar la Natàlia i ella sempre s'hi tornava amb ironia. Tenien aquella mena de relació que tan bon punt podien dir-se floretes com tirar-se els plats pel cap. Una confiança que venia d'abans que l'Olivia conegués en Quico i a la qual ja estava avesada, malgrat que no podia evitar aquell rau-rau a la panxa cada vegada que els veia junts. Li hauria agradat tenir el caràcter fort i enèrgic de la seva amiga, la seva llengua esmolada i les ocurrències que sempre feien riure a tothom. Quan la Natàlia hi era, tots els nois la miraven a ella, es convertia en el centre d'atenció. Però no hi podia fer res, totes dues eren tan diferents! En Quico va agafar l'Olivia per la cintura a mitja conversa amb la Natàlia i la va estrènyer cap a ell.

—Oi que és bonica? —li va preguntar a la Natàlia.

La noia va dedicar-li una llengota.

—Molt més que tu. Encara no entenc per què t'aguanta —li va deixar anar.

Van treure unes safates amb sandvitxos que havien preparat les dues companyes d'en Javi, les gallegues, van apagar el tocadiscos i dos nois van agafar unes guitarres. Tothom es va anar asseient a terra al seu voltant i van començar a cantar. L'Olivia es va situar en un racó amb la Natàlia mentre en Quico anava a buscar més beguda, però a mig camí es va aturar a parlar amb algú. L'Olivia cantava en veu baixa deixant que la Natàlia l'abracés pel darrere. Podia sentir el seu perfum dolç, floral, encisador. De tant en tant llambregava cap on era en Quico i cada vegada hi veia més noies al seu voltant. Xerraven, tots plegats, recolzats en l'ampit d'una finestra que tenien oberta mentre fumaven. L'Olivia no podia saber de què parlaven però les noies li reien totes les gràcies a en Quico, això sí que ho distingia bé. Ves a saber què els diu, rumiava. Amb els llavis fregant-li l'orella, la Natàlia li va apartar els cabells.

—No t'hi amoïnis, Oli —va xiuxiuejar-li—, ja saps com és. Li agrada seduir tothom, però t'estima a tu.

Van marxar de la festa cap al tard. La Natàlia s'havia trobat un antic amor de la universitat i els va acomiadar des d'un racó de la sala on ballava una lenta que sonava al tocadiscos molt agafada al noi. Li va fer l'ullet a la seva amiga i va tirar-li un petó. L'Olivia va pujar a la moto d'en Quico en silenci i ell va engegar. Mentre recorrien els carrers buits de Barcelona ella s'agafava més rígida que abans a la seva cintura i rumiava si havia de deixar córrer el seu enuig. Dubtava si havia de castigar-lo, fer-lo aturar i demanar-li que la portés a casa en comptes d'anar al seu pis. «Si hagués sabut que et passaries la festa xerrant amb altres noies no t'hi hauria convidat», li hauria agradat deixar-li anar. Però no gosava fer-ho, l'aterria entrar en una disputa amb ell i que allò pogués desembocar en uns dies interminables sense trucar-se, sense veure's ni saber res d'ell. Només l'allunyaràs de tu amb aquesta gelosia, es deia mentre s'agafava una mica més fort a la seva cintura i deixava que el vent de la nit li escampés els cabells. Finalment, van arribar a casa d'ell i van deixar la moto aparcada a la vorera.

—Et passa res? —va preguntar-li en Quico.

No és pas idiota, m'ho ha vist a la cara, va pensar ella.

—Bé, una mica sí. —No sabia on volia anar a parar, però era conscient que l'expressió del seu rostre la traïa—. És que no m'ha agradat que t'estiguessis tanta estona xerrant amb aquelles noies. Havies vingut amb mi.

—Dona, però si era una festa de la teva facultat. He vingut per tu —li va remarcar. Li va fer un petó i un altre i un altre. La mirava de prop i li somreia amb aquella expressió entre afalagat i entremaliat. L'Olivia es va anar estovant.

—No és que estigui gelosa... —va remugar amb el gust de tabac i cervesa de la boca d'en Quico.

—Una mica sí, i m'agrada.

—Doncs no t'hauria d'agradar.

En Quico se'n va apartar lleugerament i va fer un posat seriós.

—Olivia, ja em coneixes —va agafar-la pel rostre amb totes dues mans—. M'agrada parlar amb les noies, m'agrada seduir-les una mica però només és un joc. Ets la meva princesa i t'estimo. O és que encara no te n'has adonat, ximpleta?

Van pujar al pis i ella es va deixar estimar.

10

El juliol va ser un mes de molta feina a l'antiquari. La gent aprofitava la proximitat de les vacances per fer net i treure's molta cosa de sobre. Es venien tota mena d'objectes i en Boris anava avui a un pis i demà a un altre a la recerca de relíquies i bones oportunitats. Alguns matins l'Olivia l'acompanyava als Encants, assistien a una subhasta i es quedaven alguns lots interessants alhora que es desfeien d'altres que no els convenien. La Teresa sempre es quedava a la botiga i atenia les trucades, portava la comptabilitat amb la seva lletra pulcra i menuda i registrava cada entrada i sortida de mercaderia. L'autoretrat de la Valèria Sans lluïa enmig de tots els tresors que l'avi acumulava al carrer de la Palla i l'Olivia l'havia convençut per no vendre'l a menys que rebessin una oferta a la qual no poguessin pas dir que no. «Aquesta pintora pujarà de valor, avi, tu deixa'm fer», li insistia ella. I com que l'avi estava cofoi de tenir-la a temps complet en el negoci, d'albirar un futur d'allò que havia aixecat tot sol, hi va accedir.

Des de la tarda amb en Marc a casa de la Quimeta en la qual ella els va parlar dels inicis de la seva neboda alhora que els mostrava el seguit de dibuixos i aquarel·les que en guardava —unes escenes i uns rostres meravellosos que parlaven d'un temps passat al seu mateix barri, d'una percepció de la vida i del seu entorn que ja apuntava maneres d'artista—, l'Olivia gairebé no havia fet avenços. Havia tornat a la biblioteca de la universitat i havia seguit buscant-la en els llibres amb més deteniment, però, a banda d'alguna minsa menció entre d'altres noms de l'època, no n'havia trobat cap més rastre. Tanmateix, ella no pensava oblidar-la, no com els homes que havien escrit aquells llibres en els quals gairebé només hi sortien noms d'artistes masculins. El cor li deia que en la recerca de la Valèria Sans hi descobriria les dones que hi va haver i que els crítics i els historiadors van ometre. I ella hi volia posar remei. Sabia que hauria d'anar a les fonts primàries, als documents de l'època, a catàlegs d'exposicions i revistes del seu moment vital, així com recuperar tot el que pogués d'ella en el terreny personal. I ho faria, i tant que ho faria! No l'espantava la feina, la faria a poc a poc i amb bona lletra, com l'arqueòloga que passa el pinzell per la pedra amb tota la seva cura i paciència fins a trobar els tresors que la pols de la història ha deixat amagats.

Amb en Marc no s'havien tornat a veure, tot i que ell li havia trucat un parell de vegades per insistir-li que hi comptés, que volia estar al cas de la seva investigació i assabentar-se de cada cosa que anés descobrint. L'Olivia començava a conèixer-lo una mica més i en aquell interès li intuïa el neguit de saber més coses de l'avi, potser l'home de la seva família amb el qual se sentia més identificat. Tanmateix, no es tornarien a veure fins després de l'estiu, ja que el noi havia marxat de vacances a la finca familiar que tenien al sud d'Àustria i no tornaria fins a començaments de setembre. Ell no era l'únic que marxava de la ciutat per una llarga temporada, moltes famílies barcelonines ho feien durant els mesos de calor i fins i tot l'Olivia tenia pensat escapar-se un parell de setmanes al poble a veure els pares, però allò, per a ella, s'esdevindria al mes d'agost. Mentrestant, es dedicava a la feina de l'antiquari i assaboria aquella nova vida que encetaria de ple a la tardor. Li agradava cada cop més treballar braç a braç amb el seu avi, s'entenien prou bé, i en els ulls de l'ancià hi veia la il·lusió que li feia que ella s'involucrés en aquell negoci que era la seva raó de ser.

A finals de juliol en Quico va marxar a Grècia, just quan es va escampar la notícia del restabliment de la democràcia en aquest país. Caigudes les dictadures grega i portuguesa, Espanya esdevenia l'única que quedava de l'Europa occidental. Tot i així, Franco seguia aguantant, però les protestes al carrer anaven pujant de to i la gent es veia cada cop més amb cor de reivindicar qualsevol tipus d'avenç. S'ensumava la feblesa del dictador. De tota manera, n'hi havia que vivien més aviat d'esquena a tot allò, com ara la Rosa, l'amiga de l'Olivia, que només tenia ulls i paraules per als seus menuts. A ells els dedicava tot el seu temps de dia, mentre que a les nits assistia a les festes i locals de moda de la ciutat acompanyada del seu flamant marit.

Havia promès anar a visitar-la abans que marxés de vacances, però entre una cosa i l'altra l'Olivia no havia trobat el moment fins a aquell últim dimarts de mes. La calor era insuportable cap a migdia, només sortir al carrer l'Olivia va començar a notar-se la roba enganxada i les cames que li suaven. Va caminar fins a la parada de l'autobús que, per sort, va venir de seguida. Després d'unes quantes parades va baixar-ne a l'alçada del carrer Tuset i al cap de poques passes va arribar a l'edifici de la Rosa.

—*Buenos días, señorita* —va dir-li la portera, una dona de Múrcia que feia anys que vivia a Barcelona i amb la qual l'Olivia hi havia xerrat alguna vegada mentre esperava la seva amiga—. *La señora está en casa. ¿Sube usted o quiere que la avise?*

A l'Olivia sempre li feia riure que anomenés *la señora* a la seva amiga, doncs el terme el trobava més propi de la generació de les mares. Li va dir que no, que pujava a casa seva i es va ficar a l'ascensor.

La finca on vivien la Rosa i l'Oriol era de les antigues, amb terres de marbre, escala noble i sostres ben alts, però el seu pis havia estat reformat de dalt a baix per ell, com s'esqueia a la llar d'un jove arquitecte. L'Olivia va prémer el botó de l'àtic i es va quedar mirant-se al mirall mentre rumiava en la bona parella que feien. Qui ho hauria dit, al principi, va pensar en recordar com va començar la seva història. Només feia uns mesos que les tres amigues havien començat la universitat que la Rosa ja va començar a sortir amb ell. En aquells moments, l'Oriol cursava l'últim any d'arquitectura i, segons els va explicar la Rosa, feia temps que treballava al despatx del seu pare, un arquitecte de nom conegut a Barcelona que es dedicava a fer blocs de pisos molt moderns i a construir les cases d'estiueig dels seus amics a la Costa Brava. Per a l'Oriol va ser el camí natural: estudiar arquitectura, entrar a l'estudi del pare que tan bé funcionava. El que no entrava en els plans d'aquella família acomodada era que el noi comencés a sortir amb una estudiant de primer any de Filosofia i Lletres, una noia bonica, això sí, però força senzilla per a ell, segons els seus pares, i que al cap d'uns mesos la deixés embarassada. La família de l'Oriol era molt moderna per a certes coses, però davant d'aquella situació no van dubtar ni un instant: la Rosa va deixar els estudis mentre l'Oriol enllestia l'últim any d'arquitectura. Els pares els van regalar el pis del carrer Tuset i en pocs mesos, abans que nasqués el nen —un nadó tan bufó com el pare i la mare: ros, blanquet, un angelet al qual aviat li creixerien uns cabells tan arrissats com a la seva mare—, ja ho tenien tot preparat per a una vida en comú. L'Olivia no havia oblidat ni un detall del convit de casament de la Rosa, el primer al qual havia assistit d'una amiga seva, i li resultava difícil pensar que aniria a un altre de millor. Tot, en aquella celebració organitzada pels pares de l'Oriol, havia estat perfecte, digne d'un reportatge a tot color dels que sortien a les revistes del cor que li agradava fullejar a la Rosa. Després d'aquell nen bufó al qual van posar el nom del pare, va venir la nena, encara més bonica si podia ser. L'Anna tenia els cabells negres de l'àvia materna i unes galtes rosades que a l'Olivia li agradava pessigar.

—Ja ets aquí! —li va dir la Rosa en obrir la porta.

No va passar ni un segon que de darrere seu van aparèixer els dos menuts, que es van llançar al coll de l'Olivia. En realitat va ser l'Oriol qui ho va fer primer i la seva germana va copiar-li el gest. A l'Olivia li agradaven els fills de la Rosa, eren com un raig de llum, i tan tendres... Ella somiava en el dia en què en Quico i ella poguessin tenir els seus. Els va esbullar els cabells, els va pessigar les galtones i els va fer quatre carantoines abans que tornessin a desaparèixer cap a la cambra de jocs.

—Li he demanat a la María que es quedés un parell d'hores més. Es farà càrrec dels nens i així tu i jo podrem xerrar mentre dinem —va dir-li la Rosa.

L'Olivia li va preguntar si també havia convidat la Natàlia, però la Rosa li va respondre que no, que aquella vegada li havia fet molta mandra.

—Ai, filla, estarem més tranquil·les, què vols que et digui —hi va afegir—. Últimament em treu de polleguera.

L'Olivia no va preguntar res més, perquè les seves dues amigues solien passar per períodes bons i d'altres no tan bons. De tant en tant es discutien per qualsevol ximpleria, es donaven un respir mutu i al cap de poc ja s'enyoraven i es tornaven a telefonar. La Natàlia i la Rosa eren com la nit i el dia i l'Olivia sempre es trobava en un punt entremig. Havia après que el millor, en aquells casos, era no intervenir-hi.

Es van asseure una estona al sofà de la sala, consistent en una tarima d'obra que havien omplert amb coixins de color beix, fets a mida. Tot en aquell pis era fet a mida: les parets blanques, despullades de tot ornament, eren un joc de volums que creaven llibreries d'obra, tauletes auxiliars i forats on hi penjaven focus de llum molt moderns; el terra estava encatifat per complet, també en un to beix, i a banda de la taula de menjador i les cadires de disseny, no s'hi veien gaires mobles més.

L'Olivia va exhalar un sospir i es va deixar caure enrere, entre coixins.

—Quan marxeu a Cadaqués? —va preguntar-li a la seva amiga, que també s'havia estirat al seu costat. Totes dues miraven cap al nínxol blanc i quadrat que hi havia al bell mig del sostre, despullat de tot element decoratiu.

—Demà passat —va contestar-li la Rosa—. Ja en tinc ganes. A aquestes alçades, els altres anys ja hi acostumàvem a ser, però l'Oriol ha hagut d'acabar una obra i per això ens hem quedat aquí amb ell. Pobret.

L'Olivia hi havia estat una vegada, a Cadaqués. La família de l'Oriol hi tenia una antiga casa de pescadors que havien reformat i que donava just davant del mar. Hi havien anat a passar uns dies amb la Natàlia l'estiu passat, convidades per la Rosa, però no era gens probable que aquest estiu ho tornés a fer després de l'ensurt que els va donar la Natàlia en desaparèixer dos dies i dues nits senceres amb un turista francès. La Rosa s'hi va enrabiar de debò. Ni l'Olivia ni la Natàlia l'havien vist mai així, potser perquè s'estaven a casa els seus sogres i a la Rosa li agradava quedar-hi bé. L'Olivia tenia la sensació que la seva amiga, malgrat els anys que feia que era en aquella família i l'adoració que sentien els sogres pels dos nets, seguia sentint-s'hi una mica en fals.

Les dues amigues es van posar al dia de les últimes novetats. L'Olivia va descriure-li la festa al pis d'en Javi, a qui la Rosa gairebé no recordava de quan hi va coincidir el primer any de carrera. Semblava haver oblidat la seva vida d'estudiant, com si formés part d'un passat molt més llunyà del que era en realitat. Però el cert era que a la Rosa li havia canviat molt la vida des d'aleshores. L'Olivia va explicar-li que a la festa hi havia acudit amb en Quico i la Rosa ho va aprofitar per preguntar-li per ell.

—Ara és a Grècia —va contestar l'Olivia amb aire trist.

La Rosa va girar tot el cos cap a ella i amb una mà li va apartar el serrell del front.

—N'estàs molt enamorada, d'en Quico, oi?

—Ja ho saps que sí.

—I què?

—Què vol dir «i què»?

—Noia, se t'ha d'explicar tot. Que quan ens donareu la notícia.

L'Olivia es va retorçar entre els coixins i va riure.

—Parles de casament?

—O d'anar a viure plegats, que en Quico és més modern —va puntualitzar la Rosa—. Ara ja t'has llicenciat i treballaràs a jornada completa, oi? Segur que us ho podeu permetre.

—Rosa!

—Què he dit de dolent?

L'Olivia va esbufegar i va tornar a posar la mirada en el nínxol blanc i quadrat del sostre. Hi havia badat hores contemplant-lo i deixant voleiar els pensaments.

—No res. Però encara és aviat. No et negaré que hi hagi pensat, alguna vegada... —Ja ho havia dit. Per primer cop en veu alta.

—Però ell te n'ha dit res? N'heu parlat?

—No.

Després d'un petit silenci, la Rosa li va suggerir que ho fes, que fos ella qui prengués la iniciativa, «que avui dia els nois semblen badocs i que tot sovint necessiten la nostra empenta per fer un pas endavant en la relació». L'Olivia es va preguntar, per un instant, si la Rosa parlava per ella; si, fet i fet, el seu primer embaràs no havia estat del tot fortuït. Però se'n va guardar de dir res.

—Potser tens raó, però ja saps com és en Quico i la vida que fa. Tot el dia viatjant... Crec que m'esperaré una mica més. No vull espantar-lo.

—Ai, filla, els homes! —va fer la Rosa alegrement.

Tanmateix, l'Olivia es va sentir bé després d'haver-ne parlat. Era la primera vegada que donava forma a un desig de futur més enllà dels seus pensaments.

II

El dia que no havia d'anar als Encants ni a cap altre lloc, a en Boris li agradava llevar-se molt d'hora i ser el primer d'arribar a l'antiquari. Es movia pel pis sense fer gaire fressa per no despertar l'Olivia, que encara dormia, es preparava un cafè amb llet i unes torrades i s'ho menjava tot ben de pressa perquè el carrer ja l'esperava impacient. En sortir de casa, els sons dels més matiners li donaven el «bon dia» i en els mesos de més calor, com aquell juliol, era el moment de la llarga jornada en què s'estava millor. Caminava a pas viu pels carrers coneguts, viscuts des de la seva infantesa, que l'havien vist fer-se noi i després adult. Cada racó d'aquell barri Gòtic fet de carrerons estrets, places empedrades i edificis que parlaven de segles d'història era testimoni d'algun moment vital d'en Boris. En les primeres hores del dia en què els carrers encara eren orfes de gent, ell hi podia veure la mare amb el seu cistell d'anar a comprar, amb la faldilla d'una altra època que gairebé arrossegava per terra i a la qual ell s'agafava quan era menut. La mare. Va créixer com a fill únic tot desitjant tenir molts germans, com els seus amics del barri que es barallaven i s'escridassaven els uns als altres però que també es defensaven i compartien jocs i complicitats. Ell hauria volgut tot allò en comptes d'esdevenir el marrec solitari i un xic tímid que sempre va ser.

El camí cap a l'antiquari se li feia massa curt, massa breu, en aquells dies que assaboria el matí, i per això acostumava a fer una volta més llarga en comptes d'anar directe al carrer de la Palla. S'encaminava cap a la Rambla i enfilava amunt. Saludava amb un gest de cap alguns veïns i s'aturava davant del seu quiosc favorit per intercanviar quatre paraules amb l'amo. Els ocells dalt dels arbres augmentaven la cridòria a mesura que el cel s'anava esclarint i adquiria el blau intens dels dies d'estiu. Uns metres més amunt de la Rambla s'obria la plaça de Catalunya, que en Boris podia albirar des del quiosc, però mai es molestava a arribar-s'hi perquè la plaça sempre li havia semblat massa gran i mancada d'àngel. En comptes d'allò, enllestia la conversa i es ficava novament per l'eixam de carrers vells i estrets on la llum del dia només hi arribava a estones. Caminava badoc, assaborint la barreja d'edificis antics als baixos dels quals tant et podies trobar un pati de carruatges senyorial com la porteria esquifida d'un edifici senzill de veïns. Li agradava aquella barreja, que també es reflectia en la gent que hi vivia i hi treballava, i per res del món l'hauria canviada per l'homogeneïtat avorrida d'altres barris més moderns.

En Boris es prenia el seu temps en aquelles passejades de primera hora, però aquell matí de juliol va ser diferent. Es va despertar amb un neguit a sobre que no se sabia explicar i va encaminar les seves passes directament cap a l'antiquari. Tan aviat hi va ser, va alçar la persiana del seu establiment molt abans que cap altre dels seus col·legues i va obrir la porta de vidre amb una doble volta de clau. De seguida es va topar amb l'autoretrat de la Valèria Sans, que lluïa amb tota la seva esplendor amb la primera llum del dia. Es deia que ho feia per la neta, però tampoc ell volia desprendre's d'un quadre com aquell. Recordava la dona, la noia que va ser primer, quan ell la va conèixer i veure créixer al barri abans que marxés. Li venien tants records a la memòria! I ara l'Olivia, engrescada a recuperar la seva figura del passat, es va dir. A en Boris li semblava just, li agradava que la neta fos així, tan tossuda, amb aquella curiositat i aquell amor a l'art. Intuïa que la pintora tindria un paper fonamental en la noia, l'hi havia vist als ulls, i endevinava que allò podia repercutir en el futur del seu antiquari.

L'Olivia. Donava gràcies al dia en què la noia va decidir venir a viure a Barcelona i estudiar història de l'art. A ell li havia canviat la vida, per descomptat, li havia aportat alegria, sang jove, futur, just quan estava a punt de sumir-se en la foscor i la solitud de la seva recent viudetat. En Boris estava segur que l'Olivia aportaria aire fresc i nous projectes a l'antiquari Badia, sabia també que es discutirien algunes vegades perquè la joventut tot ho vol canviar i renovar i ell tenia la seva manera de fer les coses, però en el fons del seu cor sentia un delit, un pessic d'il·lusió que creixia davant la nova etapa que encetaven plegats.

Era tan aviat que el carrer de la Palla romania encara sumit en la quietud i la mandra de la primera hora del matí. La Teresa i l'Olivia trigarien força estona a arribar i en Boris, empès per aquell neguit amb el qual s'havia llevat i que intuïa que tenia a veure amb les capses a mig obrir dels llibres del senyor Hailer, va decidir capbussar-s'hi i acabar de revisar-ho tot. Va començar a separar-los per piles: a un costat del terra hi va anar disposant els llibres comuns: la novel·la catalana i l'espanyola, l'austríaca, la francesa, l'anglesa, llibres que després l'Olivia i la Teresa podrien anar col·locant a les prestatgeries que havien buidat amb aquella finalitat. Les mans li anaven de pressa, com si busqués alguna cosa que, en el moment d'encaixar-ho tot, enmig de l'enrenou i la pressa per buidar el pis, li havia passat per alt. Va repassar els llibres bons, els de bibliòfil, que havia deixat en una caixa a part. Els va anar extraient un per un i va anar comprovant amb detall el seu estat. El més valuós de tots ja l'havia apartat de bon principi i el tenia emparaulat amb un museu. Gairebé li tremolava a les mans el dia que el va veure per primer cop, ja que es tractava d'un dels exemplars limitats de la segona edició de *Les metamorfosis* d'Ovidi, il·lustrat per Picasso. El llibre, encarregat al geni el 1931 per l'editor Albert Skira, mostrava un conjunt d'aiguaforts que reproduïen els mites i en cada un s'apreciava la força del traç i el talent únic d'aquest pintor espanyol que va viure bona part de la seva vida a França. En la col·lecció d'en Hailer també hi va trobar primeres edicions magnífiques, com els poemaris en francès de Guillaume Apollinaire, que ara sostenia a les mans, o l'edició del 1929 en alemany de *Cartes a un poeta jove* de Rainer Maria Rilke. També un exemplar únic dels *Set manifestos dadà*, del qual va llegir un cop més la dedicatòria del mateix Tristan Tzara al senyor Hailer, datada el 1925. Aquell col·leccionista s'havia mogut entre la flor i nata del París de les avantguardes, com la que va ser la seva primera dona, la Valèria. Però tot això ja ho sabia, ja ho havia pogut apreciar. En Boris destriava entre llibres alguna cosa més, quelcom que li semblava haver vist en el moment de desmuntar la biblioteca d'en Hailer i que ara no aconseguia identificar.

Va ser en treure els llibres de les últimes caixes quan a la fi ho va trobar. Es va quedar aturat un instant, gairebé no s'ho podia creure! Amb moviments lents, va asseure's a la cadira i va començar a passar les pàgines d'un vell quadern. De fons, va sentir les veus de la Teresa i l'Olivia que tot just entraven a l'antiquari, però ni tan sols es va girar.

—Avi. —L'Olivia se li va acostar pel darrere i li va posar una mà a l'espatlla—. Que no ens has sentit? Li deia a la Teresa que segur que et trobàvem endreçant els llibres del senyor Hailer. I ho he encertat.

En Boris, aleshores, va aixecar el cap i va mirar-se-la de fit a fit. En els seus ulls encara hi brillava la sorpresa del primer moment.

—Seu, Olivia, seu al meu costat —va demanar-li.

Intrigada, la noia va acostar una cadira a la seva i es va fixar en la llibreta que el seu avi tenia a les mans.

—És un quadern de viatge —li va dir.

—De qui?

—De la Valèria Sans.

—Com dius? —La noia va obrir la boca i tot seguit li va agafar el quadern de les mans.

—Hi ha dibuixos, apunts escrits, petites aquarel·les... —En Boris l'hi assenyalava emocionat—. És un quadern del seu primer viatge a París.

I mentre l'Olivia es desfeia en exclamacions, mentre s'abocava amb avidesa a aquella perla inesperada i descobria meravellada el relat dibuixat i escrit dels primers mesos de la pintora a París, en Boris va recolzar l'esquena una mica ressentida al respatller, va exhalar un sospir i, tot d'una, va fer memòria.

—Jo tenia dotze anys —va començar a explicar-los a totes dues dones, doncs de l'enrenou la Teresa se'ls havia acostat—. Cada tarda, a la tornada d'escola, els meus amics i jo allargàvem el joc a la plaça del Pi fins que es feia fosc.

Pel cap del carrer hi apareixia sovint la Valèria, el quadern sota el braç, que devia tornar de la Llotja. Era setembre i recordo que ella lluïa un barret molt graciós que amagava una cabellera negra i lluent que sempre portava en un recollit baix. La colla d'amics vam emmudir de cop, la noia venia directament cap a nosaltres!

L'Olivia havia deixat per uns instants de fullejar el quadern i es mirava l'avi amb atenció.

—«Tu ets el fill de la senyora Badia, oi?», em va dir la Valèria Sans. Jo, perplex que ella s'hagués fixat en mi, li vaig respondre que sí. La Valèria em va dir que en pocs dies se n'anava a viure a París —va riure—. Els amics ens miraven, ara a mi, ara a ella, sense obrir boca. La noia era tan bonica i molt més gran que nosaltres i estava parlant amb mi!

—I què et va dir, avi?

—«Et voldria demanar un favor», em va dir. «El que vostè vulgui», li vaig respondre jo. Aleshores ella va lloar la meva mare, va dir que era una bona dona i que sempre havia estat molt amable amb la seva mare, des del dia que en què van arribar. Em va demanar que li digués que l'anés a veure de tant en tant, que ella sabia que a la seva mare li faria il·lusió rebre la seva visita. «Necessita amigues al barri, comprens? I jo me'n vaig a París. Hi ha la tieta Quima, és clar, però jo em quedaria més tranquil·la si sabés que ella està entretinguda i no té temps d'enyorar-me. Oi que em faràs aquest favor?».

En Boris ho va reproduir exacte perquè les paraules de la Valèria tornaven a ell com si ben bé la tornés a tenir al davant.

—I tu què li vas dir? —va preguntar l'Olivia.

—Doncs que ja hi podia comptar, que parlaria amb la meva mare i l'hi demanaria de part seva. Recordo molt bé el seu somriure. —Els ulls d'en Boris es van fer petits—. Aleshores em va preguntar com em deia, i jo li vaig dir: «Boris». Ella em va allargar la mà, una mà d'artista, de dits llargs i fins i alhora nerviüts. I em va dir: «Gràcies, Boris». Després d'això ella va marxar a París i ja no la vaig tornar a veure pel barri fins al cap de molt temps.

L'Olivia va tornar a posar els ulls al quadern de la Valèria i aleshores va començar a llegir-lo en veu alta. Mentre en Boris se l'escoltava, en un gest instintiu en va tocar un extrem i, amb el record ben viu, li va semblar tornar a sentir el tacte d'aquella mà, li va veure el rostre tal com era en els dies en què la pintora va marxar.

Primer viatge a París

El quadern de viatge, aquella llibreta en què ella va escriure-hi i dibuixar-hi els seus primers mesos a la capital francesa. La Valèria el fulleja després de molt temps en què ha romàs enterrat en un calaix del seu estudi i recorda. No oblidarà mai el dia que va trepitjar per primer cop la ciutat. Gare d'Orsay, París. Va baixar de l'Exprés que feia el trajecte de Barcelona a la capital francesa feta un sac de nervis, a pesar de la seva determinació inicial. Per tot equipatge, la bossa que duia a la mà, mentre que amb l'altra mà s'agafava el barret com si li anés a volar en qualsevol moment. Va pujar les escales des de l'andana del subsol fins a la planta baixa i aleshores es va perdre en la immensitat del gran vestíbul. Desenes, centenars de persones, potser, es movien com en un formiguer per l'espai diàfan de sostres elevadíssims i mitges llunes de ferro i vidre, a través de les quals hi entrava un devessall de llum. Quan va sortir al carrer, l'impacte encara va ser més fort, ja que el primer que va veure van ser les aigües del Sena, el riu famós que creuava la ciutat. Les cames li tremolaven en travessar el Quai d'Orsay. Anava amb molt de compte, no fos cas que l'atropellés un dels cotxes de cavalls o automòbils que el transitaven abans que pogués encetar la seva nova vida a París. Abocada al mur de pedra que li arribava a mitja alçada, els narius se li van omplir de l'aire de tardor, fresc i humit, mentre contemplava les aigües del riu i escollia els tons de gris que faria servir per pintar-les. Hi posaria gris perla, gris blavós, gris ratat i fins i tot uns tocs de plata i de blanc plom en els reflexos canviants. En un sospir va deixar anar bona part de l'emoció continguda i va tancar molt fort els ulls.

Al plànol que va treure's de la butxaca hi deia que havia de recórrer un bon tram del mateix Quai d'Orsay fins a arribar a la zona de la Sorbona, on quedava la seva residència d'estudiants, però no li feia res perquè no tenia cap pressa. Li agradava sentir la frescor propera de l'aigua, l'aire fred que li encenia les galtes i alçar la vista cap a un cel ennuvolat, diferent del de Barcelona. Llambregava cap a les copes dels arbres i pensava el poc verd que hi pintaria, només el de les últimes fulles que es resistien a morir. La Valèria s'adonava de com canviaria la seva paleta de colors. París estava fet de tons neutres, com els quadres que havia vist dels cubistes a les galeries Dalmau. Observava la gent amb la qual es creuava, tot caminant, i en caçava retalls de conversa en francès. Li caldria estudiar de valent, però allò no l'espantava pas. A mesura que avançava cap al pensionat sentia els aires de llibertat en cada porus de la seva pell. Una eufòria la va envair per dintre i el seu pas es va fer cada cop més lleuger. Estava impacient per començar a viure i a formar part de la ciutat de l'art.

Madame Drouet era una bretona tan adorable com severa amb les seves hostes. La disciplina de la residència d'estudiants que dirigia va ser la primera cosa de què la jove pintora es va assabentar. Madame Drouet la va rebre amb un somriure maternal que va fugir a l'instant següent per adoptar l'expressió pràctica i resolutiva que la caracteritzava: li va llistar el seguit de normes i horaris que havia de seguir i a continuació va pujar les escales del vell edifici una passa davant seu, fins a arribar a dalt de tot, on es trobava la cambra que li havia adjudicat. Era un espai petit, de sostres inclinats pel vessant de la teulada i parets despullades. Per tot mobiliari, un llit estret, un armari i una taula d'escriptori davant la finestra. A la Valèria li va entrar una esgarrifança de fred i va fixar-se en la petita llar apagada, però va somriure a Madame Drouet. La dona li va assenyalar la pica, a un costat de la paret.

—Aquí no hi tens aigua calenta. Per a això cal anar al bany comunitari.

Li va semblar que es trobava a la cel·la d'un monestir, però aleshores es va aproximar a la finestra i va mirar cap a l'exterior. Davant seu, els terrats i les golfes de París se li van aparèixer en els mil tons del gris i del blau. El cor se li va eixamplar amb una escalfor sobtada. Va tocar la taula on pensava passar-s'hi hores dibuixant i tot d'una es va girar cap a Madame Drouet.

—És perfecta —va dir-li de tot cor.

En aquells primers dies a París, tanmateix, un nou habitant se li va instal·lar al cos: la solitud. No l'havia conegut fins ara, sempre havia viscut amb la mare i la tieta Quima i ni en els dies menys inspirats a Barcelona, abans de marxar, hi havia comptat. Li quedaven encara un parell de setmanes abans de començar les classes a l'Académie Colarossi, així que en aquells primers matins i tardes sense res a fer es va dedicar a fer llargues passejades per fugir d'aquella nova i estranya sensació. Desitjava fer-se coneguts tots els racons de la seva nova ciutat. Es va familiaritzar amb els comerços del barri, amb els edificis nobles que tenien la presència dels grans senyors. Li agradava ficar-se de tant en tant en alguna església vella, no pas per resar, sinó per sentir-ne la pau i l'olor de ciri que s'hi respirava. Allò la retornava a l'església del Pi, a la mare, a casa seva, i la reconfortava per uns instants. Tot seguit, agafava forces i tornava a sortir al carrer. En els dies més animats no s'ho pensava: anava de dret a buscar l'amplitud dels grans bulevards, s'asseia en una de les terrasses dels grans cafès i treia el quadern de dibuix. Allà li fugien els mals, s'oblidava de casa, de la seva solitud actual i utilitzava el llapis per representar tot allò que veia. Dibuixava la gent que seia al seu costat, algun rostre interessant, les dames elegants que es passejaven pel bulevard i també els nens que sortien d'escola, amb les seves bates negres i el coll blanc emmidonat. Feia apunts ràpids del brogit incessant del carrer, on els automòbils i els carruatges convivien en un pols entre els vells i els nous temps.

No va durar-li gaire aquella solitud, ja que aviat va conèixer les seves companyes de pensionat. La majoria eren estudiants de la Sorbona, la universitat de París, i provenien de tots els racons de França. Algunes se li van presentar en creuar-se per les escales de l'edifici, d'altres les hi va presentar de manera ràpida i escadussera Madame Drouet. Primer li parlaven amb la prudència i la curiositat amb la qual es dirigien a l'estrangera, tot i que aviat van arribar les rialles i les bromes més de tu a tu. Totes aquelles noies, tan joves com la Valèria, es trobaven lluny de les seves famílies i aquell fet les unia i les feia molt receptives a fer amistats. N'hi havia que compartien habitació i d'altres que dormien soles, com la Valèria. Amb qui més va intimar va ser amb la Pauline, una noia del Midi francès que, com ella, semblava portar la llum del Mediterrani a sobre. Li va explicar la Pauline que es preparava per a unes oposicions de mestra, que era el somni de la seva vida i que la seva intenció era trobar un bon lloc en una escola propera a la seva llar. Després es va interessar per ella.

—Què hi has vingut a fer a París?

—Tinc una beca per estudiar pintura en una acadèmia d'art.

—Una artista! —va exclamar la Pauline i es va posar les mans a les galtes vermelles. Tenia una pell tan blanca que qualsevol emoció li feia pujar els colors. Va moure el cap i la trena llarga que sempre portava se li va sacsejar com un fuet—. Ets a la ciutat ideal.

El francès de la Valèria va millorar molt ràpidament gràcies a les companyes del pensionat. Si bé al principi li resultava difícil seguir les seves converses tan naturals i espontànies, les bromes ràpides i les xafarderies explicades a correcuita sobre Madame Drouet, quan va arribar l'hora de començar les seves classes d'art ja lluïa un francès força fluid.

L'Académie Colarossi es trobava al cor de Montparnasse, un barri que s'anava posant cada cop més de moda entre els artistes residents a París. Els estudis dels pintors de la bohèmia parisenca, fins llavors situats a Montmartre, es traslladaven a Montparnasse en un degoteig constant i, quan passava per davant de les terrasses dels cafès hi sentia els parlars més diversos. Aviat hi va saber distingir el grup nombrós dels artistes alemanys, també els escandinaus, russos i hongaresos que omplien les taules del Café du Dôme, així com els més mediterranis —els italians, espanyols i els francesos del sud— que sovint assaborien les llargues estones de sol a la terrassa de La Rotonde. Tots volien viure i crear a París.

L'acadèmia de la Valèria havia estat fundada al segle XIX per un escultor italià que duia el mateix nom. Aquella escola privada, sorgida com a alternativa a l'art més conservador i academicista de l'Escola de Belles Arts, va ser una de les primeres que va acceptar noies entre els seus alumnes, com l'Académie Julian, i també de les poques que els permetien, a elles, pintar nus masculins. La Colarossi havia nascut al cor de l'Île de la Cité, però abans que acabés el segle es va traslladar al número 10 de la rue de la Grande Chaumière. Era allà on la Valèria es dirigia cada matí de classe, tot travessant un dels seus espais favorits més recents: els Jardins de Luxemburg. Els havia descobert gràcies a la Pauline, que una vegada l'hi havia portat, i ara en gaudia cada dia de camí cap a la seva escola d'art. Li agradava la quietud que s'hi respirava i que, per uns instants, l'allunyava del brogit ciutadà; el verd fosc de les copes dels arbres de fulla perenne la relaxava i la remor dels primers infants que jugaven a la vora de la font central i feien navegar els seus petits vaixells de fusta pel llac, l'omplia de bona energia per a tot el que el dia li tenia preparat.

A l'Académie Colarossi hi tenia diversos professors, però a les classes on més gaudia i aprenia eren les que impartia Miss Hodgkins. Aquesta pintora d'origen neozelandès era la primera i única dona en el cos de professors de l'escola, i la Valèria de seguida s'hi va avenir molt. Devia rondar la quarantena i, si bé no era gaire atractiva, desprenia una elegància natural. També una fina ironia, molt a l'estil anglès, que la noia li va descobrir de seguida a pesar del seu posat seriós. Però, per damunt de tot, era una gran professora, que li va donar consells molt bons.

—No us limiteu a pintar com els vostres mestres —va sentir-li repetir moltes vegades—. Assimileu d'ells tot el que us sigui útil, però tot seguit heu d'explorar la vostra pròpia individualitat. Cada persona és única i l'artista ha d'assolir el seu propi estil, que el diferenciï dels altres. Només així tindreu l'oportunitat de fer-vos un lloc de debò en l'art.

Miss Hodgkins pintava unes aquarel·les precioses, paisatges, retrats, i la Valèria va perfeccionar aquesta tècnica gràcies a ella. Però a l'Académie Colarossi treballaven amb totes les tècniques: es feia pintura, dibuix i també escultura. Del que més se'n recorda la Valèria, si més no, és de les sessions al natural. A les tardes, els focus d'un dels estudis s'encenien i els alumnes es concentraven davant la tarima on posava el model. Quan tocava fer retrat s'hi acostaven molt, formaven un semicercle en el qual no hi cabia ni una agulla i treballaven així, al voltant del noi o la noia que havien de representar. S'imposava el silenci, els ulls de cada alumne concentrats entre aquell rostre i el seu paper. Encara avui sent el soroll de carbonets i sanguines a tots dos costats d'on es trobava ella, l'olor dels pastels quan algú n'obria una capsa i la veu del mestre que es passejava per cada esbós i s'aproximava a algú.

—Ara vostè m'ha ensenyat una primera fase del que serà el seu dibuix, mademoiselle. Tot seguit en farà la segona, treballant sobre la primera, polint, afinant... i aleshores ja serà a la meitat. —El professor alçava la veu per parlar a la resta d'alumnes—: Recordin, és un procés repetitiu, un treball de baix a dalt del paper, fins a tenir-ne totes les capes.

Les parets de l'estudi eren plenes d'apunts de sessions anteriors, també per terra se n'acumulaven uns quants, i en un racó de la sala hi reposaven els cavallets sobrants per a tot aquell que s'incorporés a la sessió. Els llums de l'estudi projectaven certa ombra sobre el rostre del model o la model i n'accentuaven i n'endurien les faccions.

—Marqui més les ombres sota els ulls —se sentia dir al professor, abocat davant el dibuix d'una altra alumna—. Les marques més endins, que vagin al fons del paper. És el que fa bonic aquest rostre, el que li dona caràcter.

I després hi havia les meravelloses sessions de nu, en les quals la Valèria de seguida va demostrar un bon domini del cos humà. A la seva memòria hi acut un cos femení en concret, el d'una model italiana que sovint va dibuixar. Com es deia, aquella noia? Tant se val, n'ha oblidat el nom, però no pas les formes precises del seu cos. Començaven la classe amb unes postures ràpides, la model anava canviant-la cada curt període de temps i els alumnes en feien esbossos breus. Primer un *contrapposto*, amb la model dreta i una cama que s'avançava una mica i deixava caure el pes, trencant així la frontalitat; tot seguit una corba praxiteliana, que va inspirar tants pintors renaixentistes, en la qual el cos produïa unes corbes i contracorbes que generaven moviment. Sempre acabaven aquelles sessions amb el nu de la noia estirada, a l'estil de les odalisques, en postures que sovint suposaven un nou repte per als alumnes de l'acadèmia. Era aleshores quan el mestre s'acostava a la model, que s'ajeia en un improvisat divan fet de coixins i teles damunt la tarima, i l'ajudava a trobar la postura. Els alumnes l'observaven atents, els uns asseguts en cadires i recolzant la fusta que aguantava el paper sobre una barana, mentre els altres es mantenien drets al davant del cavallet. Una vegada que el mestre havia rectificat la postura i la model quedava quieta, ell es dirigia als alumnes amb veu alta i clara.

—Ens centrem en les línies fonamentals. Fixin-se en l'eix central que ens dona la simetria del cos —apuntava el mestre i resseguia la línia alba de la model com si la pinzellés—. Veuen que des del pubis fins al pit fa una barca? Marquin-la, aquesta línia, és molt important per a la postura del cos. Els donarà la clau fonamental per treballar el dibuix.

La Valèria encara pot veure la model italiana ajaguda en aquella postura. Ella hi veia en el seu perfil la carena d'una muntanya i així la va dibuixar. En recorda cada corba, el maluc que pujava com una gran prominència i la baixada de la cintura, també la mà que reposava com un ventall que s'obria. Podria dibuixar-la altre cop amb precisió, com el primer dia, malgrat els anys que han passat de tot allò.

A la Colarossi hi acudien alumnes de totes les nacionalitats, però potser el que més abundava eren els nord-americans. Se sentia parlar molt anglès, a més a més de francès, de manera que la Valèria va començar a practicar també aquest idioma. Aviat es va sentir posseïda en cos i ànima per la pintura: a l'acadèmia no es parlava de res més i ella mai ho havia viscut de manera tan intensa. Fins i tot a les nits somiava amb quadres que havia fet o que volia fer, sentia que la seva formació es trobava en un punt àlgid i n'aprofitava cada moment. De vegades sortia amb altres alumnes a menjar alguna cosa en un bistrot proper, situat a la mateixa rue de la Grande Chaumière. Els preus eren econòmics i el local estava sempre atapeït d'alumnes de l'escola d'art. La propietària els servia menjar i beguda a bon preu i sovint els fiava amb la garantia de dibuixos que penjava a la paret. Deien que anys enrere hi anava Gauguin i s'inventaven històries rocambolesques sobre baralles entre pintors famosos i borratxeres històriques d'escriptors que havien trepitjat el local.

No era l'única ocasió en què la Valèria sortia de l'escola en companyia d'altres alumnes: els professors de la Colarossi els insistien molt sobre la importància de visitar els grans museus i observar els clàssics. A la manera del mestre Henri Matisse, que pocs anys enrere havia fundat la seva pròpia escola en un antic convent del bulevard des Invalides, als professors de la Valèria els agradava repetir-los la premissa sagrada davant les aspiracions modernes de l'alumnat:

—Ens cal aprendre a caminar amb fermesa i seguretat per terra, abans d'aventurar-nos a fer passes per la corda fluixa.

És per això que els feien anar a estudiar els clàssics als museus, concentrar-se en els elements tècnics, aprendre a dominar bé la tècnica i, aleshores sí, llançar-se a l'aventura més personal. La Valèria va recórrer les sales del Louvre amb els seus companys i companyes, la retina se li va impregnar dels grans mestres de l'art de tots els temps, també va gaudir de les seves visites al veí Musée du Luxembourg, dins el seu parc favorit, on hi va descobrir de primera mà els impressionistes i els postimpressionistes que tant havia admirat des de Barcelona: Monet, Pissarro, Cézanne, Sisley, Renoir.... Però també va ser gràcies al bon consell de Miss Hodgkins que va dedicar aquells primers mesos de formació a París a recórrer les galeries contemporànies.

—Cal estar el dia del que s'està fent —va aconsellar-la la mestra.

I la Valèria ho va fer. De les parets blanques, modernes, d'aquelles sales d'art actual en va veure penjades les obres, per primera vegada, dels artistes d'avantguarda que aviat coneixeria en persona.

12

En Marc Hailer va tornar de les vacances el primer diumenge del mes de setembre amb l'humor fastiguejat per haver d'incorporar-se a la feina l'endemà mateix. No li agradava treballar a l'empresa familiar, no tenia cap vocació per als negocis i menys encara per a les feines administratives que li feien fer. Temps enrere, havia entrat a Tèxtils Hailer perquè aquell era el seu camí natural, allò que s'esperava d'ell, però el cert era que mai ningú li havia preguntat a casa seva si allò era el que veritablement volia. Quan hi pensava, es mortificava per no haver-s'hi rebel·lat mai, per haver deixat que el pare i l'Albert decidissin per ell sense mostrar la més mínima resistència. Però aleshores es deia: I què hauries fet? Quina és la teva vocació? Amb el dibuix hi tenia traça, el feia feliç, però no era tan estúpid per creure que tenia el talent suficient per dedicar-se a l'art. El dibuix, tanmateix, li havia permès conèixer bons amics i gaudir d'uns ambients als quals probablement no hauria arribat d'una altra manera.

Aquell mes de setembre sentia la tristesa afegida de no poder comptar amb l'avi, de pensar que les seves converses artístiques s'havien acabat i que ja no podria comptar amb l'únic membre de la família —a banda de la mare— amb el qual s' entenia de debò. Que diferent que era el pare de l'avi! El pare no havia heretat la seva sensibilitat, el profund interès per l'art que havia caracteritzat el seu avi, el pare només en tenia una visió mercantilista. Les obres d'artistes famosos i molt valorats que penjaven de les parets de la casa de Sarrià no eren més que «valors» per al pare, patrimoni familiar que havia augmentat de manera considerable a la mort del patriarca. I no era pas diferent amb el seu germà gran. L'Albert, una mena d'ombra del pare, un calc, de fet, de la seva manera de fer, treballava a la indústria familiar amb clara vocació d'heretar-la, de convertir-se un dia que ell no albirava gaire llunyà en el seu cap absolut. Era el digne successor del pare i el més probable era que l'Albert acabés portant l'empresa amb la mateixa mà de ferro que ho feia ell, fet que no l'animava gens a continuar allà. Però què hi podia fer? Cada any s'ho preguntava al mes de setembre, quan tornava de les vacances a Àustria que tant bé li feien: Entre els verds del paisatge de la casa familiar, les aigües del llac proper i les excursions inacabables per camins de muntanya en què perdia de vista el món civilitzat, el noi s'oblidava de l'hivern anterior, la monotonia grisa de Barcelona quedava enrere i sobretot les hores perdudes, segons ell, al despatx de Tèxtils Hailer. Allà podia fruir de la companyia del besoncle August, el germà petit del seu avi, l'altre membre dels Hailer amb el qual s'entenia bé.

Mentre desfeia la maleta i anava col·locant la roba a l'armari, en Marc es va forçar a pensar en les coses bones que també l'esperaven a la tardor. Tornar a les sessions de dibuix al natural al Cercle Artístic de Sant Lluc, això ningú l'hi podia prendre; reprendre les estones amb el grup d'amics que havia fet allà; tornar a veure l'Olivia. Es va aturar un instant per asseure's a l'espona del llit. La ment li va voleiar per aquells dies d'abans d'estiu que havia compartit amb ella. No es podia dir que fossin amics, encara no es coneixien prou, però hi havia alguna cosa en l'Olivia que el feia sentir molt a gust. Com si la conegués de feia temps. Li agradava la intensitat que guanyava el rostre de la noia en parlar de la primera dona del seu avi, la Valèria Sans. Gaudia escoltant-la parlar de la pintora mentre n'observava els ulls verd clar, en forma d'ametlla, que es movien inquiets sota el serrell arran de celles que se li obria al mig del front. El mentó se li marcava cada cop que somreia i tirava el cap enrere amb una frescor poc corrent i aleshores a en Marc li entrava un fort desig de dibuixar-la. Tots aquells trets de la noia els havia memoritzat i n'havia fet molts apunts durant les vacances a Àustria. De fet, al final de l'estiu s'havia sorprès del munt de llibretes que havia omplert només amb el seu rostre.

Ella li va trucar al cap de ben poc d'haver tornat.

—Espero que hagis passat unes bones vacances. Has dibuixat gaire?

—Paisatges, retrats de la gent del camp... —va respondre-li ell, agraït que no pogués veure com s'havia posat de vermell.

—Et truco perquè et volia demanar un favor.

—Digues.

—Oi que em vas dir que anaves al Cercle Artístic de Sant Lluc?

—I tant. Hi vaig dos cops per setmana. Que voldries venir-hi?

—Doncs sí! —va respondre-li l'Olivia—. Resulta que he fet una nova troballa important de la Valèria Sans. Es tracta d'un quadern escrit i dibuixat per ella dels seus primers mesos a París. Veuràs que és meravellós! Allà hi surt molt ben explicat el dia a dia de les seves classes a la Colarossi, una acadèmia d'art de París a la qual va assistir, i he pensat que m'agradaria ficar-me una mica més a la seva pell i entendre com veia ella aquest tipus de llocs.

—No devia ser gaire diferent de Sant Lluc, és cert —va corroborar en Marc, cada cop més engrescat amb la idea de tornar-la a veure i delerós de saber tot el que havia descobert—. Què et semblaria venir-hi el divendres? És el millor dia, ja que després anem a la Taverneta amb un petit grup d'amics. Així veuràs l'ambient de Sant Lluc i també el que fem tot seguit els «aspirants» a artista com nosaltres! —va riure en Marc.

Van quedar entesos de seguida i en Marc va penjar el telèfon amb un pessigolleig a l'estómac. Frisava perquè arribés el divendres i l'Olivia conegués el seu reducte més íntim i personal, aquell en el qual ell oblidava la seva vida avorrida d'oficinista i podia permetre's ser una mica diferent.

El Cercle Artístic de Sant Lluc era tota una institució artística a Barcelona. Fundat als anys noranta del segle XIX per un grup d'artistes molt reconegut entre els quals hi havia els germans Joan i Josep Llimona, el gran Alexandre de Riquer i molts altres artistes rellevants, havia tingut diverses seus a la ciutat abans d'anar a parar al seu emplaçament actual al carrer del Pi, al mateix barri de l'Olivia. En Boris li havia explicat que, temps enrere, aquesta entitat que fomentava l'art i la cultura catalana oferint als seus socis espais per a la creació, a més a més de tertúlies, conferències, concerts i un munt d'activitats més, s'havia ubicat allà on un dia hi havia hagut una de les tavernes modernistes més famoses de la història: Els Quatre Gats.

—Entre els seus socis hi figuren els artistes i intel·lectuals de cada època, amb noms tan coneguts com els arquitectes Gaudí o Puig i Cadafalch, els joiers Masriera, el noucentista Eugeni d'Ors, dibuixants extraordinaris com Ricard Opisso i, per descomptat, pintors, com Mir, Vayreda, Utrillo i el coetani Joan Miró —li va detallar l'avi.

Tot homes, va pensar l'Olivia.

Malgrat això, en arribar la tarda de divendres, l'Olivia estava engrescada amb la idea de poder-hi accedir. En Marc li havia dit que coneixia prou bé el porter i que encara que no en fos sòcia la deixaria entrar.

Va arribar d'hora i, en no veure'l allà, es va disposar a esperar-lo a prop de l'entrada, però aleshores el va veure sortir de Can Fargas, la xocolateria del costat. Duia una bossa gran i quadrada creuada a l'esquena, probablement plena de làmines de dibuix, que li donaven l'aire d'un escolar. Un escolar amb barba, va pensar ella, divertida.

—No te n'has pogut estar, oi? —va assenyalar-li el paquet ben embolicat de la xocolateria que en Marc portava a la mà. Can Fargas era famós perquè hi feien els millors bombons de la ciutat.

—Xocolata a la pedra —va respondre-li ell tot alçant el paquet—. A la meva mare li encanta com la fan aquí i de vegades aprofito per comprar-n'hi una rajola quan vinc a Sant Lluc.

L'Olivia coneixia pocs nois que compressin xocolata a la seva mare, es va dir que era un detall preciós. Van ficar-se per l'entrada fosca del costat, situada al mateix edifici, i van saludar en Tomàs, el porter de Sant Lluc. Després de pujar per una escala estreta, una mica tronada, van accedir al pis principal. Van passar per davant d'un seguit de sales petites i despatxos i aleshores van accedir a la sala principal. L'Olivia va contenir la respiració i es va aturar un instant per delectar-se amb l'escena que s'hi desenvolupava: al bell mig hi havia una tarima de fusta rodona on hi posava un model nu i al seu voltant, disseminats per l'espai diàfan de sostres alts i llums que hi penjaven, va veure una desena de joves i no tan joves que el dibuixaven.

—Vine, et presentaré algú —va xiuxiuejar-li en Marc, i tot seguit la va fer avançar cap a un racó del fons.

Es van plantar al costat d'un noi de llargues patilles i cabells arrissats que, de tan concentrat com estava, no es va adonar de la seva presència fins que en Marc li va tocar l'espatlla.

—Jordi, et presento una amiga: l'Olivia.

El noi va semblar sortir d'un altre món. Va mirar en Marc i tot seguit l'Olivia i aleshores els llavis li van dibuixar un somriure burleta. La noia es va incomodar una mica per aquella mirada profunda, de dibuixant, però abans que pogués dir o fer res, en Jordi se li va acostar i li va estampar un petó a la galta.

—Benvinguda, Olivia.

En Marc va agafar un parell de cavallets d'un racó de la sala i els va situar a prop d'on era el seu amic. Va fixar un paper en cadascun i va convidar l'Olivia a representar el nu. Ella es va fer enrere, una mica desconcertada.

—Jo no dibuixo, Marc. No sabia que havíem vingut a això.

—Aquí es ve a dibuixar, Olivia. No és cap escola, la gent arriba i es posa a dibuixar. No tinguis por, ningú no et jutjarà. Em vas dir que volies saber què sentia la Valèria, oi? Però si no et ve de gust...

—No, no! Tens tota la raó.

L'Olivia es va situar davant d'un dels cavallets. Tant se val si faig el ridícul, es va dir amb posat decidit.

La llum del dia va anar esllanguint-se i a la gran sala de dibuix al natural de Sant Lluc s'hi van anar sumant més artistes que venien a practicar. L'Olivia, en Marc i en Jordi omplien papers amb esbossos del noi que posava a la tarima, en dibuixaven les diferents postures des de l'angle que ocupaven i, de tant en tant, es movien per captar-lo des d'una nova perspectiva. Però l'Olivia, més que dibuixar, es dedicava a observar la gent al seu voltant: alguns senyors grans amb tot l'aspecte de ser pintors de llarga trajectòria i reputació, els joves aspirants que sovint posaven l'ull en el paper dels altres i unes poques noies que li van fer pensar en la Valèria Sans. Afinava l'oïda per sentir el so del carbonet sobre el paper, com el descrivia ella en el seu quadern, i ensumava cada cop que algú treia unes aquarel·les. Es delia amb tot el seguit de sensacions i cada vegada la sentia més propera. Tots els allà presents representaven el mateix model, malgrat que en cada paper s'hi reflectia la individualitat de cada artista. Aviat van ser ben bé un parell de desenes d'ulls que es fixaven en el cos fibrat del model i el traslladaven amb traç segur al paper, i l'Olivia va pensar meravellada que aquell lloc era una mena d'illa enmig d'una Barcelona franquista i moralitzant. Allà es dibuixava un cos nu amb la naturalitat que demana el fet artístic i quedaven ben lluny les absurdes cotilles religioses de l'època que, fora d'aquells murs, eren el pa de cada dia a la ciutat. A poc a poc, mentre a fora els carrers es vestien de nit, a l'interior de Sant Lluc el temps va quedar suspès entre artistes i model.

A les nou en punt els van fer fora i va ser aleshores quan l'Olivia va tenir l'ocasió de conèixer la resta del grup d'amics d'en Marc. Tan bon punt abandonaven la sala de dibuix se'ls van unir en Roger i en Santi, que havien estat treballant des de l'altre extrem. En Marc va explicar-li a l'Olivia que en Roger era pintor i que estudiava a la Llotja, mentre que en Santi es dedicava més a l'escultura, fet que a ella no li va sorprendre en veure-li les mans nerviüdes, robustes i quadrades que parlaven per si mateixes.

Els quatre nois la van acceptar amb una naturalitat que va amarar-li l'ànima de tendresa i plegats van deixar enrere el carrer del Pi, on els comerços ja havien abaixat les persianes i la gent es recollia a sopar rere balcons i finestres, per enfilar cap a la plaça Vila de Madrid. Uns metres enllà de la plaça es trobava la Taverneta, un local on semblaven conèixer-los prou bé i en el qual aviat va poder comprovar que els nois es movien com a casa seva. Després de saludar la mestressa, van prendre lloc en una de les taules del racó mentre en Marc li xiuxiuejava a l'orella que aquella era la seva taula fixa.

—Nosaltres dibuixem els clients i a canvi els amos ens conviden a beguda tota la nit.

—Els donem el que volen —va intervenir en Jordi amb el seu somriure burleta—, els omplim la taverna de l'ambient bohemi i artístic que busquen.

Li va dir que no eren els únics habituals del local.

—També hi ha en Lluís —va dir-li en Marc assenyalant cap a un noi de galtes xuclades que llegia la mà a un client.

A l'Olivia li va fer gràcia el seu barret turc de color granat. Dels seus llavis, una ratlla molt fina de la qual en penjava un cigarret, en van sortir unes paraules que van deixar bocabadat el seu interlocutor.

—Abans d'això en Lluís tocava la guitarra, però sembla que fa més negoci llegint el futur.

L'Olivia no sabia ben bé què hi feia enmig d'aquell grup de nois, però li agraïa a en Marc l'oportunitat d'entendre una mica més els ambients que devia haver viscut la Valèria, així doncs, es va relaxar i es va disposar a passar-s'ho bé.

I, sense haver-ho previst, aquella va ser la primera de diverses vegades que se sumaria al grup d'amics. Les seves incursions a Sant Lluc es van convertir en un fet habitual durant la tardor i l'hivern del 1974 i, malgrat la poca traça que demostrava en el dibuix, gaudia de l'ambient artístic que s'hi donava. Va descobrir-hi la biblioteca i la sala de revistes d'art, sobretot les revistes franceses, que va devorar amb avidesa per posar-se al dia de tot el que es feia a fora del país. Se li va acudir que potser a l'arxiu del centre, on s'hi conservaven molts documents dels socis i de l'activitat a Sant Lluc des dels seus inicis, hi podria trobar algun rastre de la Valèria, per petit que fos, de quan havia tornat de París. Així que durant l'hivern s'hi va dedicar, però aviat es va adonar que entre els papers que explicaven la història del Cercle Artístic de Sant Lluc en els anys de la Valèria només hi havia homes, igual que en els llibres d'art.

13

—Ahir em va trucar la Natàlia. Em va proposar de quedar amb ella i el seu nou amic. Ens el vol presentar.

—Buf, quina mandra.

—No siguis així. És molt amiga meva, ja ho saps.

—També ho és meva. Recordes que ens va presentar ella?

—Com vols que ho hagi oblidat.

—Però això no treu que hàgim de conèixer cada nou amic que té.

—Diu que n'està molt, d'en Guillem.

—De qui?

—Es diu Guillem.

—Cal que me n'aprengui el nom? Si d'aquí a quatre dies ja anirà amb un altre.

—Quico! No siguis així.

L'Olivia va provar d'explicar-li que a la Natàlia li feia il·lusió que quedessin tots quatre i que a ella li havia semblat bé. Feia dos mesos que sortia amb aquell noi, en Guillem, a qui havia conegut durant les vacances d'estiu i sí, en semblava molt enamorada per la manera com n'hi havia parlat.

—Diu que en Guillem i tu teniu moltes coses en comú, que segur que us portareu molt bé.

En Quico va remugar, però no va dir que no. Així doncs, l'Olivia va deixar estar la conversa per una estona, amb la intenció de tornar-hi més tard. Amb el temps havia après com tractar en Quico quan volia aconseguir alguna cosa d'ell.

La parella va entrar a la Casa Arpí, la botiga on en Quico solia comprar el material fotogràfic, que es trobava a la Rambla dels Caputxins. Dies enrere havia cobert amb la seva Leica l'última vaga de Seat i gairebé havia esgotat les seves existències. L'Olivia sabia que preparava un reportatge sobre la història de lluita contínua de la plantilla d'aquesta fàbrica automobilística en els darrers anys i que tenia pensat vendre'l a un dels mitjans de premsa per als quals treballava. N'estava molt orgullós, del material que havia reunit des d'aquell funest 18 d'octubre del 1971 en el qual el tancament de la fàbrica de la Zona Franca per part dels treballadors, que protestaven pels acomiadaments de companys que havien participat en protestes sindicals anteriors, havia acabat amb una brutal repressió policial i l'assassinat a trets d'un pobre noi, més jove que ells, soldador de la Seat, a mans dels grisos. Sempre els maleïts grisos. A partir d'aquell moment havia anat creixent l'onada de solidaritat al voltant de la lluita obrera, la gent s'havia mobilitzat en nombroses ocasions, perquè no només es reivindicaven les llibertats sindicals, sinó també els drets socials més fonamentals davant d'un règim dictatorial que ja durava massa. I en Quico ho seguia rere l'objectiu de la seva càmera des d'aleshores.

El va observar recolzada en el taulell de la casa fotogràfica mentre ell s'allargava en una conversa interminable sobre rodets, objectius i nous models de càmeres fotogràfiques amb el dependent. No era la primera vegada que ho feia, i sempre que l'acompanyava a la Casa Arpí l'Olivia sabia que trigarien una bona estona a sortir-ne. Quan per fi ho van fer, en Quico es trobava d'un humor excel·lent i la noia ho va aprofitar per tornar a la càrrega amb el tema de la Natàlia. En deixar-la a casa aquell vespre, després d'una passejada romàntica per les Rambles crepusculars, ja havia obtingut el seu «sí» conformat a una cita de parelles amb la Natàlia i en Guillem.

No van convidar a sumar-s'hi la Rosa i l'Oriol perquè en Quico no suportava el marit de la seva amiga. «És un nen de papà, sempre li han donat tot fet, a aquest arquitecte de la Gauche Divine», solia renegar. I l'Olivia s'hi va conformar perquè feia temps que escollia les discussions que tenia ganes de lliurar amb ell i les que no. Van quedar a la cerveseria Glaciar de la plaça Reial i quan hi van arribar la Natàlia i en Guillem els esperaven asseguts a la terrassa. Prenien una cervesa i es petonejaven com una parella de quinze anys. A l'Olivia li va agradar el somriure del noi quan es van aixecar a saludar-los i els van convidar a seure amb ells. Va trobar que la Natàlia tenia molt bon gust, ja que en Guillem no només era alt i ben plantat, sinó que la va saludar amb una proximitat que la va fer sentir molt a gust.

—Olivia, tenia ganes de conèixer-te. —Li va fer un petó a cada galta i ella es va delir amb la seva loció d'afaitat—. La Nat m'ha parlat tant de tu!

—I de mi no, Nat? No li has parlat de mi? —va fer en Quico amb un gest murri.

—De tu no, imbècil —va riure la Natàlia.

En Guillem es va girar cap a ell i van encaixar les mans amb la màxima cordialitat, com si es coneguessin de sempre.

Feia una mica de fred per estar-se a fora, però tot i així van romandre allà. Eren a principis de novembre i a l'horabaixa a la plaça Reial acostumava a aixecar-se un vent fred i humit provinent del port proper que se't ficava pell endins i et calava fins al moll de l'os, però això ho van resoldre de pressa amb un parell de cerveses que aviat els van escalfar l'estómac i la conversa.

La Natàlia no es va equivocar quan va dir-li a l'Olivia que els dos nois es farien amics. No feia ni una hora que estaven asseguts que ja semblaven dues ànimes bessones que s'havien trobat de cop i volta i provaven de recuperar el temps perdut. L'un i l'altre es trepitjaven les frases, s'interrompien a cada moment amb ganes d'explicar-se i de compartir afinitats. En Guillem era militant del PSUC i allò va fer que en Quico hi simpatitzés de seguida, tot i que ell va admetre que mai s'hi havia afiliat.

—Jo no em caso amb ningú —va sentenciar.

La Natàlia intervenia sovint, li agradava fer alguna afirmació contundent, provocadora en la majoria dels casos, i veure com els nois feien front comú contra ella. Tenia la llengua esmolada i una ment ràpida que els desmuntava els arguments. Allò no feia més que encendre els ànims i apujaven el to de veu. La batalla dialèctica s'acabava quan ella i en Guillem es feien un petó a mitja discussió i aleshores l'allargaven i l'allargaven davant d'un Quico entre divertit i contrariat i una Olivia sempre meravellada amb la seva amiga.

—No sé per què vas deixar la universitat, Nat —va murmurar-li l'Olivia quan aquesta la va acompanyar al lavabo—. Dones mil voltes a la majoria dels homes i, si t'ho proposessis, et podries fer política, o periodista o qualsevol cosa.

La Natàlia va deixar anar una de les seves rialles i els cabells de foc se li van remoure. Més d'un parell d'ulls la van contemplar des de les taules veïnes.

—Feia temps que no et veia tan bé amb un noi —va afegir l'Olivia—. Fins i tot et trobo més atractiva que mai.

—Deu ser perquè follem pels descosits —va respondre-li la Natàlia mentre la feia entrar al bany.

L'Olivia va riure i li va donar una empenta.

—No tens remei, tot t'ho prens de broma.

—No és veritat, Oli. T'ho dic de debò.

Quan en Quico la va acompanyar a casa, un cop s'havien acomiadat d'ells amb grans abraçades i promeses de tornar a quedar ben aviat, l'Olivia va somriure satisfeta i va exhalar un sospir.

—M'ha agradat, en Guillem. Fan molt bona parella. No trobes?

Potser perquè s'havien fet amics de seguida, perquè havia percebut la complicitat immediata entre els dos nois, li va estranyar tant la ganyota que va fer en Quico i encara més el que li va respondre.

—Vols dir? Jo crec que no duraran gaire. La Nat se'n cansarà, ja ho veuràs.

En arribar a casa, en Boris ja dormia i li havia deixat el llum del rebedor encès. Es va treure l'abric i les sabates, va apagar el llum i va caminar pel passadís a les palpentes fins a la seva habitació. Mentre es despullava va obrir la porta de l'armari i es va posar de cara al mirall. Es va observar de cos sencera, es va esbullar els cabells i va provar d'imitar els gestos més mundans de la Natàlia per veure's amb tot el seu atractiu. L'Olivia no es tenia en gran consideració, es trobava massa baixeta, un pèl magra i amb poc pit.

Li hauria agradat tenir més pit. També li hauria agradat intervenir més en la conversa d'amics d'aquella nit, mostrar-se més viva, més ocurrent. Però no es queixava. Per què hauria de rondinar? Tenia en Quico, les seves millors amigues, les noves amistats que havien nascut aquella tardor i un projecte de vida que a poc a poc anava configurant. Va ficar-se entre els llençols nets, que van cruixir una mica abans que ella els estovés amb l'escalfor del seu cos. Va allargar un braç fins a la tauleta de nit i del calaix en va treure el quadern de viatge de la Valèria Sans. El va fullejar distreta, encara amb el cap a la plaça Reial, però aleshores va haver-hi quelcom que va cridar-li poderosament l'atenció. En una pàgina hi havia un retrat acurat d'una dona que havia vist abans. El seu oval perfecte i molt pronunciat, els ulls massa junts, l'elegància natural i alhora enigmàtica que la pintora s'havia esmerçat a retratar tan bé, li van recordar alguna cosa, com si l'hagués vist en un altre lloc. Potser era la musa d'algun artista famós. Potser la podia buscar en altres retrats. Si en trobava la connexió, esbrinaria més coses de la pintora i podria seguir estirant el fil. El son va acabar per vèncer-la de matinada, però el rostre femení del quadern no la va abandonar: enmig del somni la mirava i els llavis fins li apuntaven un somriure. Qui dimonis era aquella dona i on l'havia vist?

L'endemà va decidir anar a la biblioteca de la universitat. Li agradava seguir anant-hi perquè es resistia a perdre el vincle amb la seva universitat. Es va dirigir a la noia del taulell, una ajudant de bibliotecària que tenia vista dels últims temps, i va demanar-li un seguit de llibres d'art francès de principis de segle XX. Durant una estona, es va dedicar a buscar la dona enigmàtica del quadern de la Valèria entre els retrats femenins pintats pels diferents artistes de l'època, però no la va trobar enlloc. Una mica abatuda, va tornar els llibres al taulell i aleshores la jove bibliotecària s'hi va interessar.

—Buscaves alguna cosa en concret?

Li havia endevinat l'expressió.

—Busco una agulla en un paller... —L'Olivia va arronsar les espatlles—. Es tracta del rostre d'una model en concret. Però no l'he trobat en cap de les làmines dels artistes que he buscat.

La bibliotecària va fer un gest murri i va deixar la pila de llibres retornats a un costat per sortir del darrere el taulell.

—Has provat de buscar-la en les fotografies de l'època? —es va interessar.

Davant del rostre interrogant de l'Olivia, la bibliotecària va fer que la seguís fins a la sala contigua. Es va aturar al davant d'un armari ple de llibres que hi havia entre finestra i finestra i d'allà en va treure un parell de volums. Els va dipositar en mans de l'Olivia.

—Aquí hi trobaràs algunes fotografies d'artistes dels anys deu i vint amb les seves muses. També hi surten les seves dones i amigues.

Algú va estossegar a la sala i la jove bibliotecària va abaixar el to:

—Qui sap, potser tens sort.

Profundament agraïda i alhora avergonyida de no haver-li demanat abans el seu ajut, l'Olivia va tornar a seure en una taula i va començar a revisar pàgina per pàgina els dos volums. No havia passat gaire estona quan, tot d'una, la va trobar. Gairebé no podia creure-s'ho! Sense un bri de dubte, va reconèixer el rostre del quadern de la Valèria enmig d'una fotografia de grup on sortien, entre d'altres, els primers artistes cubistes dels anys deu. Delerosa, va llegir tots els noms escrits a la llegenda de la imatge i va aturar el dit on sortia el seu. Va alçar la vista amb mirada triomfant, cridava d'excitació per dintre enmig del profund silenci. No és un simple rostre de model, es va dir, és molt més que això! Ara sabia un altre nom de dona, un nom a través del qual podria esbrinar molt més del que en un principi s'havia imaginat.

Un món de noves amistats

La va conèixer el novembre del 1912 al Café de la Rotonde de Montparnasse. La Valèria acostumava a passar-s'hi hores senceres, era a tan sols uns metres de la Colarossi i li agradava l'ambient artístic i de bohèmia que s'hi donava. Des d'una taula ben situada hi veia desfilar artistes de tota mena, des dels principiants com ella fins als més consolidats. La Valèria sentia que vivia al cor mateix del món de l'art i aprofitava cada estona lliure per dibuixar des del seu racó favorit del cafè. Damunt la taula, un *café crème* que li servia el bo de Monsieur Libion per vint cèntims i que sovint se li refredava quan trobava un bon rostre per dibuixar. Va ser el cas d'aquell dia decisiu de novembre en què coneixeria una de les dones més importants de la seva vida. Ella va entrar a La Rotonde acompanyada d'una amiga i totes dues es van asseure a certa distància de la Valèria. A la noia li va cridar l'atenció el seu rostre exòtic, els ulls grossos i una mica junts en una cara més aviat estreta i ovalada. I la va començar a dibuixar. Va omplir un parell de pàgines de la seva llibreta amb estudis sobre el seu rostre i, aleshores, quan menys s'ho esperava, la dona es va aixecar i se li va acostar. La Valèria va tancar la llibreta en un gest instintiu, just abans que ella se li adrecés.

—Bon dia.

—Bon dia, *madame*.

—Em dibuixaves a mi?

La noia va sentir una lleu escalfor a les galtes.

—Sí, *madame*.

—M'ho deixaries veure? —li va demanar tot allargant una mà de dits llargs i estilitzats cap al quadern.

La Valèria l'hi va mostrar i la dona va quedar sumida en un silenci concentrat. Estudiava la seva fesomia sobre el paper, aviat va posar els ulls en la Valèria i va somriure-li.

—Tens molt talent. Suposo que ja t'ho han dit.

Ella n'hi va donar les gràcies i es va voler explicar:

—Estudio a l'Académie Colarossi, just en un carrer d'aquí...

—La conec, tot i que jo vaig anar a l'Académie Humbert.

—Vostè pinta?

La dona va empetitir els ulls en un segon somriure i li va estendre la mà per encaixar la seva.

—Em dic Marie Laurencin.

La Valèria no es podia creure que hagués conegut la pintora de la qual n'havia vist obra per primer cop a les Galeries Dalmau de Barcelona, l'única dona que va formar part d'aquella exposició d'avantguarda que el marxant va titular *Art cubista* i que havia provocat en ella el fort desig d'anar a París. Però encara menys podia concebre que aquella dona esdevingués la seva amiga, la seva protectora i la persona que la introduiria al cor mateix de l'avantguarda artística del moment.

Repassa en la memòria aquell final del 1912 i pensa que tot plegat va començar de debò aleshores, gràcies a la seva estimada Marie. Després d'aquella primera tarda al Café de la Rotonde en van seguir moltes altres, a més a més de dies sencers en què la Marie li va presentar la seva mare, amb la qual vivia en un pis petit ple de brodats que l'anciana feia a base de dibuixos de la mateixa artista. Va ser la seva mare qui li va explicar que la Marie havia començat fent pintura de porcellana, quan de joveneta ja li va veure aptituds i la va enviar a Sèvres. Després vindrien les classes a l'Académie Humbert, tal com ella li havia explicat, i tot seguit el desenvolupament del seu art fins a aquell moment, en què ja havia exposat als salons parisencs i fins i tot a la primavera li havien dedicat una exposició molt àmplia a la Galeria Barbazanges. La Valèria absorbia cada detall de la seva trajectòria i es permetia somiar que ella també podria progressar. I davant l'expressió sempre atenta de la jove aspirant d'artista, Marie Laurencin hi va respondre obrint-li el seu cor, ja que en ella hi veia, ni més ni menys, que el reflex dels seus anys primerencs. Totes dues havien crescut en una llar sense pare, cap de les dues no entenia la vida sense aquell amor absolut a l'art.

En aquells temps, la Marie tot just acabava de trencar una relació amorosa que havia esdevingut massa intensa i tumultuosa amb el poeta i crític d'art Guillaume Apollinaire. Per boca seva, la Valèria es va assabentar que Apollinaire preparava un llibre on sortirien recollits tots els seus escrits crítics sobre el cubisme, «des dels inicis del moviment fins al dia d'avui», li va explicar. «Serà un llibre que farà història, Valèria, perquè hi ha reunides per primer cop les obres de Pablo Picasso, Georges Braque, Juan Gris i altres artistes que un dia et presentaré, com Picabia, Marcel Duchamp i d'altres». Però el que més va cridar l'atenció de la Valèria va ser quan li va dir que ella, Marie Laurencin, també sortiria al llibre. Se la mirava bocabadada mentre la Marie li explicava amb tota naturalitat que ella formava part del grup d'artistes que havien inventat el cubisme des dels seus estudis del Bateau-Lavoir.

—De fet, va ser en Pablo Picasso l'iniciador —va puntualitzar-li un dia en què esmorzaven plegades en un cafè—. Ell va treballar amb les noves premisses molt estretament amb Braque i Juan Gris. Ja ho veus, dos espanyols, en Pablo i en Juan, com tu. La resta del grup vam començar a experimentar tot seguit, tot i que cadascú des del seu art més personal. Jo, per exemple, vaig més al meu aire.

—Però sou bons amics? —La Valèria estava plena de curiositat.

—I és clar! Va ser en Pablo Picasso qui em va presentar en Guillaume. —Aleshores la Marie va deixar anar un sospir i va concentrar els ulls en el líquid restant de la seva tassa—. Però ara ja res és com abans. He hagut de fer-lo fora de casa, m'han dit que s'està a l'estudi d'en Robert Delaunay. Ja li aguantarà ell les borratxeres i el seu humor canviant. Pel que fa a en Pablo, també ell ha trencat amb la Fernande Olivier. —Es va arronsar d'espatlles—. Tampoc és que jo m'entengués gaire bé amb ella. Però va ser una època molt bonica mentre va durar: vaig pintar un retrat de tots quatre fa cinc anys, també hi surt la Frika, la gosseta dels Picasso. Saps una cosa? És el primer quadre que vaig vendre! Me'l va comprar Gertrude Stein. N'has sentit a parlar, d'ella?

—Em sap greu, però no... —La Valèria provava de seguir-la enmig d'aquell reguitzell de noms que intuïa que havia d'enregistrar.

—Bé, és una col·leccionista d'art nord-americana. Una dona superba. Algun dia te la presentaré. També vull que coneguis en Pablo i els altres artistes amics. N'aprendràs molt, de tots ells.

La Valèria l'escoltava enmig d'un somni. De bona gana s'hauria pessigat perquè gairebé no es creia l'oportunitat que li brindava la seva nova amiga. Frisava per conèixer totes aquelles persones, per aprendre d'ells i d'elles i provar d'iniciar un camí que ara li semblava més engrescador que mai. Des de l'inici, va percebre que la Marie li canviaria la vida i també va saber, en aquells dies de confidències mútues, que no tornaria a casa. No pensava renunciar a París.

La primera decisió que va prendre va ser deixar la residència on vivia.

—El pensionat deixa'l per a les estudiants i les empleades —la va convèncer la Marie—. Et cal canviar d'ambient. Jo t'hi ajudaré.

A través d'uns contactes, li va trobar un apartament modest, d'una sola cambra, en un altell del barri de Montparnasse. No era gran cosa, però podria permetre-se'n el lloguer gràcies a una feina d'il·lustradora que li va aconseguir en una revista. Entre allò i els diners que encara li quedaven mentre durés la seva beca d'estudis a la Colarossi podria passar uns quants mesos sense angúnies i tot seguit ja es veuria, perquè la Valèria estava decidida a sobreviure a París. Els darrers dies al pensionat li semblava que s'acomiadava de la seva vida d'abans, la que deixava enrere per llançar-se, de debò, al món real. Enrere quedarien els matins de corredisses a l'escala, les veus de totes les estudiants de la Sorbona que havia conegut allà, la seva amiga Pauline, que al cap d'uns mesos desapareixeria de la capital francesa per anar a fer de mestra al Midi francès.

Potser enyoraria les bromes de les noies al salonet de l'esmorzar mentre Madame Drouet les cridava a l'ordre en aquell to entre maternal i sever, o els dies de pluja en els quals algunes noies es tancaven en una de les seves cambres i es feien confidències d'amor, de desamor o bé del futur que cadascuna d'elles somiava. Sabia que ho trobaria a faltar i que potser tindria moments dolents, de certa solitud en el seu nou apartament, però alhora l'empenyia una determinació nova, la consciència plena que havia arribat el moment de fer un pas endavant.

No li va costar gens traslladar les poques coses que tenia al nou apartament. El que més li agradava era trobar-se enmig d'aquell barri, Montparnasse, on els artistes anaven llogant els seus estudis i cada cop hi havia més gent. De dia, la majoria es tancava a pintar, a esculpir, a treballar en les seves noves creacions, mentre que a la tarda se'ls podia veure en qualsevol dels cafès i les seves terrasses, prou càlides malgrat el fred de desembre, gràcies als brasers de carbó.

Era una tarda de finals d'any quan la Valèria va conèixer una part dels amics cubistes de Marie Laurencin. Havia quedat amb ella per anar a La Closerie des Lilas, un cafè que es trobava a l'altre extrem del bulevard Montparnasse i on es reunien tot sovint molts artistes, poetes i escriptors. Hi va entrar rere la seva amiga enfundada en el seu abric llarg i negre. Sentia esgarrifances fins al moll de l'os i es deia que, si a una cosa no s'hi acostumaria mai, era al fred rigorós de París. No s'assemblava gens al de Barcelona, ni tan sols en el desembre més fred. Totes dues van avançar entre les taules fins a arribar a una de situada al fons del cafè. La Valèria hi va distingir de lluny l'home de cap més regi i mediterrani de tot París: era Pablo Picasso. Al seu costat hi va veure una noia d'aspecte fràgil i elegant, mentre que la resta de la taula l'ocupaven dos homes més. Els ulls de Picasso se li van clavar com dos dards negres a mesura que s'hi acostava i no els va apartar fins que va saludar Laurencin.

—A qui ens has portat, Marie? —va dir-li en un francès amb clar accent espanyol.

—Us presento la Valèria Sans —va respondre ella a tota la taula—. Espanyola, Pablo. És la jove pintora de la qual et vaig parlar.

Picasso les va convidar a seure i la noia del seu costat va començar a estudiar amb precisió cadascun dels seus moviments. La Valèria percebia el recel en aquella mirada que de tant en tant la fulminava.

—Ella és *ma jolie*, Eve Gouel —va presentar-la Picasso. Tot seguit va allargar una mà cap als dos companys masculins, l'un completament calb i de nas prominent i l'altre de posat seriós i reservat—. El meu amic Max Jacob, el poeta, i en George Braque, amb qui gairebé passo més hores que amb l'Eve. Oi, estimada?

—És un gran honor —va dir una Valèria que provava de mantenir els nervis a ratlla—. Jo soc de Barcelona.

—Barcelona! La ciutat on viu la meva família! —va exclamar Picasso amb ulls somrients—. Jo soc de Màlaga, però també de Barcelona, ja que hi vaig viure des de molt jovenet.

Aquell fet va provocar la immediata simpatia del pintor vers la jove i aviat es va interessar per la seva activitat a París. La Valèria va anar explicant-se, mentre els ulls negres i profunds del pintor la perforaven per dins. Malgrat que, al principi, les mans li tremolaven a sota la taula, va aconseguir mostrar un rostre tan tranquil com el d'Eve Gouel o el de Marie Laurencin, la qual la secundava de tant en tant.

—Ens vam conèixer a La Rotonde —els va relatar la Marie—. La vaig enxampar dibuixant-me des de l'altre extrem.

Va riure i li va passar una mà per l'espatlla a la Valèria. Aquell gest familiar va relaxar els seus companys de taula i va fer que tots la comencessin a tractar com una més. Max Jacob era un poeta francès d'origen jueu que, pel que li va semblar, tenia una gran amistat amb Picasso.

—S'entesta també a pintar, però ell és poeta —va comentar-li en Pablo a la Valèria i tot seguit es va dirigir a Jacob—. No perdis el temps amb la pintura, Max. Dedica't de ple als teus versos. Ets el poeta cubista per excel·lència!

La Marie li va explicar a la Valèria que en Max Jacob era dels primers amics que va fer Picasso a París.

—Jo li vaig ensenyar a parlar francès, *chéri* —va respondre-li Jacob, en sentir-la.

Braque es mantenia força callat i la Marie va xiuxiuejar-li que allò es devia al fet que la presència de Picasso sempre l'imposava.

—Quan el geni no hi és, Braque es relaxa i es torna molt més xerraire.

La Valèria el va observar de cua d'ull, amb l'interès de trobar-se davant d'un dels altres fundadors del cubisme, ja que a la Colarossi tothom s'influïa d'ells.

Pel que fa a l'Eve, la Valèria recorda que en aquella primera vetllada que van compartir a La Closerie des Lilas gairebé no hi va intercanviar cap paraula. La dona va romandre tota l'estona amatent al que deia la seva parella, era clar que l'adorava i que no tenia cap desig d'intervenir en la conversa. La Valèria aviat es va conformar amb el seu posat indiferent i es va preguntar com devia ser l'altra dona que Picasso tot just havia abandonat per ella.

—No hi té res a veure! —li explicaria més tard la mateixa Marie—. La Fernande Olivier és alta, molt més vistosa i sorollosa. De fet, crec que l'Eve, amb la seva discreció i devoció, és molt més adient per a un home amb la personalitat d'en Pablo, ja m'entens.

Portaven una estona plegats i les veus i la conversa van anar encenent-se a mesura que les copes de vi es buidaven i es tornaven a omplir. Picasso dominava la conversa i tots escoltaven. En un moment donat, els va explicar l'obra en la qual havia estat treballant i que, a excepció de Braque, els altres encara no havien vist.

—L'he titulada *Natura morta amb cadira de reixeta* i és un collage —va dir, solemne—. Sento que ja hem tancat una etapa del cubisme. Oi, George? Ara n'encetem una altra. Ens cal experimentar amb l'objecte quotidià, incorporar-lo a les nostres obres, de la mateixa manera que forma part de les nostres vides. —Va fer una pausa dramàtica, però Picasso no tenia intenció de continuar parlant de les obres que feien Braque i ell, sinó que s'estimava més que les veiessin. Es va dirigir a Laurencin—: Marie, tu i la teva nova amiga m'heu de venir a visitar. Encara no has estat al nou apartament. És a prop d'aquí, al bulevard Raspail.

—Serà un plaer! —es va avançar a respondre-li la Valèria.

Si bé el primer que l'havia impressionat eren aquells dards negres que el pintor tenia per ulls, durant la resta de la vetllada recorda haver-se concentrat en les mans. Tenia els dits petits i aspres i gesticulava tothora, amb l'ànsia de qui es vol explicar. Les mans d'un geni capaç d'enlluernar tothom, es va dir la Valèria.

Però el més important d'aquell primer dia encara estava per arribar. Un cop el grup va sortir de La Closerie des Lilas i tots plegats van començar a caminar pel bulevard Montparnasse, Picasso i ella es van quedar una mica enrere. Mentre les veus alegres dels altres i les seves rialles, producte de l'alcohol consumit, anaven unes passes al davant, Picasso i la jove Valèria van començar a parlar en castellà. Va ser aleshores quan ell es va interessar amb més detall pel que feia ella, pel que havia pintat fins ara i el que més li havia cridat l'atenció de tot l'art que havia pogut observar en aquells primers temps a París. La intimitat del moment la va fer relaxar-se i esplaiar-se en les seves respostes. Ara li semblava estar parlant amb la mateixa Marie i la inseguretat inicial li havia fugit del tot. Li va fer un relat dels museus i galeries que havia visitat, li va mencionar les obres, antigues i modernes, que més l'havien colpit i fins i tot va voler comentar-li el que havia vist d'ell a la Galeria Kahnweiler i com l'havia sacsejat.

—Intento aprendre de tot plegat —va reconèixer-li a un Picasso que la mirava amb ulls atents—. I alhora experimento amb noves formes pel meu compte... Vull trobar el meu estil més personal.

—Quant de temps penses quedar-te a París? —li va preguntar Picasso.

—No vull marxar. —La Valèria el mirava amb determinació—. A partir d'ara, no vull pensar en res més que no sigui desenvolupar el meu art.

Això va fer somriure el pintor, que va assentir en un gest d'aprovació.

—Només espero tenir el talent i l'energia necessaris per sortir-me'n —va afegir ella, una mica insegura—, perquè ja no imagino cap altra vida que aquesta.

La Valèria recorda molt bé el consell que el pintor li va donar.

—Tothom té el mateix potencial d'energia —va exposar-li ell a continuació—. La persona corrent malgasta la seva en una dotzena de variants. Nosaltres l'hem d'utilitzar només d'una manera, si de debò volem fer alguna cosa bona en l'art. Jo, per exemple, utilitzo tota la meva energia en la pintura, ho sacrifico tot per aquesta: els meus, el món sencer, fins i tot a mi mateix.

Li va clavar la profunda mirada d'artista, aquella mirada amb la qual el geni es cruspia el món i en la qual ella s'hi va reconèixer.

—Percebo que tu també ho sacrificaràs tot per l'art —li va endevinar.

14

L'Olivia estava satisfeta amb tot el que havia esbrinat de la seva pintora gràcies a seguir el rastre que Marie Laurencin havia anat deixant en alguns llibres d'art. Si bé aquesta era una pintora encara pendent de rescatar de debò, el cert és que almenys en va trobar força més referències donat el fet que havia format part important del grup dels primers cubistes a París. Gràcies a això va arribar a saber més coses sobre els artistes amb els quals, a través d'ella, la Valèria Sans s'havia topat en els primers temps a la ciutat i, d'aquesta manera, en els quadres que ja en coneixia, hi va anar identificant totes les influències que havia rebut. Tanmateix, el món de la seva pintora encara li semblava inabastable, percebia que només n'havia tastat l'inici i que li quedava molt camí per recórrer. Perquè cada cop era més conscient que la Valèria Sans hauria fet història si hagués tingut prou vida i, per descomptat, si li haguessin donat la llum que, com altres dones, hauria merescut. Per què va morir tan jove? Com va aconseguir quedar-se a viure París més enllà de la beca que havia rebut? Què devien haver dit a casa seva, en aquells temps? Com més coses esbrinava de la seva vida més interrogants li sorgien, així que va pensar en la persona que més podia ajudar-la en aquest sentit, la vella Quimeta, i va decidir que aviat buscaria un dia per fer-li una segona visita.

El fred de desembre es va imposar amb força als carrers de Barcelona i va donar el toc de sortida a les festes de Nadal. Cotxes i vianants esquivaven l'afluència de gent que es concentrava en aquelles dates al Portal de l'Àngel, al bell mig del qual els magatzems Jorba-Preciados, més coneguts com a Can Jorba, hi plantaven cada any un monumental arbre de Nadal. El portaven amb un tràiler des del Pirineu i el miler de llums amb el qual el guarnien inundava l'ambient d'esperit nadalenc. A la planta de joguines dels magatzems s'hi acumulava cada dia una filera de nens que, agafats a la mà dels seus pares, esperaven pacients el seu torn fins a veure's cara a cara amb un dels Reis Mags d'Orient. Entre plors i mirades enceses els entregaven la seva carta de desitjos i els somnis de joguina adquirien forma en els seus caps.

Els petits de la Rosa ja havien passat aquell Nadal pels magatzems Jorba i ara tocava a les padrines de cadascun, l'Olivia i la Natàlia, acompanyar la mare a adquirir la joguina anhelada que els portarien elles. Era una tradició dels darrers anys: les tres amigues se citaven a la plaça de Catalunya i baixaven juntes fins als grans magatzems.

—O sigui que no em deixes comprar-li un Meccano a l'Anna —es va queixar la Natàlia mentre avançaven pel Portal de l'Àngel.

—Ja t'ho he explicat mil vegades: és massa petita i el seu germà ja en té un. Ella vol la nina de Famosa i si els Reis no li fan cas, s'emportarà un bon disgust —va advertir-la la Rosa.

Per les festes sempre anava atabalada, feia un munt de llistes amb tot el que li calia fer: sopar de Nadal a casa seva, vestits nous per a ella i els nens, la llista de regals dels petits i també la dels grans. Aquesta última sempre li portava molts maldecaps perquè, si bé l'Oriol era fàcil d'acontentar i els seus pares i el sogre també, a la seva sogra no sabia mai què regalar-li. Per què, després dels anys, seguia sentint-se insegura davant d'ella? Sempre li semblava que la posava a prova i, fes el que fes, la seva resposta era tothora aquella expressió de suficiència mal dissimulada, una expressió que semblava dir-li: «Ai, filleta... Mai estaràs a l'altura d'aquesta família». Quan ho comentava amb l'Oriol ell sempre li responia el mateix: «Dona, veus coses on no n'hi ha. La meva mare és una mica tibada amb tothom, ja ho saps, però a tu t'estima molt». I la Rosa callava i s'hi conformava, tot i que ella ja sabia el que es deia i el que veia. Als homes sempre els costava adonar-se de certes coses i allò la feia sentir-se una mica sola, una mica incompresa, tal com els confiava sovint a les seves amigues.

—Doncs jo estic encantada amb el regal que em toca comprar-li al petit Oriol —va intervenir l'Olivia.

—Tu què li regales? —La Natàlia caminava amb gest murri, entossudida en la «cursilada» que li havia tocat a ella. Sovint li deia a l'Olivia que es canviessin el fillol, que a ella li anaven millor els nens que les nenes. I, tot i que ho deia de broma, a l'Olivia li sabia greu que ho fes davant de la Rosa, perquè li semblava un detall molt tendre i un bon senyal d'amistat que les hagués fet padrines dels seus dos fills, tenint en compte que s'havia hagut d'enfrontar als avis, ja que el costum era que els padrins fossin ells.

—Jo li haig de comprar l'Exin Castillos i hi penso jugar amb ell. Això de les construccions sempre m'ha agradat —va respondre-li amb aire satisfet.

Van trobar les joguines que buscaven i aviat les tres amigues desfeien les seves passes altre cop cap a la plaça de Catalunya, on pensaven anar a fer un bon berenar. Es van dirigir al cafè Zurich, atretes per l'animació de la seva terrassa. En aquell angle de la plaça sempre hi havia moviment, fos de dia o de nit, estiu o ple hivern. Tanmateix, el fred no les va entretenir gaire allà fora i aviat seien en una taula de l'interior del cafè. L'Olivia va passejar la vista per l'espai i va pensar que allò era tota una altra cosa: el revestiment de fusta, els sostres alts que acollien la planta baixa i també unes taules embalconades a l'entresol, respiraven encara l'aire antic d'altres temps. La Rosa li va fer un gest al cambrer i quan aquest se'ls va aproximar li va demanar unes pastes i tres Cacaolats ben calents. Va treure's l'abric i, a través de la taula, va agafar una mà de cada amiga.

—M'agrada tant el Nadal!

—Doncs a mi no.

—Natàlia! —es va queixar l'Olivia—. Podries fer un esforç?

La noia els va dedicar un somriure a totes dues amigues, una mica forçat però ben intencionat.

—Molt millor —es va conformar la Rosa. Es va girar cap a l'Olivia—: I doncs? Ja has pensat què li regalaràs a en Quico?

—Estic entre comprar-li els dos primers volums d'una col·lecció de llibres que ha sortit fa poc, *La historia de las revoluciones*. El primer és sobre Mao Tse-tung, el segon dedicat a Lenin, el tercer serà del Che Guevara... o bé acostar-me a Discos Castelló i buscar-li alguna novetat que li pugui agradar.

—Si vols, t'hi acompanyo després —es va oferir la Natàlia.

—Gràcies! Podem anar-hi totes tres.

—Ui, no, noies. Jo m'estic una estona amb vosaltres i marxo, que ja fa massa temps que estic fora de casa i els nens...

—Els nens, els nens! Sempre has de marxar corrents, coi. No els pot cuidar l'Oriol? —va bramar la Natàlia.

—No és cap obligació per a mi, Nat —va esbufegar la Rosa—. És que m'agrada fer-me'n càrrec i estar amb ells. Algun dia ho entendràs.

—Ho dubto.

—Noies, no discutiu —va intervenir l'Olivia—. Aprofitem l'estona que estiguem juntes. Nat, es pot saber què et passa avui?

—No res.

—Alguna te n'han fet. És en Guillem? Potser us heu barallat?

La Natàlia va trigar una mica a contestar.

—Hem trencat —els va acabar anunciant.

—Ai, Nat... Quin greu. —L'Olivia li va fregar un braç, però ella se'n va desfer.

—No te'n sàpiga. Tampoc era l'home de la meva vida.

—Doncs a mi em semblava que estàveu tan bé. —L'Olivia estava una mica desconcertada—. I al final en Quico tenia raó.

—Què vols dir amb això que en Quico tenia raó?

—Ell va dir que no t'hi veia gaire, que aviat te'n cansaries.

La Natàlia va quedar pensativa. Al final va dibuixar un somriure irònic.

—Doncs mira, tenia raó. En Guillem era una mica pallissa, massa gelós.

—Dona, potser és que li agradaves molt —va intervenir la Rosa.

—Saps el que no m'agrada, Rosa? Que associïs la gelosia d'un paio al fet que s'estimi una dona. Això no és amor sinó esclavitud!

—Ja hi som, ja ha sortit la feminista.

—Amb molt d'orgull, guapa.

I van encetar la discussió de sempre, la que es donava sovint en festes i cercles d'amics sobre les relacions de parella. Mentre que alguns defensaven, com la Rosa, l'amor tradicional, basat en la fidelitat a la teva parella, el model que seguia l'exemple de família dels pares, n'hi havia d'altres, com la Natàlia, que es decantaven per un amor més lliure, «més adequat als nous temps», com els agradava dir, en què la parella podia ser còmplice però no tenia per què ser fidel.

—La monogàmia no és natural, és una cotilla que ens han imposat des de la societat conservadora i religiosa i ens l'hem cregut.

—Doncs a mi ningú no me l'ha imposat —li rebatia la Rosa—. Si de debò t'estimes la teva parella, no tens cap necessitat d'estar amb ningú més. Oi, Olivia?

L'Olivia no hi va voler prendre part. Davant d'aquella mena de discussions ella sempre dubtava, perquè si bé entenia alguns arguments de la Natàlia, ella no hauria volgut compartir el seu Quico amb ningú. Aleshores, era gelosa? Era «feta a l'antiga», com deia la Nat? L'Olivia més aviat pensava que en el seu cas era inseguretat, un temor que en Quico no l'estimés prou, aquella por de la qual no es desempallegava, tot i el temps que portaven junts, la por que algun dia en trobés una altra de molt millor.

A mitjans de desembre l'Olivia ja tenia totes les compres fetes i disposava d'una mica més de temps. Així que va decidir fer-li la segona visita a la Quimeta, tot i que aquesta vegada no va demanar-li a en Marc Hailer que l'hi acompanyés. No és que volgués pas excloure'l de la seva recerca, de fet, li agradava compartir amb ell cada nou descobriment, però alguna cosa li deia que si parlava amb la Quimeta tota sola, en una conversa més íntima, de dona a dona, en podria treure més detalls personals. Amb aquest bon esperit va pujar les escales de la seva finca i va trucar al timbre de casa seva. La veïna ja l'havia avisat que hi aniria, i l'anciana devia esperar-la impacient perquè aquest cop no va trigar ni un minut a obrir-li la porta.

—Olivia, maca, passa passa, quin fred! —va dir-li amb un somriure d'orella a orella malgrat encongir tot el cos dins la seva generosa rebeca de llana—. He preparat te per a totes dues, la farem petar.

L'Olivia va seguir l'anciana fins a la sala on, a diferència d'aquella primera visita de finals de juny en què el balcó era obert i els canaris refilaven, la vida es concentrava al voltant d'una estufa de gas. La vella Quimeta la va fer seure-hi ben a prop i la noia va notar com l'envaïa una agradable escalfor. L'anciana es va acomodar a la seva butaca.

—Com està el teu avi? Si en fa d'anys que ens coneixem del barri!

—Molt bé, moltes gràcies.

La noia es va oferir a servir les dues tasses de te que la Quimeta havia disposat amb molta cura en una safata on també hi havia la tetera. Mentre les omplia del líquid daurat i fumejant, va donar un cop d'ull a la resta de la sala, que es mantenia en la penombra freda i en un silenci que només el tic-tac del rellotge de paret trencava com un batec constant. Va pensar en la solitud d'aquell lloc, en la vida de la Quimeta i que aquell era el quadre més vívid i esfereïdor de la vellesa. L'Olivia no volia allò per a ella, l'esgarrifava la idea d'envellir tota sola, ella anhelava formar la seva pròpia família i omplir la casa de fills.

—Deu recordar que estic molt interessada en la vida i en l'obra de la seva neboda, a la qual considero que no se li ha fet prou justícia —va començar amb l'escalfor de la tassa de te a les mans.

—Me'n recordo prou bé i n'estic encantada.

La Quimeta es va mostrar més atenta i desperta que l'altra vegada i la conversa entre elles va anar fluint d'una manera molt natural. L'Olivia li va detallar tots els llocs on havia buscat, els objectes que havia trobat i les obres que havia pogut veure'n fins aleshores.

—Penso seguir localitzant-ne més obra, ho vull anar recopilant tot, d'ella —va assegurar-li.

—Ai, filleta... Si jo et pogués ajudar —va contestar-li l'anciana amb resignació—, però ja saps que aquí només conservem les carpetes de la seva infantesa. I ves a saber on paren tots els quadres que va arribar a pintar. Suposo que a França, la majoria, perquè és on va viure bona part del temps.

—Tinc entès pel meu avi que no va tornar fins a l'esclat de la Primera Guerra Mundial. I que després se'n va tornar altre cop a París. Va morir allà, doncs? —va aventurar-se l'Olivia.

—Sí, allà és enterrada —va respondre-li la Quimeta amb amargor—. Si almenys l'haguéssim tingut aquí, jo podria portar-li flors, com a la meva germana.

L'Olivia va fer una pausa.

—De què va morir?

Els ulls de l'anciana es van desviar fins a la finestra. Mirava més enllà, cap a un temps molt llunyà.

—En aquella època la gent moria de qualsevol cosa —va començar—, la medicina no era com avui dia, comprens? Un simple refredat podia derivar en poques setmanes en una pneumònia i d'aquí a un desenllaç fatal.

—Això és el que li va passar a la Valèria?

—Això mateix, filleta, una agonia que vam haver de viure de lluny.

L'Olivia va percebre que la vella Quimeta s'ensorrava encara més a la butaca i es feia petita, encongia tot el cos.

—Vol que li posi més te? —es va oferir amb un to que pretenia trencar aquella tristesa que s'havia imposat.

Va allargar el braç fins a la tetera i va tornar a omplir les dues tasses.

—Digui'm, Quimeta, com s'ho va fer la Valèria per quedar-se a viure a París? Si no vaig errada, tenia poc més de vint anys...

La cara de l'anciana va canviar per complet d'expressió.

—París! —Va ajuntar totes dues mans i el seu rostre va espurnejar de nou—. La Valèria era tan feliç, allà. De seguida hi va conèixer molta gent, artistes de tot arreu, saps? En aquells temps tots volien anar a París. La nostra Valèria hi va descobrir el món sencer.

—Però ella tenia una beca per a uns mesos, només. Oi?

—Sí.

—I com s'ho va fer per quedar-s'hi els anys següents? Què va dir la seva mare?

La vella Quimeta va riure, tot alçant una mà.

—Ai, filleta, no corris tant. El jovent tot ho voleu de pressa! —Tornava a estar animada i era ben clar que desitjava allargar la companyia—. Fes-me el favor, maca, i obre'm aquell llum d'allà. Se'ns ha fet fosc i gairebé no et veig la cara.

La noia va fer el que li deia i va tornar obedient al seu lloc. Es va acostar la tassa de te als llavis i va fer-ne un bon glop.

—La Valèria va tornar a passar les festes a casa —va començar a relatar-li—. Aquell va ser un Nadal molt especial. La meva germana i jo estàvem tan contentes de tornar-la a tenir aquí! La Valèria donava llum i vida jove a aquest piset. Tot i així, jo me'n vaig adonar de seguida que alguna cosa havia canviat en ella i que res no tornaria a ser com abans. Mare i filla van tenir una conversa... es van fer moltes confessions. —La Quimeta va agafar la seva tassa de te i se la va acostar als llavis fins. Es prenia volgudament el seu temps. Un cop va haver tornat la tassa al platet, va fer una pausa i es va quedar mirant fixament l'Olivia. Després va decidir-se—: T'ho explicaré tot.

La mare

Les classes a la Colarossi es van aturar durant els dies de Nadal. La Valèria va agafar un tren cap a casa amb una bossa petita amb allò just i necessari per a uns dies a Barcelona. Viatjava feta un sac de nervis, amb un discurs al cap que havia elaborat durant dies i nits senceres, una conversa que havia de mantenir amb la mare i de la qual depenia el seu futur.

En arribar al carrer Petritxol i pujar les escales de casa li va semblar que no n'havia marxat mai. Per un instant, la seva vida a París dels últims mesos se li va aparèixer com un miratge i va sentir una esgarrifança de por. A Barcelona tot seguia igual. La mare, la tieta Quima, les olors familiars del pis, les flors a mig cosir deixades en un cistell i els vestits de les dames riques que cosia la mare. Els sons coneguts, les veus estimades, però ella ja no se sentia part d'allò.

—Filla, quina alegria tenir-te a casa altre cop —li repetia la mare en els dies de Nadal.

La tieta Quima i ella l'omplien a preguntes sobre París, la vida que hi feia, els seus professors, les amistats que hi havia trobat. La Valèria s'esplaiava amb els detalls, fins i tot ho guarnia una mica més del compte perquè, de fet, volia preparar la mare per a la conversa que hi volia mantenir.

Va ser la mateixa nit de Nadal. La Quima s'havia retirat a dormir i van quedar totes dues soles. La mare cosia la vora d'un vestit de gasa que havia d'entregar abans de Cap d'Any i xerrotejava alegre mentre les mans li anaven de pressa.

—Mare, haig de parlar-te.

—Digues, filla. —La bona dona no va treure els ulls del vestit però les seves mans es van aturar.

—La beca se m'acaba aviat, ja ho saps.

La mare va assentir amb un moviment de cap i va seguir cosint.

—Jo encara no vull tornar... —La Valèria va haver d'empassar-se la saliva, la gola se li havia assecat—. Sento que em queda tant per aprendre, a París!

Es va apropar a la mare i va posar les mans sobre les seves, de manera que la dona va haver de deixar de cosir.

—Mareta —la va fer mirar-la als ulls—, allò és el centre del món, del meu món. Ho comprens?

—És bonic, oi, filla? —va respondre-li ella amb un somriure trist.

Si la Valèria no hagués estat tan espantada i pendent d'ella mateixa, hauria pogut entreveure en aquell somriure trist de la mare les nits senceres de llàgrimes vessades. Hauria percebut l'enyor d'una mare que ha deixat marxar l'única filla amb la por que no torni mai més. Perquè les mares solen saber moltes coses abans que les seves pròpies filles en siguin conscients.

—És més que bonic, mare. A París hi viuen els grans artistes de l'avantguarda. La ciutat és plena de gent que es dedica a l'art i no et parlo només d'homes sinó de moltes dones, també. Artistes que exposen, que venen els seus quadres, que ensenyen en les nombroses acadèmies d'art. Hi ha gent de totes les nacionalitats.

La bona dona havia deixat el vestit de gasa a un costat i amb les mans encreuades a la falda contemplava la seva filla amb expressió concentrada. Volia deixar-la parlar.

—No sé com explicar-t'ho —li deia la Valèria que, a poc a poc, s'havia anat engrescant—, però tinc la certesa que si torno massa d'hora a Barcelona perdré la meva oportunitat. Jo vull ser pintora, vull dedicar la meva vida a l'art i percebo que el meu futur és allà, almenys de moment.

—Ja ho comprenc.

—He pensat —va continuar ella, amb certa cautela— que m'hi podria quedar un temps més. De moment tinc feina com a il·lustradora en una revista. És clar que amb això no podré pagar-me el lloguer i totes les despeses.

—Quants mesos has pensat de quedar-t'hi? —va preguntar aleshores la mare.

La Valèria, però, no tenia resposta per a allò. «El que faci falta —li hauria dit—, tota una vida, si cal».

—No tens intenció de tornar, de moment, oi?

—No, mare, em vull quedar a París.

La dona va deixar anar un sospir. Ja estava dit. Els seus temors es complien. Havia esperat aquella conversa, la reacció de la seva Valèria un cop tornés per Nadal després d'haver conegut París. Ella mai havia trepitjat una ciutat com aquella, ella mai havia volat tan amunt, però coneixia la seva filla i percebia que allò seria un abans i un després perquè la seva Valèria era diferent de totes, a ella no la podria retenir res ni ningú. Així que va exhalar un segon sospir, amb aquest s'espolsava les pors, les angúnies, les llàgrimes que la seva filla no veuria mai perquè una mare ha de preservar la seva filla de certes angúnies. Es va aixecar del seient i va anar cap a la calaixera on guardava els estalvis. En va treure un sobre que ja hi tenia preparat.

—Té, filla —va dir-li mentre li entregava uns diners—, això t'ha de servir per a uns mesos més. Després, ja en parlarem.

La Valèria va mirar-la amb sorpresa.

—Sabies que t'ho volia demanar...

—És clar, filla, m'ho havia imaginat... —va respondre-li amb un somriure per fer-se fugir la tristor del rostre—. Al principi pensava que tot això de l'art era una dèria, ara entenc que va de debò. Tens una oportunitat, Valèria, i l'has d'aprofitar. Vull que provis de tenir la vida que jo no he tingut. Jo només sabia cosir, però m'hauria agradat veure món, conèixer llocs dels quals em parlava el teu pare abans que...

—Abans que morís?

La mare va negar amb el cap. Sabia que també havia arribat l'hora de sincerar-se ella.

—Abans que entengués que mai estaria amb nosaltres —va respondre-li—. Vaig esperar el teu pare massa temps, vaig creure que m'estimava i que es faria càrrec de nosaltres, però no va ser així.

La Valèria es va quedar molt quieta. Tota la seva infantesa havia transcorregut sense el pare. Li havien dit que no se'n podia recordar de tan menuda que era quan ell va morir. Però ella sempre va intuir que li amagaven coses, perquè tant la mare com la tieta Quima canviaven de tema cada cop que ella preguntava.

—Veuràs, jo treballava al servei d'una casa important al meu poble —va començar la mare—. Des de molt joveneta que vaig demostrar molta traça amb el fil i l'agulla i aviat la senyora em feia arreglar-li els vestits. No era mala dona, però tenia el caràcter espatllat per no haver pogut concebre cap fill. El senyor anava i venia dels seus viatges, era un home de món, atractiu i bromista. Sense voler, me'n vaig enamorar, i quan ja portava uns anys a la casa, quan ja m'hi havia fet un bon lloc i em pensava que m'hi quedaria tota la vida, vam començar a veure'ns d'amagat. Vaig quedar-me embarassada de tu, Valèria, i tot i la por que sentia, em vaig il·lusionar de debò. Un fill! Fruit de l'amor que jo sentia. En cap moment no vaig dubtar que ell es faria càrrec de la situació i, de fet, ho va fer. Plegats vam inventar una història sobre una parenta meva de Barcelona que ja era gran i que em reclamava al seu costat i vaig desaparèixer d'aquella casa i del poble on havia nascut abans que se m'inflés el ventre. Ell em va portar a Barcelona i em va instal·lar en un pis de la seva propietat que utilitzava per als seus negocis a la ciutat. Allà m'hi vaig estar fins que vas néixer i també durant els teus primers mesos de vida. No ens faltava de res. Ell anava i venia i jo gosava imaginar que un dia deixaria la dona per nosaltres, perquè jo li havia donat la filla que no havia pogut tenir. Però no era això, Valèria, el que ell tenia en ment.

La Valèria gairebé no respirava, els ulls expectants.

—Ens va abandonar —va dir.

—No ben bé, filla. En realitat volia quedar-se amb tu. Era jo, que li feia nosa. —El rostre de la mare es va transformar en una ganyota en recordar el que va venir després—: Es va presentar un bon dia amb la seva dona. Tots dos, i jo allà plantada, sense saber què dir ni què fer. La senyora em va explicar que estava al corrent de tot i que volien proposar-me un tracte. «Nosaltres ens farem càrrec de la nena, li donarem la vida que es mereix», em va dir.

Jo li vaig respondre que la vida que mereixia una filla era ser al costat de la seva mare, però no em va ni escoltar. Aleshores... —se li va esquerdar la veu—, aleshores va ser el teu pare el que es va avançar per dir-me que em deixarien arreglada, que no hauria de patir més pels diners. Em va caure als peus, filla. Allò no m'ho esperava gens.

—I els vas engegar.

La mare es va fixar en el rostre inexpressiu de la Valèria i va notar la tensió de les seves espatlles. Va assentir.

—Vam venir a viure totes dues aquí. Ningú no ens coneixia, així que vaig inventar-me que era vídua. Allò em feia més respectable a ulls de tothom i em permetria trobar feina.

—I al cap de poc la Quima va venir a viure amb nosaltres.

—Sí, la meva estimada germana sempre em va fer costat! —La mare va provar de somriure i va agafar una mà de la seva filla, que va dipositar entre les seves—. I no ens n'hem sortit pas malament les tres juntes, oi?

—No, mare, ho has fet molt bé.

La dona va haver de reprimir un sanglot. Tant que havia temut aquella conversa i alhora tant que l'havia desitjat. Va mirar la seva filla amb tot l'amor del qual era capaç i tot seguit va tornar al que els havia portat fins allà.

—Ja ho veus, filla —li va dir—, amb els homes no s'hi pot comptar. És per això que vull que te'n surtis tu sola, que no depenguis d'ells. Dius que a París hi ha artistes dones, segur que no tenen ni la meitat del teu talent. Si elles se'n surten, tu encara ho faràs millor.

La Valèria va notar com li vessaven un munt de llàgrimes per les galtes, però ni tan sols se les va eixugar. Plorava de ràbia pel que havia hagut de passar la mare, plorava d'alegria per tot el que estava per venir. En un rampell, va abraçar molt fort aquella dona que, per primera vegada, veia en tota la seva dimensió.

—T'estimo tant, mareta!

Des d'un racó del passadís, unes passes van recular sense fer cap soroll en direcció al dormitori. La Quima ho havia escoltat tot i ara es portava la mà al pit per contenir l'emoció que sentia. A la fi, mare i filla s'ho havien dit tot.

15

Els dies abans de marxar al poble amb en Boris, per tal de celebrar les festes de Nadal amb els pares i la resta de la família, l'Olivia va provar de convèncer en Quico perquè els acompanyés. Però de seguida va veure que a ell no li venia de gust. «Jo no soc gaire familiar, ja em coneixes —va dir-li—, tot i que si per a tu és important, faré un esforç». L'Olivia no volia que hi anés a desgrat, i per tant va preferir no insistir-hi i gaudir dels dies previs a la seva partida celebrant-ho plegats, en la intimitat. Van anar a la plaça de la Catedral i s'hi van passar una tarda sencera passejant entre les parades de la Fira de Santa Llúcia que, com cada any, exhibien les figuretes de fang, la molsa, els fons pintats i tot el necessari per construir un bon pessebre a cada llar. Van veure troncs de totes les mides per fer cagar el tió, avets de Nadal i decoracions de tota mena per guarnir-los. En Quico li va comprar un ramet de vesc i, seguint el costum dels enamorats, s'hi van fer un petó just a sota. L'Olivia va formular el desig que la cremava en els últims temps: Que sigui aquest proper any, que sigui el 1975 quan en Quico em demani d'anar a viure junts.

Van acabar la tarda fent un mos en una taverna propera a la catedral. Ell li parlava d'alguna cosa relacionada amb la seva feina, ella l'escoltava només de refiló mentre observava la gent embolicada en abrics i bufandes a través de la finestra. Fins que un parell de noies van entrar al local i se'ls van acostar.

—Hola, Quico —va dir-li la més baixeta, una noia de somriure bonic i pestanyes molt llargues que a ella li va semblar haver vist en algun lloc.

A en Quico li va canviar l'expressió i es va quedar mut per uns instants.

—Hola. Què hi feu, aquí?

—A tu què et sembla? Passejar per la Fira de Santa Llúcia, com tothom —va respondre-li l'altra noia amb to desafiant.

L'Olivia esperava callada que en Quico les hi presentés, però, com que no ho feia, li va clavar una puntada de peu per sota la taula.

—Perdona! Aquesta és l'Helena..., la Marta... —va dir fent un gest amb la mà, gairebé sense mirar-les—. Ella és l'Olivia.

Res més?, es va dir ella per dintre mentre notava com li pujava la sang al cap.

—Hola. —La Marta, la noia de les pestanyes llargues, se la mirava fixament.

—Jo a tu ja et conec —va respondre-li l'Olivia arrufant el front—, de la Facultat de Lletres, potser?

Però abans que la noia li respongués, se'n va recordar.

—Ja ho sé! Et vaig veure a la festa d'en Javi i les gallegues... —i mentre ho deia li va anar fugint el somriure, que va quedar-li en una ganyota mal dissimulada. Com un llampec, va tornar-li la imatge d'en Quico i ella a l'ampit de la finestra, aquell dia; va recordar com la tal Marta li reia les gràcies mentre la Natàlia i ella s'ho miraven de lluny al so de les guitarres.

—No sabia que fóssiu amics —es va sentir dir.

La noia es va limitar a somriure mentre en Quico deixava anar frases vagues sobre una altra festa on havien coincidit i un parell d'amics que tenien en comú. A l'Olivia només li va caldre una mirada de l'amiga que acompanyava la Marta, una mirada sorneguera d'aquelles de «no te n'adones?», «és que se t'ha d'explicar tot?», perquè el pols li comencés a bategar de pressa.

Va aguantar el tipus fins que les noies van desaparèixer taverna endins i aleshores va fulminar en Quico amb la mirada.

—Què? —va defensar-se ell.

—No m'has de dir res?

—Escolta'm, princesa, no sé què t'imagines, però et juro que...

—No, escolta'm tu a mi. Si t'has pensat que soc imbècil i que em pots vendre el conte que entre aquesta Marta i tu no ha passat res, vas molt equivocat. Comença per admetre el que és evident i aleshores podrem parlar.

L'Olivia amagava les mans sota la taula perquè el noi no s'adonés de com li tremolaven. Ell va esbufegar.

—Tens raó —va admetre—, soc un imbècil i l'he espifiat. Ens hem vist algunes vegades, però no és res important...

—Te l'has follat?

En Quico la va mirar amb sorpresa.

—Te l'has follat? —va repetir ella amb una fúria que la va fer esgarrifar.

—Sí —va respondre-li en Quico sense expressió.

El rostre de l'Olivia es va anar desencaixant. Volia sortir corrents i allunyar-se'n tant com pogués, però s'havia quedat clavada a la cadira, sentia que el cos no li responia i començava a notar les mirades de les taules veïnes al damunt. Per res del món es volia posar a plorar.

En Quico va aprofitar el seu titubeig per agafar-li les mans. Ara les hi tenia entre les seves i li explicava en veu baixa que s'havia trobat la Marta al cap d'uns mesos de la festa de casa d'en Javi, que va ser una casualitat, a casa d'un amic comú i que sí, «que no et vull enganyar», que després d'allò s'havien vist un parell de vegades.

—Però és una història acabada, Oli, t'ho juro.

—El que s'ha acabat és la nostra, d'història.

—No diguis això, que em trenques el cor.

—A mi ja me l'has trencat.

L'Olivia va notar com una força poderosa l'envaïa, les mans li van deixar de tremolar i, tot d'una, es va posar dreta. Va agafar el got d'aigua que havia quedat a mitges i va llençar el contingut al rostre d'en Quico.

—Oli... però què collons...?

Ella va agafar la jaqueta i la seva bossa, però abans de marxar, va llambregar cap al ramet de vesc que havia quedat damunt la taula, aquell sota el qual s'havien besat. En un gest ràpid, li va llençar al pit i les boletes blanques van saltar com perles escampades per terra.

—Ves-te'n a la merda, Quico.

I va sortir.

16

Va deixar passar el Nadal pel mig, es va donar un temps prudencial durant el qual l'Olivia va marxar al poble sense respondre cap trucada d'en Quico i va concentrar-se a celebrar les festes amb els pares, l'avi i els seus germans. Les llàgrimes maldaven per desbordar-la a cada moment, però ella les mantenia a ratlla, almenys davant de tothom. A la casa familiar va procurar reposar-ho tot i veure les coses amb perspectiva, destriar entre els seus sentiments a fi i efecte de prendre una decisió. No en va parlar amb ningú, ni amb la família, ni amb les amigues, perquè no volia que ningú li influís, perquè era cosa seva si el perdonava o no, si hi renunciava o no, perquè només ella s'hi jugava la vida i la felicitat, en aquella decisió.

De tornada a Barcelona, un matí va rebre la trucada d'en Marc. En sentir la seva veu a l'altra banda del fil li va pujar un glop de mala consciència, perquè ni tan sols se n'havia acomiadat abans de marxar, perquè encara no li havia dit res de la seva visita a la Quimeta.

—Com van les festes? Tot bé?

La noia va somriure amargament per dintre. Si tu sabessis..., va pensar.

—Com sempre. I tu?

—El mateix —va riure el noi—. Havia pensat que ens podríem veure. Tinc una cosa que et vull ensenyar.

—Jo tinc una conversa sencera per explicar-te —va avançar-se-li l'Olivia—. Vaig anar a veure la Quimeta abans de marxar al poble.

—De debò? I en vas treure res més?

—No t'ho pots ni imaginar! Un munt de coses, Marc. Quan quedem?

Es van citar per dos dies després i l'Olivia va penjar l'auricular força animada. Si bé havia defugit en Quico i també les seves amigues des de la tornada —incapaç encara d'enfrontar-se a l'un ni d'aguantar l'interrogatori de les altres—, li van venir moltes ganes de veure en Marc. Sense voler, va començar a fantasiejar com seria sortir amb un noi com en Marc. Que diferent que era d'en Quico! Els dos nois li semblaven ben bé com el dia i la nit. Mentre que en Quico només pensava en ell, només s'escoltava a si mateix i destil·lava una seguretat abassegadora, en Marc Hailer no amagava certa vulnerabilitat i alhora sabia escoltar molt més. Segur que era la mena de noi que sabia cuidar la seva parella, fer-la sentir bé i valorar-la, com feia amb ella com a amiga. Amb en Marc s'hi podia parlar i en canvi en Quico estava fet per ser adorat. En Quico... cada cop que hi pensava el cor se li feia un puny.

Faltaven deu minuts per a les vuit del vespre quan en Marc va entrar per primera vegada a l'antiquari del carrer de la Palla. La primera persona que el va veure va ser la Teresa.

—En què el puc ajudar? —li va dir des del racó on treia la pols dels objectes.

—Buscava l'Olivia.

—Ah, deixi'm que l'avisi. És dins el magatzem, amb el seu avi.

La dona va deixar el plomall i es va acostar al fons de la botiga, allà on una cortina donava accés al magatzem del darrere, i va alçar la veu per cridar la noia. Al minut va aparèixer ella i, en veure en Marc, discretament plantat al llindar de la porta d'entrada de la botiga, va somriure.

—Però passa, Marc, passa! —El va anar a trobar—: Teresa, et presento en Marc Hailer.

La dona sabia que s'havien fet amics, l'hi havia comentat en Boris i no se'n va poder estar de fer-li una mirada plena de curiositat.

—Tant de gust.

En Marc es va fixar de seguida en l'autoretrat de la Valèria, que havien penjat a la paret més vistosa de l'antiquari. Enmig de totes les relíquies acumulades, dels objectes antics de tota mena que feien d'aquell espai una espècie de cova d'Alí Babà, el quadre de la primera dona del seu avi lluïa amb tota la seva esplendor. S'hi va quedar embadalit.

—És preciós. El més bonic que he vist d'ella —va murmurar. L'havia vist en una fotografia que l'Olivia li havia mostrat, però fins aleshores no l'havia pogut apreciar en directe.

L'Olivia va assentir en silenci al seu costat mentre la Teresa tornava a fer anar el plomall. Els dos joves van quedar uns instants davant del quadre, els ulls hipnotitzats, fins que en Boris va sortir del magatzem i se'ls va unir.

—Com estàs, noi? —li va dir, afable, abans d'encaixar les mans.

—Molt bé, senyor.

L'ancià es va situar al seu costat, de manera que tots tres van quedar alineats davant de l'autoretrat de la pintora.

—Era molt bonica —va murmurar en Boris.

—Em consta que l'avi la va estimar molt —va dir-li en Marc.

—Una gran dona. I una artista de molt talent.

En Marc va girar-se cap a ell.

—L'Olivia m'ha dit que vostè la va conèixer.

—Sí, jo era uns anys més jove que ella, però ens coneixíem del barri. La meva mare va tenir cert tracte amb la seva, eren veïnes de sempre. Quan la Valèria va marxar a París, ella la visitava de tant en tant.

—Quina llàstima que morís tan jove... —va fer en Marc, tornant a posar els ulls en l'autoretrat—. És clar que, si hagués viscut més, jo no hauria nascut. El meu avi no s'hauria casat amb la meva àvia, el meu pare no hauria nascut...

—Tens raó.

L'Olivia va intervenir en aquell moment.

—Marc, hauríem de marxar. No et sap greu, oi, avi? Tanqueu tu i la Teresa. És que li haig d'explicar moltes coses i hem dit d'anar a sopar alguna cosa ràpida i...

—Aneu, fills, aneu. No us vull pas entretenir. —En Boris els va mirar, cofoi—. Me n'alegro d'haver-te vist, Marc. Dona records al teu pare.

—De part seva, senyor.

Quan els joves ja eren fora de l'antiquari, la Teresa va aproximar-se a en Boris.

—M'agrada aquest noi —va comentar-li—. Se'l veu bon xicot.

En Boris li va fer l'ullet.

—Hi estic d'acord.

L'Olivia va proposar-li d'anar al Portalón, un bar que hi havia al carrer dels Banys Nous, a continuació del carrer de la Palla, en el qual podien sopar unes tapes. Només entrar-hi, el nas se'ls va omplir de la intensa olor de fregit i de vi de bota i en Marc va pensar que no hi havia barri en tota la ciutat que li agradés més que aquell. L'Olivia es va afanyar cap a una taula buida que havia clissat i en Marc la va sentir explicar-li que aquell era un local molt freqüentat per la gent del teatre. Van compartir unes tapes: truita de patates, unes llesques de pa amb tomàquet i calamars a la romana. I mentre feien el primer xarrup a un vi de color cirera fosc, de gust intens, que aviat els pujaria una mica al cap, l'Olivia li va començar a explicar la visita a la vella Quimeta. Va procurar reproduir-li la conversa mantinguda entre la Valèria Sans i la seva mare amb la mateixa exactitud que ho havia fet l'anciana. En Marc va quedar commogut.

—És increïble el coratge d'aquestes dones, tant de la mare com de la filla.

L'Olivia va assentir en silenci. Li agradava compartir allò amb en Marc perquè tenia una sensibilitat poc corrent comparat amb els altres homes. Es va sentir a gust. Per què no podia ser així amb en Quico? Què havia fet malament?

El noi semblava impacient per mostrar-li una cosa, tot i que n'havia mantingut el secret fins a aquell moment. Aprofitant el silenci, amb moviments lents i una mica teatrals, va dipositar una fotografia que es va treure de la butxaca damunt la taula. Amb els dits la va allargar fins a l'Olivia i la va observar amb ulls expectants.

—Això és el que et volia ensenyar jo.

Ella va observar la fotografia i al cap d'un segon va obrir la boca en un gest de sorpresa.

—Aquesta és....

—Sí, aquesta és la Valèria als Jardins de Luxemburg —va assenyalar-li ell.

—I aquesta és la dona del quadre de casa el teu avi.

—Gertrude Stein —va confirmar-li en Marc.

L'Olivia sostenia la fotografia amb totes dues mans. El menjar havia desaparegut de la taula feia estona i només quedaven les restes de les dues copes de vi. Contemplava de prop aquella imatge increïble alternant-ho amb somriures meravellats a en Marc.

—És fascinant. D'on l'has tret?

—L'he trobada entre les coses del meu avi. Ja et vaig dir que necessitava temps abans de posar-me a mirar tots els seus efectes personals. Encara és dolorós... M'entristeix pensar en tot el que em vaig perdre d'ell. De moment, n'he obert la primera caixa. Hi he trobat tota mena de papers, però res del teu interès ni que tingui relació amb la Valèria Sans. Excepte aquesta fotografia.

L'Olivia no podia deixar de mirar-la. Alternava entre els dos rostres somrients que hi apareixien, el d'una dona jove i l'altra més gran. Seien en unes cadires de ferro dels jardins parisencs i al fons s'hi veien els arbres, el reixat que envoltava una escultura o una font, a més a més d'alguns homes amb barret, de figura difuminada, que passejaven en un pla més llunyà. Era una imatge preciosa, que parlava d'un temps situat probablement als anys vint, per com anava vestida la gent. La Valèria encara no duia els cabells tallats *a la garçonne* com en l'autoretrat sinó que els portava recollits en una mitja melena.

—Aquesta fotografia és una joia —va murmurar.

—Mira al darrere.

L'Olivia ho va fer i aleshores es va trobar amb unes ratlles escrites en lletra prima i decantada. Va llegir:

Estimat Lukas,

Sento la teva pèrdua, que també és la nostra.

L'Alice i jo estem desolades i no ens sabem avenir encara de la tragèdia. Només fa uns dies que vam coincidir al ver-

nissatge de la Galerie Pierre i estava radiant! Tan plena de vida... Em moro de ràbia. Sempre la recordarem així, com l'última nit.

T'envio aquesta fotografia que l'Alice ens va fer a la Valèria i a mi als Jardins de Luxemburg. Forma part d'una sèrie que guardo amb tota la tendresa del meu cor. He pensat que t'agradaria tenir-la, no hi ha home a la terra que l'estimés com tu. Truca'm, si vens a París.

Sincerament,

Gertrude Stein

—És una carta de condol.

—Exacte.

—De quan va morir la Valèria. —L'Olivia arrufava el front—. Una mort sobtada, dona a entendre. Uns dies abans era en un vernissatge i estava...

—Radiant... i plena de vida. —En Marc es fregava la barba mentre també provava d'entendre-ho—. I és ben clar que una pneumònia l'hauria tinguda postrada al llit els dies abans de morir.

—Això no encaixa gens, Marc.

El noi li va donar la raó.

—Creus que la Quimeta et va voler amagar alguna cosa?

—És evident que em va mentir —l'Olivia el mirava amb les celles alçades—. El que no entenc és per què. Em va confiar tantes coses... I, si hi penso, m'adono que la qüestió de la seva mort la vam passar de puntetes. Ella es va indisposar i jo no vaig voler-hi insistir.

Van quedar una estona en un silenci capficat. Tots dos buscaven respostes en la fotografia i en les paraules escrites al revers. Però el cert era que aquelles lletres escrites en l'època només els obrien un gran interrogant.

—No t'amoïnis, Olivia. Buscaré més coses en les altres caixes de l'avi i acabarem per trobar-ne l'explicació —la va animar ell.

La noia va assentir distreta, seguia amb els ulls posats en la imatge de les dues dones. Alternava entre el rostre de la pintora i el de la col·leccionista d'art. Es va fixar en la manera com la mà de la Valèria reposava en el respatller de Gertrude Stein, un gest que denotava la confiança que es tenien.

Tot d'una, va espolsar-se l'encaparrament.

—Marc, encara no t'he explicat la resta de la conversa amb la Quimeta.

—Vols dir que et va dir res més?

Les ninetes dels ulls de l'Olivia es van dilatar.

—Molt més.

Primeres pinzellades d'una vida nova

La Valèria repartia el seu temps entre els matins de classe a la Colarossi i les tardes de treball al seu estudi. Havia convertit el petit apartament del barri de Montparnasse en una cambra estudi prou confortable en la qual treballava amb fruïció. Hi tenia una taula gran, vella, de fusta corcada, que li havia aconseguit la Marie de l'estudi d'un pintor estranger que havia marxat de París. Al seu damunt hi acumulava els estudis preliminars i les il·lustracions acabades que feia de manera regular per a dues revistes. També els pots amb els pinzells, els colors, les aquarel·les i tot el que li feia falta per anar desenvolupant el seu art. Li agradava tenir-ho tot ben endreçat i sovint es complaïa entretenint la mirada en aquells estris que eren les seves possessions més preuades. També havia aconseguit un cavallet i ara practicava cada dia amb la pintura a l'oli.

Quan acabava un quadre, el signava amb les seves inicials, «V. S.», com sabia que feien altres dones pintores a fi d'evitar ser jutjades pel seu gènere abans que pel seu talent. S'hi havia acostumat des que estudiava a la Llotja i mantenia el costum.

Malgrat que no defugia pintar les temàtiques a les quals volien circumscriure-la com a dona, com la pintura de flors, les natures mortes, els retrats femenins d'interior, ella ho feia amb un ús de la línia i del color que sovint s'escapava dels cànons clàssics i més acadèmics. Això l'hi deia tothom i ella se n'enorgullia perquè el que perseguia era ser diferent, sorprendre's a si mateixa i posar-se a prova a cada moment.

—T'agrada experimentar, buscar solucions noves —celebrava Miss Hodgkins, coneixedora de les noves amistats que havia fet.

En les seves obres més personals, les que feia en els dies que es tancava a l'estudi i no hi havia res que l'aturés, va començar a practicar amb la descomposició de la figura humana en diversos plans com feien els pintors cubistes, tot i que mai se cenyia a la gamma de colors neutres dels més ortodoxos perquè ella sentia el seu art com una explosió de color.

Sovint voltava per les galeries d'art, en un intent per absorbir tot el que es feia, i tant visitava les sales d'art de la Rive Gauche com les de la Rive Droite. El seu ull sensible, cada cop més instruït, retenia tot allò que li cridava l'atenció per després experimentar-ho en la tela.

No només Miss Hodgkins, sinó també d'altres professors coincidien a lloar-li el traç ràpid i segur i l'encoratjaven a seguir amb la seva paleta de colors vius.

—És la teva marca més personal —li asseguraven—. No l'abandonis.

La Valèria fruïa de cada nou comentari, es delia per captar l'atenció dels seus mestres i destriava entre el consell dels uns i dels altres. Sabia que li quedava molt per aprendre'n, però en els mesos que feia que vivia a la ciutat francesa ja tenia molt clar el que no volia ser com a artista.

—No penso limitar-me a fer una pintura decorativa —li va confiar un dia a Miss Hodgkins en un rampell de sinceritat. Estaven totes dues soles al final d'una classe—. Jo vull perseguir el més nou, desitjo sorprendre a través del que faig. Oi que m'entén?

—I és clar, Valèria. Et començo a conèixer prou bé.

—Com l'hi diria, Miss Hodgkins? —va continuar engrescada la Valèria—. El que més desitjo és aconseguir que una obra meva et sacsegi per dintre i et canviï la vida. Un sentiment ambiciós, ho sé, però això és el que a mi em succeeix davant d'algunes obres. Creu que jo puc aspirar a veure algun dia les meves obres entre les dels artistes d'avantguarda que més admiro del moment?

I en el rictus sempre seriós de la seva mestra s'hi va dibuixar un somriure, conscient que l'alumna que tenia al davant era d'aquelles que no s'obliden mai.

—Sap com he après a distingir els artistes pels carrers de París? —li va confessar divertida la noia.

—Com, Valèria?

—Doncs mirant-los als ulls! Fixi's que la gent ordinària observa la vida sense parar gaire esment en res, la seva mirada no traspassa, es queda en la superfície de les coses, en la bellesa o la lletjor que té al davant. En canvi, els ulls de l'artista es fixen en tot, en cada detall, en cada rostre, en cada expressió. Els ulls de l'artista s'obren el doble que els altres ulls, no li sembla?

Als cafès de París hi va conèixer artistes de totes les nacionalitats i disciplines: pintors i pintores, escultors, fotògrafs, gravadors, il·lustradores, escenògrafs, també les models que es movien per les taules amb la intenció d'esdevenir les muses d'algú. Una tarda va coincidir en una taula amb una pintora espanyola que feia poc que havia arribat a París per segona vegada, María Blanchard. Aquesta dona menuda, amb una deformitat molt visible a l'esquena que la Valèria va saber més tard que es devia a un accident de la seva mare abans del seu naixement, li va produir una simpatia instantània. S'estava amb una amiga seva, també pintora, que se li va presentar com a Angelina Beloff.

—Ets amiga de la Marie Laurencin, oi? —li va dir l'Angelina mentre amb un gest la convidava a seure amb elles—. Us hem vist alguna vegada juntes.

La Valèria va acceptar la invitació de bon grat. Els va explicar que estudiava a la Colarossi.

—Nosaltres ens vam conèixer a l'Académie Vitti i ara compartim estudi.

La Valèria va pensar en la solitud del seu apartament i es va adonar que havia esdevingut un dels seus béns més preuats. Allà ningú no la destorbava, podia treballar hores seguides i, quan tenia necessitat de veure gent, només li calia sortir al carrer.

María Blanchard es va mostrar d'inici un xic reservada. La Valèria es va fixar que primer escoltava i tot seguit decidia si intervenir o no. I va pensar que no devia ser gens fàcil per a ella, que es devia topar sovint amb el rebuig d'alguna gent a causa del seu físic peculiar. Tanmateix, amb ella va ser diferent. Aviat es va obrir a explicar-li els seus temps a l'Académie Vitti i li va parlar amb entusiasme del mestre Anglada Camarasa i el belga Kees van Dongen.

—Ells han estat els meus veritables mestres —va concloure amb senzillesa—. Tots dos m'han ajudat a superar les premisses del dibuix més acadèmic dels meus antics mestres de Madrid, saps? Ara exploro camins més lliures, treballo molt en el color.

A la Valèria li va agradar la seva fermesa. Rere els ulls intel·ligents de la María hi veia molt de treball i una forta perseverança. També un amor incondicional a l'art.

—T'entenc —va respondre-li—. A mi em passa el mateix. La meva vida ha canviat per complet des que soc a París. Aquí sento que puc créixer molt com a artista.

—Tot i així, als nostres companys artistes encara els falta molt per comprendre'ns! —va intervenir l'Angelina—. Aquí les dones vivim amb més llibertat, és cert, però quan experimentem en les nostres obres, quan busquem camins nous, els nostres camarades masculins no s'ho miren amb el mateix respecte que empren quan la revolució ve dels homes. No trobeu?

Les altres dues hi van estar d'acord, ja que no hi havia dona artista al «moderníssim» París que no hagués patit, en certes ocasions, l'ull condescendent dels homes de l'art.

Per primera vegada, la Valèria començava a sentir que formava part d'una comunitat d'artistes vingudes d'arreu del món. Dones de totes les edats i nacionalitats que, com els homes artistes, s'instal·laven a París perquè sabien que allà hi bategava el cor de l'avantguarda artística. Cap d'elles estava disposada a perdre-s'ho i alhora lluitaven per formar-ne part.

Quan pensa en aquells dies, la Valèria s'adona que si una cosa ha après en tots aquests anys és a ser ella mateixa. Ho ha anat adquirint de les dones que ha conegut des dels seus inicis i, si n'hi ha una que ha estat present des d'aleshores, és la seva estimada Gertrude Stein.

Encara no feia un mes que havien encetat el 1913 quan Marie Laurencin li va proposar d'anar a la rue de Fleurus a visitar Miss Stein. Des que la Valèria era a París, eren moltes les vegades que havia sentit a parlar d'aquesta escriptora nord-americana i també del seu germà Leo, que feia uns quants anys que vivien a la ciutat. Nascuts a Pennsilvània, sabia que provenien d'una família culta d'immigrants jueus alemanys i que tots dos vivien de la fortuna que temps enrere havia fet el seu pare a base de bones inversions. Devien haver heretat el bon olfacte per als negocis, ja que de tots dos germans es deia que estaven creant una col·lecció particular d'art modern de primer ordre, predestinada a augmentar el seu patrimoni personal.

—És una veritable amant de l'art d'avantguarda —va il·lustrar-la Marie Laurencin el dia en què es dirigien a casa seva. Era un dimecres del mes de gener—. El que més li agrada, a banda d'escriure, és adquirir obra d'artistes gens coneguts que al cap de poc brillen amb llum pròpia.

—Té bon ull per a l'art, doncs.

—Més que això, estimada. Ella va ser la primera a adquirir obres de Matisse, també té Cézannes, alguns Renoirs i les primeres obres d'un jove Picasso que podràs veure en el seu confortable saló.

A la Marie li encantava el seu paper de mentora de la jove Valèria.

—He sentit a dir que fa una tertúlia cada dissabte —va comentar la noia.

—Oh, sí, un altre dia hi anirem, però m'he estimat més que el primer cop que visitis la rue de Fleurus sigui en una visita més íntima i informal —va fer Laurencin—. T'he parlat de l'Alice Toklas, la parella de la Gertrude Stein?

La Valèria va assentir.

—Em vas explicar que fa quatre anys que viuen plegades i que, mentre Miss Stein dirigeix la conversa amb els homes artistes, l'Alice s'ocupa de les esposes.

Laurencin va deixar anar una rialla.

—Efectivament. Són com un matrimoni clàssic.

Caminaven a pas lleuger pel bulevard Raspail amb les mans enguantades i el barret ben cofat a causa del fred.

—La Gertrude i l'Alice tenen els rols de gènere molt definits. Mentre que l'Alice és la seva musa, la seva amant i la que s'ocupa de les tasques domèstiques, la Gertrude assumeix clarament les funcions d'home-artista al qual adorar.

—I què escriu, Miss Stein? —es va interessar la Valèria.

—Literatura moderna, experimental. Treballa de valent i envia els manuscrits als editors nord-americans, però tots els hi retornen perquè no l'entenen, perquè és massa moderna, li diuen. Ella els acusa sovint d'ignorants. I té raó.

Van trucar al timbre del número 27 de la rue de Fleurus, un carrer tranquil fet d'edificis nobles i comerços familiars que moria als Jardins de Luxemburg. Els va obrir una dona de rostre prim i allargat i la Valèria es va fixar en l'ombra fosca del seu bigoti.

—Miss Alice, et presento la meva jove amiga Valèria Sans —va fer la Marie.

La Valèria li va allargar la mà i la dona, entrada en la trentena llarga, li va donar la benvinguda amb una veu greu i un francès d'accent americà. Van seguir-la a través d'un pati que donava accés a un petit pavelló de dues plantes, on hi tenien la part d'habitatge i, a l'altre costat, un saló estudi molt gran. En accedir-hi, la figura robusta, de rostre imponent i cabells recollits en un monyo, es va aixecar de la taula on seia i les va anar a rebre amb posat d'amfitriona.

—Estimada Marie... —Gertrude Stein va allargar-li una mà i tot seguit va clavar els ulls en la Valèria—. Vostè deu ser la jove espanyola que Picasso em va mencionar l'altre dia.

La noia es va sentir afalagada, no es podia creure que en aquells cercles parisencs es comencés a parlar d'ella.

—Miss Stein, és un honor conèixer-la —va respondre-li—. Gràcies per haver-me convidat.

Mentre Miss Toklas desapareixia cap a la cuina per anar a preparar alguna cosa, la Valèria va donar el primer cop d'ull als nombrosos quadres que omplien les parets altes d'aquell estudi diàfan, unes obres, totes elles de pintura moderna, que rebien la llum tamisada de la primera hora de la tarda hivernal. Hi va veure nus, retrats sorprenents, paisatges postimpressionistes, un veritable museu particular d'art modern. Gertrude Stein estudiava la seva primera impressió de cua d'ull i la Marie, mentrestant, li preguntava per amistats comunes.

—Has tornat a veure l'Apollinaire? —li va preguntar la Gertrude a la Marie, al cap de poc.

—Aquesta vegada és definitiu, Gertrude. El Guillaume i jo ja portem uns mesos separats.

—Ja saps el greu que em sap. Us aprecio a tots dos.

La Marie va abaixar el cap i va deixar anar un sospir. La Valèria estava al corrent de com l'havia fet patir aquella relació i que, malgrat que el poeta l'estimava i en volia conservar l'amistat, ara mateix la Marie necessitava posar-hi distància. Va decidir fer un gir en la conversa.

—Miss Stein, té una col·lecció que impressiona. Aquell retrat de vostè és el que li va fer Pablo Picasso, oi?

La dona va somriure i la va animar a acostar-s'hi amb un gest.

—La Marie ja en coneix la història, però l'haurà de tornar a escoltar —va començar—. És gràcies a aquest retrat que en Pablo i jo ens vam fer bons amics. En fa set anys, d'això. Ell vivia aleshores amb la Fernande Olivier, al Bateau-Lavoir, on també hi treballaven altres artistes i poetes amics. Oi, Marie? No exagero si dic que vam haver de fer unes vuitanta o noranta sessions fins a enllestir el retrat! En Pablo em feia seure en una butaca i ell se situava al davant meu en una cadira petita de cuina. Ens hi passàvem hores, així, i jo m'entretenia amb el desordre d'aquell estudi, amb les teles que hi havia per tot arreu. Ell en treballava unes quantes alhora i de totes mides. També hi havia un gran cavallet. Se'ns feia de nit i aleshores a mi m'agradava baixar de Montmartre fins a casa meva a peu. És una distància considerable, però li vaig agafar el gust a les llargues passejades. Ara ja m'és un costum, m'ajuden a pensar i a escriure mentalment. En aquells temps del retrat, cada dissabte en Pablo i la Fernande m'acompanyaven a peu fins a casa i tot seguit es quedaven a sopar. A poc a poc vam anar afegint més convidats a les nostres vetllades de dissabte i és així com van començar les nostres reunions setmanals. Pot venir-hi quan vulgui amb la Marie.

Alice Toklas va aparèixer en aquell moment pel llindar de la porta carregada amb una safata que incloïa una tetera, quatre tasses i unes quantes pastes que va col·locar en una taula baixa envoltada de cadires i una butaca gran. La Marie es va disposar a ajudar-la, però Miss Stein encara va retenir la Valèria perquè volia parlar-li d'un altre quadre de la seva preuada col·lecció. La va situar just al davant del retrat d'una dona burgesa que lluïa un barret molt gran. Amb una mà enguantada, desplegava sobre el seu rostre un ventall. Si bé el tema i la composició eren simples, la pinzellada ràpida, l'aspecte inacabat de l'obra i sobretot l'ús dels colors vius i allunyats de tot realisme feien l'obra absolutament revolucionària.

—Henri Matisse —va dir Gertrude Stein, tot i que no feia falta, perquè la Valèria ja s'havia familiaritzat des que era a París amb l'obra del principal representant del fauvisme, que era venerat per tots els artistes joves d'avantguarda. No va dir res, es va quedar observant meravellada cada detall d'aquella pintura sota la mirada satisfeta de l'amfitriona per l'efecte que l'obra li havia produït.

»El va titular *Femme au chapeau* i la model és la seva esposa Amélie, vestida de burgesa per a l'ocasió —va detallar-li—. Va ser l'any 1905 quan el meu germà Leo i jo vam visitar el tercer Saló de Tardor i en una de les sales hi vam trobar aquest quadre. Hi era exposat amb d'altres pintures d'un estil similar, totes fetes per la jove generació d'artistes que, arran d'aquella exposició, el crític Vauxcelles batejaria amb el nom de *fauves*, com bé deu saber. Enmig de totes les obres d'aquella sala jo vaig albirar aquest retrat. Tothom se'n reia, fins i tot hi va haver algú que va intentar de malmetre'l, quin desastre! El color, allò de què tots se'n fumien, a mi em va cridar poderosament l'atenció. Així que li vaig dir al meu germà Leo: «El vull comprar». Vam anar al despatx del secretari i ell ens va dir que Monsieur Matisse, l'artista, havia proposat un preu de cinc-cents francs, però que, òbviament, ningú no pagava el que deia l'artista i que havíem de fer la nostra oferta. Vam dir-li: «Doncs quatre-cents francs», i, l'endemà, ens notificaven que l'artista havia rebutjat la proposta. Que què pensàvem fer.

Va girar tot el cos cap a la Valèria, que l'escoltava amb atenció.

—I el vam comprar, és clar —va concloure amb expressió triomfal—. Un mes després, ens vam conèixer amb els Matisse i ens vam fer grans amics.

Les quatre dones van prendre el te i la Valèria va poder fer-los unes pinzellades de la seva trajectòria fins aleshores, però aquell primer dia sobretot va escoltar. Perquè a Miss Stein li agradava molt parlar i explicar les seves pròpies anècdotes amb els artistes, a més a més d'explicar el seu propi art.

—Escric cada nit. M'hi poso cap a les onze, quan ja no em pot destorbar ningú, i treballo fins a l'alba. Això sí, em forço a acabar abans que el sol estigui massa amunt i els ocells massa desperts, perquè fa una sensació desagradable ficar-se al llit aleshores. L'Alice mecanografia els meus escrits, hi fa algunes correccions. Tot seguit ho enviem als Estats Units. De les crítiques no en faig cap cas. Cap artista necessita la crítica, el que li fa falta és el reconeixement i creure en allò que fa. Si necessita la crítica, és que no és un artista de debò.

Aquella manca de por, aquell creure en una mateixa a pesar de tot i de tothom, van donar-li a la Valèria les claus de com havia de ser una dona del nou segle, de quina mena de pasta estan fetes les artistes d'avantguarda.

17

L'Olivia havia anat demorant el moment de tornar a veure en Quico perquè necessitava pensar, però amb aquelles setmanes després de festes de no veure'l s'havia adonat de com l'havia trobat a faltar. L'enuig havia deixat pas a una tristesa que la consumia per dintre, tot i que feia esforços perquè no se li notés. Cada cop que pensava en els bons moments que havia viscut amb en Quico, li agafaven ganes de plorar. Va deixar que el noi li truqués un parell de vegades a la seva tornada i li va donar allargues.

—Necessito temps —li va dir.

Però després d'allò en Quico ja no hi va insistir més i els dies passaven i l'Olivia va començar a témer el pitjor: I si se n'havia cansat? I si ella havia estirat massa la corda i ara era en Quico qui ho deixava estar? Va decidir menjar-se l'orgull i trucar-li ella.

—M'agradaria que ens veiéssim —li va comunicar amb veu neutra, el cor sortint-li del pit.

—I tant, Oli —ell va fer una pausa—. T'he trobat a faltar.

A l'Olivia li va venir un sanglot però va tapar amb una mà l'auricular just a temps perquè ell no la sentís. Va respirar i va agafar forces.

—Podem quedar divendres vinent a la cantonada del Capitol —va proposar-li—. Puc sortir una mica abans de l'antiquari i ser-hi a dos quarts de vuit. Va bé?

—D'acord. —Una altra pausa d'en Quico—. T'estimo.

La noia va lliscar fins a terra i es va abraçar les cames fent-se un cabdell.

Va veure'l arribar de lluny sobre la seva Derby i no el va perdre de vista fins que se li va aturar al davant. Darrere l'Olivia brillaven amb tota la parafernàlia els cartells de les dues pel·lícules de divendres al cinema Capitol, *La diosa salvaje* i *Robin Hood nunca muere*, i la gent feia cua a l'entrada.

En Quico va apagar el motor de la moto i se li va aproximar. Ella va pensar que feia més d'un mes que no el veia, des del dia fatídic que encara no tenia estómac per recordar. Estava molt atractiu, els cabells una mica més llargs, o potser només l'hi semblava a ella. La jaqueta de pell que més li agradava, la mirada trapella mantinguda a ratlla per a l'ocasió.

—Caminem? —Ell no la va besar, però li va agafar la mà i ella es va deixar. Van començar a baixar per les Rambles.

L'Olivia endreçava les frases que li havia dit una vegada i una altra de pensament, estructurava el discurs que s'havia preparat amb cura, però tenia un nus a la gola i les paraules no volien sortir. O potser era que, senzillament, esperava que fos ell qui fes el pas.

—Perdona'm, Oli. —La va fer aturar enmig del carrer—. Soc un imbècil, però et juro que no tornarà a passar. Dona'm una altra oportunitat i veuràs com no la torno a espifiar. Mai més.

—Per què t'hauria de creure?

—Perquè t'estimo com no he estimat ningú.

Ell va inclinar-se per besar-la però la noia encara no estava preparada. Va seguir caminant. L'Olivia frisava per mirar-lo als ulls i creure-se'l, ho desitjava amb totes les seves forces, però mantenia la mirada baixa mentre una veueta interior la martellejava: «T'està enredant, els homes com ell no canvien mai».

Tot d'una, en Quico li va estirar la mà.

—Au, vine. Anem a seure un moment. —I la va conduir fins a un banc proper.

Un cop asseguts, en Quico la va forçar a mirar-lo. Va començar a fer frases vagues, volia anar a parar a algun lloc, però no se'n sortia. Fins que es va deixar de preàmbuls i va tirar pel dret.

—Olivia, anem a viure junts.

Ella va quedar tan sobtada que en un principi no va reaccionar. Li van venir al cap les vegades que havia anhelat aquell instant, tot i que no s'assemblaven gaire, no era exactament com ella s'ho havia imaginat. Tanmateix, era real. I aleshores va començar a vessar llàgrimes toves, sortien a dojo i ella les deixava lliscar. Els llavis li van dibuixar un somriure alhora que amb els ulls li implorava a en Quico que no la tornés a decebre mai més perquè no ho podria pas suportar.

Ell la va besar una vegada i una altra, més tendre que mai. Somreia, conscient que l'havia recuperat.

—T'estimo, no te'n penediràs —li repetia a frec de llavis, mossegant-la una mica, devorant-la després de setmanes d'incertesa.

L'Olivia va comunicar la bona nova als seus pares i també a en Boris. Va provar de fer-los entendre que de moment no es casarien, que aquell no era el seu estil. Allò li va costar llargues converses telefòniques amb la mare, estira-i-arronses amb l'avi i haver d'aguantar el seu gest murri per una decisió que ell veia precipitada. Però l'Olivia no pensava fer-se enrere i així els ho va fer saber, de manera que la família va acabar claudicant perquè hi havia una cosa que surava com l'escuma damunt la mar agitada i era la felicitat que traspuava la noia. La seva veu, la mirada encesa, els ho deien tot.

Van quedar amb en Quico que començarien a buscar pis de lloguer. Ell tenia previstos alguns viatges de feina en els primers mesos de l'any, però es va comprometre a parlar amb en Pedro, el seu company de pis, per avisar-lo que anés buscant nou inquilí mentre ell i l'Olivia cercaven la seva futura llar. Es van fixar l'objectiu de la primavera, com a molt tard, per instal·lar-se a viure junts.

—Amb calma, Oli —l'insistia en Quico quan ella planificava—. Fem-ho bé.

Perquè un cop presa la decisió i parlada amb la família, a la noia la va envair la il·lusió que li venia de lluny i que, per prudència, havia mantingut a ratlla durant força temps. Ara podia esplaiar-se, xerrar-ho amb les amigues i demanar-los que fessin córrer la veu per ajudar-los a trobar pis. I mentre l'Olivia es tornava addicta als classificats del diari i començava a fer llistes de tot el que necessitarien per a la seva nova vida, en Quico va començar a viatjar.

Aquella energia que la desbordava, que li feia albirar un futur meravellós, també va ser canalitzada en favor de la pintora. Es va proposar fer una recerca exhaustiva de la seva obra encara que l'hagués de buscar a l'altra banda del món. Sabia que era una tasca difícil, la Valèria Sans havia viscut la major part de la seva vida a París i el més probable era que els compradors de la seva obra fossin de nacionalitats molt diverses. Els seus quadres podien trobar-se avui dia repartits per les cases particulars de mig món. Però allò no l'espantava, no hi renunciaria pas. S'havia proposat rescatar-la de l'oblit i no pensava fallar-li. Cada cop més, sentia que li era propera, com si ja la conegués, com si, d'alguna manera, la interpel·lés des d'un altre temps.

Va pensar en el seu avi i els seus col·legues de professió. Tots buidaven pisos i coneixien el patrimoni de les grans famílies barcelonines, però la xarxa podia estendre's molt més enllà a través de les coneixences dels uns i dels altres, contactes que podien tenir aquí i arreu del món.

Un matí en va parlar amb en Boris a l'antiquari:

—Podríem fer córrer la veu, preguntar als altres antiquaris, a galeristes amb els quals treballem, i que ens avisin si troben alguna obra més de la Valèria Sans.

En Boris la mirava pensarós.

—I què en vols fer, de l'obra que puguem trobar? —li va preguntar, tot i saber-ne la resposta.

La noia va agafar aire.

—La que estigui a la venda, comprar-la —va fer una pausa per escrutar l'expressió de l'avi. De moment no semblava espantat—, i la resta catalogar-la. No és una pintora coneguda, avi. Podem adquirir-la a bon preu. Seria com fer una inversió de futur.

En Boris seguia sense dir un mot, s'havia proposat escoltar-la fins al final i no n'hi trauria res fins que acabés, i l'Olivia va continuar:

—Veuràs, la meva idea és anar comprant tota l'obra que puguem d'ella, a poc a poc, any a any, no tinc pressa. La guardem al magatzem i, qui sap, potser algun dia en fem una exposició.

En Boris va alçar les celles.

—Per què no? —es va defensar ella—. Aleshores jo ja podria tenir escrita la seva biografia completa i fer-ne un catàleg raonat.

El pols li anava de pressa, la idea havia anat agafant forma al seu cap en les darreres setmanes, però era la primera vegada que la pronunciava en veu alta i davant de l'avi. Sabia que s'hi jugava molt.

En Boris no deia res. Es va treure les ulleres i amb un drapet que va treure de la butxaca se les va netejar. Rumiava i de tant en tant llambregava cap a la neta, que el mirava expectant. El guspireig en els ulls de la noia li va arribar com una vella i coneguda cançó. Aquella flama que hi cremava li va recordar el jove ambiciós que un dia havia estat i al cor hi va notar un pessic. Era conscient de tot el que havia aconseguit gràcies a aquella empenta.

—D'acord, ho farem —li va respondre—. Però amb certa prudència. No voldria aixecar la llebre donant veus pertot arreu. Ja saps com és aquest ofici, els meus col·legues són gats vells! Podrien mirar de lucrar-se a costa del nostre interès per la pintora.

—Tens raó. —L'Olivia contenia tota l'emoció que sentia com un riu cabalós a punt de desbordar els marges. En Boris li estava obrint una porta gegant que no sabia on la podia portar—. Són tots tan astuts com tu, avi, quan es tracta de fer negoci.

Va començar a fer-ne una llista mental ràpida, però en Boris la va treure dels seus pensaments.

—Saps una cosa, Oli? —va decidir, engrescat—. Abans que a d'altres antiquaris i galeristes hem de preguntar als nostres clients: notaris, metges importants de Barcelona, grans famílies propietàries. Tots tenen importants col·leccions privades i ens poden donar encara més informació que no pas els nostres col·legues.

En Boris havia insistit en la paraula *nostres* i l'Olivia l'hauria abraçat allà mateix si no hagués volgut mostrar-se tan seriosa i professional. Es va prometre que seria digna de la confiança que li acabava de fer el seu avi.

Després d'aquella conversa, l'Olivia va agafar embranzida. Va desempolsar una màquina d'escriure que en Boris tenia guardada al fons del magatzem i es va apropiar d'una taula d'escriptori modesta que no aconseguien vendre. La va situar a l'altre extrem de l'antiquari, en el lloc més tranquil i allunyat de l'entrada. Damunt la taula hi va disposar les llibretes, els apunts que havia pres fins llavors, les fotografies dels dibuixos, aquarel·les i pintures que havia anat trobant de la Valèria i va començar a endreçar-ho i a classificar-ho tot. Sabia amb exactitud com volia escriure la seva biografia: a diferència dels historiadors de l'art que l'havien precedit, els quals havien deixat un bon testimoni dels artistes del seu mateix gènere i s'havien oblidat de citar el talent femení, l'Olivia engendraria un discurs nou. Ella escriuria un relat de la història que no només inclouria una gran pintora, la Valèria Sans, sinó també totes aquelles dones artistes que van existir en la seva època i amb les quals la Valèria es va relacionar.

18

Durant aquell primer trimestre de l'any 1975 l'Olivia va trobar algunes bones ofertes de pisos de lloguer al centre de Barcelona, però en Quico només s'havia avingut a visitar-ne dos fins aleshores. Sempre hi havia alguna cosa que no el satisfeia, com ara la ubicació, els metres quadrats o algun detall de l'anunci o de la trucada al llogater que el feia descartar-los un rere l'altre. L'Olivia començava a adonar-se de com era d'exigent, o potser ella era massa impacient i ell tenia raó quan li deia que no calia córrer, que «estem buscant el nostre niu, Oli, i no cal conformar-se amb el primer que trobem». El fet és que l'Olivia ja sentia l'alè de la primavera a tocar i l'enutjava no haver trobat encara res prou bo.

A finals del mes d'abril tots els diaris publicaven la notícia de la fi de la guerra del Vietnam. En Quico i el seu grup d'amics exultaven d'emoció perquè la rendició del sud de l'illa significava que les tropes nord-americanes s'havien de retirar i que «el gran monstre imperialista», tal com titllava en Quico als Estats Units, havia fracassat davant d'un poble petit i minoritari.

—Això és un glop d'esperança per al futur, Oli. També per a tots nosaltres.

Estaven asseguts en una terrassa de la plaça Reial i prenien cafè després de dinar sota un sol que ja escalfava. L'Olivia se l'escoltava de lluny perquè els seus pensaments eren al pis del carrer Fontanella que acabaven de visitar. Per fi havien trobat el lloc ideal!, es deia per dintre. En Quico no hi havia posat cap objecció. La primavera la feia sentir més viva, alçava el rostre cap al cel i contemplava amb plaer el seu blau cada cop més clar, un blau prenyat del blanc d'alguns núvols esponjosos que li semblaven promeses. Dinaven en aquella terrassa abans que en Quico marxés a París, només uns dies per cobrir amb la seva càmera un extens reportatge cultural per a una revista. L'Olivia, al seu torn, buscava el moment per exposar-li la idea que la nit abans se li havia acudit com un llampec.

—Quico, et vull proposar una cosa —va dir-li amb el cor bategant-li amb força—. Aquesta nit he estat rumiant molt i... què et semblaria si vinc amb tu a París?

Ja s'ho havia imaginat tot amb detall. Mentre ell fes la feina, ella passejaria per la ciutat francesa i visitaria alguns museus i galeries d'art a la recerca d'obres de la Valèria Sans. Deduïa que no li costaria gaire convèncer el seu avi, darrerament estava molt receptiu al que li proposava i una incursió a la capital francesa sempre era una bona oportunitat per al negoci. Durant la nit havia donat voltes a l'assumpte i, des de tots els angles, li semblava una idea brillant. I seria com una mena de lluna de mel.

—Oli! —En Quico la mirava amb gran desconcert. S'havia fet enrere a la cadira i obria molt els ulls—. És un viatge de feina.

—Però són força dies i no te'ls passaràs sencers treballant, oi?

—És clar que no, però ja saps que no hi vaig sol. Acompanyo el reporter de la revista. Ell escriurà l'article mentre jo faig les fotos. Hem d'entrevistar gent... Què pensaria si jo porto una noia...?

—Una noia, no. Jo —va puntualitzar ella amb to contundent. No va poder amagar el seu enuig, tot i que pressentia que allò encara l'allunyava més d'arribar a cap acord.

En Quico es va inclinar cap a ella, va llençar la burilla del cigarret que fumava a terra i es va quedar mirant cap a un punt indefinit de l'extensa plaça. Es va fregar el clatell, incòmode, i va esbufegar.

—No et dic que no sigui una bona idea, potser alguna vegada ho podem fer. Seria fantàstic, tu i jo plegats, a París o a qualsevol altre lloc —va rumiar ell. Aleshores la va mirar directe als ulls amb una fermesa que no admetia rèplica—. Però aquest cop no pot ser, Oli. T'ho dic de debò. I em sap greu.

Ella no va dir res. Es va quedar mirant el terra una bona estona, mentre en Quico s'acabava el cafè i encenia un altre Ducados. Aleshores li va agafar una mà.

—Oli, mira'm als ulls —la noia el va obeir a desgrat—: Avui és un dia fantàstic, no ho espatllem. No t'ha agradat el pis que hem anat a veure?

—Molt.

—Doncs ja ho tens, gairebé és nostre —va respondre-li en Quico—. Abans de marxar de viatge en negociaré les condicions. Et sembla?

El seu gest murri va acabar en un somriure.

—Així m'agrades més —va fer ell, satisfet.

—Però això de París...

—París haurà d'esperar.

Més tard la va acompanyar a casa.

—T'estimo, princesa. —Li va fer un petó molt dolç, després un altre i un altre fins que la noia va quedar plena d'aquells llavis amb regust de tabac—. Quan torni t'ho compensaré.

—De debò?

—Ves preparant-te per aguantar-me cada dia de la teva vida —va advertir-la amb un dit alçat.

I l'Olivia va caçar la promesa al vol, va tancar els ulls i s'hi va recrear. No podia queixar-se, la seva vida estava a punt de començar.

Algun dels divendres que no quedava amb en Quico, l'Olivia solia aparèixer per sorpresa a la Taverneta, on sabia que hi trobaria en Marc i els seus amics de Sant Lluc. En Marc sempre l'esperava, però en realitat li hauria agradat més veure-la a soles. Des del dia en què li va anunciar que no només s'havia reconciliat amb en Quico sinó que anirien a viure plegats que no havien tornat a quedar ells dos sols. I això li sabia greu perquè, si bé era agradable tenir-la a la Taverneta mentre tots ells dibuixaven la clientela i parlaven de copa en copa, no era el mateix que la intimitat que havien començat a construir quan només eren ells. Només ells. Es preguntava si s'havia imaginat més del compte, si havia interpretat malament la complicitat que creixia cada dia entre tots dos, conversa a conversa, mirada a mirada. Ell no tenia gaire experiència amb les noies, la seva inseguretat l'havia fet defugir més d'una oportunitat, i no era que n'hi haguessin faltat, però a ell mai li semblava haver-se topat amb la noia adequada. Fins que va conèixer l'Olivia. Al principi no ho havia volgut admetre, perquè la noia tenia parella i només buscava la seva amistat gràcies a l'interès que compartien per la Valèria Sans. Però a mesura que havia anat passant el temps, en Marc esperava cada trobada amb més delit. Era només ell, que sentia aquell cuquet a l'estómac cada cop que s'havien de trobar? És que potser s'havia inventat l'íntima connexió que s'establia entre ells quan estaven sols? Alguna vegada li havia cremat als llavis l'impuls de besar-la, però mai s'hi havia decidit. I ara ja no hi havia res a fer. L'Olivia només tenia ulls per a la nova vida que havia de començar amb un Quico que, a pesar d'ell, havia acabat tornant a escena.

Aquell divendres, els quatre amics de Sant Lluc ja hi portaven una estona quan la noia va entrar al local. En Marc es va afanyar a fer-li un lloc al seu costat.

—Seu aquí, Oli. Com estàs?

L'Olivia els va saludar un per un i es va treure la jaqueta abans de seure. Portava un jersei de ratlles de molts colors, estava més bonica que mai i en Marc va pensar amb una punxada a l'estómac que la felicitat li provava molt.

L'ambient estava força animat i la nit prometia negoci perquè hi havia funció al Liceu. La clientela de la Taverneta era molt variada, però els més desitjats eren aquells que venien a fer una copa després d'anar a l'òpera i els nois, de mutu acord, pujaven la tarifa dels seus dibuixos i els feien «preu Liceu». Ells i elles entraven a partir d'una hora amb els vestits de gala i el seu aire burgès, com se'n fumia en Jordi, i s'asseien en una de les taules estretes amb els ulls entremaliats de qui visita els locals més senzills i populars.

—Ells seran molt burgesos, però nosaltres semblem micos de fira —se'n reia en Roger, l'estudiant de la Llotja i aspirant a pintor.

—Tens tota la raó —el secundava en Santi sense treure els ulls del següent esbós.

—Com t'ha anat la setmana? —li va preguntar en Marc deixant de banda el seu dibuix.

—Prou bé! He avançat molt amb la biografia de la Valèria, cada cop tinc més pàgines escrites.

—Algun dia escriuràs sobre nosaltres, historiadora! —li va fer broma en Jordi.

Havia començat a dibuixar una noia molt bonica que seia amb la seva parella en una taula propera. Ella s'hi posava bé, conscient que la retratava, i quan en Jordi va haver enllestit el dibuix, l'hi va mostrar en la distància amb una picada d'ullet. Ella li va somriure i va xiuxiuejar alguna cosa a l'orella del seu company. A l'instant, el noi es va aixecar i es va aproximar a la seva taula.

—Per quant me'l vens?

—Cent cinquanta pessetes.

El noi va riure.

—Una mica car, no?

—Em sap greu, no hi ha rebaixa —va dir-li en Jordi, ferm.

El noi encara va insistir una mica però en veure que no el trauria d'allà va fer el gest de deixar-ho estar. Aleshores en Jordi es va arronsar d'espatlles i va alçar el dibuix cap a la noia per tal que se n'acomiadés. Va fer el gest d'anarlo a estripar.

—No! —va saltar el seu company—. D'acord, d'acord. Cent cinquanta pessetes.

En Jordi el va mirar triomfal i els hi va cobrar.

—Ets el que no hi ha! —li va dir en Marc un cop la parella va haver sortit del local. Ell no era mai tan agressiu i patia quan en Jordi tensava la corda amb aquells que no li queien bé.

—Sabia que la *pija* el voldria i que el seu paio acabaria pagant el que jo li demanés —va riure.

—A mi m'ha fet llàstima, pobre noi... —va comentar l'Olivia.

—No te'n faci —li va respondre en Jordi—. Tots dos eren uns nens de papà.

L'Olivia va llambregar discretament cap a en Marc perquè se li va acudir que, tot i que sabien que ell formava part d'una família benestant, mai el posaven en aquell sac. Mentre cadascun tornava a concentrar-se en el seu propi dibuix, ella es va quedar observant-lo. Li agradava el seu caràcter discret, treballador, el fet que mai s'exhibís del que la seva família tenia, que a ella li constava que era molt. Sense voler, va tornar a comparar-lo amb en Quico i es va preguntar de nou com seria la seva vida si en comptes d'en Quico hagués tingut algú com en Marc. Era per aquell nou hàbit de comparar-los, d'imaginar en Marc com alguna cosa més que un amic que darrerament evitava quedar-hi a soles? En Jordi va interrompre els seus pensaments.

—Sabeu què? El proper mes de juny me'n vaig a París!

I a l'Olivia li va sortir un rebuf.

—Sembla que hi va tothom, a París! —va remugar.

—Dona, no te n'alegres per ell? —En Marc semblava sorprès.

—Sí, sí, perdona, Jordi. És que tinc tantes ganes d'anar-hi... Però tothom marxa, menys jo.

Els nois van callar un instant i tot seguit en Jordi va parlar:

—Encara queda un lloc al cotxe, si vols venir.

—Com? No, no... No ho deia per això.

—Mira. —En Jordi es va incorporar cap a ella—: Jo hi vaig amb una parella d'amics. Tenen un 850 i ens partim la gasolina entre tots tres. Si vens, serem quatre a repartir despeses i ens sortirà més barat. Per mi, cap problema! Ens hi estarem uns dies i tornem. Jo vull comprar llibres prohibits, tabac, revistes i veure totes les pel·lícules pornogràfiques que s'hagin estrenat!

L'Olivia va agrair-li el gest, però li va dir que no.

Cap al tard, en Marc va insistir a acompanyar l'Olivia a casa i ella no s'hi va poder negar. Van deixar els altres tres fent un riu al voltant d'un arbre esquifit i rient. Caminaven pels carrers buits de tota ànima viva, els porticons de cada finestra tancats i només el soroll de les seves passes i la seva conversa interrompien el silenci nocturn. En Marc es fixava en les corones de llum groga que es formaven al peu de cada fanal mentre escoltava l'Olivia parlar-li del seu tema favorit: la Valèria Sans. Li explicava que l'avi i ella havien començat a donar veus, que s'havien proposat trobar obra seva entre les col·leccions particulars i que, tot i saber que seria com buscar una agulla en un paller, se sentia esperançada.

—Pot ser llarg i difícil, ho sé, però estic convençuda que acabarem per trobar-ne unes quantes.

—Jo també donaré veus a través del meu pare, si et sembla —es va oferir el noi, que ara la mirava als ulls—. Coneix moltes famílies catalanes i també estrangeres que col·leccionen art. Quin greu que no coneguessis el meu avi. Li hauries pogut preguntar tantes coses...

—M'hauria agradat tant. —L'Olivia va inclinar el cap fins a gairebé tocar la seva espatlla però aviat se'n va apartar.

—Costarà localitzar l'obra de la Valèria perquè deu estar repartida per mig món —va reflexionar en Marc després d'una pausa—. Recordo que el meu avi m'explicava que després de la guerra mundial molts marxants d'art van abandonar París i, per tant, tot aquell art d'avantguarda que ells compraven i venien a la ciutat va acabar disseminat en llars i museus de tot el món.

L'Olivia va caminar concentrada en allò fins que van arribar al portal de casa seva.

—Gràcies, Marc, ets un bon amic. —Se'n va acomiadar amb un petó a la galta.

El noi lluitava per robar-li uns instants més a la nit, el trajecte des de la Taverneta se li havia fet massa curt.

—Oli, què és el que més t'agrada d'en Quico?

Ella va alçar una cella.

—Per què m'ho preguntes?

—Hi tinc curiositat.

Aleshores en Marc va observar com el rostre de l'Olivia experimentava una transformació immediata i s'il·luminava ben bé com si s'hagués posat sota la corona de llum d'un dels fanals.

—És l'home més interessant que conec —li va dir—. Tot el que diu, tot el que fa. Al seu costat, la vida és molt més excitant. Em fa sentir especial.

En Marc va abaixar el cap abatut. Amb un gest es va enretirar el ble de cabells que sempre li queien al front i la va mirar amb ulls aigualits. Semblava que anés a dir alguna cosa però no es decidia, així que l'Olivia va acabar per obrir el portal de casa.

—Bona nit, Marc —li va dir amb un peu a dintre.

—Bona nit, Oli.

Ella pujava els primers graons del replà quan en Marc la va tornar a cridar.

—Olivia! I no t'has parat mai a pensar que potser tu ja ets prou especial? Que no et cal en Quico per ser-ho?

Dos dies després l'Olivia encara rumiava sobre l'última frase d'en Marc. Era aquella la impressió que feia ella? Que no es valorava prou? Que necessitava els altres per sentir-se especial? Hi va reflexionar i es va enutjar amb si mateixa en haver de reconèixer que potser tenia raó. Per què no s'estimava com la Valèria? Ella volia ser com la dona capaç de pintar-se a si mateixa amb aquella determinació, volia irradiar la seva llum i el poder que, n'estava segura, transmetia als altres. Independentment dels homes de la seva vida. Va preguntar-se si en Quico veia totes les seves virtuts, si no s'hauria d'esforçar una mica més a mostrar-s'hi tal com feia amb en Marc: més relaxada, més oberta a explicar els seus neguits i les coses que l'apassionaven. Potser fins i tot aconseguiria que ell l'adorés una mica més, com feia ella amb ell.

Però la conversa amb en Marc no només la va portar a aquelles reflexions sobre la seva persona sinó que, sense pretendre-ho, li va obrir un nou filó en la recerca de la Valèria Sans. Va ser aquell record compartit de l'avi Hailer, allò que li havia explicat al seu net sobre els marxants d'art d'avantguarda que van haver de deixar París a l'esclat de la Primera Guerra Mundial. El cap li donava voltes entorn d'aquella gran diàspora que devia haver suposat la guerra, no només des d'un punt de vista humà sinó també en el moviment de les obres d'art amb les quals ells comerciaven. De cop i volta, el cor li va fer un salt perquè sabia exactament on havia de buscar.

Només va haver de caminar uns quants metres enllà del carrer de la Palla fins a la llibreria de vell d'un conegut del seu avi. Es tractava d'una mena de cova magnífica plena d'exemplars antics i especialitzada en història, en astronomia, en mapes antics i també en llibres d'art.

—Bona tarda —va saludar al llibreter.

Ell li va tornar la salutació amb gest curiós.

—Què puc fer per tu, Olivia?

—Voldria saber si té llibres sobre antics galeristes o marxants d'art. Busco figures que visquessin al París d'abans de la Primera Guerra Mundial.

S'hi va passar força estona, remenant entre lleixes. Separava algunes biografies, llibres francesos d'art, tots aquells on podien sortir mencionats els grans marxants de l'avantguarda artística de l'època. Va repassar l'índex de cadascun, les llistes de mencions que hi havia al final de molts d'aquests. Res. No hi va trobar res rellevant que la portés cap a la Valèria Sans. Fastiguejada, estava a punt de deixar-ho estar quan, tot de sobte, un llibre li va cridar poderosament l'atenció. Es tractava d'un exemplar esgrogueït dels anys trenta i a la coberta hi sortien dibuixats uns ulls de dona amb una llàgrima de tinta negra.

—*Pan ! Dans l'oeil !... : Ou trente ans dans les coulisses de la peinture contemporaine. 1900-1930*, per Berthe Weill —va llegir a poc a poc i en veu alta.

El llibreter va alçar la vista cap a ella. Feia estona que havia deixat de fer-li cas i endreçava uns mapes antics mentre deixava que la noia remenés aquí i allà.

—Berthe Weill —va repetir ell—. Va ser la primera dona galerista de París.

L'Olivia el va mirar astorada.

—Deixa'm veure —va dir acostant-se-li i reconeixent l'exemplar—. Sí, són les seves memòries. Un llibre molt desconegut i alhora curiós perquè hi ha moltes anècdotes, records personals dels artistes d'avantguarda amb els quals ella va treballar.

L'Olivia va asseure's en una escala de fusta que servia per arribar a les lleixes més altes i, amb mans tremoloses, amb una mena d'intuïció que li feia bategar el cor de pressa, el va començar a fullejar. Al cap d'una estona sortia de la botiga amb el llibre sota el braç. Li havia sortit una mica car, al cap i a la fi era un exemplar rar i original dels anys trenta, però valia la pena. El premia com el nou tresor que era i desfeia el camí cap a l'antiquari a pas lleuger. L'esperaven hores, dies sencers de lectura. Hi ensumava grans descobriments perquè en els records escrits d'aquella galerista desconeguda hi havia albirat ja un munt de mencions i de retalls valuosos de la vida de la Valèria Sans.

Temps d'amor abans de la guerra

A principis del 1914 la Valèria va fer una coneixença que seria decisiva per a la seva vida i per al seu art: Berthe Weill, la primera dona galerista de la ciutat de París. Feia tretze anys que havia obert la galeria d'art que portava el seu nom i des d'aleshores que s'havia dedicat a exposar l'obra dels pintors joves que anava descobrint. Però el seu ull era un dels pocs que mirava amb la consciència que no existien només joves talents masculins, sinó que calia apuntar de manera decidida i conscient cap a tot el talent, també el femení, que s'estava desenvolupant. Madame Weill exposava sovint els nous valors femenins de la pintura d'avantguarda, provant de donar-los sortida en un mercat artístic eminentment masculí. Pintores com Marie Laurencin exposaven a les seves sales i va ser precisament ella qui va parlar a la galerista per primer cop d'una jove pintora barcelonina amb un gran potencial anomenada Valèria Sans. Es van conèixer, es van agradar mútuament i, com havia fet en tantes altres ocasions des que havia inaugurat la galeria, Madame Weill va decidir apostar per ella.

La Valèria tenia un nombre considerable de pintures a l'oli i també aquarel·les per ensenyar-li, així que la va convidar al seu modest estudi de Montparnasse. Era un matí molt fred de gener i la Valèria s'havia llevat més d'hora que de costum. Portava hores amb l'orella posada al forat de l'escala. A mig matí per fi va sentir les passes que pujaven pausades fins al seu apartament. Es va posar la mà al pit i va respirar abans d'obrir la porta amb el millor dels seus somriures.

—Madame Weill, és un plaer tenir-la aquí. Endavant, si us plau.

Amb certa timidesa, li va anar mostrant una a una les obres acabades i també aquelles en les quals encara treballava. La galerista es mantenia força callada i, amb ull atent, ho observava tot. Només alguns assentiments de cap i un so molt característic que feia amb la gola indicaven a la Valèria que li agradava el que veia. La pintora es retorçava les mans rere l'esquena mentre amb veu ferma i pausada li descrivia el seu món interior.

—Sap una cosa, Mademoiselle Sans? Marie Laurencin tenia raó —li va dir Madame Weill un cop va haver vist totes les obres—. És evident que els seus treballs han rebut la influència de les seves coneixences a París, parlo d'artistes que conec personalment, és clar. Però el plantejament dels seus quadres és nou... Posseeix un llenguatge propi, un estil molt personal. I això m'agrada molt.

Els ulls espurnejants de la galerista contrastaven amb el seu posat tranquil. La Valèria va somriure.

—Gràcies, Madame Weill. Considera la possibilitat que alguna obra pugui encaixar en la seva galeria?

—Mademoiselle Sans! N'hi ha un bon nombre que voldria exposar. —La dama va prendre seient en l'única cadira de l'estudi en la qual no hi havia res a sobre i va encreuar les mans a la falda. El front arrufat va indicar-li a la Valèria que volia anar per feina—. Li sembla que comencem a fer-ne la selecció?

Un mes i mig després, els primers olis de la Valèria lluïen a la Galerie B. Weill de la rue de Victor Masse, un carrer proper a la plaça Pigalle, als peus del turó de Montmartre. Alguns crítics en van fer les primeres ressenyes. La mencionaven com un jove valor i no van ser pocs els artistes que ja coneixia dels cafès de París, de les festes i dels amics comuns, que la van felicitar pels seus progressos. Els més veterans ho van fer amb cert aire paternalista, no sabria dir si per ser jove o per ser dona; d'altres la van felicitar amb un viu interès als ulls i ella els ho va agrair de tot cor. A les terrasses dels cafès de la Rive Gauche tothom s'observava i s'estudiava sense perdre detall. Els que exposaven, els que apareixien en les revistes d'art, els que encara no havien brillat enlloc. Des de l'artista més consolidat fins al més agosarat, del jove valor de l'avantguarda al simple estudiant d'una escola d'art coincidien tothora amb els marxants, les models, els escriptors, els reporters, els estrangers a les taules estretes i sempre abarrotades.

La Valèria llegeix amb la mateixa emoció la nota que Madame Weill li va fer arribar un matí del mes de març d'aquell 1914. No feia ni dues setmanes que les seves obres s'exposaven a la galeria:

Mademoiselle Sans,
Tinc el plaer de comunicar-li que tres dels seus quadres
han estat adquirits per un col·leccionista d'art molt apreciat.
Li prego que acudeixi demà a migdia a la galeria
per conèixer-lo en persona.

Cordialment,

Berthe Weill

Aquell va ser el dia en què la Valèria va veure per primera vegada en Lukas Hailer. Recorda amb vivesa la impressió que li va fer: uns anys més gran que ella, la seva bona planta, els cabells rossos clenxinats i les faccions quadrades, atractives, que parlaven del seu origen austríac, tal com va indicar-li Madame Weill quan els va presentar. L'un davant de l'altra configuraven el nord i el sud d'Europa en la seva màxima expressió i a la Valèria li van agafar ganes de fer un retrat de tots dos. L'encaixada de mans va durar més del compte, el senyor Hailer la mirava embadalit.

—Mademoiselle Sans —li va dir en un francès d'accent germànic—, estic encantat de conèixer-la. Li haig de confessar que li he insistit molt a Madame Weill. Estic enamorat de tot el que he vist de vostè.

Ella va correspondre-li amb un somriure i tot seguit van començar a parlar d'art. Era un home molt culte, estava al corrent de tot el que es feia a París i del nom i cognom de tots els artistes que en aquell temps es trobaven treballant als seus estudis de la ciutat. N'havia visitat molts, tenia una relació personal i propera amb alguns d'ells, segons va poder percebre la Valèria. I el que més va agradar-li d'en Hailer va ser que, en la seva conversa, no feia distincions entre nacionalitats, ni gèneres, ni tan sols d'edat, sinó que només destriava entre el talent artístic i la mediocritat. Lloava els mestres antics i també els moderns.

—Sobretot adquireixo obres dels joves valors —li va dir tocant-se la punta d'una barba ben retallada, un gest que aviat li seria del tot familiar.

—I què ha vist en la meva obra? —es va interessar la Valèria.

—Sens dubte, hi he descobert una artista a la qual vull seguir de prop i fer-li costat en el seu treball.

Aquell dandi atractiu, culte i amb aire estranger sabia com agradar.

La conversa a la galeria de Madame Weill se'ls va fer curta, de manera que van decidir continuar-la tot dinant en un bistrot proper. La tarda va anar avançant i, abans que se n'adonessin, l'última llum del dia els havia fugit. Els llums dels carrers estrets del barri de Pigalle es van encendre i plegats van començar a caminar en direcció a la Rive Gauche. A la Valèria li van venir a la memòria les passejades que Gertrude Stein li havia explicat que feia del Bateau-Lavoir a la rue de Fleurus quan, anys enrere, Picasso pintava el seu retrat. L'hi va comentar a en Lukas Hailer i ell va respondre-li que coneixia bé Miss Stein, i també Picasso, de qui tenia obra a la seva col·lecció personal.

A aquella primera cita amb en Lukas en van seguir moltes, es van anar coneixent. La Valèria sentia un pessigolleig a l'estómac cada cop que s'havien de trobar i es preguntava si allò era perquè se n'estava enamorant. Aviat ho va poder comprovar perquè en Lukas Hailer li va declarar el seu amor. Es van besar una nit de pluja sota el portal de casa de la Valèria. Les gotes d'aigua regalimaven entre petons encesos i els cossos molls s'estrenyien l'un contra l'altre delerosos de fondre's en un de sol. S'havien aturat les converses d'art inacabables dels primers dies, les paraules van deixar pas a un desig d'estimar-se, de tocar-se, van encetar el llenguatge del cos a cos.

En Lukas es va fer un habitual del seu estudi: podia passar-s'hi la tarda en silenci, recolzat en una cadira i amb un cigarret als llavis. Fruïa contemplant la Valèria mentre ella pintava al costat de la finestra. Ell s'entretenia amb cada raig de llum que se li posava a sobre la pell que ell bevia a les nits i es fixava en el ritme frenètic del seu pinzell sobre el llenç. Assistia captivat a la febre creativa que envaïa l'artista després de fer l'amor. Enfundada en la bata de seda oriental que en Lukas li havia regalat, la Valèria perdia el món de vista i pintava, oblidava que ell era allà, a l'habitació estreta, sense poder deixar de mirar-la amb ulls hipnotitzats.

Van començar a fer-se veure per la terrassa del Café du Dôme i per La Rotonde com la parella que ja eren, i algunes vegades compartien taula amb Marie Laurencin i el seu nou amor, Otto von Watien, un baró alemany que també pintava i que havia conegut anys enrere a l'Académie Humbert. Totes dues parelles s'entenien prou bé i vivien en una mena de núvol aliè a tot el que estava per arribar. Els aires d'una futura guerra no semblaven enterbolir encara el seu moment dolç, tot i que cada vegada hi havia més veus pessimistes, més indicadors als diaris, a les converses de cafè, que cridaven el mal temps.

Tot i així, la Valèria i en Lukas vivien els moments més feliços, consolidaven els seus racons favorits de la ciutat en els quals s'estimaven, xerraven i s'oblidaven de la resta del món. Com el petit bistrot de la rue Jacob, al barri de Saint Germain, on en Lukas li va fer tastar per primera vegada les ostres.

—Les millors són les *marennes* —li deia un Lukas que no escatimava els diners—. Són planes, ho veus? I tenen aquest deix de coure. Res a veure amb les *portugaises*, que són rodones i més barates.

Li posava una *marenne* a la boca i la Valèria notava el mar sencer dins seu. Aquells dies i nits amb en Lukas Hailer tenia tots els sentits desperts.

Tot va anar molt de pressa. La Valèria es cruspia els mesos a mossegades i vivia dels seus primers èxits com a pintora, al mateix temps que gaudia del seu amor. Recorda les carícies, la boca d'en Lukas en cada centímetre de la seva pell, i tot plegat se li barreja amb el pinzell, amb les teles que omplia de noves sensacions i d'una paleta de colors cada cop més intensa, més agosarada i lliure. Pintava en Lukas, les aigües del Sena en les seves passejades eternes, els ponts de París, els ocells que celebraven l'amor en aquella primavera esclatant, com ho feia ella. Fins que va arribar el dia en què en Lukas va demanar-li de fer un pas endavant.

—Estimada, em faries l'home més feliç del món si accedissis a casar-te amb mi.

Eren al bell mig del pont d'Alexandre III, potser el més majestuós de tots els que creuaven el Sena, un pont que el tsar de Rússia havia ofert a París amb motiu de l'Exposició Universal del 1900 i el qual travessaven per anar del Grand Palais al Petit Palais. S'havien aturat a mig pont i la Valèria es trobava abocada a la balustrada de pedra i contemplava el riu. Va quedar tan sorpresa davant la proposició d'en Lukas que no va dir res. La seva mirada saltava de les aigües del riu, que lliscaven lleugeres, al rostre anhelant d'en Lukas. Semblava cercar la resposta entre l'un i l'altre. Aleshores li va acostar una mà a la cara i, amb un dit, en va resseguir les faccions.

—T'estimo —li va dir, sincera.

—Això és un sí?

Ella va desviar la mirada cap a les aigües.

—És un «potser».

En Lukas es va enretirar una mica. Portava la decepció escrita al rostre. Era evident que no s'havia esperat aquella reacció.

—Per què tan aviat, amor meu? —li va preguntar la Valèria acaronant-lo—. Fa massa poc que em coneixes... Com en pots estar tan segur?

—En tinc prou per saber que ets la dona de la meva vida.

Ella el va seguir dibuixant amb un dit, li encerclava aquells llavis tantes vegades besats.

—Em mataràs d'angúnia si no dius res més —va implorar-li ell.

I ella va segellar-li la boca amb el petó més dolç que li havia fet mai.

—Lukas... —li va murmurar—. Jo no sé si em vull casar.

—Tu m'estimes, Val?

—I és clar que sí, però podem anar a poc a poc.

En Lukas Hailer va sacsejar el cap i se'n va apartar una mica per poder-la mirar als ulls amb tota la intensitat.

—Els temps que vivim no van lents, més aviat tot el contrari. —La seva expressió s'havia tornat molt seriosa—. Ens caldrà prendre decisions, Val. I jo ho tinc molt clar: no em vull separar de tu, no podria.

Ella va dubtar un instant abans de respondre-li amb una pregunta.

—I si no t'estimo encara prou per casar-nos?

—Jo tinc amor per tots dos. Sé que jo t'estimo més que tu a mi, sempre serà així. L'amor mai està equilibrat del tot. Però a mi ja m'està bé. No vull renunciar a tu.

La Valèria va captar un neguit en els ulls d'en Lukas que mai abans havia albirat. Hi veia el temor de perdre-la, d'haver-se'n de separar. Va quedar uns instants en silenci, gairebé aguantava la respiració. Sentia la remor de les aigües del Sena, percebia el moviment dels vaixells que els passaven per sota com si la vida continués a pesar del que ells decidissin en aquell precís instant. La seva vida canviaria en funció de la seva resposta i allò li produïa vertigen. No era com quan havia decidit anar a viure a París, no era com quan va decidir quedar-s'hi i abocar-se de ple a l'art. En aquella nova decisió que havia de prendre hi havia dubtes, incerteses que li oprimien el pit.

—No penso renunciar mai a fer el que faig. Pintar és la meva vida —es va sentir dir.

—Mai m'interposaria entre tu i l'art. Soc conscient que és el teu gran amor —va respondre-li en Lukas.

I aleshores ella el va mirar directe als ulls i ho va saber. De la seva boca en va sortir la resposta en un somriure que es va fer llum:

—Sí, Lukas, casem-nos.

Un mes després, els colors que brillaven al seu Montparnasse es van apagar. La guerra va esclatar.

19

En Marc li va trucar al cap de dues setmanes.

—Pots venir a casa meva? Avui?

L'Olivia va quedar molt sobtada perquè era la primera vegada que l'hi proposava. Sabia que a en Marc li agradava separar els seus dos mons. Com més el coneixia, més s'adonava de com convivia amb dues vides paral·leles, la que havia heretat per família i la que ell voldria viure en realitat. La primera d'aquestes vides es desenvolupava entorn de la casa de Sarrià i l'empresa familiar i gairebé mai en parlava o, si ho feia, era amb evasives i sense entretenir-s'hi gens. «La meva família és molt avorrida i de la feina... què vols que te n'expliqui? El que hi faig no té cap interès», solia dir. Potser per això aprofitava totes les hores lliures per fruir de l'altra vida que sí que li agradava, la que es concentrava a la part antiga de la ciutat. Allà al barri Gòtic en Marc hi tenia tot el que desitjava: el Cercle Artístic de Sant Lluc, les vetllades artístiques a la Taverneta amb els seus amics, els records íntims a casa de l'avi Hailer i també l'Olivia.

La noia sentia una gran curiositat per la casa de Sarrià i el primer que li va venir al cap va ser acceptar la seva invitació, però un segon després se'n va desdir.

—No puc, Marc, em sap greu —li va dir.

—Per què? —El noi semblava molt contrariat—. De debò que no t'ho pots muntar?

Li va explicar que tenia feina acumulada, que havien buidat un pis el dia abans i tenia un munt de coses a fer a l'antiquari.

—Però és que has de venir a casa. Tinc dues sorpreses per a tu.

L'Olivia va emmudir a l'altra banda del telèfon.

—Hola? Olivia? Ets aquí?

—Perdona, és que et trobo molt misteriós.

—No és misteri, és que ho has de veure amb els teus propis ulls. Té a veure amb la Valèria Sans.

No li va caldre res més. Dues hores després l'Olivia s'ho havia manegat per treure's la feina del damunt i ara pujava amb l'autobús fins al barri de Sarrià.

A mesura que s'hi acostava, va poder apreciar com s'anava transformant el paisatge urbà. A la zona alta de Barcelona hi havia més cases que comerços, el trànsit de cotxes era molt menor i la flaire dels carrers era més tranquil·la i senyorial. Tan bon punt va baixar de l'autobús i es va ficar pels carrers estrets i sinuosos de l'antiga vila de Sarrià, l'Olivia va distingir les torres elegants, cadascuna amb la seva tanca de ferro, les façanes netes i polides i unes copes frondoses d'arbres vells que apuntaven des dels jardins ben preservats. Va seguir les indicacions d'en Marc fins a arribar al carrer de casa seva. Al coll hi portava la seva càmera fotogràfica, ja que en Marc li havia insistit que l'agafés.

—No preguntis, ja ho veuràs —li havia dit per resposta.

Es va plantar davant d'un d'aquells reixats antics i va trucar al timbre. En Marc va aparèixer gairebé a l'instant, com si l'hagués estat esperant just darrere la porta principal. Des de l'alçada que li donaven els tres graons de pedra que el separaven del nivell del carrer, va indicar-li a l'Olivia que s'esperés.

—Agafo la jaqueta, que hem d'anar a un altre lloc.

No va veure el desencís de la noia, que s'havia fet la il·lusió de veure la seva bonica i distingida llar.

Plegats van enfilar el carrer. Anaven de costat tot i que en Marc s'avançava una mica amb posat impacient. Els ulls li espurnejaven i l'Olivia cada cop se sentia més intrigada.

—Però, on anem?

—A casa d'uns veïns.

—I què hi anem a fer? Pensava que m'havies dit de venir a casa teva.

—Sí, sí. Hi anirem després. Però primer ens cal fer una visita a uns amics dels pares. Aquesta és la primera sorpresa.

—Marc! —L'Olivia es va aturar enmig del carrer i el noi es va veure obligat a imitar-la—. Es pot saber per què m'has fet venir?

—Tranquil·la, Oli, confia en mi. T'agradarà.

L'Olivia va esbufegar i va seguir caminant sense poder evitar el somriure: en Marc gaudia com un infant fent-se el misteriós amb ella.

—Almenys em diràs com es diuen aquests amics dels teus pares?

—Armengol, perdona. Es diuen Armengol. —Es va aturar davant d'un reixat rere el qual hi havia una casa semblant a la seva i, abans de trucar al timbre, la va posar en situació—: Començaré pel principi. L'altre dia els meus pares van anar a sopar a casa d'aquests amics. Recordes que et vaig dir que li demanaria al meu pare que també donés veus per si alguna família coneguda tenia obra de la Valèria Sans?

L'Olivia va contenir la respiració i el noi li va dedicar un somriure triomfal.

—Ens estan esperant —va anunciar-li.

Els va obrir una minyona uniformada i tot seguit va aparèixer una dama d'edat avançada, tan elegant que la noia li hauria fet una reverència si no fos perquè ella li va fer un petó. Amb gest acollidor, els va fer passar al saló.

—Com estan els teus pares, Marc?

—Molt bé, gràcies.

—L'altra nit ens ho vam passar tan bé! Digues a la teva mare que no me n'oblido: la meva cuinera li passarà la recepta del peix a la vostra.

—L'hi diré. —En Marc va semblar una mica avergonyit. Era conscient que l'Olivia no estava acostumada a aquella mena d'ambients i li feia por que allò condicionés la imatge que s'havia fet d'ell.

La senyora Armengol es va dirigir a l'Olivia.

—Així que tu ets la historiadora de l'art.

—Sí, senyora. —Va mirar en Marc amb un pessic d'orgull i va somriure-li.

—I estàs interessada a veure un dels nostres quadres.

—El de la Valèria Sans, senyora.

—No és una pintora gens coneguda. —Va dedicar-li una mirada curiosa—. Com és que t'hi has interessat?

—Veurà, estic investigant la seva vida i la seva obra, arran de veure'n els primers quadres al pis de l'avi d'en Marc. La trobo una pintora fascinant i injustament oblidada.

—Hi estic d'acord —va respondre la dama amb fermesa.

La van seguir fins a un saló de grans proporcions en el qual hi entrava la llum a dojo a través de tres amplis finestrals. Més enllà, l'Olivia hi va albirar un jardí elegant acotat per xiprers. Van travessar el saló fins a una saleta annexa amb dues boniques portes de vidre i, abans d'obrir-les i deixar-los pas, la senyora Armengol es va girar cap a ells.

—El meu sogre va adquirir aquest quadre fa molts anys. L'hi va comprar a un galerista d'art que, si no ho recordo malament, es trobava en les seves hores baixes. Es deia Josep Dalmau. Després el va heretar el meu marit i aquí el tenim.

Van entrar a l'espai petit i acollidor i l'Olivia es va topar de cara amb el quadre. La impressió va ser tan forta que durant uns instants la noia no va dir res. Situat al bell mig de dues parets completament folrades de llibres, hi brillaven els colors característics de la Valèria Sans. Era una obra de gran format i l'Olivia n'absorbia cada detall mentre la seva ment processava l'escena. Semblava una reunió d'amics al jardí d'una casa similar a aquella on eren. Els tons del verd del fullatge espès envoltaven el grup de persones que seien allà, alguns en cadires i d'altres als peus d'una petita font. L'Olivia gairebé hi podia percebre el so de l'aigua que hi brollava, en podia ensumar l'aire calent d'un dia d'estiu, la llum esclatant del sol encegava el centre del quadre i clapejava algunes parts del terra de l'alegre jardí. L'esclat de color, tan del gust de la Valèria, es manifestava amb força en les robes de les tres dones que hi apareixien, que contrastaven amb els tons més neutres dels tres homes que les acompanyaven. Era clar que elles n'eren les protagonistes.

—Reconeixes el meu avi i la Valèria? —va dir-li el Marc, amb emoció continguda al seu costat.

Ella va assentir.

—I també Marie Laucerin. —L'Olivia tenia un nus a la gola i es va preguntar si cada vegada que descobrís un nou quadre de la seva pintora favorita seria així—. Qui són els altres?

La senyora Armengol se'ls va acostar.

—Hi ha una inscripció rere el quadre —va respondre—. Les tres dones que hi surten són pintores: Valèria Sans, Marie Laurencin i la tercera és Olga Sacharoff. Pel que fa als tres homes, a banda d'en Lukas Hailer hi surten representats els marits de Laurencin i Sacharoff.

—És meravellós —va dir l'Olivia amb un fil de veu.

Al cap d'una estona de contemplar-lo, li va demanar permís a la dama per fer-ne unes fotografies. En Marc la mirava satisfet mentre ella treballava per ampliar el seu arxiu personal. La noia semblava haver-los abandonat per introduir-se enmig d'aquella escena i en Marc va pensar que segur que li agradaria quedar-s'hi a soles, i s'ho va fer venir bé per emportar-se la senyora Armengol al saló del costat. Per uns instants preciosos, l'Olivia es va deixar portar i llavors ja només existien elles, l'Olivia i la Valèria Sans, que la mirava des de la font de pedra d'aquell jardí amb els llavis apuntant un somriure i els ulls de gat clavats en l'ànima de la historiadora. Gairebé la sentia parlar-li. Des d'aquell lloc, des d'aquell temps, la pintora hi establia un diàleg cada cop més íntim i personal.

Un cop es va reunir amb els altres dos, se li va acudir una pregunta.

—Sap la data del quadre i on va ser pintat? —li va demanar a la senyora Armengol.

—És del 1916 —va respondre-li ella—, realitzat en plena guerra mundial.

—El jardí sembla el de casa seva —va apuntar l'Olivia.

Però la dama ho va descartar.

—Es tracta del jardí d'una casa de Sarrià, tot i que no és el nostre. De tota manera, aquesta semblança és una de les coses que més m'agraden del quadre.

—Així doncs, el 1916 la Valèria Sans i el teu avi eren prop d'aquí —va dir-li a en Marc mentre sentia una esgarrifança de plaer.

—Ara ho comentàvem amb la senyora Armengol. El meu avi i ella van passar la guerra a Barcelona, en una casa llogada de Sarrià.

—Això va ser abans que s'establissin al pis de la plaça Reial, és clar —va afegir-hi la dama.

Es van acomiadar de la senyora Armengol i l'Olivia es va desfer en agraïments. Van fer el camí de baixada sense dir-se res. L'Olivia rumiava en la seva pintora, en Marc temia el moment de mostrar-li casa seva. De bona gana, el noi li hauria dit: «Doncs ja està, ja l'has vist. Ara t'acompanyo al teu barri i dinem alguna cosa plegats». Tanmateix, l'havia fet venir fins allà per a dues sorpreses i la segona es trobava a casa seva.

—He avisat la meva mare que et quedaries a dinar.

—Gràcies, Marc! —va fer ella encantada. Per fi coneixeria la seva mare i la casa de Sarrià.

Van dinar en una taula de menjador amb estovalles de fil, davant d'un finestral que donava a un jardí tan enorme com el de casa dels Armengol. L'Olivia ja coneixia el senyor Hailer, però amb qui va quedar enlluernada va ser amb la mare d'en Marc. Era una dona alta, de cabells negres recollits i un dels clatells més llargs que havia vist mai. Aquella dona respirava elegància en cada gest i en cada paraula i podria haver semblat tibada si no hagués estat per l'exquisida tendresa que demostrava amb el seu fill. Se li va acudir que en Marc, si bé en el físic s'assemblava al seu pare, amb aquell aire una mica del nord que tenien els Hailer, per dintre era més com la mare, havia heretat la seva fina sensibilitat.

L'Olivia va poder comprovar novament la tensió que es respirava entre el pare i el fill. El senyor Hailer no feia més que parlar de l'empresa, mentre que en Marc es limitava a abaixar el cap fastiguejat. «Sort que avui no hi era l'Albert —li diria més tard—. Si no, no hauríem parlat de res més que de Tèxtils Hailer. Per a ells, no existeix res més». Cada cop que podia, l'Olivia llambregava cap als racons d'aquell saló on els mobles antics i les pintures de gran valor s'acumulaven en una simfonia ostentosa i alhora exquisidament orquestrada. Els ulls se li anaven tot seguit cap a l'artífex de tot allò, que amb una mà llarga i de manicura perfecta acariciava distreta el brodat de les estovalles mentre escoltava amb somriure serè el seu espòs. De tant en tant el tallava amb molta mà esquerra i aleshores s'interessava per la seva convidada.

En acabar les postres, el pare es va retirar al seu despatx i aleshores la mare va manar que els portessin la safata del cafè. L'Olivia va pensar que ara la conversa es distendria una mica i que podria saber més d'aquella dona i, de retruc, d'en Marc, però llavors la senyora Hailer se'ls va excusar.

—He quedat amb unes amigues.

Va plegar amb molta cura el seu tovalló i va allargar una mà fins a dipositar-la sobre la del seu fill. Va mirar l'Olivia i els llavis li van dibuixar un somriure encantador.

—Olivia, maca, torna quan vulguis. Ens agrada que en Marc porti amics a casa, cosa que no fa gens sovint.

En Marc va encaixar el retret amb un somriure.

—Com ets, mareta.

L'Olivia va donar-li les gràcies pel dinar i mentre la veia sortir va pensar que la senyora Hailer i la seva mare no podien ser més diferents.

Van quedar tots dos sols amb el cafè fumejant damunt les estovalles de fil.

—I l'altre misteri? —va preguntar-li ella amb una nova impaciència. No se n'havia oblidat, que per telèfon en Marc li havia parlat de dues sorpreses.

En Marc es va aixecar, altre cop amb aquell aire conspirador que li feia el blau dels ulls més brillant.

—No et moguis. Torno de seguida.

El va veure pujar de dos en dos els graons de l'escala que portava al pis de dalt. En pocs minuts tornava a ser al seu costat amb expressió triomfant i un feix de papers a les mans.

—Saps què és això? —Els va dipositar damunt la taula.

—Si no m'ho expliques...

—Són esborranys d'algunes cartes que la Valèria va enviar a les seves amigues durant la Primera Guerra Mundial. Molta gent escrivia cartes i després les passava en net per enviar-les.

L'Olivia hi va posar immediatament les mans a sobre, com si amb el tacte en pogués endevinar el contingut.

—I no m'ho havies dit fins ara? On les has trobat?

—Eren en una de les capses de l'avi, però m'havien passat per alt perquè ell les va guardar entre correspondència molt posterior a ella. Estaven enmig de postals dels anys cinquanta i seixanta. Comprens? No m'esperava trobar res d'ella, allà.

—Però això és... és fantàstic, Marc. Què hi diu en aquestes cartes? A quines amigues van dirigides? —L'Olivia seguia amb les mans damunt dels papers, com si no hi volgués perdre el contacte.

En Marc es va fregar la barba rossa i ben retallada, estudiava la millor manera de fer-ho. Era ben clar que s'havia reservat aquell moment per al final i ara gaudia amb l'expressió del rostre de la seva amiga.

—M'estimo més que la lletra de la Valèria parli per si sola —va dir-li—. Les llegirem plegats, en veu alta.

Correspondència de guerra i d'enyor

Novembre del 1914

Benvolguda Gertrude,

Quina alegria rebre la teva carta! Obrir-la, llegir-la, ha estat per a mi com respirar un glop de tot el que enyoro de París.

M'escrius que l'Alice i tu vau tornar amb transbordador del vostre viatge a Anglaterra, que us hi vau haver de quedar més temps del previst donada la situació però que ara ja sou a casa, a la rue de Fleurus. Com m'agradaria ser allà, ara mateix! Penso molt en les tertúlies dels dissabtes al teu saló, somio en el dia en què hi pugui tornar i reprendre les nostres converses, les vetllades compartides amb tots els teus convidats i amics. Dius que Braque, Derain, Léger han estat mobilitzats, que Guillaume Apollinaire pretén fer la guerra com a voluntari i us ha visitat fa poc. «Guerra». Quina paraula més lletja, no m'hi acostumo gens. Com més hi penso, més ganes m'agafen de cridar. La guerra ha aturat el curs de les nostres vides per matar-se els uns als altres. Amics, artistes de Montparnasse repatriats cadascú al seu país, i ara pretenen que ens mirem els uns als altres com a enemics. El món s'ha tornat boig. Penso tothora en un quadre, «El crit», d'Eduard Munch, perquè així és com em sento: l'udol provinent de la natura que el pintor va sentir i que tan poderosament va saber reflectir em travessa per dintre.

En Lukas i jo hem llogat una casa amb jardí a Sarrià, molt a prop de Barcelona. Ell es passa el dia escrivint als seus amics, marxants, i s'ocupa des de la distància del funcionament de la seva empresa tèxtil a Àustria, que té delegada en l'August, el seu germà petit, en el qual confia plenament. Mentrestant, jo treballo tant com puc entre el meu estudi i el jardí. El temps és gris, com el meu estat d'ànim, i em costa més que mai omplir de color la meva paleta. Em dedico més a il·lustrar revistes, alguna coberta de llibre. He retornat al llapis, a la sanguina, al petit format i, com a molt, pinto amb les aquarel·les el jardí d'hivern. M'enyoro, Gertrude, enyoro la meva vida a París. Sé que és temporal, que tot això acabarà algun dia i podrem tornar als nostres llocs. Perquè si bé a Barcelona hi tinc la mare, la tieta, els pocs amics que hi vaig deixar, sento que ara el meu lloc és a París.

Em preguntes per Marie Laurencin. Com bé saps, l'esclat de la guerra els va enxampar de viatge de noces al sud de França. D'allà van marxar cap a Espanya, perquè com a esposa de l'Otto ha esdevingut baronessa alemanya. Li han retirat la nacionalitat francesa, ara resulta que és enemiga del seu poble, com és possible? S'han instal·lat a Madrid, jo friso perquè vinguin a Barcelona i ens puguem veure mentre duri la guerra, però de moment són allà.

Però tornant a París: m'expliques a la teva carta que hi ha molt poca gent pel carrer, que l'Alice i tu passegeu enmig d'una tranquil·litat que desconcerta i que al vespre us han imposat el toc de queda i els cafès i els restaurants tanquen no més enllà de les deu. Quin paisatge més desolador, tan diferent del de sempre. Només somio que tot torni a ser com abans.

Amb tot el meu afecte,

Valèria Sans

★ ★ ★

Gener del 1915

Estimada Marie,

M'hauria agradat acomiadar-me de tu fa uns mesos. Si hagués sabut el que trigaríem a tornar-nos a veure... Oi que vindreu a Barcelona, l'Otto i tu? Sempre em deies que voldries visitar la meva ciutat algun dia amb mi, ja saps que tens les portes obertes de casa meva de bat a bat. Mentre duri la guerra, serem aquí.

Em sap greu el que m'expliques a la teva carta: dius que tens la tristesa enganxada al cos i jo t'entenc molt bé. No pots tornar a França perquè l'Otto és alemany; tampoc ell vol anar a Alemanya perquè no desitja fer la guerra contra el teu país. O sigui que, de moment, us quedeu a Espanya. La part positiva són les incursions que menciones al Museu del Prado i les obres i els artistes, com Goya, que hi has descobert. Dius que t'estan influint en el que pintes i jo m'alegro que segueixis treballant, com jo mateixa m'obligo a fer.

M'ha agradat saber que t'has vist amb María Blanchard i que vau parlar de mi. Jo també en tinc molt bon record de quan ens vam conèixer a París i sí, si us plau, dona-li la meva adreça postal i que m'escrigui. Em farà molt feliç. Com a tots plegats, la guerra ens va agafar aquí i allà: a tu al sud de França, a María Blanchard a Mallorca i a mi a Barcelona en la meva primera visita de casada a la mare.

Gràcies a la teva acurada descripció, no m'ha estat difícil imaginar-vos a totes dues en la tertúlia del Café de Pombo. Puc veure el local madrileny, d'aspecte rònec i antic, com tu el descrius; puc baixar les escales fins al soterrani fosc de sostres baixos i recrear la taula que dius que és plena d'intel·lectuals i pintors al voltant de l'escriptor Ramón Gómez de la Serna. Tinc entès que aquest home és un autèntic esperit d'avantguarda, que escriu de manera incansable i defensa amb fervor tot allò que considera nou i trencador. Dius que has anat un parell de vegades a la tertúlia i que, malgrat la sensació d'ofec i de tancat del soterrani, malgrat que entre els assistents no hi abunden les dones, hi has trobat un cert aire de la bohèmia artística de París. Creus que podrem tornar a seure a la terrassa de La Rotonde o a Le Dôme quan tot això acabi i oblidar aquests temps? Tornarem a respirar l'aire de llibertat del nostre Montparnasse? Vull pensar que sí.

Jo també et trobo a faltar, Marie, i desitjo que arribi ben aviat el dia en què ens puguem tornar a reunir. Vindràs a Barcelona, oi que sí? T'hi espero amb impaciència.

Rep tot el meu afecte,

Valèria Sans

★ ★ ★

Abril del 1915

Benvolguda María Blanchard,

Gràcies per la teva carta, m'ha alegrat molt saber coses de tu. Et felicito de tot cor per la teva participació en l'exposició recent al Salón de Arte Moderno de Madrid. «Pintores íntegros», dius que l'ha anomenat Ramón Gómez de la Serna, i em consta que tu i Diego Rivera hi heu brillat com els millors estels. Si heu fet soroll, si alguns us han criticat i s'han escandalitzat, només demostra la seva ignorància i que poc que coneixen de l'avantguarda artística del moment.

Ets molt amable d'interessar-te pel que estic pintant. Et diré que l'arribada de la primavera ha aconseguit donar una mica de llum a la meva ànima. Ha estat un hivern molt dur, de molta enyorança de la meva vida d'abans. Si no fos per en Lukas, jo ja hauria tornat a París. Però ara que el jardí de la casa que tenim llogada s'ha començat a vestir del verd tendre de les fulles i hi broten les primeres flors, sembla que desperto una mica i el color torna a la meva paleta, com abans. He passat uns mesos dedicada només al dibuix, al blanc i negre i al gris estampat al meu cor, però ara treballo en dos olis que em retornen a l'esperit d'abans.

Com tu mateixa escrius, crec que ens haurem de conformar amb el fet que aquesta situació s'allargui, de manera que, mentre hagi de romandre aquí, vull viure en el color dels meus llenços i oblidar la solitud que sento, malgrat que m'estigui malament dir-ho, tenint en compte que aquí hi tinc la meva família i el meu marit. Tu, per la teva banda, prepares aquestes oposicions per obtenir una càtedra de dibuix a Salamanca i jo estic convençuda que te l'atorgaran. Potser hi trobaràs un bon lloc i l'estabilitat que necessites fins que arribin temps millors.

M'acomiado de tu insistint que aquí a Barcelona, o més endavant a París o a qualsevol lloc del món, hi tens una col·lega que t'admira sincerament.

Amb tot l'afecte,

Valèria Sans

★ ★ ★

Juny del 1916

Benvolguda Gertrude,

Espero que hàgiu tingut un bon viatge de tornada a casa. M'alegro molt que l'estada a Mallorca us hagi provat tant. Hi anàveu a passar l'estiu i us hi heu quedat també tot l'hivern! Dius que el paisatge t'ha induït a escriure un seguit d'articles que ara vols recollir en un volum i no m'estranya, perquè a mi em passa el mateix amb la pintura: cada lloc, amb la seva llum, les seves olors, la natura que t'envolta estimulen el foc de la creació d'una manera o una altra.

No em cansaré de repetir-te com vam gaudir en Lukas i jo de la vostra visita a Barcelona la primavera passada, abans d'anar a Mallorca. Tinc gravades a la memòria les nostres converses al jardí de la casa de Sarrià. La teva descripció de com es viu la guerra a París m'ha fet omplir quaderns sencers aquest hivern, Gertrude. Gairebé em sembla que jo mateixa he pogut veure amb els meus ulls els nens que juguen a la guerra en els carrers coneguts de París, he viscut les cues que em descrivies per la creixent manca d'aliments i la ciutat apagada... L'he dibuixat de manera obsessiva perquè així la veig dins el meu cap: un París amb els llums apagats que espera el retorn de tots els que l'estimem.

Que bonica la iniciativa de la pintora Marie Vassilieff: obrir una cantina a l'Avenue de Maine perquè la gent hi pugui menjar a preu econòmic i també hi trobi la música i l'alegria que els escalfa els cors. Els temps dolents, a vegades, treuen el millor de cada persona.

Penso molt en Picasso i en la carta que em vas ensenyar on t'explica el patiment dels dies finals de la pobra Eve Gouel. Les morts prematures són el doble de terribles. M'han dit, tanmateix, que Picasso ha trobat el consol en altres dones, fet que no em sorprèn, ja que el geni necessita ser estimat i adorat tothora per una dona. Diuen que ha deixat el cubisme enrere? Friso per tornar a París i veure les obres seves més recents.

Recordo, així mateix, el canvi d'impressions que vau mantenir amb en Lukas sobre el mercat de l'art a París. El fet que hagi disminuït és del tot natural, que els salons tanquin les portes també forma part del que és previsible, però em va colpir la notícia del que van fer amb el marxant Kahnweiler: aprofitar que ha hagut de marxar del país pel fet de ser alemany i confiscar-li totes les seves pertinences ho trobo terrible. Què en faran, de totes les obres dels amics cubistes dels últims anys que tenia en el seu poder? Picasso, Braque, Gris i tots els altres deuen estar molt enrabiats.

Aquí no ens podem queixar. L'hivern ha estat favorable a Barcelona pel que fa al moviment d'obres d'art. Em sembla que en Lukas ja et va comentar en la seva última carta que ha aconseguit vendre algunes de les meves obres a col·legues seus, col·leccionistes importants, i això em dona una independència econòmica que trobo molt estimulant.

Pinto tothora, Gertrude, al meu jardí on passen les estacions. I saps què és el que més pinto aquests dies? Els amics que han vingut a Barcelona i que han fet la nostra vida més rica, més alegre i suportable mentre dura aquesta absurda guerra. Parlo de Marie Laurencin i el seu marit, de la meva nova amiga Olga Sacharoff, d'Albert Gleizes i la seva esposa Juliette, del galerista Josep Dalmau i tot el reguitzell d'artistes, intel·lectuals i marxants amb els quals ens reunim a casa nostra i a casa d'ells. Com m'ha canviat la vida des d'aquesta primavera! Ja no ens sentim tan sols, ens tenim els uns als altres i les tardes i les nits s'omplen de veus conegudes, de converses d'art, de riures sonors que trobava a faltar com el de la nostra estimada Marie.

Tanmateix, només a tu i a en Lukas puc confiar-vos els meus temors. Em refereixo a la Marie: no la veig bé, Gertrude, em té molt amoïnada. Fa un mes que ella i l'Otto es van instal·lar a Barcelona i jo l'esperava amb il·lusió però quan els vam anar a rebre, em va sobtar el seu aspecte. La vaig trobar molt desmillorada, i no parlo del físic sinó del que reflecteix la seva ànima. Sé que no és feliç, s'ho està passant malament. M'ha confessat que l'Otto ha deixat de pintar i que beu molt. Sovint l'envaeix una ira que descarrega contra ella i jo m'encenc només de pensar-hi. Per què dimonis la Marie ha de patir la violència dels homes que estima? Sort en té de les seves amigues, ella ho diu tot sovint. «Sou el meu consol, la meva alegria». Em consta que una de les seves íntimes, Nicole Groult, vindrà a passar l'estiu amb ella, i això segur que l'ajudarà molt.

Pel que fa a Olga Sacharoff, quin descobriment! A París hi havia coincidit poc i de manera superficial, ja que ella sempre s'havia relacionat més amb els seus compatriotes rus-

sos, però aquí ens estem fent amigues. En Lukas i el seu company, Otto Lloyd, ja es coneixien d'abans i des que són aquí que venen molt a casa i nosaltres anem a Vallcarca, on viuen ells. Ja m'ha explicat que vau coincidir a Mallorca l'estiu passat. L'Olga i jo ens visitem als nostres respectius estudis i ens engresquem l'una a l'altra per seguir treballant. Ella practica un cubisme sintètic, cada cop més allunyada de la figuració, i alhora experimenta amb un altre tipus d'obres figuratives, d'un primitivisme naïf, que a mi em recorden el de Douanier Rousseau. Jo, per la meva banda, torno a la figura humana i m'hi agafo amb força, perquè la sento més nítida i precisa que mai. Cadascuna segueix el seu camí i ens acompanyem i ens aconsellem des del respecte mutu. És tan bonica aquesta reciprocitat entre pintores!, la tinc com un dels béns més preuats. Amb els homes també, però no és el mateix. A ells ningú els qüestiona pel seu gènere, no pateixen la condescendència que nosaltres hem de suportar dels crítics, del públic en general. Entre les dones pintores no cal que ens ho expliquem, hem viscut les mateixes experiències en la nostra pròpia pell i cadascuna de nosaltres ho porta a la seva manera. N'hi ha que deixen de pintar, convençudes que no arribaran mai al talent dels homes, n'hi ha que lluitem amb ungles i dents perquè sabem que el gènere no fa el talent. Què més voldrien ells!

Ja ho veus, apreciada Gertrude, aquí anem fent en aquesta llarga espera fins que arribi la pau. En l'entretant, els pintors d'avantguarda tenim un gran aliat a Barcelona en Josep Dalmau. Ja el vas veure l'estiu passat, és un home actiu, molt viatjat, una ment inquieta que prova de moure, en aquest país meu que tant li costa, les avantguardes que triomfen a París. Des que va començar la guerra que ha donat suport als artistes més moderns i internacionals amb exposicions a la seva galeria. Aviat jo mateixa participaré en una col·lectiva envoltada de bons amics i això em fa molt feliç perquè, com et vaig explicar, va ser precisament una exposició a les Galeries Dalmau, quan jo encara no coneixia el marxant, el que em va encendre la flama de voler anar a París! Ja saps que a Barcelona no hi ha un gran públic interessat en els pintors d'avantguarda; aquí, quan es posa l'ull en els artistes que treballen o han treballat a París, més aviat impera el gust pels postimpressionistes o els simbolistes. L'avantguarda és mal digerida o senzillament incompresa per alguns cercles i, si no fos per Dalmau, el grup d'amics artistes d'aquí i d'allà que passem aquests anys a Barcelona no exposaríem gairebé res. És curiós que em senti estrangera a la meva pròpia ciutat, no et sembla? Potser ho fa el fet que he crescut com a artista a París i no pas aquí, perquè és allà on hi he fet els amics i companys d'ofici. Ja m'ho diu la mare: «Ets massa cara de veure, filla meva!». Ella i la tieta Quima saben que quan acabi la guerra em faltarà temps per tornar a París. Malgrat que aquesta conversa encara no l'he tinguda amb en Lukas, ja que ell sembla ben bé haver trobat el seu lloc en el món a Barcelona. Estima la ciutat i li costarà marxar.

M'acomiado de tu i de l'Alice amb el desig de tornar-vos a veure ben aviat.

Amb tot el meu afecte,

Valèria Sans

* * *

Febrer del 1917

Benvolguda Gertrude,

He rebut la teva carta, breu però intensa, des de Perpinyà. M'adono que tu i l'Alice esteu molt ocupades amb la vostra labor de voluntariat i t'agraeixo que hagis trobat temps per escriure'm. Que bonic que els escriviu cartes als soldats francesos i que els envieu paquets, i encara més que els recolliu per les carreteres, de dia i de nit, en el seu retorn a casa de permís o si necessiten ajut. T'he adjuntat un dibuix que he fet tal com us imagino en aquests moments: tu al volant d'aquesta furgoneta Ford que anomeneu «Auntie» en record d'una tia teva (a en Lukas li ha divertit molt el detall!) i l'Alice asseguda al teu costat. La feina que esteu fent és tan lloable! Espero que la història recordi que no només els homes van fer la guerra, sinó també les dones valentes com vosaltres i tantes altres repartides allà on més falta feu.

No m'allargaré gaire perquè sé que tens poc temps, però et volia respondre que sí, que hem fet l'exposició col·lectiva que et vaig avançar i ha estat un èxit de públic i de vendes! Jo hi he participat amb cinc obres, tres de la meva època més cubista que en Lukas va portar de París i dues que he fet aquí. Una d'elles és de gran format i hi he reproduït una escena molt quotidiana: la Marie, l'Olga i jo amb els nostres companys al jardí de Sarrià. L'ha comprada el mateix Dalmau!

Ell mateix ha editat el número de la revista dadà «391» que dirigeix Picabia. Hi hem col·laborat tots, d'una manera o una altra. En el meu cas i el de l'Olga amb unes il·lustracions, la Marie hi ha aportat un poema.

Esperem amb il·lusió la vostra visita a Barcelona el proper mes de juliol per a l'estrena a la ciutat de «Parade», el nou ballet de Diàghilev. Sé que Picasso hi ha col·laborat. Suposo que ell també serà a Barcelona per a l'ocasió i podrem reunir-nos. Gairebé ensumo els aires de l'avantguarda parisenca a les Rambles de Barcelona. Quina emoció!

Amb tot el meu afecte,

Valèria Sans

★ ★ ★

Agost del 1917

Estimada Marie,

Fa poc que heu marxat tots a estiuejar a Tossa i ja us trobo a faltar!

En Lukas està traslladant la major part dels seus negocis a Barcelona per establir la seu central aquí i això ens farà romandre a la ciutat tot l'estiu. Qui sap, potser me n'afarto i busco algú que em porti a la vora del mar i de tots vosaltres! No és que estiguem malament amb en Lukas, ja te n'he parlat un centenar de vegades, sinó que més aviat el problema és que no m'adapto a la vida de casada. Com que m'estic molt de temps a l'estudi, passen els dies i no me n'adono, però quan al vespre estem tots dos sols... No ho sé, Marie, em falta l'aire. Ja no és com abans. Potser tot ho fa aquest exili forçós, però la veritat és que en Lukas i jo cada dia som més lluny l'un de l'altra. Recordo els primers mesos a París, fins i tot el primer any a Barcelona i trobo a faltar l'amic i amant. Ara tot és diferent, ell ho és, jo també. Potser ens hem tornat avorrits.

Encara tinc el record fresc de l'estrena al Liceu del ballet «Parade» el juliol passat. No vam tenir gaire temps per comentar-lo perquè l'Otto i tu vau marxar de seguida. Aquell vespre vam sopar amb Gertrude Stein i també s'hi van afegir Picasso i el seu nou amor, la ballarina Olga Khokhlova. Encara estic decidint si m'agrada o no. Aquells cabells rojos, la boca de llavis fins, el rostre pigallat, els ulls verd castany que no et miren quan hi parles... És bonica, sí, però em va semblar molt gelosa i això no és un bon auguri per ser la parella de Pablo Picasso. Em va explicar Gertrude que la parella es va conèixer el mes de març a Roma, en el viatge que ell va fer amb Jean Cocteau per unir-se a la companyia dels Ballets Russes i acabar el projecte de «Parade». Ara són inseparables. Em sembla que a Picasso li agrada que l'Olga provingui d'una família aristòcrata russa. Saps què he sentit a dir sobre les ballarines dels Ballets Russes? Que Diàghilev té un mètode per triar-les: la meitat d'elles han de ser excel·lents ballarines; l'altra meitat només cal que siguin boniques i de bona procedència social. D'aquesta manera, mentre el primer grup arrossega el públic artísticament exigent al teatre, el segon grup s'ocupa d'atreure-hi la gent que busca un plaer més superficial. És que mai deixaran de tractar les dones com un mer objecte?

Pel que fa al ballet, a mi em va agradar molt. Sé que a París ha causat un escàndol, que no s'ha entès l'esperit nou, els decorats i el vestuari cubistes de Picasso, l'aire festiu que hi han donat tots els seus artífexs en els moments que vivim, però a mi m'ha semblat un cant a la vida, una manera de rebel·lar-se contra la tristor que ens imposen. Està clar que ens toca conviure amb l'escàndol permanent. A mi, com a tants de nosaltres, no em fa res.

En espera del vostre retorn o, qui sap, de la meva fugida d'en Lukas i de la ciutat, s'acomiada de tu l'amiga més incondicional.

Valèria Sans

* * *

Febrer del 1918

Benvolguda Gertrude,

Disculpa el retard a contestar la teva carta, el correu arriba de manera irregular! M'alegra saber que seguiu amb la vostra tasca de voluntariat. Aquí, a Barcelona, la nostra vida transcorre molt més tranquil·la i la guerra la vivim a través de la correspondència i la lectura compartida dels diaris. Rellegeixo amb delit cadascuna de les vostres cartes, són els meus tresors! De bona gana em reuniria amb l'Alice i tu al sud de França i aportaria el meu petit gra de sorra al conflicte que ja dura massa, però com bé saps, el meu lloc és aquí, amb el meu marit que no pot tornar, tot i que en comptes d'austríac ara sembla més català que jo. Està completament enamorat de la ciutat on vaig néixer. Tant és així, que ha traslladat bona part dels seus negocis a Barcelona i acabem de comprar un pis a la plaça Reial, a tocar de les Rambles. Està abocat a fer-hi reformes, el vol convertir en una autèntica i confortable llar on jo m'hi trobi tan a gust que em fugi del cap tornar a París. Tanmateix, en el fons del seu cor sap que això és impossible. És probable que ell mateix t'hagi escrit, si és així et deu haver mencionat el meu poc interès en el pis nou, la meva actitud apàtica, que l'exaspera. Si és així, té tota la raó. Cada cop em miro les intencions de futur d'en Lukas més de lluny, com si no anessin amb mi, amb la vida que jo vull tenir. Soc egoista? Soc una mala esposa? Crec que sí, però no hi puc fer res. En el seu dia, ell em va acceptar tal com soc i ara no em pot demanar que canviï.

La Marie està a punt de marxar altre cop a Madrid, on han decidit tornar a instal·lar-se amb l'Otto, i això no millora el meu estat d'ànim, tot i que seguim compartint estada a Barcelona amb altres artistes i amics. I parlant d'amics, t'haig de comentar l'exposició que acaba de muntar Josep Dalmau: està dedicada per complet a un pintor del qual en sentiràs a parlar i molt. Es tracta de Joan Miró, un català uns anys més jove que jo, no gaires, que has de conèixer tan bon punt pugui viatjar a París, com és la seva intenció. Dalmau té exposades una seixantena d'obres a la seva galeria. Joan Miró és un home que estima la terra i que pinta uns paisatges meravellosos en els quals hi he vist reminiscències del color de Van Gogh i també una gran influència del mestre Cézanne. La família Miró té una masia a Mont-roig del Camp, a la província de Tarragona, i ell es dedica a pintar alguns pobles del seu voltant. A Can Dalmau no només hi exposa paisatges, sinó que també hi he vist uns retrats d'una gran força expressiva —potser el que més m'ha agradat d'ell— on fusiona elements del cubisme i el fauvisme, a més a més d'unes natures mortes en les quals hi ha incorporat rètols, com en obres de Gris, Braque i Picasso.

I parlant de Picasso, vam gaudir de la seva companyia en els últims mesos de l'any. Quin goig tenir-lo a Barcelona durant la tardor! Ja saps que després de l'estrena de «Parade» es va quedar a la ciutat per tal que la seva família conegués l'Olga. Has de veure el que està pintant, Gertrude, hi ha un canvi molt important en l'evolució de la seva obra. Ell ma-

teix em va explicar que el viatge a Roma d'ara fa un any el va sacsejar per complet. El contacte amb la cultura clàssica el va influir d'una forma decisiva i el seu desig de tornar a l'harmonia, a l'equilibri, al naturalisme dels mestres antics però des de la seva pròpia visió, des del seu ull modern i innovador. Això no vol dir que hagi renunciat al cubisme, segueix present en d'altres obres que fa, però tot el més nou que he vist d'ell m'ha impactat.

Tinc ganes de mostrar-te el que faig, Gertrude, i saber la teva opinió. Sento que estic madurant, que arribo a una etapa de la meva vida en la qual ja he viscut moltes coses i que això es reflecteix en la meva obra. I alhora sento que em falta molt per viure, que aquests anys de guerra ens han aturat però que un cop s'acabi el conflicte la vida ha de ser més intensa que mai. Així la vull jo. A diferència del meu estimat Lukas, em moro de ganes de volar.

Amb tot el meu afecte,

Valèria Sans

★ ★ ★

Novembre del 1918

Marie!

La guerra s'ha acabat! Si fossis aquí ho celebraríem juntes, riuríem i ploraríem i ens fondríem en una abraçada que ara mateix trobo a faltar. Quin greu que em sap que la feliç notícia arribi acompanyada d'una de tan trista com la mort de Guillaume Apollinaire. El món ha perdut un gran poeta i em consta que tu has perdut un bon amic, malgrat tot allò de dolent que vau viure en el passat. M'ha emocionat el que m'escrius a la teva carta: el fet que expirés tenint tan proper el quadre que li vas regalar el 1911, «Apollinaire et ses amis», vol dir que d'alguna manera l'has acompanyat en el trànsit final. Recordo que em vas explicar que el quadre ja l'havia reconfortat ara fa dos anys i mig, quan els amics l'hi van portar fins al llit de l'hospital de París on el van ingressar per la terrible ferida de guerra al cap. Al final se l'ha endut una grip que anomenen «espanyola» i que aquí també estem patint. A Barcelona ja ha causat més de mil cinc-cents morts! Una desgràcia terrible. Entre tots aquests morts, una altra pèrdua molt important per al món de l'art: Lluïsa Vidal. Malgrat no haver-la conegut en persona, aquesta gran artista de Barcelona va ser una font d'inspiració essencial per a mi en els meus inicis com a pintora. Pertanyem a mons i a generacions diferents, però Lluïsa Vidal sempre em fa viatjar a la meva infantesa, als anys en què se'm va despertar el fort desig de dibuixar-ho tot. Recordo quan em vaig assabentar que, de joveneta, ella havia viatjat a París tota sola. És probable que fos de les primeres pintores catalanes a fer-ho i em va servir d'exemple. Marie, a Lluïsa Vidal li dec bona part del que soc avui, ella em va demostrar que les dones també tenien cabuda professional en el món de l'art.

Aquests són dies d'alegria i alhora de tristesa. En Lukas i jo discutim molt. És culpa meva, jo hauria d'haver-hi tingut una conversa sincera fa molt de temps. La fi de la guerra no ha fet que ell desitgi retornar a París, perquè ell considera que Barcelona és ara la seva llar. Vol formar una família aquí, vol que ens hi quedem a viure i em promet viatges de tant en tant a França, a Anglaterra, a Àustria i a molts més llocs. Però jo no vull viure aquí, jo vull reprendre el fil de la meva vida a París, on hi tinc els amics, on hi tinc el cor posat. És allà on vull seguir desenvolupant el meu art i on vull continuar creixent com a dona. No vull fills, no desitjo formar una família i menys encara dedicar-me a tenir cura d'una llar. En Lukas diu que estic més casada amb l'art que amb ell i jo li responc que no m'ho pot retreure, que ja el vaig advertir abans de casar-nos que mai hi pensava renunciar. Però no és just, Marie, en Lukas no m'ha demanat mai que ho fes. Ell em diu: «Pinta, Valèria, dedica a la teva obra tot el temps que necessitis. Jo soc el teu principal defensor». Diu que de diners no ens en falten, que podem tenir tot el servei del món perquè jo disposi del temps i l'espai que desitgi per prosseguir amb el meu art. Però jo només penso a aixecar les ales, a tornar a París i ho vull fer tota sola, tal com hi vaig arribar. Estimo en Lukas, és el millor company, però no puc ser la dona que ell desitja i en el fons ell sempre ho ha sabut. Ha arribat l'hora de la veritat, Marie. La propera carta que rebràs de mi portarà segell de París.

La teva amiga que t'estima,

Valèria Sans

20

Al principi, l'Olivia no s'havia pres gens bé que en Quico no la deixés acompanyar-lo a París. Malgrat que s'hi va conformar, que va acceptar els seus arguments i la promesa d'un viatge en un futur no gaire llunyà, malgrat que no li va voler muntar cap número perquè pretenia ser una noia raonable, gens histèrica i no volia espatllar les coses just a les portes d'anar a viure plegats, el cert era que sentia el regust de l'oportunitat perduda i aquells dies d'absència, als quals en Quico ja la tenia acostumada, van transcórrer més feixucs que mai. Per això, quan va arribar el dia de tornar-lo a veure, frisava per girar full i començar un nou capítol, aquell en el qual tancaven el tracte amb el llogater del pis del carrer Fontanella i començaven a moblar el seu futur. París hauria d'esperar, però la seva vida somiada començava en aquell moment.

Havien quedat al vespre, però l'Olivia va decidir prendre's la tarda lliure i donar-li una sorpresa. Havent dinat, es va dirigir cap al carrer Diputació. La tarda anunciava pluja i el vent li fregava les galtes mentre caminava lleugera. A cada pas se li encenia una mica més l'ànim. «Et faré tan feliç», li deia de pensament mentre somreia i imaginava com se la cruspiria a petons quan la veiés allà. La part bona dels viatges d'en Quico era que, de cada tornada, en feien una celebració. A mesura que avançava pels carrers de la ciutat, llambregava de tant en tant cap a un cel que cada cop s'omplia de núvols més foscos. Va començar a llampeguejar però encara no plovia, tot i que l'Olivia va accelerar el pas. En trencar pel carrer Diputació va veure un cotxe que s'aturava just al davant del seu portal. En va baixar en Quico amb la bossa de viatge carregada a l'espatlla i la noia no es va creure la seva sort. Havia arribat en el moment just. Va alçar el braç per cridar-lo, però aleshores va veure la Natàlia que també baixava del cotxe i es va aturar en sec. Què hi feia la seva amiga, allà? En Quico i la Natàlia es van acomiadar del conductor i el cotxe es va allunyar. Tots dos es van dirigir cap al portal. La Natàlia reia, mentre en Quico furgava les butxaques del pantaló buscant les claus. La Natàlia va tornar a riure i amb un gest ràpid va ficar la mà a la butxaca d'en Quico. Ell la va atreure cap a ell, van quedar l'un davant de l'altra, els rostres frec a frec, com si es desafiessin en un joc conegut. Allà mateix, sota un cel a punt de descarregar la seva fúria, la Natàlia i en Quico es van besar amb una passió que va paralitzar del tot l'Olivia. Li semblava que no es podia moure, que el cor se li havia aturat, ni tan sols sabia si respirava. Aleshores va començar a tremolar, de ràbia, de fred, va pujar-li una nàusea al coll i va recular una mica, presa del pànic. Es va amagar en un portal, però aleshores el seu cos, empès per una indignació que creixia a cada instant, que l'omplia de paraules amargues a punt d'escopir, la va encaminar amb una força desconeguda cap on eren ells. Va ser la Natàlia qui la va veure venir. Va apartar en Quico d'una empenta i ell es va queixar.

—Què t'agafa, ara? —li va sentir dir.

Però l'expressió de la Natàlia li va fer girar el cap i es va topar amb el rostre desencaixat de l'Olivia.

—Hòstia puta.

En Quico es va refregar el front com si amb allò pogués espolsar-se el moment. Va abaixar el cap i va esbufegar de disgust, però no va dir res més. La Natàlia va avançar unes passes fins a agafar les mans de l'Olivia, però la noia se'n va desempallegar.

—No em toquis —la va advertir.

—Oli, merda, em sap greu —va dir-li la Natàlia—. No és res seriós, no t'ho prenguis malament. Perdona'm, si us plau.

—Mai.

La Natàlia no en va fer cas i s'hi va acostar més, però l'Olivia va retrocedir un pas, com si el contacte amb ella li fes fàstic. Tremolava per dintre i per fora mentre les paraules, les preguntes, els insults, maldaven per sortir.

—Ves-te'n, Nat —li va manar en Quico, molt seriós—. Això és entre l'Olivia i jo.

La noia se'ls va quedar mirant uns instants, ara l'un, ara l'altra, buscant la seva pròpia manera d'arreglar aquella situació. Fins que devia arribar a la conclusió que, per una vegada, més li valia fer el que li deien i aleshores va marxar.

—Et trucaré —va dir, tot i que no va quedar clar si es referia a l'Olivia o a en Quico.

Van caure les primeres gotes de pluja però l'Olivia no es va immutar. Mirava en Quico i els cabells que se li aixafaven, la bossa de viatge que havia quedat a terra i ara se li mullava. En un segon, ho havia perdut tot, l'home que estimava, l'amiga, les esperances d'un amor que havia volgut creure possible. En Quico li deia frases que ella caçava de manera inconnexa:

—... ella havia d'anar a París... es va afegir al cotxe... són coses que passen, ja saps com soc, però no hi ha res important, només és sexe... Jo la Natàlia no l'estimo; t'estimo a tu, Oli... Em sents?

Però l'Olivia ja no sentia gairebé res, la seva veu li arribava llunyana, mitigada pel soroll de la pluja. La distància creixia per moments entre tots dos, no s'aturava, les orelles li xiulaven de ràbia, de decepció, el mirava amb el desconcert de qui no coneix. Ets tan estúpida, s'anava repetint per dintre, t'havies inventat un Quico.

Va fer mitja volta i va començar a córrer, ben bé com si fugís. Encara va sentir-lo unes quantes vegades cridar el seu nom, fins que ja no el va sentir més. Ara l'Olivia avançava pels carrers xops i plorava, les llàgrimes se li barrejaven amb les gotes de pluja i ni tan sols es molestava a obrir el paraigua, que portava a la mà. Estúpida, ets una estúpida. Els sanglots li sacsejaven el pit i la feien aturar-se de tant en tant i agafar aire. Al cap d'una estona ja no corria, sinó que arrossegava les cames cap a casa. Aleshores li va passar pel cap que podia haver fet com si res, podia haver-se amagat en aquell portal i girar cua sense descobrir-se, sense descobrir-los a ells. Si ho hagués fet, no hauria perdut en Quico, encara seria amb ell i el pis del carrer Fontanella encara seria una realitat plausible. La vida sense ell. Tornaria a ser grisa, avorrida, tornaria a ser poca cosa. Per què li havia fet allò? Amb la seva amiga? Per què l'havien hagut de ficar en una situació tan penosa? No tenia la més remota idea de com sortir d'aquell malson. Es va agafar el coll de la jaqueta i el va estrènyer amb tota la ràbia. Li va sortir un crit ofegat, o més aviat un udol que el vent es va emportar com una joguina. Tot era un engany. Nosaltres ho érem, es deia. Va baixar les Rambles parlant tota sola, «se me'n fot», remugava. Un borratxo se li va acostar una mica i li va llençar quatre floretes. Ella per poc que no el fulmina amb la mirada i el va sentir renegar mentre s'allunyava. En tombar pel carrer Portaferrissa va topar-se amb una parella que es besava i s'estrenyia sota el paraigua. «Quin fàstic», va murmurar sense por que la sentissin. Va apressar el pas cap a casa, tenia ganes de cridar però la prendrien per una boja. I què? Quina importància tenia? Un gos va començar a bordar des d'un balcó i uns quants més se li van unir en un concert de lladrucs. Els carrers eren xops i gairebé buits. Assolit el carrer Petritxol, va sentir el miol esgarrifós d'un gat i tot seguit li va semblar veure l'ombra d'una rata que fugia. Va serrar les dents i va superar els pocs metres que li quedaven per arribar a casa. Només volia plorar. I que la deixessin tranquil·la. Durant els propers dies, l'Olivia no voldria veure ningú.

21

Va venir la mare del poble. Va ser una sorpresa tan gran que en veure-la plantada al llindar de la porta es va pensar que només era un miratge. La mare, a Barcelona, havent deixat els nets, les obligacions diàries, el pare, per venir a veure-la a ella. Es va posar a sanglotar i ella la va acollir ràpida als seus braços.

Portaven una estona assegudes al sofà, la mare li parlava i l'Olivia es limitava a agafar-li una mà entre les seves mentre perdia la mirada balcó enllà. De rerefons, se sentia el dringar de plats i gots a la cuina on en Boris preparava el sopar per a tots tres.

—Filla, no vull veure't així, em sents? Aquell brètol no s'ho mereix.

I la noia assentia en silenci, però el cert era que feia molts dies que estava apagada, com una ànima en pena que s'arrossegava amb bata per casa. En Boris no havia sabut què fer, no suportava veure la seva neta en aquell estat i havia acabat per trucar a la filla i demanar-li que vingués a ciutat. «Hi ha coses que només les mares sabeu arreglar», li va implorar.

L'Olivia es va eixugar les llàgrimes d'esma i va exhalar un sospir.

—Que bé que siguis aquí, mare.

Tot seguit es va arraulir a la seva falda, talment com quan era menuda i el món, allà dintre, era del tot segur.

—Mira, Oli, això t'ha de servir per a alguna cosa —li deia ella mentre li passava una mà pels cabells. La seva veu sonava pausada i alhora ferma—. De cada disgust n'hem d'aprendre.

—Mare, no tot és un aprenentatge.

—I tant que ho és!

—I què vols que n'aprengui, d'això? Que no soc prou bona perquè m'estimin? Que soc tan idiota que no he estat capaç d'adonar-me que una amiga me l'ha fotut per l'esquena?

—Nena, no parlis així —la va renyar la mare—. El que passa és que no t'adones que tu ets molt millor que tots ells.

—Això ho dius perquè ets ma mare.

—No és veritat. Ja saps que jo sempre et dic les coses tal com les veig i el que trobo és que no t'has parat a pensar que aquest mala peça d'en Quico no feia per a tu.

La noia no va dir res, però des de la cuina en Boris va voler intervenir.

—Hi estic d'acord —va alçar el to de veu—. No m'ha caigut mai bé! Massa pagat de si mateix!

La mare va fer incorporar la seva filla i li va acaronar el rostre amb totes dues mans. Unes mans dolces i una mica rebotides de tant fregar i cuinar i tenir cura dels altres.

—Olivia, reina, escolta'm bé. Ets una noia fantàstica, ets historiadora de l'art, tens un avi que només sap dir coses bones de tu des que vius i treballes amb ell i tens una família sencera que t'adora i que està orgullosa de tu, allà al poble. Ho entens?

Ella va fer que sí amb el cap.

—M'esforçaré, t'ho prometo.

En Boris se'ls havia acostat pel darrere i ara va dipositar una mà sobre l'espatlla de la seva neta.

—Ets una noia que val un imperi i ni tan sols ho saps. —La veu se li va mig trencar i es va escurar la gola per corregir-ho—. I ara, filletes, a sopar.

La mare va marxar al cap de pocs dies, però abans es va assegurar que l'Olivia tornés a la feina i a la seva vida normal.

—No deixis que et vegin enfonsada —li va aconsellar—. Tens altres amics, companys que t'ajudaran a seguir endavant. Que no et vegi plorar mai més aquell malànima, si és que te'l trobes. Ni tampoc l'amiga que no era amiga. M'entens? Ves a veure la Rosa, que tantes vegades t'ha trucat i t'ha vingut a veure aquests dies; queda amb els amics de la universitat, que segur que en tens molts, i amb aquells que m'ha dit l'avi que has fet darrerament al Cercle Artístic de Sant Lluc. Filla, ets jove, bonica, intel·ligent. Desperta, que et cruspiràs el món!

Les coses no eren tan senzilles com les deia la mare, però l'Olivia li va fer cas i es va esforçar a reprendre el seu dia a dia a l'antiquari. La feina l'ajudava a no pensar, feia que els dies passessin més de pressa i el temps l'ajudava a apaivagar l'amarga sensació de buidor. No sortia gaire amb amics, a banda d'un parell de visites a la Rosa que va defugir ben aviat perquè la seva amiga, amb tota la bona intenció, no feia més que dir pestes de la Natàlia, insultava en Quico i li recordava que ella també els havia deixat de parlar. I l'Olivia només volia oblidar. De moment, ella s'estimava més no sentir-ne a parlar, ni tan sols volia trepitjar els llocs on havia estat amb en Quico, desitjava amb totes les forces esborrar de la ment tot allò que l'hi recordés, fins que deixés de fer-li tant de mal.

Van buidar més pisos amb l'avi, un parell de la zona alta que els van portar una bona feinada a l'hora d'inventariar tot el gènere que entrava i sortia del magatzem. L'Olivia treballava braç a braç amb la Teresa mentre l'avi distribuïa, amb el seu anar i venir, bona part del contingut entre els seus col·laboradors: les joies, l'or, la plata antiga, la ceràmica, el marfil, els mobles antics desfilaven aquí i allà com les restes d'un naufragi que buscava en cada especialista el seu nou lloc en el món. Avi i neta acudien setmanalment als Encants i allà es desempallegaven de l'aixovar d'aquells lots i dels productes que no havien trobat sortida, alhora que assistien a les subhastes periòdiques per adquirir nous productes o lots interessants. I entre totes aquestes coses, cada cop més pintures, olis, aquarel·les, dibuixos, gravats i pastels. Tot un seguit d'obres d'art modern, la majoria fetes per dones artistes poc o gens conegudes que anaven trobant de sota les pedres. Peces a les quals l'Olivia hi anava posant l'ull expert i l'avi accedia a comprar, en una aposta clara per aquella branca futura del negoci que la seva neta ja començava a perfilar.

Per primer cop a la seva vida, en Boris acumulava obres pictòriques a la botiga i al magatzem en comptes de treure-se-les de sobre amb urgència, com havia anat fent des que va començar el negoci. L'ancià s'avenia, en aquell aspecte, a la manera de fer de la generació dels futurs antiquaris, la dels fills i nets dels qui van obrir el seu local al carrer de la Palla i voltants. Una nova generació que ara els deia: «No corris, avi, no vulguis treure't el gènere de sobre tan ràpid. Estudiem el producte, guardem-lo si cal, donem-li el temps necessari per tal que pugui pujar de valor». Eren altres maneres de fer, així ho entenia en Boris, i a vegades li sorgia el dubte de si valia la pena arriscar-hi, però es tenia per un home raonable i li agradava escoltar el jovent. Sobretot gaudia escoltant la seva neta, que a mesura que s'involucrava en el negoci li generava més confiança. Era assenyada i alhora valenta, una combinació que ara s'esforçava a comunicar-li per tal d'engrescar-la, perquè aprengués d'una vegada per totes a estimar-se per si mateixa i no a través dels altres. Estava convençut que dipositava les esperances de futur per al negoci en les millors mans.

El mes de maig va transcórrer en un sospir gràcies a la feina i en arribar el mes de juny els dies van tornar a esdevenir tranquils. Un matí de divendres, l'Olivia es trobava sola a la botiga. La Teresa era al magatzem i en Boris havia sortit. Fullejava distreta l'últim catàleg d'una coneguda casa de subhastes que els havia arribat. L'avi en tenia piles senceres, ja que els guardava a l'antiquari des del dia en què va aixecar la persiana per primer cop. Es tractava d'un munt de fullets que, per si mateixos, explicaven el moviment d'obres d'art, mobles i objectes d'antiquari que s'havia donat a les cases de subhastes en les últimes dècades. L'avi no només col·leccionava els de les cases de Barcelona, sinó que entre les piles n'hi havia de tot el territori espanyol i també francès.

L'Olivia havia començat a fullejar els exemplars més antics just abans de trencar amb en Quico. Li havia sorgit la idea després de la lectura de la correspondència de la Valèria Sans. En aquells dies previs a la ruptura amb en Quico, al que ella anomenava amb ironia «el seu despertar», com si abans d'això hagués viscut en una ficció, en un autoengany que ella mateixa s'havia fabricat on hi havia un home que l'estimava i una amiga que ella admirava —uns noms que ja no mencionava—, l'Olivia havia quedat tan fascinada per les cartes de la Valèria que les havia estudiat fins a la sacietat. I d'allà li va venir la idea de buscar més obra seva a través d'aquells catàlegs de subhastes que guardava l'avi. Qui sap el que hi podria trobar? Era ben possible que en la llista de pintures subhastades al llarg dels anys hi trobés alguna obra seva i, si bé no en podria saber el destinatari, aquell que l'havia comprat, allò li donaria una pista de les cases de subhastes que alguna vegada n'havien tingut. Si trobava alguna obra, podia contactar amb la casa, podia preguntar-los i seguir el fil fins on arribés. Però aquella tasca requeria dedicació, hores de feina, dies, setmanes i, el més important, una energia que a ella li va fugir de cop quan en Quico la va trair. Així doncs, la recerca de la pintora havia quedat abandonada. Almenys, es deia ella en dies de mala consciència, fins que aconseguís recompondre els bocins que l'havien trencat per dintre. Però aquell matí de juny es va sentir amb una força nova. Els rajos de sol entraven juganers per l'aparador de l'antiquari i li escalfaven el clatell. L'Olivia va mirar l'autoretrat de la pintora i va tornar a sentir el pessigolleig d'abans. Va encarar-se als seus ulls de gat, que tantes vegades l'havien interpel·lat.

—No t'he abandonat —li va dir en veu alta, com si sentís el seu retret—. És només que...

Va fer una ganyota. Quina estupidesa parlar tota sola davant del quadre. Però la Valèria li feia aquell mig somriure des del quadre: «Excuses», semblava dir-li.

Aquell matí s'hi va tornar a posar. Va agafar la primera pila de catàlegs per allà on ho havia deixat, se la va col·locar damunt de l'escriptori i es va passar la resta del dia submergida en la seva recerca. La Teresa va sortir un parell de vegades del magatzem i, en veure-la tan concentrada, envoltada de totes les piles de catàlegs, li va preguntar si necessitava res.

—No, gràcies, Teresa. —És tot el que la noia li responia.

L'Olivia semblava posseïda i no feia més que passar les pàgines sense treure-hi els ulls de sobre. De tant en tant un murmuri, una queixa inintel·ligible, un deixar la pila feta a una banda i prosseguir amb la següent. El dia es va anar esllanguint i la noia començava a perdre tota esperança. Només havia dinat un trist entrepà que la Teresa li va anar a buscar a un bar proper i li va deixar damunt la taula. Sort d'ella. Va llambregar cap a la porta i va pensar que el seu avi no trigaria gaire a tornar de visitar un client. La fastiguejava haver perdut tot el dia, la irritava aquella sensació coneguda de no trobar res de la Valèria enmig de tants artistes masculins. Es va fer un massatge al clatell ressentit de tant abocar el cap als catàlegs i va tancar els ulls. Li va passar pel cap la idea de deixar-ho estar, però aviat se'n va desdir. Acabaràs totes les piles, es va dir. Amb un sospir s'hi va tornar a posar i no portava ni dos catàlegs més quan, de cop i volta, la va trobar. Va llançar un crit de triomf que va fer treure el cap a la Teresa des del magatzem.

Quan a última hora del dia va arribar en Boris, li va faltar temps per aixecar-se i anar-lo a abordar. Feia mitja hora que havia desat els catàlegs i el cap li bullia com una febrada. No el va deixar ni treure's la jaqueta.

—Avi, haig de parlar amb tu —va començar—. Et vull demanar una cosa però no em responguis fins que t'ho hagi exposat tot. M'ho promets?

L'ancià, cansat de passar tot el dia fora, va deixar anar un sospir.

—D'acord —va accedir-hi.

Dissabte l'Olivia va trucar a en Marc i ell va estar molt content perquè feia més d'un mes que no la veia. Sabia que havia trencat amb en Quico, l'hi havia dit per telèfon en una conversa més breu del que ell hauria desitjat. «Ara no estic per a res ni per a ningú. Espero que ho entengueu», van ser les seves paraules. I en Marc l'hi havia respectat, però durant aquelles setmanes no havia pogut evitar sentir un pessic d'emoció per la nova situació que se li obria al davant. De debò que ho havia deixat amb en Quico? Seria definitiu? El noi no parava de donar-hi voltes i per això quan l'Olivia per fi li va trucar frisava per veure-la i treure'n l'entrellat.

Van quedar al Drugstore, a mitja tarda, on en Marc i els seus amics ja hi eren de feia una estona, a la llibreria. Els agradava anar-hi a qualsevol hora, fullejaven sense pressa els llibres d'art i de fotografia i tant en Jordi com en Roger tenien el mal hàbit de marcar lleugerament la pàgina del llibre que consultaven per quan hi tornessin a anar. Comprar, no compraven mai res.

En Marc va veure arribar l'Olivia a través de l'aparador i es va afanyar a sortir de la llibreria.

—Hola, Olivia, que bé que hagis volgut quedar —li va fer un petó a cada galta, procurant no demostrar gaire com n'estava, de content—. Estàs bé?

—Ho estaré —va respondre-li ella amb un to ferm que contrastava amb el seu aspecte petit i més aviat vulnerable. Tanmateix els ulls verds ametllats li brillaven—. Vosaltres, què tal?

—Ja ho veus, com sempre. —En Marc va arronsar les espatlles i va fer un gest cap a l'interior de la llibreria—. Estem mirant llibres d'art. Són tots a dintre. Vols entrar? Perquè si ho prefereixes els engego a la merda i anem tu i jo a prendre alguna cosa tots dos. I parlem. Vols?

Ella va riure i va tirar el cap enrere, el serrell se li va obrir i tot el rostre va quedar al descobert.

—No, no. De fet, em va perfecte que hi sigui en Jordi, li vull demanar una cosa.

—Ah, sí? —En Marc la va mirar encuriosit.

Se li va penjar del braç amb tota naturalitat i el va fer entrar a la botiga. Amb viva emoció, li va preguntar:

—Creus que en Jordi encara tindrà una plaça per a mi en el cotxe que va a París?

París, després de la guerra

La Valèria recorda quan va tornar a París després de la guerra, a començaments de maig del 1919. La primavera apuntava en el primer verd de la pau que lluïa a les branques dels arbres, als jardins hi florien els primers colors que ja no veurien les bombes, ni el plor de les mares, els pares i infants. Però alhora que es retrobava amb cada carrer viscut, amb cada edifici conegut, amb cada racó enyorat, la Valèria s'adonava del canvi que s'havia produït en els seus habitants. Els francesos, juntament amb els altres països aliats, havien guanyat la guerra, però París no respirava pas l'eufòria del vencedor. Victòria? Quina mena de sensació triomfal hi podia haver en les famílies escapçades, en aquells que havien perdut un fill, un marit, un germà en una trinxera putrefacta de malaltia, per la metralla o intoxicat pels gasos?, es preguntava ella. Per no parlar dels que sí que havien tornat i que li constava que ara patien malsons. En coneixia més d'un. Li havien descrit les seves nits plenes d'imatges infernals, imatges que havien viscut i que no podien oblidar. La mort i la por els havien sospirat tan a prop que a molts d'ells els havien deixat algun tic nerviós com a record, o una mena de tremolor que no els marxava, si és que no els havia arrencat alguna part del cos com a penyora. La Valèria percebia que la guerra havia escombrat l'alegria que desprenien els rostres d'abans, quan París era una festa i ningú podia imaginar el que vindria tot seguit. Quan pensa en aquells primers temps a París després del conflicte, en el record dels seus ulls s'hi acumula la visió constant dels ferits, de tots els damnificats.

Es va instal·lar en un nou apartament de la rue Delambre a Montparnasse, molt a prop d'on havia viscut abans de la guerra i gairebé a tocar del Café du Dôme. Aviat va reprendre la tasca quotidiana de pintar al matí i fer llargues passejades de tarda. Li agradava arribar-se fins a la vora del riu: des del bulevard Raspail prenia la rue Vavin fins a topar-se amb els Jardins de Luxemburg; els creuava amb el record dels seus primers temps d'estudiant i sortia al bulevard Saint Michel. D'allà fins al pont que portava el mateix nom i aleshores s'entretenia amb les aigües del Sena i els reflexos argentats que el sol produïa a cada salt d'aigua, en el metall dels vaixells que hi navegaven. Des d'allà alçava la vista i rememorava tots els moments viscuts amb en Lukas, abans de casar-se, abans de marxar a Barcelona. La Valèria havia acabat fent la maleta i s'havia traslladat de nou a París, tota sola. Era un tornar a començar. De moltes coses. En Lukas havia vist ben clar que no la podia retenir a Barcelona, també havia percebut el seu desig de tornar a la ciutat sense ell, de manera que ni tan sols l'hi va proposar. Ara reprodueix l'última conversa que van mantenir tots dos, abans de començar a fer vides separades, i no pot evitar somriure i estimar-lo de tot cor. Ell mai no l'ha privat de la seva llibertat, ell s'hi ha conformat sempre. No hi ha ningú que m'hagi estimat com ell, sense condicions, sense res a canvi, es diu. En Lukas és l'home de la seva vida i alhora és l'home que el 1919 ella va abandonar. Perquè per sobre de tot hi ha el seu amor a l'art i a la creació, perquè els qui la coneixen ja ho saben, ella no els sap estimar d'una altra manera que d'aquesta tan particular, perquè si la lliguen de prop ella trenca cadenes i fuig volant com un ocell, com va fer amb en Lukas. I si la seva amistat ha perdurat al llarg dels anys, si mai no se n'ha arribat a divorciar a pesar que cadascú fa la seva vida, si ell segueix sent tan important per a ella, és gràcies al seu amor incondicional, un amor tan sincer que no li ha demanat mai que tornés, perquè sap que aleshores l'hauria perdut per sempre.

Cap al tard, tornava a Montparnasse per veure morir la tarda des d'un dels seus cafès favorits. Allà hi va retrobar alguns artistes, amics i coneguts d'abans, i a poc a poc va anar sabent de tothom, dels que hi eren, dels que seguien a l'estranger, dels que havien marxat definitivament.

De les primeres coses que va fer va ser una visita a la rue de Fleurus. Gertrude Stein i Alice Toklas acabaven de tornar d'Alsàcia, on havien anat a acompanyar les tropes franceses després de l'armistici i s'hi havien quedat un temps. Només traspassar el pati que portava a l'estudi, li van venir un munt de records de les vetllades d'abans de la guerra. La Gertrude la va acollir amb l'escalf de sempre. La Valèria l'hi va voler dir d'entrada, sense embuts.

—He vingut tota sola. En Lukas i jo ens hem separat.

La Gertrude va posar una mà sobre la seva i va donar-hi uns petits cops.

—Em sap greu, estimada, ja saps que us aprecio molt a tots dos —va dir-li.

A la Valèria li va semblar que ja ho sabia, potser en Lukas li havia escrit o, qui sap, ella mateixa ho havia endevinat.

Van prendre el te com feien abans de la guerra i mentre l'Alice anava i venia amb més feina que mai —ara ja no tenien minyona, sinó una *femme de menage* que tan sols els venia unes hores—, la Gertrude la va anar posant al corrent de tothom.

—Picasso ha marxat a Londres, es veu que prepara el proper ballet amb la companyia de Diàghilev. Ho sabies?

—No, fa temps que no en sé res. Com està?

—Suposo que bé, no ens veiem gens, darrerament. Ell... —va provar d'escollir les paraules justes, perquè tot i que la Gertrude i en Pablo s'havien distanciat, ella era incapaç de criticar-lo de manera oberta—, ara es mou en uns ambients molt frívols i elegants, més del gust de l'Olga. Fa uns mesos es van mudar a un gran apartament de la rue de la Boétie, una bona zona, propera als Camps Elisis. Just al costat de la galeria del seu nou marxant, Paul Rosenberg. Els seus quadres han pujat tant de valor que jo ja no me'ls puc permetre!

Rere el somriure volgut de Gertrude Stein, la Valèria hi va entrellucar el disgust que li provocava el seu distanciament.

—Has arribat a un París diferent, Valèria —va dir-li—. La vella colla ha desaparegut.

I no li faltava raó, perquè cadascú afrontava els nous temps des de llocs i situacions ben diferents. La salut de Juan Gris havia quedat molt minvada per les penúries que havia patit durant la guerra, va explicar-li la Gertrude, a diferència d'un Braque que es venia molt bé, però que apareixia tot sol i enrabiat amb Picasso per la rue de Fleurus. Apollinaire havia mort i Marie Laurencin era lluny, a Alemanya, on s'havia acabat instal·lant amb el seu marit, tot i que feien vides separades, com la Valèria i en Lukas.

22

L'Olivia va treure el cap per la finestra del cotxe amb tots aquests pensaments sobre el retorn de la pintora al seu estimat París. L'havia reconstruït en la seva imaginació a partir de les cartes llegides i la informació sobre els seus amics artistes. No devia haver estat fàcil assumir el canvi produït en la ciutat i la seva gent. La velocitat li tirava els cabells enrere i ella tancava els ulls deixant que el vent li esclatés a la cara. Sentia una energia desbordant. Portava hores asseguda al seient del darrere del 850 al costat d'en Jordi, mentre que la parella d'amics feien torns al volant. Eren joves com ells, tots dos metges acabats de llicenciar, feia poc que se n'havien anat a viure plegats i ho celebraven gastant-se els estalvis per viatjar a París. La Pat era una noia prima i nerviosa que xerrava pels descosits. Tenia un riure preciós que a l'Olivia li encomanava les ganes de viure. Se sentia lleugera com un ocell i, si l'haguessin deixat, de bona gana hauria sortit volant cap a la immensitat del blau del cel. En unes hores veuria París per primera vegada i pel seu cap desfilava una llarga llista de llocs que volia visitar. En Jordi la fitava de tant en tant.

—Acabaràs estabornida de tant de vent, Oli —se'n reia—. No vols tancar la finestra una estona?

—Et molesta?

—A mi? —En Jordi arronsava les espatlles i encenia un altre cigarret—. Fes el que vulguis. —Hi feia la primera xuclada i s'inclinava cap endavant per oferir-lo al seu amic, que anava concentrat al volant—. Xavi, quan falta per arribar a Besiers?

—No més de mitja hora, company. Tens gana? La Pat ha fet entrepans per a tots —va respondre-li ell a través del retrovisor.

La noia va agafar la bossa del terra i va començar a repartir-los. En obrir el paper d'alumini, l'interior del cotxe es va impregnar de l'olor de la llonganissa. En Jordi va devorar el seu entrepà a queixalades.

—Ens aturarem a Besiers? —va preguntar l'Olivia fent anar la maneta per apujar una mica la finestra. Va acceptar de bon grat l'entrepà i va començar a menjar.

—Segons el mapa, hi ha una benzinera molt gran —li va respondre en Xavi—. Omplirem el dipòsit i revisaré els nivells.

—Podem aprofitar per estirar les cames una estona. Necessito caminar —va dir la Pat.

—Caminar, dius? Però si no portes ni tres hores al cotxe! Saps el que ens falta per arribar a París?

La Pat va riure i li va fer un petó a en Xavi. Va esbullar-li els cabells en un gest de tendresa i li va fer l'ullet a l'Olivia.

—Estirarem les cames mentre ells es queden al cotxe.

Portaven la ràdio engegada des que havien sortit de Barcelona, la Pat controlava les cassets de la guantera i les anava alternant: ara una mica de Dylan, tot seguit Joan Baez, el rock-and-roll per a quan decaiguessin els ànims i també les cançons de Raimon, Serrat i Lluís Llach. Es guardava la música dels francesos —Brassens, Jacques Brel, Moustaki...— per a quan els separessin pocs quilòmetres de París.

L'Olivia recapitulava els darrers esdeveniments en un exercici per assumir-los, ja que els preparatius els havia hagut de fer ben de pressa. Primer, la conversa d'aquell vespre de feia dues setmanes amb el seu avi en què li havia mostrat els catàlegs de l'Hôtel Drouot, una important casa de subhastes francesa, en els quals hi havia trobat mencionades algunes obres de la Valèria Sans en anys anteriors. Tot seguit, convèncer-lo perquè la deixés anar a París i carregar-se de bons arguments, com ara que podia ser una gran oportunitat per comprar alguns objectes o pintures per a l'antiquari. O és que no havia estat el mateix Boris qui, en més d'una ocasió, li havia parlat de la prestigiosa casa Drouot i de tot el gènere que es movia allà?

—Tu mateix em vas explicar un dia que a cada viatge a París procuraves assistir a les subhastes a l'Hôtel Drouot —li havia dit.

—És cert, perquè sovint sortien coses barates i desconegudes. —A en Boris se li havien encès els ulls només de pensar en anys anteriors—. Recordo haver-hi trobat pintura d'autors catalans i espanyols. A França no són gaire coneguts, saps? Així doncs, els comprava a bon preu i un cop a Barcelona els podia vendre molt bé.

—Fa massa temps que no hi vas, avi.

—Ara ja no estic per a aquests viatges.

—Potser aquesta vegada em toca fer-ho a mi. —L'Olivia s'esforçava a contenir el seu neguit.

Abans que vingués l'avi ja s'ho havia imaginat. Seguiria el rastre de la Valèria a París, la buscaria en museus, galeries d'art i assistiria a la propera subhasta que organitzava la casa Drouot. Potser allà podria preguntar per obra seva i demanar on més la podria trobar. A l'espera que el seu avi li donés una resposta, cada minut li semblava una eternitat. Ell, per la seva banda, arrufava el front i rumiava, perquè en el fons no era cap mala idea enviar la neta a París. Podria comprar-hi algunes coses comercials; potser hi trobaria dibuixos de Miró, que tanta sortida tenien en aquells moments a Barcelona, podria fer-li una llista de coses que feia temps que volia trobar... Un viatge a París sempre era productiu per a l'antiquari.

—És l'ocasió perfecta, avi —li repetia la noia una vegada i una altra—. Hi ha aquests amics que t'he dit, gent de tota confiança, que hi van d'aquí dues setmanes. Tenen cotxe propi i els queda un seient lliure. No és una oportunitat magnífica? Em puc allotjar a la mateixa pensió que ells, no estaré sola i sortirà barat.

Però el que veritablement va convèncer en Boris no van ser tots els arguments de l'Olivia, ni tan sols els avantatges per al negoci que hi va intuir, sinó la flama que tornava a cremar en el fons dels ulls verds i ametllats de la seva neta.

Dues setmanes havien passat i ara l'Olivia seia al darrere del 850 i es cruspia amb gana ferotge l'entrepà de llonganissa que li havia ofert la Pat. Una setmana sencera a París, es deia entre mossegada i mossegada, per trobar la Valèria, per trobar-me a mi mateixa.

Després de Besiers van continuar fins a arribar a l'altura de Lió, on van tornar a aturar-se perquè de tant en tant el cotxe s'escalfava i havien de refredar el motor. El viatge era llarg, més de deu hores, o més aviat era curt si es tenia en compte que París era el somni idíl·lic dels habitants d'un país reprimit com era l'Espanya franquista. Des del Maig del 68 que tots els joves com ells somiaven anar-hi, fornades senceres d'estudiants que desitjaven pelegrinar al lloc on els seus homòlegs s'havien revoltat contra el poder, la capital de la llibertat, de la rebel·lia juvenil per excel·lència, el lloc on es podien comprar els llibres prohibits, asseure's a les cafeteries de la Rive Gauche on anys enrere ho feia tota la bohèmia artística i intel·lectual, visitar museus i galeries d'art i posar-se al dia amb el cinema francès, el d'importació que no passava la censura espanyola, a més a més de poder assistir als espectacles més excitants.

Van arribar a París que ja fosquejava. Des de la distància van albirar l'esclat de puntets que brillaven i configuraven una gran massa lluminosa. Tots quatre van quedar en un silenci meravellat, el cor de l'Olivia esclatava d'emoció i alhora plorava trist per no haver-hi pogut anar amb l'home que havia estimat.

—Per això en diuen la ciutat de les llums —va sentir-li dir a la Pat.

Aleshores va canviar la casset i en aquell moment va començar a sonar la veu de Charles Aznavour:

Je vous parle d'un temps
Que les moins de vingt ans
Ne peuvent pas connaître…

23

Es van instal·lar en un petit hotel de la rue de Cluny, davant de la Universitat de la Sorbona. El cansament del viatge els havia fugit de cop en recórrer els carrers encesos i plens de vida de la nit parisenca i, tan bon punt van haver deixat les motxilles a les habitacions, van sortir a impregnar-se de l'ambient estudiantil del Quartier Latin. En un petit bistrot abarrotat de parelles i petites colles van poder sopar a preu raonable en una taula estreta des de la qual fàcilment tocaven de colzes amb els seus veïns. Amb l'estómac escalfat i els ànims encesos que havien fet pujar el to de les converses, encara van vagarejar una estona pel bulevard Saint Germain. La nit era jove com ells i sentien el món a les seves mans.

L'endemà van esmorzar plegats però després cadascú va fer la seva. En Xavi i la Pat pretenien passar bona part del matí a la llibreria mèdica que hi havia als baixos de la Facultat de Medicina, a pocs metres d'allà, mentre que en Jordi va sortir proveït d'una carpeta plena de fulls blancs disposat a buscar un angle estratègic des d'on retratar la ciutat i la seva gent. L'Olivia els va acomiadar amb un gest de la mà a través del vidre mentre enllestia sense pressa el seu *café au lait* i un croissant que, de tan bo, se li desfeia a la boca. Es va obligar a no pensar en en Quico, ni com de diferent que hauria estat descobrir la ciutat agafats de la mà. Es va proposar amb totes les seves forces no pensar-hi en tota la setmana, per molt difícil que li resultés, i fer l'exercici d'imaginar la resta de la seva vida sense ell.

Els camins estrets del seu barri la van conduir fins a la riba del Sena, on es va aturar a inspirar l'aire humit i encara fresc del matí. Es va perdre en la silueta retallada de Notre-Dame i a la seva memòria van acudir tots els dibuixos que n'havia fet la Valèria en el quadern dels seus primers mesos a la ciutat. El cor li esclatava d'emoció, gairebé no es creia que fos allà, i alhora sentia una recança, unes ganes boges de plorar. París era un bell indret que incrementava la sensació de solitud.

Va visitar el Louvre i es va perdre durant hores per les sales dels renaixentistes italians, va admirar els mestres del barroc i els pintors de les terres del nord i davant dels paisatgistes anglesos va somiar en les tempestes emboirades a alta mar. Li va semblar que els mestres li retornaven les forces i en sortir d'allà es va instal·lar en un banc de les Tuileries per cruspir-se un sandvitx de dinar. La tarda sencera la va dedicar a visitar alguns antiquaris de la rue Jacob que el seu avi li havia apuntat en una llista, ja que la visita a l'Hôtel Drouot no l'havia de fer fins l'endemà.

La prestigiosa casa de subhastes Drouot ocupava un edifici sencer de dues plantes d'un carrer de la Rive Droite que portava el mateix nom. En Boris li havia explicat que era un lloc centenari, que en l'actualitat no donava l'abast de tanta activitat com s'hi desenvolupava i que aviat hi haurien de fer reformes per adequar l'edifici als nous temps.

—Hi acut gent de tot el món a la recerca dels tresors més preuats per a cada país —recordava haver-li sentit dir—, doncs com bé saps la ciutat ha estat lloc d'acollida dels artistes de totes les generacions.

Mentre avançava pels carrers, l'Olivia va pensar en el seguit de noms d'artistes estrangers que li constava que havien passat per París des del segle XIX. La llista era inacabable, i per tant no era estrany que a cada subhasta sortissin tresors amagats.

—A Drouot hi trobaràs des de l'objecte més rar, petit i desconegut fins a l'antiguitat o l'obra d'art més buscada pels grans col·leccionistes d'arreu del món —l'havia avisat l'avi.

L'Olivia hi va entrar amb els ulls ben oberts, delerosa d'aquell primer encàrrec que li havia fet ell. Pregava per trobar algunes coses de prou valor per a l'antiquari que justifiquessin la seva aventura. I, en el fons del seu cor, buscava aquella casualitat del destí que la fes topar-se amb alguna peça de la Valèria Sans. Es va quedar plantada enmig del vestíbul i va observar amb delit el flux continuat de gent. A una banda hi va distingir un espai de consulta i venda del catàleg Drouot, el mateix que rebien a l'antiquari per subscripció. A l'altre extrem hi va albirar el restaurant, del qual en sortia alguna gent després d'esmorzar. Va recórrer els espais de l'edifici i li va semblar talment un formiguer en el qual la vida no devia aturar-se en cap instant. Va fixar-se en les sales que cobrien tots els serveis necessaris per al comprador, com ara l'embalatge, el transport de mercaderies a qualsevol lloc del món, i es va perdre per les nombroses sales, de mides diverses, que exposaven tota mena de peces d'art. Hi va veure petites talles de fusta, vitrines plenes de joies antigues, un munt de postals i segells de col·leccionista, a més a més de les sales de pintura i antiguitats valuoses de gran format. L'Olivia va pensar que podria passar-se dies sencers allà dintre i encara hi trobaria més coses. Paper en mà, revisava la llista amb indicacions del seu avi sobre allò que els podia interessar comprar.

Va assistir a la primera subhasta del dia amb el neguit al cos, era el primer cop que ella portava la iniciativa i no pas en Boris, però en va sortir exultant després d'haver aconseguit dos dibuixos magnífics de Joan Miró i unes litografies antigues de la ciutat de París que encantarien a la seva clientela.

Cansada de cos i de ment després de la tensió inicial, es va dedicar a recórrer a pas tranquil la resta de sales de pintura de l'edifici. A la tercera hi va veure una obra del seu admirat Modigliani i s'hi va aturar uns instants. Òbviament no estava al seu abast comprar-la, per molt petita que fos, però s'hi va entretenir una estona per gaudir-ne de prop. Una mica més enllà de la sala hi va albirar un quadre més gran. Hi sortia retratada la parella de Modigliani, Jeanne Hébuterne, un rostre bell i enigmàtic que li era familiar, de tantes vegades com el pintor l'havia retratat. Però en aquell quadre hi va veure alguna cosa diferent. Va recórrer el llarg de la sala i s'hi va anar acostant. Aquest quadre no és pas de Modigliani, es va dir. Tot d'una, li va semblar que el món es desdibuixava al seu voltant. Es va posar la mà al pit i va aguantar la respiració fins que quasi se li va aturar. Només hi eren ella i el retrat de Jeanne Hébuterne. Abans que els seus ulls es dipositessin en la firma del quadre, l'Olivia ja sabia que tenia al davant una nova obra de la Valèria Sans.

—Una artista rara de trobar —va sentir al seu darrere com un sospir.

Estava tan absorta que va deixar anar un espinguet.

—Disculpi, mademoiselle, no volia pas espantar-la. —Un home jove amb ulleres de pasta negra i cabells clenxinats va fer un pas enrere.

—No, no —ella va riure—, és que estava molt concentrada i per un moment he perdut el món de vista. Disculpi'm vostè.

El jove li va dir que treballava a Drouot i que si necessitava cap mena d'informació sobre les obres d'aquella sala estaria encantat d'ajudar-la.

—Què me'n pot dir, de la Valèria Sans?

En els ulls del noi hi va espurnejar una possible venda, malgrat que ho va dissimular prou bé amb el seu posat tan francès, de vaga indiferència, que la noia ja havia detectat en alguns.

—Com li deia, és una artista rara de trobar. Només de tant en tant ens entra alguna cosa d'ella. Es tracta d'una pintora espanyola, però em fa l'efecte que vostè ja la coneix.

—Hi estic interessada, sí.

El noi va fer un cop d'ull al seu voltant, en tota la sala només hi eren ells, de manera que s'hi va esplaiar.

—Li explicaré tot el que en sé —va llambregar cap al petit quadre de Modigliani que l'Olivia havia estat contemplant—. He vist que es fixava en aquell Modigliani i, com veu, aquí la pintora retrata Jeanne Hébuterne, que va ser parella del pintor. Això és perquè la Valèria Sans va viure uns anys a París i s'hi va relacionar.

L'Olivia no es podia creure la seva sort. Amb meravellada sorpresa, va començar a escoltar aquell jove d'espatlles rectes i un xic tibat que no només va resultar ser un expert en Modigliani i Jeanne Hébuterne, sinó també un bon coneixedor de la història d'amistat que hi va haver entre ells i la Valèria Sans.

L'artista i la seva ombra

La terrassa de Le Dôme era molt més gran que la del Café de la Rotonde i totes dues es miraven d'una banda a l'altra del bulevard de Montparnasse. Feia anys que eren una mena d'aparador social dels artistes, allà tots hi anaven a veure i ser vistos, i la guerra no havia pas modificat aquell fet. Des de qualsevol de les dues terrasses una podia assabentar-se dels nouvinguts i reconèixer-ne els habituals.

En els temps en què la Valèria estudiava a l'Académie Colarossi, més aviat havia freqüentat La Rotonde perquè la tenia a tocar de l'escola. Allà recordava haver-hi vist algun cop Amedeo Modigliani, tot i que mai s'hi va arribar a acostar perquè sempre anava molt begut o, de vegades, drogat. L'havia vist en companyia de moltes dones, era un home atractiu, de cabells foscos, rostre quadrat i un cert aire de dandi italià que les seduïa a totes. Li havien dit aleshores que era amic de l'escultor Brancusi i recordava haver vist obra seva, en concret uns bustos de dona fets en pedra, de colls estilitzats i ulls ametllats, que li havien cridat molt l'atenció. Però una cosa era l'artista i l'altra la persona, i si en aquells primers anys a París, abans de la guerra, no s'hi havia relacionat gens era per la flaire de perill i d'autodestrucció que desprenia.

Tanmateix, aquella antiga aversió va quedar enrere quan a la primavera del 1919 el seu amic Foujita els va presentar. Foujita era un japonès que vivia al mateix carrer que la Valèria i amb el qual solien visitar-se als seus estudis respectius. A ella li agradava veure'l pintar a la gatzoneta, o bé ajagut a terra, i admirar els seus dibuixos que bevien d'Orient i d'Occident. Un dia ell li va insistir molt per anar a visitar Modigliani.

—Has de veure el que fa, Valèria. Sé que t'encantarà.

Aleshores Modigliani vivia a la rue de la Grande-Chaumière, just al costat de l'Académie Colarossi, en un petit estudi que li havia llogat el seu marxant, Zborowski. Hi van anar plegats.

Era un matí de començaments de juny i el cel portava l'auguri d'un dia net i lluminós. Modigliani es va mostrar amable, disposat a ensenyar-li a aquella nova amiga d'en Foujita el que pintava i a interessar-se en el que ella estava fent. La Valèria recorda que aquell dia no anava begut, semblava un home diferent. I ho era, perquè en Modi era un home enamorat. Havia deixat l'escultura per motius de salut i ara es dedicava de ple a la pintura. I quines obres que tenia a l'estudi! En Foujita tenia raó. A la Valèria la va entusiasmar veure els nus femenins que pintava i també els retrats. En aquests darrers hi sortia de manera obsessiva una dona en particular. La Valèria encara veu el seu rostre ovalat, la cabellera castany vermellós i aquella cosa tan mística en el blau dels ulls. Tenien forma d'ametlla. No en va treure gairebé la mirada en l'estona que van estar xerrant a peu dret. Fins que es va sentir fressa a l'escala empinada que portava a l'estudi, fins que es va obrir la porta i la noia dels quadres se li va aparèixer al davant.

—Ja ets aquí. —El pintor la va anar a trobar—. Valèria, et presento la meva dona, Jeanne Hébuterne.

Era jove i preciosa. Havia fet de model per a uns quants artistes, entre els quals s'hi comptava en Foujita, abans de conèixer Amedeo Modigliani. Però la Jeanne no només era allò, sinó que ella també pintava i dissenyava joies i vestits molt originals. Era una artista de talent molt prometedor que ho havia deixat tot de banda, els estudis a l'Académie Colarossi, la bona relació amb la seva família, el benestar de casa seva i fins i tot una filla —fruit de l'amor de la parella, que havien hagut de deixar en una institució fins a tenir els mitjans necessaris per fer-se'n càrrec—, per viure a l'ombra del geni d'ulls encesos a qui semblava adorar. Però la Valèria no va saber tot això de seguida, sinó a poc a poc, a mesura que l'anava coneixent i que hi va començar a intimar. Perquè si bé al principi la Jeanne li va semblar la típica joveneta tímida i seriosa enlluernada per l'atractiu i seductor Modigliani, com tantes n'hi havia hagut a Montparnasse, aviat va detectar que la noia buscava estones per conversar-hi a soles. Va ser aleshores quan se li va anar obrint com una flor que es desfulla i es mostra tota. La Jeanne li va ensenyar els seus dibuixos i les pintures que havia fet a la Colarossi; també les joies que dissenyava i li agradava lluir, com els vestits, les bates i les túniques que ella mateixa confeccionava. Un dia que la Valèria va anar a casa seva i la va trobar tota sola, la Jeanne li va mostrar la seva obra més preuada, el seu autoretrat.

—El vaig fer fa temps, com la resta de coses —li va explicar amb certa tristesa—. Ara ja no pinto res.

La Valèria el va contemplar amb interès. Era un oli sobre taula on hi sortia ella de costat, vestida amb la mateixa bata estampada que li havia vist portar per casa. En va observar la línia, el color, la composició. En l'ombra blava del rostre, en el vermell dels cabells i sobretot en el fons pla hi va veure el gust pels fauvistes i la clara influència del mestre Matisse. La Jeanne del quadre girava el cap fins a quedar de cara a l'observador, els seus ulls blaus miraven directes a la Valèria i amb expressió segura semblava dir-li: «Soc l'artista».

—És molt bo, Jeanne —va dir-li aquell dia amb franquesa—. Per què has deixat de pintar?

Ella va moure el cap i va fer un d'aquells somriures que escassejaven en el seu rostre tan jove i tan bell.

—Jo no tinc el talent de Modi. Ni tampoc el teu.

—Doncs a mi em sembla que és un error que ho deixis. I també que no segueixis dissenyant aquestes joies i vestits tan originals. El que donaria jo per una túnica de les teves!

La noia es va aixecar d'una revolada, en va anar a buscar una de les que tenia penjades a prop i la va deixar sobre la seva falda.

—Te la regalo.

La Valèria es va posar la mà al pit.

—Dona, no ho deia per això.

—No la vols?

—I tant que sí! És preciosa. —Li va fer un petó—. Ets molt generosa. Gairebé no ens coneixem i...

—Oh, jo sí que et conec, a través del que pintes. Ara tu també em coneixes a mi. Serem bones amigues, oi?

La Jeanne li va robar el cor per complet, i com li havia passat anys enrere amb Marie Laurencin, la complicitat entre totes dues, dones i artistes, a pesar de la diferència d'edat, va anar creixent.

Van transcórrer els mesos de més calor i alguns parisencs van marxar al sud de França a la recerca de les platges i els banys de mar o bé cap als paisatges bucòlics del camp. La Valèria va fer alguna sortida amb amics, però no es va allunyar gaire de París, de tant com l'havia enyorat. Treballava de manera incansable des del seu estudi com si volgués atrapar el temps perdut. Es pintava tot sovint a si mateixa en un exercici introspectiu que parlava del seu moment vital. Arreu hi tenia estudis del seu rostre, dels ulls, esbossos de postures noves que volia provar.

I en arribar les primeres pluges que anunciaven la proximitat de la tardor, la gent va anar tornant a la capital en un degoteig constant. Aleshores ella ja acumulava un bon nombre d'olis al seu estudi, en vistes a una futura visita d'en Lukas, que seguia fent-li de marxant. S'escrivien cartes de manera regular. Unes vegades només es referien a qüestions de les seves obres, que ell aconseguia vendre a col·leccionistes particulars i que li generaven uns ingressos que li enviava metòdicament i rigorosament. Però altres vegades les cartes de l'un o de l'altra es feien més personals i aleshores ella llegia entre línies com en Lukas la trobava a faltar. Guardava ell l'esperança que ella canviés d'opinió i li demanés de tornar a estar junts? Era molt probable que sí. Però, malgrat que de vegades se sentia sola, que li mancava l'escalfor d'un cos estimat al seu llit quan, extenuada, deixava el pinzell i es donava plaer a si mateixa entre els llençols, malgrat la memòria que amb la distància i la solitud imposada tendia a idealitzar la seva relació amb en Lukas en certs moments de feblesa i de solitud, ella es deia que no, que no li demanaria mai de tornar, perquè de cap manera volia renunciar a la seva independència.

Durant la tardor va contractar algunes models. Ara ja no eren italianes, com abans de la guerra, sinó joves franceses que es passejaven pels cafès de Montparnasse a la recerca d'artistes que les volguessin pintar. Ella les portava al seu estudi i les retratava de totes les maneres, vestides i nues, cada cop més centrada en totes les facetes del seu propi sexe. En totes hi buscava aspectes de si mateixa sobre els quals volia reflexionar. Sovintejava els cafès en companyia d'altres artistes i amics del barri, entre els quals hi havia en Modi i la Jeanne. La Valèria veia com el ventre de la seva amiga s'inflava cada mes a l'espera d'un segon fill i es preguntava com se'n pensaven sortir. La parella vivia amb totes les estretors del geni mal comprès, encara no valorat, i la salut d'en Modi era cada cop pitjor.

—I la teva família? No us pot donar un cop de mà? —li havia preguntat feia temps la Valèria.

Però la noia li va explicar que d'ells no en podia esperar res. La Valèria recorda el gest distret amb què es tocava el ventre i el fort sentiment maternal que li endevinava. Maternitat. La Valèria hi va rumiar quan la Jeanne li havia anunciat el seu embaràs. Aquella nit es va ficar al llit pensant en si mateixa i preguntant-se si de debò volia renunciar a ser mare. Què ho feia, que la vida de les dones hagués d'estar sempre plena de renúncies? La Jeanne havia abandonat un talent segurament extraordinari per a la pintura per concentrar-se en cos i ànima a Modigliani, per esdevenir la seva musa, dona i mare dels seus fills, mentre que ella, la Valèria, havia decidit renunciar a l'home que l'estimava i a uns futurs fills per dedicar-se plenament al seu art. O una cosa o l'altra, les dones sempre havien d'escollir. Escollir a què renunciaven, en favor del que més estimaven. I els homes? Ells no renunciaven a res. Ells ho podien tenir tot.

A l'hivern en Lukas va venir a París i s'hi va quedar fins al gener. Es va instal·lar a l'apartament de la Valèria, tot i que dormien separats. Per primera vegada tornaven a compartir el mateix sostre, esmorzaven plegats i se'ls podia veure com qualsevol parella que passejava pels carrers de Montparnasse. Però ja no ho eren, la Valèria l'hi va deixar ben clar des del mateix moment en què el va anar a rebre a l'estació. Hi havia acudit neguitosa, amb un garbuix de sentiments acumulats a la boca de l'estómac. D'una banda hi havia un fort desig de veure'l, no podia negar-se que l'havia enyorat, però de l'altra hi creixia la por de retornar al punt on ho havien deixat. I ella no hi estava disposada, feia mesos que havia tornat a viure sola i no desitjava canviar aquella situació. Tanmateix, el neguit només li va durar el trajecte fins al seu apartament. Allà hi van tenir la primera conversa.

—No et penso pressionar —va aclarir-li en Lukas.

Es desfeia la maleta damunt del llit de la cambra de convidats. La Valèria el contemplava en silenci recolzada al muntant de la porta.

—Sé que estimes la teva llibertat i que només aconseguiria allunyar-te definitivament de mi si et demano de tornar a estar junts. Oi?

Ella es fixava en els trets angulosos del seu perfil i en el clotet de la barbeta que portava afaitada de feia temps i que tantes vegades havia besat. Però va seguir callant.

—No és que no ho vulgui, de fet ho desitjo més que res —va continuar en Lukas, procurant fer un to natural. Era ben clar que havia rumiat com fer-ho—. Per ara, em conformo a seguir-te esperant. Potser algun dia voldràs que tornem a estar com abans.

La Valèria sabia que allò no passaria, potser va ser una gran egoista en aquell temps en què en Lukas encara conservava l'esperança, potser no hauria d'haver saciat la seva ànsia de tendresa, d'un cos al qual estimar, quan a meitat d'aquell mes a París es va escolar una nit entre els llençols del seu llit i van fer l'amor. Reconeix que va ser un tornar a casa, en certa manera. Les seves mans reconeixien els indrets on la Valèria sospirava de plaer i els seus cossos s'enllaçaven en una dansa coneguda amb la lenta cadència d'altres temps. En Lukas i els blens de cabells rossos sobre el seu rostre, els ulls extasiats, la boca satisfeta altre cop dels seus petons.

A les nits s'estimaven i durant el dia ell la deixava pintar. En Lukas va recórrer les galeries dels marxants coneguts i va aconseguir exposar-li algunes obres a la galeria de Berthe Weill, a més a més de fer algunes vendes directes a particulars. Però la gran fita d'aquell hivern en què la dècada dels anys deu moria per no tornar mai més, va ser aconseguir que la Valèria exposés en una col·lectiva a la galeria de Léonce Rosenberg, l'Effort Modern. Allà, en les parets blanques d'aquell espai tan prestigiós a tocar del bulevard Haussmann, punt de mira dels millors col·leccionistes, plataforma cap a l'èxit de tants artistes de les avantguardes, la Valèria es va retrobar amb les obres de companys tan apreciats com María Blanchard, Francis Picabia o Juan Gris. Les bones crítiques es van anar succeint l'una darrere l'altra i per tot París va començar a sonar el nom d'una pintora que començava a viure del seu propi art.

En Lukas se'n va tornar a Barcelona un matí fred de començaments de gener, el cor glaçat davant la decepció que no podia ocultar. Havia pensat, havia cregut, havia intuït que la Valèria no el deixaria marxar, que li demanaria que es quedés amb ella, que traslladés totes les seves coses, els seus negocis novament a París i tanqués el pis de Barcelona on feia temps s'hi havien instal·lat la solitud i l'enyor.

Ara que havien reprès la seva complicitat, que la Valèria semblava gaudir de la seva companyia, a més a més del plaer que tots dos se sabien donar, ell va pensar que l'hi demanaria. La Valèria no ho va fer. Ella va ajudar-lo a recollir les seves coses, el va acompanyar a l'estació i se'n va acomiadar com qui s'acomiada de l'amic estimat, de l'amant eventual, però en cap cas de l'amor retrobat.

Un altre cop sola, va voler recuperar el contacte amb els seus amics. Es va adonar amb un pessic de mala consciència que havia passat ben bé un mes sense veure la Jeanne. En Foujita li va dir que feia setmanes que no veia la parella i la Valèria va tenir un mal pressentiment. Aquell mateix dia es va acostar a la rue de la Grande-Chaumière, però després de trucar-hi una estona sense obtenir-ne resposta se'n va tornar. Devien haver anat a passar uns dies fora? Potser la família d'ella a la fi s'havia fet càrrec d'ells, atès l'estat avançat del seu embaràs. Va preguntar pel barri, però ningú no en sabia res.

—Vaig veure Modigliani fa unes setmanes —li va dir finalment una veïna. Amb un gest de cap va assenyalar un bar proper—. Era allà ben borratxo. La noia el va venir a buscar.

Va tornar un parell de vegades a casa seva però semblava que no hi havia ningú. Al cap de pocs dies, la notícia li va esclatar a la cara com una fuetada.

—Els han trobat a casa. Ell en molt mal estat, ella arraulida al seu costat adormida. Com una nena, Valèria.

L'hi va dir el mateix Foujita i la Valèria es va notar com si la travessés un llamp.

—Sabia que alguna cosa no anava bé.

Tremolava.

Van córrer a avisar el metge i en Modi va ser traslladat a l'Hospice de la Charité però ja era massa tard. El pintor va morir al cap de poc. «Una meningitis cerebral —els van dir— provocada per una tuberculosi que mai es va arribar a curar». La Valèria va veure la Jeanne a l'hospital però no semblava ella, era com si l'ànima li hagués fugit del cos. La noia tenia la mirada absent i la Valèria no estava segura que sentís les veus de consol al seu voltant.

—Deixeu-nos, si us plau —els va dir als amics allà concentrats amb una serenor que feia feredat—. M'hi vull quedar sola.

Després va venir el senyor Hébuterne i la Valèria va veure impotent com s'enduia la seva filla sense que ella li pogués dir ni un mot més. Va passar una nit horrorosa, el neguit no la deixava dormir i el rostre absent de la Jeanne se li apareixia a cada moment. Hi havia alguna cosa a la seva mirada que l'havia espantat. En algun moment de la matinada es va adormir, però es va despertar sacsejada per un malson.

Al matí en Foujita la va anar a veure. Tenia el rostre desencaixat.

—La Jeanne s'ha tirat per la finestra del pis dels seus pares.

La Valèria es va tapar la boca amb totes dues mans.

Es van abraçar.

—Mortes... —repetia ella entre els sanglots que li sacsejaven el pit—. La Jeanne i la seva criatura!

Ni tan sols les llàgrimes podien alleujar tanta pena.

El cos de la Jeanne va ser portat a la rue de la Grande-Chaumière i mentre enterraven en Modi envoltat de flors blanques al cementiri de Père-Lachaise, la Valèria i uns quants amics més la van vetllar a ella. L'endemà seria el seu torn: un cotxe fúnebre es va aturar al davant del seu pis i el pare i el germà se la van emportar. La Valèria tanca les parpelles amb força, encara sent la ràbia que la sacseja per dintre quan, després de tants anys, la imatge del seu taüt petit, dels lliris blancs que hi van dipositar a sobre i la tristor d'aquell cementiri de la rodalia allunyat d'on era en Modi li retornen com dards enverinats.

La nit d'aquell dia fatídic la Valèria la va començar a pintar. En el seu estudi de la rue Delambre va buscar refugi d'allò que no comprenia, que encara havia de mastegar. Va agafar el pinzell i va deixar que la memòria viva li retornés cada tret, cada detall de la bellesa única de la seva amiga, d'un talent malgastat i d'una maternitat que ja no seria. La Jeanne havia renunciat a tot per ell.

24

L'Olivia estava colpida per la història que hi havia rere el quadre que tenia al davant. Fins llavors coneixia ben poca cosa d'aquella noia bonica i enigmàtica que sortia en tants quadres de Modigliani. Sabia que Jeanne Hébuterne era la seva musa, la seva parella i que havia mort massa aviat, com el mateix pintor. Però en absolut estava al corrent que també fos artista, ni de les seves renúncies, ni menys encara que fos amiga de la Valèria Sans. Tot ho va conèixer per boca de l'expert de la casa Drouot i ara, mentre ell es mantenia al seu costat en un silenci contingut, mentre tots dos contemplaven el quadre, l'Olivia sentia una forta opressió al pit. Tenia la gola seca i un doll de llàgrimes maldaven per sortir. Rumiava sobre la Jeanne, la Valèria, sobre ella mateixa i totes les dones que han hagut de renunciar a tantes coses. I aleshores es va fer una promesa: davant del retrat de Jeanne Hébuterne es va proposar que no seria la mena de dona que viu en funció de cap home, que la seva felicitat i el seu amor propi no dependrien mai més d'això, i que, a partir d'aquell instant, al centre de la seva vida només hi hauria lloc per a ella mateixa i els seus propis anhels.

—Així doncs? —El jove de la Drouot va considerar que ja l'havia convençut—. Comprarà el retrat?

L'Olivia l'hi va confirmar. El preu era assumible per a ella ja que es tractava d'una artista gens coneguda en l'actualitat.

—Ha fet molt bona tria, la pintora va tenir bones crítiques a la seva època. Llàstima que morís jove i no tingués temps d'assolir la fama merescuda.

L'Olivia el va mirar amb ulls incisius.

—Sap vostè de què va morir?

—No, em sap greu.

—És que hi ha una cosa que no entenc.

En aquell moment la noia es va decidir a esplaiar-s'hi. Li va explicar la recerca que estava duent a terme sobre la pintora, els avenços que n'havia fet. I aleshores li va reproduir l'última conversa amb la Quimeta en què havien mencionat la seva mort.

—Em va parlar d'una pneumònia.

—Molt típic de l'època.

—Però crec que em va mentir.

El noi va alçar una cella. Aleshores l'Olivia li va parlar de la nota de condol de Gertrude Stein que havien trobat poc després.

—Fa referència a un *vernissage* en el qual havien coincidit pocs dies abans. Menciona que la Valèria estava radiant, plena de vida... —li va detallar—. Comprèn el que li dic?

—És ben clar que no encaixa. La pintora no podia estar-se morint de pneumònia i acudir a una festa...

—Exacte. La nota de Gertrude Stein fa referència a una mort sobtada.

El jove de Drouot semblava intrigat. Es va ajustar les ulleres.

—Ha rumiat en la possibilitat d'un suïcidi, mademoiselle? —li va preguntar.

L'Olivia va obrir molt els ulls.

—Un suïcidi?

—Seria una explicació plausible —va continuar el jove—. Quan la gent menteix sobre una mort és que al darrere s'hi amaga un tabú. El suïcidi ho ha estat sempre i potser la família de la pintora ho va voler amagar.

L'Olivia no s'ho podia creure. Una dona com ella, es deia, no és possible. Quina raó en podia tenir? Va quedar molt capficada, la frustrava la manca d'una resposta. Ho podria arribar a esbrinar? No obstant això, allò no va aconseguir apaivagar l'excitació que sentia per la seva nova adquisició. Tenia un nou quadre de la seva pintora! Amb l'ajut del jove expert va fer tots els tràmits per a l'embalatge i transport a Barcelona i alhora li va donar les seves dades personals per si els n'entrava alguna altra obra més. El cel flamejava amb la llum del capvespre quan l'Olivia va sortir de la casa Drouot, va alçar la vista i va pensar en tots els cels que la Valèria i els seus companys i companyes artistes haurien contemplat com aquell. En inspirar l'aire estiuenc de París la va recórrer una fiblada tan forta i tan sobtada que va haver-se d'aturar. Es va prémer el pit amb una mà. Per primer cop havia sentit la felicitat plena d'altres temps.

Els dies següents els va dedicar a les obres impressionistes del Jeu de Paume, als quadres avantguardistes dels coetanis de la Valèria al Musée d'Art Moderne i també va visitar les galeries d'art que hi havia disseminades arreu de la ciutat. Amb el cotxe d'en Xavi i la Pat van pujar plegats a Montmartre i van imaginar la bohèmia dels pintors del Bateau-Lavoir més enllà del «decorat» —tal com el va anomenar un Jordi decebut— en què s'havia convertit avui.

Però el que més va gaudir l'Olivia de la seva estada a París van ser les estones en què es perdia sola pels carrers de Montparnasse i s'asseia als cafès que sabia que havia freqüentat la Valèria. Es va comprar una llibreta i hi anotava tot el que veia, també el que anava recreant. Asseguda a la terrassa de Le Dôme o de La Rotonde, obviava els elements moderns que tenia al davant —els cotxes dels anys setanta, el vestir de la gent actual—, i no li costava gens imaginar els cotxes de cavalls, sentir la botzina dels primers automòbils, transformar les dones que seien al seu voltant en la Valèria i les seves amigues artistes. Va visitar aquells indrets que li constava que ella havia trepitjat, els carrers, els barris, els jardins, i a cada passa la sentia més propera, li semblava conèixer-la i entendre-la millor. Només l'ombra del dubte d'un possible suïcidi la pertorbava. Per què?, es preguntava sovint. En ocasions pensava en en Marc Hailer i li entrava una enorme impaciència per explicar-l'hi tot. Potser entre tots dos en traurien més conclusions. De tots els amics que tenia, només ell comprenia de debò la importància que havia cobrat la pintora en la seva vida, només ell coneixia com l'estava marcant i com la feia sentir tan viva. En Marc coneixia l'ambiciós projecte que s'havia proposat per al futur i del qual no n'havia parlat gairebé amb ningú: l'exposició que ja imaginava, el llibre que n'escrivia i la branca pictòrica de l'antiquari Badia que a poc a poc anava fent-se realitat. En Marc.

Cada vespre sopava amb els tres companys de viatge i l'Olivia pensava que no en podria haver trobat de millors. Cadascú feia la seva i alhora compartien les noves experiències al cap del dia. Mentre que en Xavi i la Pat vivien una mena de lluna de mel, en Jordi es passava el dia omplint quaderns de dibuix amb retrats de personatges de París, uns dibuixos que tenia pensat presentar a un parell de revistes gràfiques de Barcelona on volia treballar. L'Olivia sabia que en tornar enyoraria les seves passejades en solitud, l'havien reconciliat amb si mateixa i ara sentia que dintre seu hi creixia una força nova, una Olivia diferent. Hi havia influït la Valèria? N'estava segura. Potser en el fons s'hi estava emmirallant una mica, però el cert era que se sentia més valenta i preparada per començar a caminar tota sola.

Només els quedaven dues nits a París i la Pat va decidir que aquell vespre en Xavi i ella es regalarien un merescut sopar de parella en un restaurant amb espelmes vora el riu que havien clissat a la preciosa Île Saint-Louis. De manera que en Jordi li va exposar el seu pla a l'Olivia:

—Jo tinc pensat anar al cinema. Aquesta tarda hi ha sessió d'*Emmanuelle* a Le Triomph dels Camps Elisis, però si vols podem trobar-nos després i sopem en algun bistrot entre aquell barri i el nostre. Com ho veus?

—Vas a veure *Emmanuelle*? —es va interessar ella.

En Jordi va assentir i va alçar una mà que mostrava dos dits.

—És la segona vegada. L'altre dia ja hi vaig anar. Saps, Oli, és una bona pel·lícula eròtica, molt millor que *El último tango en París*.

—I no puc venir a veure-la amb tu?

—I és clar! —En Jordi es va mostrar entre sorprès i encantat.

Van quedar així, que es trobarien a les portes del cinema deu minuts abans que comencés la sessió i que tot seguit ja buscarien algun lloc proper on sopar.

L'Olivia no havia anat mai a veure una pel·lícula eròtica al cinema, tot el que havia vist eren cintes prohibides que en Quico aconseguia dels seus viatges i que veien plegats al sofà de casa seva. Mai se li hauria acudit proposar-li a un altre noi d'anar a veure *Emmanuelle*, una pel·lícula per la qual feia un any que molts joves com ells travessaven la frontera amb França per poder-la veure, però tampoc se li hauria acudit unes setmanes enrere que viatjaria a París sense en Quico ni que ella començaria a sentir-se més segura i desinhibida que mai. La vida li havia fet un gir i era en aquella mena de detalls que l'Olivia en prenia consciència.

Va arribar abans d'hora al cinema Le Triomph, situat en plena avinguda dels Camps Elisis. Des d'allà s'albirava la monumental silueta de l'arc que li havia donat el nom. Sota la marquesina de lletres lluminoses del cinema s'exhibia el cartell d'*Emmanuelle* i l'Olivia s'hi va quedar embadalida: l'actriu Sylvia Kristel, convertida en mite eròtic des de la seva estrena, seia en una butaca de vímet de respatller ample mostrant amb naturalitat els pits mentre jugava amb el collaret de perles que li penjava del coll. La seva mirada franca i senzilla la va seduir a l'instant. Algú li va tocar l'espatlla i ella es va tombar.

—Som-hi? —li va dir un Jordi somrient.

—Som-hi.

La sala interior era gran, centenars de butaques sumides en la penombra amb les siluetes dels caps dels espectadors retallades en la blanca pantalla. Es van asseure al bell mig d'una filera on no tenien ningú al costat i aleshores van començar els crèdits inicials. La música els va embolcallar de seguida i l'Olivia va fitar de cua d'ull el seu company. Podia sentir-se el pols a les temples. Experiències noves, es va dir en un calfred. Emmanuelle era una noia jove i bonica, acabada de casar, que viatjava de París a Bangkok per retrobar-se amb el seu marit, diplomàtic. Aviat van quedar enrere les escenes inicials a la capital francesa i davant dels ulls meravellats de l'Olivia es va desplegar un paisatge asiàtic amb tota la seva exuberància. Gairebé li semblava ensumar l'aire càlid i humit i aviat va deixar-se portar per les aventures d'Emmanuelle en les primeres escenes del seu despertar sexual. Quan Emmanuelle contempla la seva amiga Marie-Ange masturbar-se davant d'ella, amb absoluta naturalitat, amb tota la complicitat, a l'Olivia li va semblar que es fonia per dintre. El baix ventre li cremava com ferro roent i es va remoure inquieta al seient. Va notar la mirada d'en Jordi.

—T'agrada?

Ella fa fer que sí. En la foscor només li veia el blanc brillant dels ulls. En Jordi va tornar a fixar-los en la pantalla però l'Olivia va allargar una mà fins a dipositar-la sobre la d'en Jordi. Ell es va girar de nou. Ella en va apartar la mirada però seguia agafant-li la mà. Van quedar així uns instants fins que l'Olivia, a poc a poc, va conduir la mà d'en Jordi sota la seva brusa. Tenia els mugrons a punt d'esclatar. En Jordi va escolar els dits entre els sostenidors i s'hi va introduir amb suavitat.

—N'estàs segura? —va preguntar-li en un murmuri.

—Calla.

Ella va fer lliscar la seva mà ventre avall i en un gest ràpid va descordar-se els texans. Quan la mà d'artista, forta i nerviüda, li va començar a explorar cada plec del seu sexe ella va contenir un gemec. I després ja no es va contenir més. A poc a poc, es va deixar portar. Ja no era ella, havia passat a ser Emmanuelle.

Quan l'endemà al matí va baixar ben d'hora a esmorzar, no esperava trobar-se amb en Jordi, ja que ell solia anar-hi més tard. Li va fer un senyal des de la taula on seia i la va convidar a sumar-s'hi.

—Hem de parlar —va dir-li ell.

—Sí? —Era ben clar que li feia recança.

—Allò d'ahir...

—Allò d'ahir va quedar dintre el cinema —es va afanyar a respondre-li l'Olivia—. No cal que en parlem, no és qüestió de donar-hi més voltes.

En Jordi va alçar les celles.

—De debò? Ets una capsa de sorpreses.

—Jordi, tu i jo sabem que ahir ens vam deixar portar pel moment. No me'n penedeixo, t'ho juro que no, però cap dels dos volem iniciar una relació ni res semblant. Oi?

Ell s'ho va rumiar un instant i tot seguit va sacsejar el cap.

—No m'hi veig amb cor —va dir-li sincer.

—Doncs ja en som dos. —L'Olivia somreia amb aire infantil.

Van esmorzar com dos bons amics i aviat se'ls va afegir la parella de metges, que poc podien imaginar-se el que havia succeït entre ells. De tant en tant, en Jordi li buscava la mirada i l'Olivia l'hi retornava amb expressió burleta. Es meravellava de la seva pròpia naturalitat.

Aviat es va acomiadar del grup, ja que tenia la intenció de desplaçar-se fins al Marché aux Puces, el mercat més gran d'antiguitats, roba, mobles i altres objectes al nord de París. Li havien dit que era un lloc de pelegrinatge per als col·leccionistes, els curiosos i els buscadors de bones oportunitats, i l'Olivia tenia l'esperança de trobar-hi coses interessants.

Quan hi va arribar, es va sorprendre de la grandària. Hi havia milers de petites botigues i parades al carrer. Cinc mercats en un de sol. Comerciants que desplegaven des de primera hora del matí les mercaderies a peu de carrer i a les parts cobertes del mercat, a recer de la pluja i el vent. Hi va veure coberteries de plata, jocs de cafè, copes de cristall, vaixelles, soperes antigues, marcs de fotografies buits de les imatges que havien lluït algun dia, barrets, bastons amb empunyadura de marfil, roba de gent que devia haver assistit a les festes dels anys vint, trenta, quaranta..., llums, quincalla de tota mena, botons, llibres, claus antigues que obrien portes del passat, discos de vinil, joguines antigues i modernes, rosaris gastats, tapets de ganxet, estovalles que algú havia brodat anys enrere, quadres, litografies, dibuixos. Al cap d'una estona de passejar-se entre parades, la noia tenia la retina cansada d'aquell autèntic i heterogeni museu antic a cel obert.

Al principi va poder circular-hi tranquil·la perquè no hi havia gaire gent, però a mesura que avançaven les hores el trànsit de cotxes i el flux continuat de persones va anar augmentant. Va observar-hi un munt de turistes a la recerca de l'objecte de record, així com parelles joves de parisencs o grups d'amics que buscaven gangues de roba de segona mà. Alguns s'asseien als bistrots o cafeteries de prop i s'entretenien amb l'home que carregava un sofà fins al cotxe, amb la dona que s'emprovava collarets davant d'un petit mirall rodó o bé paraven l'orella per sentir el preu final d'un intens regateig.

L'Olivia s'hi va passar el dia sencer i malgrat que va recórrer totes les parades d'objectes antics i de pintura per si trobava alguna cosa per a l'antiquari, al cap del dia no havia comprat res. Les cames començaven a fer-li figa quan va decidir fer un carrer més de parades i marxar. El trajecte de tornada seria llarg i no desitjava perdre's l'últim sopar de grup. Un aire de nostàlgia se li ficava pell endins només de pensar que aquella estada a París s'acabava. Va recórrer, doncs, les últimes parades fins a trobar-ne una que venia dibuixos. S'hi va aturar, atreta per unes il·lustracions a color dels anys trenta que penjaven de la paret. Hi sortien unes noies esveltes que feien esport: atletes, nedadores, algunes que realitzaven unes piruetes impossibles.

—Són dibuixos originals, fets per a revistes de l'època —li va dir la noia de la parada en percebre el seu interès. Vestia amb un ponxo hippy de tots colors i lluïa una cabellera rossa que li queia en cascada a tots dos costats. En somriure-li, va mostrar-li les dues dents del centre separades i a l'Olivia li va produir una simpatia immediata. Es van posar a xerrar. La noia li va explicar que feia anys que es dedicava a buscar dibuixos originals d'artistes francesos de dècades anteriors, preferentment de dones dibuixants, que n'hi havia hagut moltes i de molt bones, «tot i que la gent no en conegui cap». Il·lustradores, pintores, artistes polifacètiques que havien treballat per a les revistes de la seva època, que havien elaborat cobertes de llibres, il·lustracions de poemes, anuncis i tota mena de material que ella recuperava.

—D'alguns dibuixos i il·lustracions en faig quadres que venc per separat, i també tinc lots de dibuixos d'una sola artista que només es poden adquirir sencers.

—Tens dibuixos de pintores dels anys deu o vint? —li va preguntar l'Olivia.

—És clar —va respondre-li ella. Va treure una llibreta de sota la taula i la va obrir per una pàgina en concret. Hi havia una llista llarga de noms i dates.

—Veus? —li va indicar—. Aquestes són les artistes de les quals tinc dibuixos o il·lustracions. Està ordenat per anys.

L'Olivia va abocar-se a la llibreta i va resseguir amb el dit la llista sencera. En arribar a la meitat, el cor li va fer un salt.

—Valèria Sans! —Va mirar de fit a fit la noia—. Tens dibuixos de la Valèria Sans?

—La coneixes?

—Doncs sí. Era compatriota meva. —L'Olivia va veure en els ulls de negociant de la paradista que li havia notat el viu interès.

L'avi ho hauria fet millor, es va dir, però em demani el que em demani, els dibuixos han de ser meus.

—Ensenya'm tot el que tinguis d'ella.

La noia va acostar-se a una de les grans carpetes obertes que hi havia a l'extrem de la taula, on els dibuixos més antics s'amuntegaven en piles ordenades. Va buscar amb dits àgils i va treure uns quants dibuixos de la pila. Cadascun anava degudament protegit amb paper de seda. Els va anar posant al seu abast perquè els pogués contemplar amb deteniment.

—Són dels més antics que tinc. I també els millors —li va avançar—. Veuràs que són tot un testimoni de l'època, hi surten personatges molt famosos de Montparnasse.

L'Olivia va agafar aire i es va disposar a conèixer una faceta més de la seva pintora favorita.

«*Les années folles*»

La dècada dels anys vint va inaugurar una nova etapa que, per sobre de tot, naixia amb l'anhel de deixar enrere les tragèdies personals i col·lectives viscudes en el passat recent. Els joves i no tan joves només volien girar full i encetar-ne un altre on la diversió esdevingués el centre de les seves vides. «Fora les cotilles morals i els valors d'abans de la guerra!», «Obrim pas als nous temps i divertim-nos!», semblaven cridar els rostres somrients que es concentraven a les terrasses dels cafès i se saludaven els uns als altres, els presentaven gent nova, esclataven tothora en les més sonores riallades i bevien, i fumaven, i ballaven fins a acabar esgotats en els locals nocturns on començava a sonar el jazz, la música nova que arribava d'Amèrica amb tot un reguitzell de balls per aprendre i practicar.

Després de la tristesa en la qual s'havia sumit arran de la mort de la Jeanne i en Modi, d'adonar-se de com d'efímera pot resultar la vida i de com la podem malgastar, la Valèria es va acollir amb força a aquell nou esperit que, amb el pas del temps, la gent va prendre el costum d'anomenar *les années folles*. I si ara la Valèria pensa en el principi d'aquella època, el primer que li ve al cap és el rostre de la seva nova amiga Kiki, que ha dibuixat tant. Va ser en Foujita qui l'hi va presentar una tarda a Le Dôme. No era la primera vegada que es veien, totes dues dones es tenien clissades del barri, dels cafès, dels amics comuns, d'algunes festes... qui sap. Però va ser aleshores quan van intimar perquè la Valèria necessitava algú com ella i, com sempre li agrada repetir-li, li va caure del cel. La Kiki era deu anys més jove que la Valèria, tenia vint anys a principis de la dècada i ja havia fet de model de diversos pintors, a més a més d'haver-se guanyat la seva amistat. El que més li ha agradat sempre de la Kiki és la seva senzillesa i alhora la gosadia que desprèn. És un esperit lliure, amb una llengua esmolada que no calla res, amb un somriure que provoca tothora els homes i també les dones, una noia guapíssima, divertida, vibrant, fantasia de molts i moltes i amb una espontaneïtat que la Valèria troba gratificant. La seva mare —que va renegar d'ella en assabentar-se que als setze anys posava tota nua per als artistes—, li va posar Alice en néixer, però en el món de l'art i la bohèmia artística, que cada cop la fa més popular, ja que és el rostre i el cos de tants quadres i fotografies, fa temps que s'han acostumat a anomenar-la Kiki de Montparnasse.

La Valèria recorda una tarda que s'estaven a la terrassa del Café du Parnasse, just al costat de La Rotonde. Era la primavera del 1921 i moltes coses estaven a punt de canviar en la vida de totes dues dones. L'una trobaria ben aviat l'estabilitat d'un nou amor, mentre que l'altra descobriria una nova manera de viure'l i entendre'l. Seien en una taula estreta, els colzes tocant-se amb els de les taules veïnes, i la Kiki acabava de buidar el contingut de la seva bossa de mà damunt la taula.

—On dimonis he ficat l'estoig de maquillatge?

La Valèria va fer una xuclada al seu cigarret i va riure.

—No tens remei, Kiki. Sempre fas el mateix. —La va ajudar a buscar l'estoig entre totes les coses escampades—. De tota manera, no necessites més maquillatge, estimada. Estàs preciosa al natural.

—Ja ho sé, Val, però m'encanta combinar els tons de color amb els meus vestits. T'agrada aquest que m'he cosit? És nou.

La Valèria la va recórrer de dalt a baix amb la mirada i li va fer un gest aprovatori.

En Foujita va arribar en aquell moment i amb un parell de gambades va agafar una cadira i es va asseure amb elles.

—I Mendjizky, Kiki? On l'has deixat? —li va preguntar.

La Kiki va fer un gest amb la mà com si amb allò s'espolsés aquell nom de sobre.

—Oh, ha marxat al sud. —La noia es va abocar a tots dos amics—. Però m'és ben igual. No el trobo gens a faltar.

La relació que mantenia amb el pintor polonès des de feia un parell d'anys, o potser més, es trobava a les acaballes, però allò no semblava afectar el bon humor de la Kiki, que portava una estona enlluernant els dos joves estudiants d'art de la taula del darrere amb les seves extraordinàries històries.

—He fet de tot —els deia amb mig cos girat cap a ells—: he treballat de florista, en una bugaderia, en una *boulangerie*... Vaig tenir un xicot que m'estomacava i un altre que m'animava a prostituir-me amb soldats nord-americans. —Els nois l'escoltaven amb els ulls esbatanats—. Oh, però no ho vaig fer mai, no us penseu. El màxim que he fet és mostrar-los els pits per tres francs. Vosaltres voleu que us els mostri?

Era provocadora de mena i tothom es divertia amb els seus acudits picants. Com és obvi, es va guanyar l'atenció absoluta dels dos nois i feina li va costar treure-se'ls de sobre quan, cap al tard, en Foujita i la mateixa Valèria la van empènyer cap a una festa on els esperaven a Saint Germain. Va ser precisament allà, on la Valèria va conèixer el primer home amb el qual faria l'amor després d'en Lukas.

Ho recorda prou bé. Els ulls del desconegut posats en ella de manera insistent, l'alcohol acumulat que li va despertar els sentits, el ballar, el deixar-se portar per aquell nord-americà acabat d'arribar a París, segons va saber ben aviat. Aquella nit no va tornar al seu apartament. Es va despertar de matinada amb el cos atlètic del nord-americà enroscat al seu i l'olor de la seva fragància masculina impregnada a la pell. No parlava espanyol, ni una gota de francès, però les mirades no entenen d'idiomes ni tampoc les mans ni el cos. De la *boîte* de Saint Germain havien anat al seu hotel, sense rumiar-s'hi gaire; de la petita recepció a l'habitació número 30, com els anys que havia fet la Valèria feia poc. Un cop a dintre l'habitació, els petons d'aquell desconegut al coll, la seva llengua a les espatlles nues, els pits ferms al descobert i el cos d'aquella bellesa de l'altra banda de l'oceà prement-los amb agitada impaciència. Van fer l'amor allà drets, amb un instint animal, com si portessin tota una guerra sense estimar un altre cos o potser, precisament, per treure's la guerra de sobre i obrir les portes, de bat a bat, als meravellosos *années folles*.

Una setmana després, la Valèria es trobava al seu estudi pintant la Kiki ajaguda sobre la catifa. La noia li demanava detalls de les darreres nits amb el nord-americà, però la Valèria només feia sons guturals, concentrada com estava en la tela.

—Aquesta història ja s'ha acabat —va dir-li un cop va haver deixat el pinzell.

La Kiki es va rebolcar com una gata per la catifa.

—I en dius història? —va deixar anar una riallada—. Però Val, si només fa una setmana que el coneixes, i ja l'abandones?

A la Valèria se li va encomanar el riure. Es va aixecar del tamboret on seia i es va estirar amb ella a la catifa. Van quedar l'una al costat de l'altra, la model completament nua i la pintora amb la bata estampada regal de Jeanne Hébuterne.

—Saps què? —La Valèria li va apartar un ble de cabells negres lluents. Li agradava com li quedava el tall arran d'orella, el mateix que portava ella i les altres dones modernes de París—. No penso tenir cap més relació estable i duradora. Vull estimar el món sencer i beure'm la vida a glops.

La Kiki ho va celebrar amb un xiscle eufòric i tot seguit es va incorporar. Amb expressió enjogassada es va tocar els pits nus.

—Doncs jo tinc un nou amant —va anunciar-li— i n'estic molt il·lusionada!

—El conec?

La Kiki va negar amb el cap i el pentinat se li va remoure graciosament.

—També m'ha arribat en un vaixell des d'Amèrica i fa unes fotografies increïbles. Em va demanar de fer una primera sessió i a la segona..., bé, a la segona sessió la càmera va quedar a un costat. —Va tornar a jeure a la catifa amb els ulls mirant el sostre—. Des d'aleshores que no hem parat de fer l'amor. L'has de conèixer, Val, es diu Man Ray.

Dadà

El nou amor de la Kiki havia arribat en un d'aquells vaixells transatlàntics provinents de Nova York i el seu amic Marcel Duchamp, al qual Man Ray havia conegut anys enrere, el va ajudar a instal·lar-se en un petit hotel. Duchamp va portar Ray al Café Certa, a tocar del Boulevard des Italiens i el va posar en contacte amb el grup d'artistes que s'integraven de feia uns anys al dadaisme. La Valèria estava familiaritzada amb aquell moviment artístic a través del seu amic Picabia, que n'era la figura cabdal. Havia estat ell mateix qui s'havia inventat la paraula *dadà* i que li havia explicat que no significava res, que l'havia triat a l'atzar. Perquè aquest era l'element clau del moviment artístic, li va fer entendre Picabia. La Valèria s'ho mirava de lluny perquè, tot i plaure-li aquell desig de provocació implícit en el dadaisme, aquell voler fer reaccionar de totes totes l'espectador, no se sentia còmoda amb l'actitud sovint agressiva d'alguns dels seus membres. No obstant això, en valorava l'esperit de lluita, de protesta i aquell antiart, com en deien ells, expressat en els més sorprenents collages, fotomuntatges i instal·lacions originals.

Recorda un artista dadà d'aquells anys explicant-li amb ulls encesos el seu desig de capgirar el significat mateix de l'art.

—No m'interessa un canvi només en l'aparença de l'objecte artístic —li havia sentit dir—, també busco canviar la seva concepció.

—Per això alguns us negueu a posar títol a les vostres creacions?

—Exacte! No es tracta d'interpretar-les, sinó que busquem exaltar l'irracional.

Ho havia començat anys enrere Marcel Duchamp amb els seus *ready-mades*, unes composicions que a ella l'havien sorprès molt, com per exemple el que consistia en una roda de bicicleta integrada en un tamboret. Què significava? Quina utilitat podia tenir? Quin missatge s'amagava rere aquell objecte descontextualitzat? L'artista no donava una resposta clara, però amb aquell gest la Valèria tenia clar que provocava l'espectador i el feia rumiar sobre el sentit de tot plegat. I aquest era l'esperit dadà, un esperit del qual estava completament imbuït Man Ray, el nou amor de la Kiki desembarcat aquell 1921 a París.

Aviat Ray va deixar el petit hotel per instal·lar-se a l'habitació de les golfes d'un edifici d'apartaments a la rue de Condamine, però a prop de Nadal ja tornava a traslladar-se, aquesta vegada a l'Hôtel des Ecoles, situat al mateix carrer on vivia la Valèria. La Kiki, aleshores, gairebé vivia instal·lada amb ell i la Valèria els visitava sovint.

Es va començar a interessar aleshores per les obres que feia Ray. Havia ideat una tècnica, la *raiografia*, a través de la qual pretenia fusionar la pintura i la fotografia. En aquella habitació minúscula que li feia d'estudi, repleta de coses i alhora perfectament endreçada, l'artista disposava tota mena d'objectes que triava a l'atzar sobre material fotogràfic sensible. Els objectes quedaven impressionats de manera directa al paper, sense utilitzar cap aparell fotogràfic, i les imatges que en resultaven esdevenien insòlites.

—El que faig és donar un sentit nou a aquests objectes —li va explicar Man Ray, amb aquella mirada directa sota unes celles espesses i el front arrufat—, un punt de vista que sigui tan desconcertant com irònic.

—Com m'has dit que anomenes aquestes obres? —s'hi va interessar la Valèria.

—Raiogrames.

—Una nova manera de pintar... —va rumiar ella en veu alta—, o una nova manera de fotografiar.

Ray va somriure satisfet.

—La fotografia com a manifestació artística de primer ordre! —va exclamar cofoi.

Allò era el que més li agradava a la Valèria de viure a París: sempre passaven coses noves, a cada moment arribava gent d'arreu del món que aportava noves idees en l'àmbit artístic a les quals t'hi podies sumar o rebutjar. Tothom aprenia dels altres, l'intercanvi era un motor constant. Es respirava la llibertat en la manera de viure però també en la manera de crear i els artistes més agosarats, els més trencadors, els més innovadors, sempre trobaven el seu lloc a la ciutat. La Valèria se sentia viva entre aquella gent i el seu art es nodria cada dia de les experiències més diverses. Treballava, pinzell en mà, de tot el que bevien els seus sentits.

Des d'aquell any la seva vida s'ha convertit en un torrent d'emocions. El seu *affaire* breu amb el nord-americà de la *boîte* de Saint-Germain només va ser el principi d'un seguit d'amants que van fer-li descobrir el plaer del sexe sense lligams. Ja no li interessava enamorar-se mai més, tan sols desitjava estimar cossos, experimentar complicitats passatgeres, donar i donar-se plaer, sofisticar les seves passions per descobrir noves facetes d'ella mateixa que ni tan sols havia imaginat. De vegades es tractava d'algun artista de Montparnasse, més o menys conegut, amb el qual havia acabat una nit de gresca. Genoll amb genoll sota una taula estreta, s'havien mirat al fons dels ulls i havien acabat bevent-se l'un a l'altra, anhelants d'un desig compartit. D'altres cops, el *flirt* podia durar unes setmanes, fins i tot un mes o dos: un professor de ball que una amiga li havia presentat, un músic d'un local nocturn de la Rive Droite que l'havia encisat amb el so del seu saxòfon o el poeta que durant les dues setmanes posteriors a fer l'amor es va dedicar a escriure-li versos sobre la pell del cos. La Valèria assaboria la llibertat d'estimar al seu aire, d'una manera més moderna i natural, lliure de tot compromís. Fet i fet, el que venien fent els homes des del principi dels temps, tot i que en una dona generava les crítiques més enceses. A la Valèria, a aquelles alçades de la seva vida, li era ben bé igual. «En els ulls de cada un dels meus amants hi veig una Valèria diferent —li agradava explicar-li a la seva amiga Kiki, amb la qual compartia aquesta visió lliure i alliberadora de l'amor—, és com si visqués moltes vides». Només s'entregava en ànima a l'art, mentre que amb el cos es donava al plaer físic perquè l'encenia tota, perquè la movia a crear, a pintar com una febrada.

Els anys amb en Lukas se li feien llunyans, com si formessin part d'una altra vida o d'una altra Valèria. Aleshores ja feia temps que havien deixat de ser parella i ni tan sols dormien plegats quan ell venia a París. No s'havien divorciat perquè cap dels dos n'havia sentit la necessitat, però la relació havia anat derivant a poc a poc cap a una profunda i sincera amistat, la que tenien ara, la que seguia fent d'en Lukas l'home més important en la vida de la Valèria, a pesar de tot. Per què ell s'havia acabat conformant amb aquelles engrunes d'amor?, es preguntava sovint la Valèria en el seu profund interior. Tanmateix, en sabia la resposta: En Lukas em coneix tan bé que sap que mai ningú no em podrà caçar, es deia. En una ocasió ell la va anomenar *dona ocell* i ella s'hi va identificar de ple. La Valèria sabia que estava feta per volar i en Lukas va intuir que només si la deixava lliure n'obtindria el seu amor etern.

25

L'Olivia va tornar de París amb la sensació d'haver fet un viatge molt més llarg del que havia estat. Pel que feia al seu objectiu principal, la setmana havia resultat molt profitosa en l'adquisició d'obres de la Valèria Sans i també d'altres per a l'antiquari. També havia aprofitat per establir contacte amb alguns antiquaris de la rue Jacob i amb galeristes d'art de tot París que potser a la llarga li permetrien recollir més fruits en la seva investigació. Tenia la sensació d'estar creant una xarxa de contactes professionals que l'acostaven al seu somni de futur, que li permetien creure cada cop més en la nova branca d'especialització en pintura moderna i fonamentalment feta per dones que volia impulsar en el negoci familiar. Havia tornat de París no només amb tot allò, sinó també amb llibretes plenes d'apunts sobre els nous aspectes de la Valèria que havia anat coneixent. Notes d'una biografia que construïa al ritme de cada nova descoberta, d'intuïcions, pensaments i conclusions que la duien més enllà del que en un principi havia esperat. Com més coneixia la pintora, i més coses en percebia, més conscient era de la seva forta i atraient personalitat, alhora que s'adonava de l'existència de totes les dones al seu voltant, artistes ocultes, talents amagats rere l'ombra d'alguns homes il·lustres. Dones que van ser, que van tenir la seva pròpia veu tot i que la història les va oblidar. Si estirava el fil de la Valèria, totes anaven apareixent i mostraven amb una claredat diàfana el seu injustificat oblit. L'Olivia s'imbuïa de totes elles i percebia, en el més profund del seu cor, el seu poder transformador.

Només una ombra espessa la voltava per dintre, li rondava pel cap fent cercles com un voltor, i era el motiu que podia haver conduit la Valèria a un final tan tràgic i desesperat com el suïcidi. Era allò el que havia succeït? Però, què l'hauria pogut empènyer a una decisió com aquella? A hores d'ara, amb tot el que sabia d'ella, l'Olivia seguia sense poder-s'ho creure, no li encaixava gens amb la imatge que s'havia format de la pintora i, cada cop que hi pensava, la seva ment ho negava en ferm.

Eren principis de juliol quan, pocs dies després del seu retorn a Barcelona, en Marc Hailer la va anar a buscar a l'antiquari Badia. Li havia trucat per proposar-li d'anar a fer un mos al *rompeolas*, «el meu lloc favorit de la ciutat, ho sabies?», li va dir. Es va presentar a migdia amb el seu dos cavalls de color blanc, una bossa amb entrepans i cerveses i aquell somriure net i diàfan estampat als llavis. Van recórrer els carrers en direcció al front marítim mentre en Marc li explicava que de menut hi solia anar amb l'avi Hailer i que hi seguia acudint cada cop que necessitava pensar.

—Darrerament ho he fet molt —li va dir.

I en la seva mirada fugaç que, per un instant, va deixar de fixar-se en la via, l'Olivia hi va captar una expressió nova, una fermesa inusitada.

—Jo era molt petit quan l'avi m'hi va portar per primer cop —li va dir—. En tinc una imatge difusa, però recordo la impressió del mar brillant, els reflexos del sol sobre l'aigua, el trencar de les onades a les roques i el cel infinit, que no te'l podies acabar. Va ser ell qui em va comprar el primer quadern de dibuix i em va engrescar a representar tot allò que em cridés l'atenció. «Els ulls de l'artista són diferents de tots els altres —em va dir aquell primer dia—, tot ho miren amb una intensitat diferent, són capaços de veure allò que ningú no veu i això els fa immortals». És així com vaig començar a dibuixar, jo volia ser un d'aquells immortals.

L'Olivia contemplava el seu perfil retallat, les mans al volant i, malgrat que frisava per explicar-li totes les coses que havia descobert a París, es mantenia callada perquè intuïa que en Marc necessitava parlar d'ell.

—Ara, el més semblant que em queda del meu avi és el besoncle August, el seu germà petit. Te n'he parlat algun cop? Els Hailer eren sis germans, però de tots ells l'August era amb qui el meu avi s'entenia millor. Ell sempre ha viscut a Àustria, ens veiem a l'estiu i poc més... Quina sort tenir un germà amb el qual t'hi puguis entendre.

L'Olivia li va prémer un braç.

—T'he trobat a faltar —li va dir en Marc aleshores. Ni tan sols va treure els ulls del davant.

—Jo també.

En arribar a l'espigó van trobar un lloc on deixar el cotxe i tot seguit es van ficar en la rocalla davant del mar. Van avançar una mica, en Marc li donava la mà per saltar algun desnivell fins que van trobar el lloc perfecte on seure. Abans d'obrir la bossa amb les cerveses i els entrepans van inspirar la brisa marina i els narius se'ls van omplir d'una agradable frescor salada. L'Olivia va descordar-se les sandàlies i es va arromangar el vestit florejat perquè les cames se li bronzegessin. En recolzar l'esquena damunt la roca una agradable escalfor la va abraçar.

—Gràcies —li va dir a en Marc.

—Per què?

—Per portar-me aquí i compartir les teves històries familiars amb mi.

En Marc es va recolzar al seu costat amb els braços rere el clatell fent-li coixí.

—Tenia moltes ganes de venir aquí amb tu.

Després d'uns minuts en un silenci còmode que sovint compartien, els va venir una gana ferotge i es van incorporar per cruspir-se els entrepans. La cervesa encara era fresca i es van beure la primera ampolla a glops llargs.

Als records d'en Marc amb l'avi Hailer els va seguir finalment el relat de l'Olivia a París. Va fer-li una descripció acurada de totes les seves troballes i del que havia comprat; el va posar al corrent dels avenços que havia realitzat sobre la vida de la pintora i va deixar per al final el misteri de la seva mort. Abans d'això, li va parlar del seu retorn a París un cop acabada la Primera Guerra Mundial.

—Hi va tornar sola, Marc, el teu avi no la va acompanyar.

Li va detallar la separació progressiva que s'havia anat donant entre ells, les visites que li constava que de tant en tant li feia ell a París. En Marc se l'escoltava en silenci.

—Ell l'adorava i alhora... —va reflexionar al cap d'uns minuts—, alhora és com si s'hagués conformat a anar-la perdent.

—Potser van tornar a estar junts al cap d'un temps, no ho sabem.

—Potser.

—El més trist és que, encara que fos així, ella va morir massa aviat. —L'Olivia es va girar cap a ell i, amb molta cura, provant de no influir en la seva opinió perquè li interessava veure'n la reacció primera, va acabar explicant-li la nova hipòtesi del suïcidi que l'expert de la Drouot li havia obert.

—No m'ho crec. —En Marc va ser molt contundent.

—Ho veus? A mi em passa el mateix! —La noia el va mirar satisfeta perquè allò refermava la seva intuïció. Va fer un gest murri—. Però, aleshores, per què la Quimeta em va mentir? Què més podria haver-li passat que no es pugui explicar?

En Marc va sacsejar el cap.

—No pateixis, ho acabarem esbrinant.

Però l'Olivia no n'estava tan segura.

Amb l'estómac satisfet i una segona cervesa començada, es van ajeure damunt la roca, els ulls posats en el blau clar del cel.

—Em pregunto si el meu avi va estimar després la meva àvia de la mateixa manera que la Valèria, amb la mateixa intensitat.

—Segur que sí, Marc.

El noi va girar el cos cap a ella i va clavar el colze a terra, recolzant el cap sobre una mà.

—Tu creus que es pot estimar dues persones amb la mateixa intensitat? —Els seus ulls van quedar fixos en ella.

L'Olivia no va respondre-li, en comptes d'això es va incorporar una mica i va contemplar la línia llunyana de l'horitzó, allà on el mar i el cel es tocaven.

En Marc li va tocar els cabells castanys, que li queien com una cortina llisa rere les espatlles. S'hi va acostar més i li va fer un petó. Un petó a la galta, un petó que podia haver estat d'amic, però en girar-se la noia per mirar-lo als ulls ell la va besar als llavis. Uns llavis dolços, molsuts, plens d'una tendresa que ella no coneixia. El vent els esbullava els serrells i el ros i el castany se'ls enredaven en una sola cosa. Es van mirar de molt a prop.

—Sé que és aviat, Oli, que ho has passat molt malament, però no m'ho vull callar. Estic enamorat de tu, suposo que ja te n'havies adonat.

—Marc...

—Ets una dona increïble. Ets forta, tossuda, capaç d'un projecte valent i de ser tu mateixa. Admiro la teva força de voluntat. —Ell li apartava els cabells amb un dit per veure-li més el rostre, els ulls d'ametlla que el contemplaven amb expressió seriosa.

—Tot això veus en mi?

—Tot això i molt més.

L'Olivia va abaixar les parpelles.

—Tinc el cor trencat.

—Ho sé.

Una llàgrima va relliscar-li galta avall però ràpidament se la va eixugar. L'Olivia va tornar a obrir els ulls.

—Necessito temps per tornar a pensar en algú, Marc. No estic preparada.

—Ho entenc —va respondre-li ell de seguida—, però necessito saber-ho, Oli. Voldria saber si creus que em podries arribar a estimar.

Ella es va notar una punxada al cor i en aquell moment va saber que no podia amagar-li res, que havia de ser del tot honesta i explicar-li el que havia passat amb el seu amic Jordi al cinema de París.

—En realitat no va significar res —va admetre-li un cop l'hi va haver dit—. Ni per a ell ni per a mi, més enllà d'aquell moment.

Però a en Marc se li havia anat transformant la cara. De la intensitat del primer moment va passar al desconcert i ara no podia amagar el seu desconsol.

—Suposo que no t'hauria d'haver dit res. Em sento del tot estúpid. —Tenia els ulls clavats en l'escuma del trencar de les onades, just a dos metres sota els seus peus.

—En Jordi no m'agrada —va insistir-li ella al cap d'un moment—. No hi tindria una relació.

Els ulls d'un blau aigualit es van alçar cap a ella.

—La voldries amb mi, una relació?

—Ara no —va refermar-se ella.

Tot seguit es va posar dreta, es va arreglar el vestit de flors amb les mans i va allargar-li el braç per ajudar-lo a aixecar-se.

—Ara no —li va repetir amb tota la dolçor i alhora fermesa. L'Olivia va tancar els ulls i va deixar que la brisa l'abracés tota—. Abans m'haig de tornar a estimar a mi mateixa.

En Boris havia començat a donar veus entre els seus clients més apreciats per tal que l'avisessin en el cas de conèixer algun particular que tingués obra de la Valèria Sans. També havia parlat amb els col·legues de més confiança sobre la intenció d'anar adquirint pintura moderna realitzada per dones, amb l'objectiu que en els futurs buidatges de pisos acudissin a ell abans que a certs galeristes d'art per vendre el que trobessin. A cada trucada d'un col·laborador, en Boris i l'Olivia estudiaven noves obres d'art trobades, en feien una valoració i n'escollien algunes per a la seva col·lecció incipient. De manera que, a poc a poc, avi i neta nodrien el magatzem del carrer de la Palla d'obres d'artistes més o menys conegudes, més o menys oblidades, totes elles a punt per brillar amb tota la força que mereixien en un futur no gaire llunyà. Tanmateix, calia fer una recerca més afinada i extensa sobre la seva pintora estrella, la que havia donat el punt de sortida i dotat de significat el seu projecte: la Valèria Sans. És així com van decidir publicar un anunci al diari. Un anunci com aquells que llegien cada dia a la secció dels classificats sobre la compravenda d'objectes d'art i antiguitats. La seva crida, tanmateix, seria de les més específiques i l'Olivia es va encarregar d'escriure'n el text:

Antiguitats Badia
Comprem obra de la pintora Valèria Sans
Principis del segle xx

Seguien un parell de línies en lletra més petita en les quals s'indicaven l'adreça i el telèfon de contacte de l'antiquari. I van esperar. Van deixar passar uns dies en els quals la Teresa va atendre diverses trucades de col·leccionistes particulars que, si bé no tenien obra per vendre de la Valèria Sans, sí que comptaven amb quadres d'altres pintores o il·lustradores de començaments de segle, alguns de ben interessants. Van adquirir, així doncs, uns dibuixos originals de Lola Anglada, la popular il·lustradora catalana que l'Olivia coneixia tan bé gràcies a les seves lectures infantils. Quants llibres havia llegit de menuda il·lustrats per ella! Es va preguntar si totes dues artistes catalanes es devien haver conegut, si devien haver coincidit en els seus anys de formació inicial, ja que totes dues havien passat per l'Escola Llotja, i es va proposar investigar-ho. A en Boris li va semblar bé adquirir els seus originals i també va negociar en aquells dies la compra d'algunes obres d'artistes d'una generació anterior a la de la Valèria, com un autoretrat de Lluïsa Vidal i un parell de quadres florals de Pepita Teixidor.

El juliol avançava al ritme d'una calor cada cop més sufocant i els diumenges les carreteres de la costa s'omplien d'una caravana de cotxes que, carregats de famílies senceres, es dirigien a les platges del Maresme o de Castelldefels ansiosos de refrescar-se una mica. Més d'un cop l'Olivia es va afegir al cotxe de la Rosa i l'Oriol i va gaudir dels seus fills i del mar. Ajaguda a la sorra, amb la mirada entretinguda entre els jocs infantils i la contemplació de les onades, li tornava tot sovint l'escena viscuda amb en Marc al *rompeolas*. I cada cop que hi tornava experimentava una punxada de culpa, perquè ell no li havia tornat a trucar. Aviat serien a l'agost i ella marxaria al poble. Li havia de trucar abans d'això o potser era millor deixar passar l'estiu? Per res del món volia perdre la seva amistat, sabia que no s'ho podia permetre, que d'alguna manera que encara no era capaç de destriar el necessitava.

En l'última setmana de juliol va sonar el telèfon de l'antiquari Badia. Era vora migdia i els altres havien marxat a dinar, així que va ser l'Olivia qui va despenjar l'aparell.

—Voldria parlar amb el senyor Badia —va fer la veu rogallosa d'un home de força edat—. He llegit el seu anunci al diari i, si bé no tinc cap obra de la pintora que demanen, sí que en tinc un retrat. El va fer una pintora estrangera que es deia Romaine Brooks i en sé unes quantes coses interessants.

Les dones lliures de la Rive Gauche

Romaine Brooks. A la Valèria se li escapa un somriure molt plaent quan pensa en ella. Tot va començar uns anys enrere, a principis del 1922. Feia poc que Marie Laurencin havia tornat a París després de divorciar-se de l'Otto i aconseguir que li retornessin la nacionalitat francesa. Ara era una dona lliure i autosuficient, gràcies a la venda d'unes quantes obres seves a un milionari nord-americà i dels encàrrecs que rebia de certes dames de l'alta societat parisenques que es volien fer retratar a l'estil nou, personal i delicat de la pintora. Es tractava d'unes aquarel·les de tons suaus, de figures femenines representades de mig cos que lluïen vestits de gasa o de seda, collarets de perles a l'escot o certes flors al cap. Totes esdevenien boniques, coquetes, amb el punt just d'erotisme i feminitat que aquelles dames buscaven. I malgrat que feia anys que alguns avantguardistes com Picasso i el cercle del malaurat Apollinaire ja no hi volien tractes, malgrat que alguns la criticaven per haver esdevingut una pintora massa decorativa i lluny del seu caràcter modern d'altres temps, la Marie vivia amb la seguretat de les dones independents i fetes a si mateixes. La Valèria i la Marie tenien estils molt diferents, però les unia el respecte mutu i l'amistat que es professaven des del principi dels temps.

Se les podia veure tot sovint de bracet pels carrers de París. De l'apartament de la Marie a la Rive Gauche —un dos peces decorat per André Groult a l'estil actual de l'*art-déco*— fins a l'estudi on vivia i treballava la Valèria, al bell mig de Montparnasse. Anaven i venien sempre de casa d'algú, com ara de la rue de Fleurus, on seguien fidels a les vetllades de la seva amiga Gertrude Stein. I va ser precisament en aquell 1922 quan la Marie va introduir la Valèria en el cercle íntim d'una altra dona: la nord-americana Natalie Barney. Feia una vintena d'anys que vivia a París, era escriptora, immensament rica, però sobretot Mademoiselle B., com l'anomenaven alguns, era coneguda pel seu saló literari dels divendres i perquè era la lesbiana més coneguda de tot París. La Valèria va rebre a començaments de febrer una invitació per assistir a la propera reunió a casa seva, al número 20 de la rue Jacob. Hi va acudir amb la seva amiga Marie.

—Ja veuràs que és una dona fascinant —li va dir Laurencin a mitja tarda, de camí cap allà—. Parla el francès de manera fluida, gairebé no se li nota l'accent americà. La Natalie és la més europea i la menys nord-americana de totes les escriptores expatriades a la ciutat. És amiga de la Gertrude, naturalment, tot i que les vetllades a casa de l'una i de l'altra no tenen res a veure.

La Valèria va captar el seu to divertit i va girar-se cap a ella.

—Què vols dir, Marie?

—Que la teva reputació està en joc, estimada! —La Marie li va clavar una mirada trapella. Feia temps que ella vivia l'amor tant amb homes com amb dones, com moltes altres a París. Per alguna cosa li deien la ciutat de l'amor, sense gèneres, sense cotilles morals, sense condicions. Hi havia les que ho feien de manera més oberta, com Natalie Barney i el seu cercle, fet que escandalitzava alguns i encenia les passions d'altres, que es llançaven a explorar nous horitzons. Qualsevol dona que passés pel saló de Mademoiselle B. podia ser titllada d'indecent—. Et fa por?

La Valèria va fer espetegar la llengua.

—Creus que m'amoïna el que pensin o diguin de mi les ments estretes?

La Marie la va estrènyer per la cintura en un gest còmplice.

—De tota manera, quedes avisada —li va dir—: la Natalie és una gran seductora. Potser ni tan sols tu, que tant t'agraden els homes, t'hi podràs resistir.

Van arribar a casa de Miss Barney i tot seguit de trucar-hi els va aparèixer Madame Berthe, la fidel majordoma que la Marie ja coneixia.

—Madame Laurencin! Benvinguda! —Va fer una mirada discreta a la seva acompanyant i a continuació les va fer passar—. Són les primeres d'arribar. Miss Barney les espera al jardí.

Van travessar un vestíbul i aviat van sortir a un jardí frondós on els arbres de fulla perenne i les plantes ho inundaven tot de verd. Es podia sentir la piuladissa dels ocells entre les branques espesses i la seva música les va acompanyar en el petit camí sinuós fins a un sorprenent templet d'estil grec. Tenia unes columnes dòriques a la part frontal i es trobava enganxat al mur exterior de la casa. En la cornisa, la Valèria hi va llegir: *À l'amitié.* Al peu de les escales del templet una figura alta i esvelta les contemplava. Era una dona de cabells rossos estarrufats, rostre pàl·lid i una bellesa antiga que a la Valèria li va recordar les muses del segle XIX. Miss Barney va superar la poca distància que les separava i les va rebre amb els braços estesos.

—Marie! —Mentre l'abraçava va escrutar de dalt a baix la seva acompanyant. La Valèria es va quedar molt quieta, com si l'estiguessin retratant, i aleshores va entendre per què alguns anomenaven Miss Barney «la caçadora».

La seva veu rotunda la va embolcallar com el cant irresistible d'una sirena i va caminar cap a ella, que li oferia totes dues mans. Miss Barney les va menar cap a l'interior del templet.

—Encara no han vingut les altres convidades, així que podrem gaudir d'una primera conversa més íntima, estimades —els va dir la Natalie mentre les feia seure al voltant d'una taula parada amb una tetera de plata i una safata de sandvitxos—. Són de cogombre, deliciosos. Els preparem en honor a *La importància de ser Frank*, del meu adorat Oscar Wilde.

Tot en aquella dona era sofisticació d'una altra època, fins i tot la pal·lidesa del seu rostre, la manera de servir el te, el pentinat esbullat que semblava desafiar la gravetat i el vestit amb brodats antics i de regust oriental que va enlluernar la Valèria. No podia deixar de mirar-la i ella ho notava mentre parlava amb la Marie.

—Parla'm dels retrats que estàs fent ara, estimada.

Més tard, Miss Barney li comentaria a la Valèria que havia vist obra seva a la galeria de Berthe Weill.

—També les obres que va exhibir l'any passat a la col·lectiva de Léonce Rosenberg —va afegir, tot seguit de lloar-li l'estil—. Té una forta personalitat.

Els ulls li espurnejaven i la Valèria no va saber destriar si estava més interessada en la seva obra o en ella.

Van parlar de la seva amiga en comú Gertrude Stein.

—Fa molts anys que ens coneixem —va comentar Miss Barney—, ens uneix el fet de ser dues *femmes de lettres* nord-americanes enamorades del lloc on vivim. París sempre m'ha semblat l'única ciutat en la qual una pot viure i expressar-se al seu gust. No li sembla, Mademoiselle Sans?

—Tinc entès que vostè escriu poesia —es va interessar la Valèria.

La Natalie va fer un gest amb la mà per treure-hi importància.

—Sí, però els meus escrits no tenen res a veure amb la nostra amiga Gertrude. Com l'hi diria? Ella és tan moderna, enigmàtica... Jo la respecto i l'admiro profundament, però soc tan diferent que em costa comprendre-la.

—La Gertrude és una gran incompresa —va intervenir la Marie—. Ella és una revolucionària de les paraules, agafa meravellosos retalls de quotidianitat i els transforma en creacions lèxiques sorprenents. És l'esperit d'avantguarda, no trobeu?

—I això li ha portat molts disgustos —va concloure la Natalie—, els seus escrits són rebutjats de manera sistemàtica per les editorials... Tot i així, admiro la seva perseverança.

—Coincideixo amb vostè, Miss Barney —va voler afegir la Valèria—. Cal creure en el que cadascuna fa i Gertrude Stein és de les que mai abandonarà.

En aquest punt, va irrompre en la conversa una veu rotunda i vigorosa.

—Miss Stein està massa pagada de si mateixa, si em permeteu.

Totes tres es van girar amb sorpresa cap a la dona que acabava d'entrar al templet. La Valèria va obrir la boca davant d'aquella figura de capa negra, magnífica, imponent, d'una elegància exquisida. De sota la capa en sortia una mà que sostenia un cigarret amb broquet llarg i, potser sabent la bona impressió que havia causat, la dona es va quedar encara uns instants aturada recreant-s'hi.

—Djuna, ja ets aquí! —La Natalie es va aixecar d'una revolada i se li va acostar per fer-li un petó—. Has vingut amb la Thelma? On és?

—S'ha quedat dins la casa. És que no penseu entrar al saló? Trobo que fa una mica de fresca, aquí.

Natalie Barney va dirigir les convidades fins a l'interior de la casa. El saló estava situat en una bonica veranda adossada i era ple de riques teles de colors que cobrien els sofàs disseminats aquí i allà entre mobles antics de gust refinat. La Valèria va quedar-se embadalida amb les nimfes pintades al sostre abans de seure entre coixins i velluts que la van rebre com en una càlida abraçada. Els tapissos de les parets, els retrats d'una jove i bonica Natalie fent d'amazona, explicaven la rica personalitat de l'amfitriona. Djuna —o Miss Barnes, com l'hi van presentar— s'ho va manegar per seure al costat d'ella.

—Fa gaire que viu a París? —li va preguntar sense esperar resposta—. Jo hi he arribat fa poc.

Li va explicar que venia directa del Greenwich Village, «ha estat mai a Nova York?», i tot seguit li va detallar que era el barri on havia viscut des que va marxar de casa els pares de ben joveneta. La Valèria li va calcular uns trenta anys, més o menys eren de la mateixa edat, no com la Natalie i la Marie, que eren força més grans. Aquella dona de bellesa irresistible per a homes i dones, tal com Mademoiselle B. va xiuxiuejar-li a l'orella mentre creuaven el jardí, era una gran conversadora i la Valèria de seguida va captar-li la intel·ligència i l'enginy. No va semblar interessada a explicar-li gaires coses més d'ella, sinó que va donar un gir a la conversa per saber-ho tot de la seva interlocutora. La Valèria li va explicar que era nascuda a Barcelona, que era pintora com Marie Laurencin i que estava casada.

—O més aviat ho he estat —es va corregir.

La Djuna va somriure lleument, només amb la comissura dreta del llavi, però no va dir res més.

La vetllada va avançar i la Valèria va conèixer més detalls de Djuna Barnes, com ara que era escriptora i també periodista.

—Ha fet coses extraordinàries! —La Natalie se'ls havia assegut al costat—. Explica-li allò de la goril·la.

Abans que ella ho fes, la mateixa Natalie li va relatar a la Valèria que Miss Barnes s'havia arrossegat per la gàbia d'una goril·la per tal d'identificar-se amb ella.

—També et vas penjar dalt d'un edifici en companyia d'un bomber per saber en què consistia l'activitat d'aquests homes valents i arriscats, oi? —I es va adreçar a la Valèria—. Els seus articles són sempre tan interessants!

—Oh, però això ho faig per guanyar-me la vida, estimada —va replicar-li Miss Barnes—. El que em prenc més seriosament són els meus poemes, els relats i les obres de teatre que faig.

—Per què ha vingut a París? —es va interessar la Valèria.

—M'hi han enviat de la revista on treballo a entrevistar escriptors que viuen aquí. Com James Joyce. El coneix, Miss Sans? L'ha de llegir, de seguida que pugui. Revolucionarà el món de les lletres, ja hi pot comptar.

Aviat se'ls va unir Thelma Wood, una noia de cabells curts i aire de jovenet que va resultar ser la parella de Djuna Barnes. La Valèria va percebre de seguida com n'estaven d'enamorades, es miraven amb aquell desig dels primers temps que, a cada moment, feia que no veiessin ningú més al voltant. I mentre elles dues s'estimaven amb ulls ardents, la Valèria perdia la vista a través dels grans finestrals per contemplar com queia la fosca al jardí.

El saló es va anar omplint d'altres convidades que a poc a poc anaven arribant i acomodant-se aquí i allà. Totes semblaven familiaritzades amb aquell espai, com si fossin a casa, com si en treure's les pells i els abrics se sentissin plenes d'una lleugeresa que les feia flotar per l'espai més que caminar. Dones sofisticades, totes boniques i elegants, que s'ajeien sobre els domassos i velluts per escoltar un poema llegit en veu alta, per degustar un tros de pastís de xocolata, o que alçaven la mà per brindar amb les altres amb una copeta de vi espirituós o conyac. La Valèria degustava aquella atmosfera densa, íntima i sensual a la llum d'unes espelmes que, repartides aquí i allà, tremolaven com un feble sospir.

Però el millor va venir quan ja se n'anava. La Marie i ella s'acomiadaven de la seva amfitriona cap al tard tot agraint-li la deliciosa vetllada quan, tot d'una, es va obrir la porta i va entrar Romaine Brooks. Sabia que era pintora, n'havia vist alguns retrats de dones sempre boniques exposats en alguna prestigiosa galeria de París; sabia per Marie Laurencin que era la parella de Natalie Barney, tot i que les dues tenien altres amors; però el que no coneixia encara era la forta atracció que sentiria per ella en el mateix instant en què l'hi presentés la Natalie.

—Amor meu, et presento la pintora Valèria Sans.

La Romaine era tot presència. Una dona de cabells curts i bruns, amb ratlla al costat, un mentó pronunciat, el nas recte i els ulls molt oberts que l'escrutaven per dintre. Ulls de pintora. La Valèria en té un record ben viu, de la primera impressió i del foc que, per primer cop, va sentir com una flamarada. No li havia passat mai amb una dona, tot i que el seu atractiu, el seu aire, eren absolutament masculins. Va ser un *coup de foudre* de debò, es diu ara. Ha oblidat la petita conversa que van mantenir, quina importància pot tenir, només recorda que es va sorprendre a si mateixa, al final d'aquella primera i breu conversa, accedint a la seva petició: amb ulls insistents, com dos dards que se li clavaven endintre, la Romaine li va demanar que la visités al seu estudi per fer-li un retrat.

«Retrat de Valèria Sans»
Oli sobre tela, 1922
Romaine Brooks

La pluja regalimava pels vidres dels finestrals de l'estudi de Romaine Brooks. La Valèria s'estava molt quieta, el mentó aixecat, el perfil net per tal que la pintora en fes els primers esbossos. S'havia fet un silenci còmode entre totes dues artistes i mentre l'una treballava amb el carbonet, l'altra es concentrava en la remor de la pluja i obria els sentits a l'experiència nova. La Romaine vestia amb una bata de seda negra amb amples solapes i de sota en sortia el coll d'una camisa blanca, molt rígid, que li conferia certa noblesa en un crani eminentment masculí. Va apartar-se una mica del cavallet i va contemplar la seva model amb expressió concentrada.

—Saps una cosa, Valèria? —havien decidit tutejar-se—. Tens un dels perfils més bonics i originals que he pintat mai.

Abans d'això, en presentar-se al seu estudi en aquell matí plujós del mes de febrer, la Romaine li havia servit un te deliciós, importat de la Xina, i s'havien assegut a conversar una estona per conèixer-se una mica més. La Romaine li va explicar aleshores que, tot i ser nord-americana, se sentia alhora molt europea. Adorava viure a París, però no sempre. Ella necessitava viatjar una part de l'any, ara a Roma, ara a Capri, tot seguit a Londres i tornar a París.

—Em vaig casar amb un pianista sense èxit —va explicar-li divertida mentre li servia més te—. Érem més amics que amants. A ell li agradaven els homes i a mi les dones. Tot i així vam tenir un fill, que vam haver de donar en adopció.

L'expressió del seu rostre es va fer més severa i la Valèria va percebre el desig de canviar de tema. Va aprofitar per tornar-li aquella confiança.

—Jo també vaig estar casada, amb un home meravellós que ara és el meu marxant i també el meu millor amic.

—Has tingut fills?

—No, ni tampoc en tindré. La meva llibertat és massa preuada. Només em dec al meu art.

—T'entenc.

Es van mirar amb intensitat. La connexió entre totes dues era molt forta, com si ja es coneguessin d'una altra vida. La Romaine va recolzar l'esquena enrere i va encendre's un cigarret. N'hi va oferir un altre a la Valèria i ella el va acceptar.

—Et deus haver adonat que la Natalie i jo som completament diferents —va comentar-li.

La Valèria va assentir amb un simple somriure.

—Em carreguen les seves amistats —va continuar la Romaine—. Ella necessita viure envoltada de gent, i en canvi jo...

—Tu t'estimes més la soledat.

—*Touché*. Jo visc abocada al meu art. Només quan pinto trobo la serenor.

—La Natalie escriu, però —va comentar la Valèria.

—Oh, però per a la Natalie escriure és només la conseqüència de viure, no pas la fi en si mateixa. Ella s'ha fet seva una frase de Montaigne que diu: «El meu art, la meva professió, és viure».

Abans de posar-se a treballar en el futur retrat encara van dedicar una estona a veure els quadres que la Romaine tenia guardats a l'estudi. N'hi havia alguns de més antics, de la dècada anterior, que responien a l'estil que la Valèria li coneixia i que més aviat trobava passat de moda: retrats de dones boniques i delicades de caire força naturalista que lluïen barrets i ombrel·les, molt femenines totes, un ideal de bellesa antic que coincidia de ple amb l'aspecte de la seva estimada Natalie Barney. També va mostrar-li una versió de *La France Croisée*, que a la Valèria li va agradar més: es tractava del retrat d'una infermera de la Creu Roja que la Romaine havia pintat anys enrere i que s'havia convertit en símbol de la França en guerra des de la perspectiva femenina, una obra que volia reflectir la força i la serenor amb què les dones franceses havien afrontat els horrors de la guerra. Però les obres que més van cridar l'atenció de la Valèria van ser les més recents. Entre elles hi havia un autoretrat en el qual la Romaine estava treballant. S'hi va plantar al davant i es va quedar una estona llarga sense dir res, contemplant-ne cada detall. Tot el quadre respirava una atmosfera freda, deguda a la paleta de grisos que la Romaine havia emprat. Hi apareixia ella de mig cos, amb un vestit de muntar propi de l'home més elegant, un vestit que ella mateixa s'havia fet a mida: jaqueta negra i llarga que li estilitzava la figura, guants de color gris plom, només un esclat de llum a la camisa blanca i el cap rematat amb un barret de copa negre ben calat. Sota l'ombra de la seva ala, la mirada directa, vigilant, de la Romaine, tan segura i dominant que pocs s'hi haurien acostat. La Valèria podia sentir l'alè de la pintora a fregar del seu clatell.

—No està acabat —va dir-li en una veu que li va sortir rogallosa.

La Valèria es va girar i va quedar a pocs centímetres del seu rostre.

—Jo vull que em facis un retrat com aquest.

Després dels esbossos inicials, la Romaine va ajustar el llenç sobre el cavallet i va començar amb les línies bàsiques del retrat. La Valèria s'havia tret les seves robes femenines rere un biombo oriental i s'havia posat el vestit masculí que la Romaine li havia proporcionat. Estava esplèndida, diferent, una altra Valèria. El barret de copa a la mà, en el seu cas, per mostrar els cabells bruns i tallats *à la garçonne* i els ulls de gat encesos que escrutaven el rostre de la pintora mentre treballava, perquè també ella la voldria pintar. Avançat el matí, la Romaine va fer una pausa. Va agafar certa distància del quadre i el va estudiar durant uns instants.

—Puc veure'l? —va preguntar-li la Valèria, sense moure's encara.

—És aviat.

La Romaine es va acostar a ella i la va estudiar de prop. Va començar a resseguir les línies bàsiques del seu rostre amb un dit, com si la seguís pintant. Dels pòmuls va passar a la boca i s'hi va aturar. Es van mirar i la Romaine va introduir la punta del dit entre els llavis humits. Dues pintores que s'exploraven, dues ànimes que per dintre ja s'havien fos en un sol desig.

—Has estat mai amb una dona? —va preguntar-li la Romaine.

—Fins ara no m'havia vingut de gust. —La Valèria sentia el batec a les seves temples i una escalfor que la recorria per dintre. Va superar la distància encara present entre tots dos rostres i en un gest espontani i llargament desitjat des que havia arribat li va mossegar el llavi inferior.

La Valèria i la Romaine van iniciar un llenguatge nou, un parlar fet de carícies que recorrien el cos de l'una i de l'altra, amb una curiositat i un anhel que creixia i que feia de les seves respiracions una escalada cap al cim més alt. Es van ajeure sobre una de les catifes orientals que cobrien el terra i el feien calent, agradable al tacte dels cossos que aviat van ser nus, l'un sobre l'altre, en una exploració incansable. El temps va semblar aturar-se mentre les mans de dits llargs i estilitzats de la Romaine la recorrien tota i la seva llengua explorava cada solc que trobava en el seu camí. La Valèria es va estremir en sentir-la sobre el seu sexe anhelant, que cremava com una brasa, i el cos se li va corbar en un espasme de plaer mentre del fons del ventre li sortia un crit d'animal. Es va abraonar sobre el cos de Romaine i la va abraçar fort. Van quedar llarga estona damunt la catifa, ajagudes, exhaustes, pell amb pell sota una manta fina.

—Així doncs, t'agraden les dones, Valèria Sans? —va preguntar-li la Romaine amb la seva veu càlida i penetrant.

—M'agrades tu —va respondre-li ella amb la mà de pintora que, incansable, tornava a explorar el seu cos.

26

El setembre del 1975 tindrien lloc les cinc darreres execucions que el dictador Francisco Franco, un cadàver que no moria, va signar amb la seva pròpia mà. Es tractava de dos membres d'ETA, Txiki i Otaegui, i tres integrants del FRAP. A Txiki el va executar un escamot d'afusellament a Barcelona, a l'alba del dia 27, en una clariana del bosc proper al cementiri de Collserola. Abans d'això, el noi havia deixat escrites en el revers d'una fotografia les paraules del Che Guevara:

Mañana, cuando yo muera,
no me vengáis a llorar.
Nunca estaré bajo tierra,
soy viento de libertad.

Uns versos que servirien d'epitafi per a la seva tomba.

Va haver-hi vagues, van esclatar les protestes a dintre i a fora del país. Els ànims estaven encesos i la gent es va abocar de nou als carrers. Els pesaven les dècades acumulades de repressió, de detencions arbitràries, de judicis sumaríssims, de tancaments de locals i prohibicions, de manca de llibertats de tota mena i d'aguantar l'última dictadura d'Europa que no semblava tenir aturador. L'Olivia havia nascut amb la pena de mort com un fet justificable pel règim, emprat des que tenia ús de consciència pels poderosos que encara governaven amb mà de ferro el país. I va dir prou, com tants altres joves de la seva generació i com els més grans, que a banda d'això havien conegut una guerra que semblava no haver acabat mai. Va dir prou i va participar activament en les manifestacions que hi va haver a cada ciutat i a cada poble arreu del país. Amb antics companys de carrera amb els quals havia reprès el contacte se citaven al lloc indicat i se sumaven als cada cop més nombrosos manifestants. Avançaven pels carrers de Barcelona amb el puny enlairat i la gola seca de tant cridar. Prou. Tot de sobte apareixien els grisos i l'Olivia i els seus amics es dispersaven per totes bandes buscant els carrers adjacents per evitar els homes uniformats del color de la dictadura que, tot sovint, els trepitjaven els talons.

Enmig d'una d'aquelles desbandades caòtiques va perdre tots els seus companys. Va mirar amb ulls esbatanats a dreta i esquerra i aleshores, tot de sobte, es va topar amb algú.

—Quico!

Encara se sentien corredisses i xiulets i ell, sense dir paraula, la va estirar del braç i plegats es van refugiar dintre d'un portal a mig obrir. Van quedar-se molt quiets, la respiració entretallada, l'orella atenta a qualsevol indici de perill. Entremig de les ombres d'aquell interior d'edifici estret, en Quico i l'Olivia es van observar per primer cop des d'aquell dia que havien trencat. El respirar feixuc dels dos joves es va anar asserenant a mesura que els sons provinents del carrer s'allunyaven, es feien més somorts. Quan va semblar que ja no hi havia cap risc, que podien sortir de nou al carrer, va ser quan van començar a parlar. Van caminar una estona plegats sense dirigir-se enlloc.

—Com estàs, Oli?

—Molt bé.

—Estàs preciosa.

Ella no va dir res.

—Com et va la feina? Segueixes amb el teu avi, oi?

—Sí, molt bé.

—Segueixes detestant-me?

La noia es va aturar un instant i se'l va quedar observant.

—Crec que no —va concloure.

Havia temut el moment de tornar-lo a veure, no sabia com reaccionaria ni què li diria, però ara, potser gràcies a l'adrenalina viscuda només uns instants abans quan fugia dels grisos, potser perquè ja estava més preparada, es va sorprendre de la seva tranquil·litat.

En Quico va deixar anar un somriure i van seguir caminant.

—No em vas tornar ni una trucada, així que vaig deixar d'emprenyar-te.

—Vas fer bé. Necessitava temps.

—Ho entenc i t'ho he respectat.

L'Olivia provava de desxifrar els seus sentiments però no en treia l'aigua clara. Va decidir deixar-se portar per aquesta nova persona més espontània que havia començat a ser.

—Vols que anem a prendre alguna cosa, Quico? —li va proposar.

Aquesta vegada serà diferent, aquesta vegada manaré jo, es va dir.

El noi va alçar les celles i hi va accedir de bon grat.

Van passar-se una estona llarga en un bar, en Quico xerrava pels descosits com si res hagués canviat, com si reprenguessin una conversa deixada a mitges i tot tornés a la normalitat d'abans. Un parell de vegades ell va agafar-li la mà a través de la taula i ella no s'hi va resistir pas, de manera que el noi es va anar engrescant. Però l'Olivia era cada cop més conscient del canvi que s'havia produït en ella, ja no era aquella noia que es volia emmirallar en els ulls de l'altre, ara se'l mirava diferent. Ho notaria, ell? Va beure's una copa de vi i en buidar la segona va notar com se li encenia el desig. Tenia el cap ennuvolat, el cos ardent. Feia estona que havia deixat d'escoltar-lo i ara pensava en el seu cos nu, en tornar-hi a fer l'amor.

—Anem a casa teva? —va proposar-li en una foguerada—. Estic farta d'aquest bar i, al cap i a la fi, el teu pis és aquí al costat.

En Quico li va escrutar la mirada i a l'instant següent aflorava als seus llavis el somriure trapella d'altres temps. No va caldre res més. Amb prou feines van pagar, van caminar els dos carrers que els separaven del pis d'en Quico i es van ficar a l'ascensor. En el petit aparell, les mans de l'un i de l'altra descordaven botons mentre les boques es fonien en una espiral de plaer. Tan bon punt van obrir la porta del pis van llençar les jaquetes a terra, es van desfer amb gestos ràpids de les samarretes i els texans fins i tot abans d'arribar al sofà. Aquell sofà i la reproducció del *Guernica* que l'Olivia havia contemplat tants cops mentre feien l'amor, mentre en Quico la besava i amb el seu desig encès la feia sentir especial. Tot va anar massa ràpid per al seu gust, ella s'hi hauria recreat una mica més, però aquella urgència no era cap novetat en en Quico, de fet, sempre havia estat així. La va penetrar i va descarregar el doll de plaer com si li anés la vida, com si no el pogués contenir ni un segon més. I es va desplomar al seu costat. Ella li va demanar que li encengués un cigarret i es va posar a fumar, de tant en tant se'l passaven. Van estar així una bona estona mentre l'Olivia fixava la vista en el *Guernica* i reflexionava.

—T'he trobat a faltar —li va dir ell al cap de poc.

—Què és el que has trobat a faltar de mi, exactament? —Els ulls de l'Olivia van mostrar un viu interès.

Ell es va incorporar una mica i el seu rostre va quedar per damunt del d'ella. Amb un gest tendre i conegut, en Quico li va enretirar el serrell.

—Tot. Ho he trobat a faltar tot de tu. Ets la meva princesa, bonica, menuda, ets el meu àngel particular —va murmurar-li a fregar del rostre mentre ella l'observava amb atenció. Ell va sacsejar el cap i el va enfonsar entre l'espatlla i el coll de l'Olivia—. Soc un imbècil! Oli, al teu costat soc millor persona, t'ho dic de debò.

Ella seguia rumiant.

—Oli, podríem provar-ho un altre cop. Ara serà diferent.

Em tracta com una nena, es va dir. L'havia tractat sempre així? En Quico encara veia l'Olivia d'abans, «la seva princesa», com li agradava dir. I a ella, per primer cop, allò la incomodava. Va tornar a uns instants abans, mentre feien l'amor, i va analitzar un cop més el seguit de pensaments que li havien sobrevingut.

Amb un gest pausat i alhora decidit, es va anar desfent de la seva abraçada i es va posar dreta. Va anar a recuperar la seva roba i es va començar a vestir.

—Te'n vas? —En Quico semblava desconcertat.

Ella s'hi va acostar mentre es cordava l'últim botó dels texans. Va besar aquells llavis molsuts.

—Me'n vaig.

I mentre ell s'aixecava i es disposava a retenir-la, a dirli «parlem, Oli», i de la seva boca en sortien un munt de paraules carregades de bones intencions, paraules que ella hauria escoltat de bon gust temps enrere, l'Olivia se'n va anar desfent amb suavitat.

—Quico —va dir-li—. No facis plans de futur perquè no hi ha futur per a nosaltres dos.

—Em guardes rancúnia. És això —va concloure ell.

—En absolut. —L'Olivia va notar com si el món se li obrís al davant amb tota la seva lluminositat—. És només que ja no vull estar amb tu.

27

Un dissabte al matí l'Olivia era a la botiga acabant de revisar l'inventari d'un lot que havien comprat als Encants. Es trobava tan concentrada que en sentir el dringar de la porta ni tan sols va aixecar el cap dels papers.

—Teresa! —va cridar-la perquè la sentís des del magatzem—. Pots atendre tu, sisplau?

Però en no obtenir cap resposta —la Teresa cada cop és més dura d'orella, va pensar fastiguejada—, va vestir-se amb el millor somriure i va alçar la vista cap al possible client.

Va veure la Natàlia plantada a l'entrada de l'antiquari, ni tan sols gosava fer una passa endavant. No semblava ella.

—Què vols?

—M'agradaria parlar amb tu.

—No crec que tinguem res a dir-nos, ja.

—Oli, sisplau. Fa cinc mesos que no ens hem vist.

—Fa cinc mesos que la que considerava una amiga em va trair.

—No saps com me'n penedeixo.

L'Olivia no va dir res.

Del magatzem no en va sortir la Teresa, sinó en Boris. Se les va quedar mirant, ara l'una, ara l'altra.

—Olivia, dona —va intervenir, tallant un silenci que gairebé es podia mastegar—, aneu a fer un volt i parleu. T'anirà bé.

La Natàlia va fer-li una mirada d'agraïment infinit, tot i que en Boris no la va correspondre amb el somriure d'altres temps. L'Olivia s'ho va pensar encara uns segons i tot seguit va agafar la jaqueta que tenia penjada al respatller de la cadira i, gairebé sense mirar-la, es va adreçar a la Natàlia:

—Au, anem.

Van caminar pel carrer, l'una al costat de l'altra. Era ben clar que l'Olivia no tenia res a dir-li, però la Natàlia va percebre la seva disposició a escoltar, i per tant s'hi va llançar. Va explicar-li que no havia tornat a veure en Quico. Mai més.

—Suposo que la història que vam tenir abans que tu i ell us coneguéssiu sempre havia quedat mal tancada... D'aquí el terrible error —va justificar-se—. No vaig ser capaç de veure el mal que et feia.

—Ho hauries d'haver sabut —va rebatre-li l'Olivia amb to sec—. La meva no era una relació oberta, com aquestes que tens tu. El problema és que tu no respectes res.

—Soc una idiota, Oli. M'arrencaria els cabells de la ràbia que em faig —va dir-li per primera vegada amb la veu trencada—. Podries arribar a perdonar-me?

—No crec que ho pugui oblidar mai.

Es va fer el silenci altre cop entre elles i van seguir avançant sense rumb. Aviat baixaven la Rambla en direcció al mar. La Natàlia va deixar anar un sospir i va alçar la mirada més enllà de les branques dels plataners a mig despullar. Les fulles caigudes feien un so aspre en trepitjar-les. Va decidir recular una mica i canviar de tema.

—He tornat a viure amb ma mare. —L'Olivia seguia caminant com si res però els seus ulls van obrir-se amb certa sorpresa—: Està sent molt dur, ja saps que no m'hi he entès mai, amb ella, i ara encara és pitjor perquè ja m'havia acostumat a no tenir-la sempre al damunt. Tot ho vol controlar, no em deixa viure. Però és clar, no em quedava altra opció si volia seguir estudiant...

Allò va captar del tot l'atenció de l'Olivia.

—Has tornat a la universitat? —va llambregar cap a ella.

La Natàlia va assentir amb un somriure i el rostre se li va il·luminar com en els millors temps.

—T'he fet cas. Tu sempre m'hi insisties... Però no he tornat a Filosofia i Lletres, sinó que ara faig periodisme.

—Periodista —va rumiar l'Olivia—, t'escau.

La Natàlia va començar a explicar-li que feia classes nocturnes per poder compaginar-ho amb la feina de matins a la botiga, que volia ser una d'aquelles dones periodistes que enviaven pel món a fer grans reportatges i que escrivien tan bé, que ja s'hi veia, que volia volar ben alt. Tanmateix, quan la noia ja estava del tot engrescada i començava a donar-li exemples de bones reporteres amb les quals s'havia emmirallat, l'Olivia la va aturar en sec.

—Hauria de tornar a l'antiquari. S'està fent tard i tinc molta feina.

La Natàlia es va mossegar el llavi.

—D'acord.

Intuïa que ja havia arribat molt lluny, que no podia pressionar més l'Olivia i que, de moment, s'havia de conformar amb allò. Així i tot, abans de separar-se no se'n va poder estar d'afegir una cosa més.

—Segurament no podràs oblidar el que va passar, però si algun dia poguessis perdonar-me... jo no et fallaria mai més. T'estimo, Oli, i et trobo a faltar. A tu i a la Rosa.

L'Olivia no li va contestar però va quedar impressionada pel tremolor de la seva amiga, que no li era gens propi. Se'n va acomiadar en un murmuri imprecís i va girar cua per enfilar Rambla amunt. Malgrat que s'havia mantingut serena, tan distant com li havia estat possible, les llàgrimes van començar a brollar-li sense aturador de camí cap a l'antiquari.

Des que l'Olivia havia arribat a Barcelona, anys enrere, i s'havia instal·lat al pis d'en Boris per començar els estudis d'història de l'art, avi i neta havien pres el costum d'anar alguns dissabtes a passejar per les galeries d'art del carrer Consell de Cent. Prop de migdia, deixaven l'antiquari en mans de la Teresa i enfilaven el carrer fins a la plaça de la Catedral. Un cop allà, el carrer dels Arcs, el Portal de l'Àngel que feia pujada i aviat se'ls obria al davant la plaça de Catalunya. La travessaven a pas viu, ja que l'Olivia sabia que no era el lloc favorit d'en Boris, per massa gran, per massa impersonal, com repetia ell, i llavors enfilaven un tros de la Rambla de Catalunya i ja hi eren: el carrer Consell de Cent, en ple Eixample, en el qual proliferaven les galeries d'art modern i contemporani. Sales d'exposicions amb un públic fidel que assistia a cada nova mostra i anava descobrint, guiada pels seus promotors, no només els artistes de la modernitat de la primera meitat del segle XX —els mestres avantguardistes que havien trencat amb tot l'establert i que tant havien enamorat l'Olivia—, sinó també els talents més actuals de l'art que seguien buscant noves formes d'expressió artística i nous llenguatges. Aquests darrers també trobaven en els galeristes del carrer Consell de Cent una calorosa acollida.

En Boris hi havia esdevingut un habitual a causa de l'Olivia, ja que volia complaure la noia, desitjava entendre tot allò que agradava a la nova generació i obrir la ment a noves propostes. Ell era un home de costums, però no es considerava un vell carcamal d'aquells que es tancaven al més modern, a tot allò que no comprenien o no havien vist mai. Tenia companys d'ofici que eren així, però ell no s'hi volia assemblar. De manera que, en companyia de la seva neta, que al llarg d'aquells anys de convivència li havia obert moltes portes i finestres, havia admirat les obres informalistes de Modest Cuixart, Joan Ponç, Moisès Villèlia o Joan Hernández Pijuan a la galeria René Metras, o bé s'havia aturat davant les obres més sorprenents d'Antoni Tàpies, Joan Miró, Antoni Clavé i alguna mostra de Picasso per la qual havien hagut de fer una llarga cua a la Sala Gaspar. També hi havia alguna galeria especialitzada en fotografia i allà s'havia retrobat en Boris amb la Barcelona quotidiana dels anys cinquanta i seixanta gràcies a les imatges de Francesc Català-Roca, mentre que l'Olivia li havia cridat l'atenció tot sovint sobre els treballs que realitzaven fotògrafs ben actuals com Xavier Miserachs, Colita o Oriol Maspons, membres d'aquella Gauche Divine barcelonina en la qual la seva amiga Rosa i l'Oriol nedaven tan bé.

Aquell dissabte de tardor els carrers de la ciutat eren molls de la pluja que havia persistit durant tota la nit i bona part del matí. Les fulles marrons, caigudes a doll de les fortes ventades, s'enganxaven a terra formant un llit espès i humit i també sobre el metall dels cotxes aparcats com si fossin cromos de paper. En Boris afanyava el pas i de tant en tant fitava l'Olivia de cua d'ull, que caminava silenciosa al seu costat. En els últims temps s'havia produït un canvi en ella, ho percebia en el gest, en la mirada, en una actitud molt més ferma i valenta que en altres temps. En Boris no podia deixar de pensar en l'evolució que havia fet la noia des que vivia amb ell. Quan va arribar del poble, només era una nena, o així la veia ell aleshores. Amb els seus divuit anys i un aspecte més jove, encara, del que era, la recordava aquella primera tardor amb el seu serrell castany que li tapava mig rostre, l'abric vermell de cada hivern i el caminar lleuger com una ploma, anant cap a la universitat. Ja aleshores li va descobrir l'expressió seriosa i concentrada de quan llegia, la bondat en els ulls cada cop que el mirava, la il·lusió d'acompanyar-lo a buidar pisos i de formar part del seu món. Aquells ulls curiosos que ho observaven tot des d'un segon pla li havien robat el cor, i si bé sentia la pèrdua immensa de la seva dona, companya de vida durant les dècades anteriors, la noia l'havia ajudat a no perdre les ganes de viure. «És una noia intel·ligent i molt desperta —li deia a la seva filla cada cop que hi parlava per telèfon en els primers temps—, és pencaire i ens entenem molt bé». Els anys van anar succeint-se a un ritme que a en Boris li semblava frenètic i ara ja s'havia llicenciat, treballaven braç a braç i sabia que el negoci faria amb ella un salt endavant cap als nous temps. Hi estava preparat, confiava en ella i sobretot en els últims mesos, en què la veia molt més madura. Des que havia trencat amb el cràpula d'en Quico que havia millorat. S'havia emportat un bon disgust i l'avi havia patit l'inconcebible, però el cert és que ara l'Olivia començava a brillar amb llum pròpia, es deia per dintre, es mostrava més parladora, prenia decisions i se la veia molt més segura de si mateixa que abans. A l'avi li agradava aquella Olivia que no necessitava ningú per valorar-se i ho celebrava, i tant que ho celebrava, sobretot perquè ja no la sentia plorar a les nits quan es tancava a la seva habitació.

Van arribar al carrer Consell de Cent i primer de tot van acudir a una nova exposició sobre el constructivisme, que a en Boris li va semblar força avorrida tot i que se'n va guardar de dir res. Va ser quan en sortien que l'avi li va proposar a la neta d'entrar en un altre local on, a més d'exhibir quadres, venien llibres d'art. Es van passar l'estona següent fullejant-ne uns quants. L'Olivia va trobar una petita secció dedicada a les primeres avantguardes i s'hi va capbussar. Passava les pàgines d'un llibre rere l'altre i, com sempre, hi buscava les dones artistes gairebé inexistents. Però tot d'un plegat va aturar-se davant d'un llibre de fotografies dels anys vint a París. El va començar a fullejar. Hi sortien locals emblemàtics, com La Closerie des Lilas, Le Dôme, La Coupole, Le Select. També un seguit de textos en francès que descrivien la gent i el moment que van viure. El cor se li va anar engrescant en adonar-se que estava ple de fotografies en les quals no només s'hi veien els grans, els de sempre, els que havien traspassat èpoques, sinó que també hi apareixien muntanyes de rostres poc coneguts. En girava les pàgines en una primera ullada abans de decidir-se a passar per caixa i adquirir aquell nou tresor quan, tot d'un plegat, es va fixar en una fotografia: ocupava mitja plana i hi sortia un grup de gent davant d'un local que, amb lletres grans, anunciava el seu nom. «The Jockey», va llegir en veu alta. A poc a poc, va apropar-hi el rostre fins a quedar situada a un pam de la imatge. Perquè li va semblar veure algú. Perquè es va dir no, no pot ser. Però no eren pas visions seves, sinó que cada cop n'estava més segura. En la llegenda de sota de la fotografia hi va llegir: *1924. Grup d'artistes a la sortida de The Jockey*. El dit li va anar del text als rostres somrients de la fotografia i amb el cor desbocat es va aturar en un d'ells. Enmig del grup d'homes i dones que posaven davant l'objectiu, la Valèria Sans la mirava, li somreia des dels anys vint.

París era un ball constant

La Valèria dedicava el seu temps a pintar retrats de dones que admirava i estimava. Dones lliures del seu estimat París que als anys vint bullia de ganes de viure i de divertir-se. Marie, Romaine, Natalie, Djuna, Gertrude, Kiki, noms de dones que ella desitjava fer immortals a través dels seus retrats. En Lukas venia tot sovint a la ciutat i li aconseguia vendes molt lucratives que no feien més que augmentar la seva independència i llibertat. A finals del 1923 la Valèria va decidir traslladar-se a un apartament més ampli i tranquil de l'Île Saint-Louis. No és que volgués renunciar a Montparnasse, el barri que l'havia acollit com a artista tant abans com després de la guerra, però ara necessitava un lloc que li oferís certa pau per treballar. I el va trobar en aquella petita illa enmig del Sena, un estudi petit, confortable, lluminós, que donava a les aigües del riu. Les copes dels arbres arribaven a mitja alçada de la seva finestra i cada matí sentia l'embranzida dels ocells que s'enjogassaven a les seves branques. Amb la seva bata de seda lligada a la cintura s'asseia a l'ampit de la finestra i amb la tassa de cafè fumejant entre les mans contemplava els vaixells, grans i petits, discórrer per les aigües tranquil·les sota un cel sempre canviant. Treballava amb delit fins que el cor li deia prou i aleshores tornava amb energia renovada a l'esperit mundà i intensament social del seu adorat Montparnasse.

Solia anar-hi cap al tard, tot recordant que anys enrere no hi havia hagut gaire vida nocturna un cop s'apagaven els llums dels cafès. Però tot això havia canviat a partir d'aquell novembre en què, a la cantonada del bulevard Montparnasse amb la rue Campagne Prèmiere, van obrir un local nou anomenat The Jockey. La Valèria es fixa ara en la fotografia penjada al seu estudi en què hi surt ella amb un grup d'amics el dia de la inauguració. Es fixa en la façana vistosa, pintada amb les siluetes d'uns indis, cowboys i mexicans, blanc sobre negre, que va triomfar tant. Aviat farà dos anys d'aquella imatge, però la Valèria manté ben viu el record de la bona impressió que li va fer el nou local: una barra de bar molt llarga, un seguit de taules que aprofitaven l'estretor de l'espai i enmig de tot una pista de ball, petita, de dimensions molt reduïdes però suficient per fer-la ballar sense aturador al ritme de la música de jazz. Els seus amics i ella van fer córrer la veu i aviat el The Jockey es convertia en el lloc de moda entre els habitants nocturns d'una banda i de l'altra del riu. Quan pensa en les fileres de cotxes que s'acumulaven davant la porta en els primers mesos! Els xofers dels elegants de la Rive Droite esperaven pacients tot fumant un cigarret rere l'altre, recolzats sobre els capós negres i lluents. A la Valèria li encantava demorar-se una mica en entrar al local i sentir els seus comentaris: «Com més brut és el local, més els agrada», els havia sentit dir. A ella li agradaven especialment les nits en què actuava la seva amiga Kiki. S'havia cosit uns enagos sota el vestit i amb el seu riure dolç i picant cantava i ballava aixecant-se les faldilles fins a deixar al descobert l'evidència que, sota els enagos transparents, no hi portava res. Tothom l'adorava i ella tornava a ser feliç al costat de Man Ray després d'un temps separats. Com se li va acudir, allò d'anar a Nova York? Tant és, aquella aventura al cinema li havia resultat fallida, però la Kiki sabia girar full i recuperar altre cop el bon ànim. La Valèria acaricia amb tendresa el rostre rodó de la seva amiga que, amb els seus cabells curts i allisats, el serrell retallat i la mirada trapella, somriu a la càmera. Gairebé pot sentir la seva rialla a flor de llavis. Sempre ha pensat que la Kiki és l'esperit mateix de Montparnasse.

També va ser a finals d'aquell any quan la Marie la va engrescar a col·laborar amb ella en els decorats i el disseny de vestuari del ballet que preparava Serguei Diàghilev. Fins a aquell moment, la relació de la Valèria amb la companyia dels Ballets Russes havia estat la d'espectadora. Cada temporada assistia a l'estrena d'algunes obres en les quals tot sovint hi col·laboraven amics seus. Noms tan familiars com Picasso, Matisse, Braque, Derain o Laurencin al costat dels coreògrafs, músics i primeres figures de la dansa del moment. Perquè, en els seus ballets, Diàghilev perseguia el concepte d'art total, perquè ell impulsava des de feia anys una altra forma de fer ballet que integrava no només coreografies noves, sinó també escenografies sorprenents, vestuaris per als ballarins i les ballarines que causaven escàndols sonats i en els quals els artistes d'avantguarda estaven més que disposats a col·laborar. També ella, per descomptat, de manera que no li va costar ni un segon decidir-se a intervenir en el ballet *Les biches* que Diàghilev preparava amb Marie Laurencin.

Els últims mesos de l'any els recorda com un aprenentatge constant i un tenir els ulls ben desperts a cada nova experiència que la seva participació en el món del teatre li proporcionava. Al costat de la Marie va donar forma a un escenari ambientat en una casa elegant on s'hi havia de celebrar una festa en un capvespre d'estiu. Aquest era l'argument de *Les biches* i la Marie va idear una sala blanca, diàfana, lluminosa, en la qual hi van disposar tan sols un immens sofà blau. La Valèria va col·laborar també en el disseny dels vestits del cos de ball sense imaginar on la portaria aquella nova experiència. Bronislava Nijinska en va fer la coreografia, a més a més d'interpretar el paper d'amfitriona d'aquella festa refinada en la qual, en un sol acte, els joves dansaven al ritme d'una volguda ironia galant. La companyia va estrenar l'obra a començaments de gener del 1924 a la Salle Garnier de Montecarlo i el mes de maig va representar-la a París. El seu èxit va ser immediat.

Després d'allò, la Valèria va agafar-hi afició i la seva participació amb la companyia va esdevenir habitual. Li agradava sumar-se a alguna part de les gires que feien per ciutats europees, coneixia llocs nous i es relacionava amb la gent que en formava part. Mentre els ballarins i les ballarines assajaven, ella es dedicava a dibuixar-los. En prenia apunts al natural, rumiava nous vestuaris que s'adaptessin al seu cos i als seus moviments i també es fixava en un rostre concret, en una expressió o en un moviment determinat que després passava a la tela. I les mans. Les mans d'alguns ballarins l'obsessionaven i ocupaven un espai prominent entre els fulls de les seves llibretes. Va ser així com va descobrir les del seu adorat Ivan.

Es van conèixer el mes de maig. Faltava un mes per a l'estrena de *Le train bleu*, el nou ballet de Diàghilev amb música de Darius Milhaud basat en un argument de Jean Cocteau. El títol de l'obra es referia al tren de luxe que feia el recorregut de la capital francesa a la Riviera i l'acció es desenvolupava en un indret vora el Mediterrani, on un seguit de joves es lliuraven als seus plaers. La Valèria havia participat en l'elaboració d'una escenografia cubista que havia ideat l'escultor Henri Laurens i que recreava una platja feta amb plans inclinats on hi havia casetes de bany i dofins que saltaven. Un pintor especialitzat en escenaris reproduïa el teló gegantí de deu metres d'amplada a partir d'una obra que Picasso havia fet en *gouache,* una obra que la Valèria no podia deixar de mirar on sortien dues dones voluptuoses que corrien per la platja i, en alçar els braços, a una li quedava el pit al descobert.

Els ballarins assajaven abans de l'estrena sota les ordres estrictes de Bronislava Nijinska i la Valèria assistia divertida a les trifulgues que ocasionava el vestuari que havia dissenyat Coco Chanel. Li agradava el caràcter ferm i agosarat de Mademoiselle Chanel, que cada cop que es descosia una costura dels vestits de bany fets de punt —uns mallots que, en el cas de les ballarines, escandalitzarien les ments més estretes de París, això ella ja ho sabia aleshores—, no li feia res agenollar-se i recosir el que calgués. I els casquets de bany! Quina delícia! Quan alguna de les ballarines es queixava que no li entrava la llarga melena, Coco Chanel li responia: «Doncs talli's els cabells, mademoiselle. No ho veu, que tothom ja ho ha fet?». La Valèria s'aguantava el riure i començava a adorar aquella *couturière* que estava revolucionant la vestimenta de les dones de París. Però en aquells dies d'assajos no només es fixava en els vestits de bany femenins, sinó també en els masculins, i sobretot en el cos jove, atlètic i bronzejat que lluïa un dels ballarins. Aleshores encara no sabia que es deia Ivan i que no feia gaire temps que havia entrat a formar part del cos de ballarins de la companyia. La Valèria hi va posar l'ull i en va dibuixar moltes versions i la seva mirada insistent va captar la del noi. No va passar ni una setmana que ja havien intimat.

És tan jove!, es diu la Valèria quan hi pensa. I aleshores es toca la pell i s'estremeix tota, per tantes escenes de passió juvenil que encara li són recents. Quan el va conèixer, ella llegia *Chéri*, la novel·la de Colette que havia escandalitzat una part dels lectors perquè tractava d'una dona madura que tenia una aventura sexual amb un noi molt més jove que ella. Potser perquè ella ja tenia trenta-tres anys, potser per això s'hi va llançar. I el cos jove i atlètic del seu adorat Ivan, que ja havia intuït de manera força explícita sota el banyador de punt de Coco Chanel, no la va pas defraudar. La nit de juny en què van estrenar *Le train bleu* al Théâtre des Champs-Élysées, els va faltar temps per escapolir-se de la festa que es va celebrar després de la *première* i arribar a l'apartament de la Valèria a l'Île Saint-Louis. Amb els petons encara vius a flor de llavis, que havien començat entre bambolines i havien prosseguit de manera furtiva i juganera durant la festa, van acabar fent l'amor dins la banyera de porcellana que la Valèria havia fet instal·lar al seu bany. Encara molls i embriagats del plaer assolit amb urgència, es van ajeure al divan on ella feia posar a les seves models. I amb els dits que resseguien les gotes que regalimaven per cada solc, per cada protuberància d'un cos i de l'altre, van començar a parlar, a descobrir-se més enllà del desig inicial, mentre l'albada treia el cap per la finestra.

28

La Rosa feia anys i l'Oriol va organitzar-li una festa sorpresa a casa seva. L'Olivia hi va acudir tota sola, vestida amb un conjunt nou per a l'ocasió consistent en una brusa escotada de color blanc i mànigues estretes i una minifaldilla de pell marró que li accentuava els malucs estrets. Les botes altes de pell blanca remataven un *look* agosarat que, gens habitual abans en ella, a poc a poc anava adoptant. L'Oriol li havia explicat que primer soparien els més amics a casa seva i tot seguit es traslladarien a la discoteca de la part alta de la ciutat, Bocaccio, on acabarien la nit.

Va arribar al carrer Tuset de les primeres, amb l'esperança de veure els nens de la seva amiga encara desperts, però va resultar que aquell vespre els havien enviat a dormir a casa els avis, o sigui que es va conformar a donar un cop de mà amb els últims preparatius. L'Oriol li havia demanat a la Rosa que portés els nens a casa els seus pares a primera hora de la tarda i que no tornés fins a les vuit, que li tenia preparat un sopar íntim amb quatre amics i que, per una vegada, ho volia preparar tot ell. Poc podia imaginar-se ella que la festa sumaria fins a una vintena de convidats i que l'Oriol havia contractat un càtering de primer nivell per a l'ocasió. L'Olivia es va dedicar a observar-lo mentre donava ordres aquí i allà, vestit amb una americana de color clar que li quedava com un guant. Es va adonar de com era de perfeccionista, de com ho volia tot ben posat. Aquell pis gairebé sense mobles era un lloc idoni per a les festes, perquè hi havia espai per muntar taules altes de suport per als canapès i una barra de begudes, i perquè les flors fresques, com un esclat de color sobre fons neutre, hi lluïen d'una manera especial. La sala feia goig de debò i a l'Olivia li va semblar un gest molt maco que el marit de la seva amiga s'hagués esmerçat tant per fer-la feliç.

Vora les vuit del vespre ja havien arribat tots els convidats, la majoria amics de l'Oriol que la Rosa havia anat adoptant amb els anys: col·legues arquitectes, un fotògraf dedicat a la publicitat, una dissenyadora de moda amb un nas prominent que l'Olivia no podia deixar de mirar, un productor de cinema i la seva parella actriu, companys d'estudis i alguns fills de famílies amigues dels pares de l'Oriol. A l'Olivia li semblaven tots molt ben plantats, joves de mirada desperta, seguretat en les maneres i en el parlar, que es movien amb una elegància natural que ella procurava imitar. L'Oriol havia demanat a un amic que es quedés al replà i guaités pel forat de l'ascensor l'arribada de la Rosa, i en un moment determinat el noi va donar l'avís i tots van córrer a amagar-se. En la foscor del passadís, els uns als altres s'obligaven a ofegar el riure. Es va imposar el silenci. L'Olivia va mirar per damunt dels caps per si veia la persona que esperava, que havia convidat personalment. Però de moment no havia vingut. Van esperar-se encara uns segons, la gent es movia i els riures s'escapaven d'alguna boca impacient.

—Per molts anys! —van cridar tots a l'uníson, i van sortir en estampida a abraçar l'homenatjada. La Rosa es tapava la boca i amb els ulls rodons com taronges assimilava amb veritable sorpresa que tot allò fos per a ella.

Van sopar un pica-pica de peu dret. El càtering era excel·lent i els canapès corrien de taula en taula mentre es buidaven safates i les converses pujaven de to. L'Olivia es va passar una bona estona xerrant amb un publicista que només sabia parlar de models famoses a les quals havia impulsat, mentre ella reprimia els badalls. Mirava per tot arreu i veia els convidats repartits entre la sala, el passadís i fins i tot sentia algunes veus provinents de les habitacions. Sonava la música per tota la casa, les cançons franceses de Barbara o Jacques Brel s'alternaven amb els Beatles i Bob Dylan. «De debò que no m'ho esperava», sentia repetir a la Rosa una vegada i una altra, mentre ella fitava cap a l'entrada del pis de cua d'ull.

Va treure's de sobre el publicista, farta dels homes com ell que només volen ser escoltats, i es va moure a empentes fins a un cambrer per demanar-li una copa més de vi blanc. I en aquell moment la va veure arribar. La Natàlia estava esplèndida, més bonica que mai. Els cabells pèl-rojos deixats anar, el rostre blanc pigallat molt més lluminós que l'altre dia i lluïa un vestit negre de tirants molt curt i ajustat. Els ulls la buscaven i en trobar-la li va somriure amb el rictus una mica nerviós. L'Olivia va voler anar cap a ella però les separaven un munt de convidats i va ser la Rosa la primera a arribar fins a la nouvinguda.

—Què hi fas aquí, Natàlia? —va llegir l'Olivia en els llavis de la Rosa—. No pot ser que l'Oriol t'hagi convidat. Oriol!

Va veure com totes dues es giraven cap a l'Oriol i ell es defensava com podia insistint-li a la seva dona que no, que no havia estat pas ell. La música semblava somorta, els convidats s'havien difuminat mentre l'Olivia avançava cap a elles.

—He estat jo —va interrompre-les. I va prémer el braç de la Rosa—. Espero que no et molesti... L'he convidada jo.

La Rosa va quedar tan perplexa que encara va trigar uns instants a reaccionar.

—Pensava que ja no ens parlàvem amb ella, que tot s'havia acabat —va remuguejar.

—Ho vull arreglar. —L'Olivia parlava amb veu ferma mentre mirava ara l'una ara l'altra amb expressió seriosa.

—I jo —va implorar-los una Natàlia que, per primera vegada a la vida, es mostrava insegura.

L'Olivia va agafar una mà de cada amiga i les va ajuntar amb la seva.

—Fora rancúnies. Vull oblidar el que va passar. En Quico no s'ho val, no vull acabar amb la nostra amistat.

La Natàlia la va abraçar en un rampell.

—Oli, us he trobat tant a faltar. Gràcies per l'oportunitat.

—Ja pots aprofitar-la —va murmurar la Rosa, que encara no n'estava del tot convençuda—. Tens sort que l'Olivia és un tros de pa.

—No sé si podré o sabré confiar altre cop en tu, Natàlia —va puntualitzar l'Olivia. Havia assajat aquella conversa des d'uns dies després d'haver-la vist. En el fons del seu cor hi havia una veueta que la cridava a recuperar la seva amiga, a pesar de tot. Tanmateix, era important per a ella deixar les coses molt clares—. Vull dir que no sé si res serà com abans, això no t'ho puc dir. Però m'agradaria intentar-ho, perquè jo... —Va agafar aire perquè sentia que el plor li pujava per dintre—. Jo també t'he trobat a faltar.

La Natàlia es va mostrar més prudent que mai. No semblava ella. Durant tota la vetllada va estar amatent a les seves amigues, els nois van deixar d'existir i aquella nit només tenia ulls per a elles. Es va interessar per com els havia anat en els darrers mesos, fins i tot va preguntar-li a la Rosa un munt de coses dels nens i de com els anava l'escola, mentre que a l'Olivia l'escoltava amb tota l'atenció per saber els avenços que havia fet en la investigació de la pintora. A l'Olivia li va venir de gust posar-la al corrent de les seves noves aspiracions per al futur de l'antiquari i la Natàlia no va fer més que fer-ne lloances. També ella es va esplaiar amb els detalls de la seva nova carrera, els va compartir com de feliç estava d'haver-se decidit i els va dir amb contundència que ara sabia que havia nascut per ser periodista.

Cap al tard, quan les safates dels canapès dolços ja havien passat feia estona i les ampolles de cava s'havien buidat, l'Oriol va interrompre les converses per moure la tropa d'amics cap a Bocaccio. Els convidats es van repartir entre cotxes i motos i van desplaçar-se fins a dalt de tot del carrer Muntaner. La nit no havia fet més que començar.

Bocaccio era la *boîte* de moda entre els fills de les famílies burgeses de Barcelona com la del mateix Oriol i els seus amics. L'Olivia sabia per la Rosa que hi anaven joves que, tot i no estar gaire o gens involucrats en política, es mostraven contraris al règim de Franco i propers a les esquerres, però que el que de debò defensaven a capa i espasa era una manera de viure la vida i de divertir-se, «una manera molt més lliure i moderna que la dels pares», li havia descrit ella. L'Olivia sabia que a Bocaccio hi anaven els elegants de Barcelona, però també els bohemis i els professionals de tots els camps: directors de cinema, productors, actrius d'actualitat, a més a més de cantants, models, fotògrafs de moda, arquitectes, dissenyadors, periodistes, escriptors, editors i intel·lectuals. Un aparador de gent guapa i interessant que el periodista Joan de Sagarra havia batejat anys enrere amb el nom genèric però força entenedor de Gauche Divine, expressió que encantava a la seva amiga Natàlia.

Van entrar a la *boîte* conduits per l'Oriol fins a la sala del fons, un espai envellutat d'un seductor i sofisticat color granat. L'Olivia es va fixar en la llarga barra de bar sota la llum tènue d'una filera de llums Tiffany i va llambregar cap als cambrers d'espatlles dreçades i vestits impecables. Tots es movien entre les taules i servien sol·lícits uns còctels molt atractius. Li va fer gràcia un d'ells que, avançant-se a un client, li va oferir foc en un gest ràpid abans fins i tot que el client l'hi demanés.

—Aquesta és la nostra zona —va indicar-los l'Oriol amb un gest que abastava una bona part de sofàs i de taules on hi posava un cartell de reservat. La Rosa i ell encara no van seure, perquè coneixien tanta gent allà dintre que no paraven de saludar.

L'Olivia es va asseure amb la Natàlia i tot seguit va seguir la seva mirada, que repassava amb gest murri però contingut la concurrència.

—Què, Nat —va xiuxiuejar-li a l'orella—, avui no els critiques per massa *pijos*?

La noia va fer com si es cosís la boca.

—És la festa de la Rosa.

No obstant això, al cap d'un minut no se'n va poder estar. Li va donar l'esquena a la noia que tenia al costat i es va apropar més a l'Olivia.

—No sé com la Rosa aguanta aquest ambient tan frívol —va murmurar—. Ja et dic jo que no en veuràs cap d'aquests corrent davant dels grisos en una mani!

L'Olivia va fúmer-li una empenta i va afegir un «calla, calla, que no et senti la Rosa, que s'enrabiarà amb tu». Aquella era la Natàlia de sempre, es va dir. Tot de sobte, va notar-se una fiblada al pit. Podrien tornar als vells temps en què cap d'elles havia traït la seva amistat? Podria arribar a oblidar-se l'Olivia de tot el que havia passat? Ho volia intentar, pel més sagrat que ho volia intentar, perquè ho desitjava amb totes les seves forces. Per això havia trucat a la Natàlia després de la seva visita a l'antiquari, per això la va convidar a l'aniversari de la Rosa sense dir-li absolutament res a l'Oriol. Perquè a pesar de tot l'estimava, perquè li agradava la seva amiga, forta i decidida com era, les idees fermes, encara que l'arrosseguessin a grans errors. La Natàlia va percebre el doll de sentiments que s'acumulaven al cor trencat de l'Olivia i la va acollir amb tot el seu braç. Li va fer un petó a la templa, amb la confiança d'abans.

De matinada, les tres amigues van baixar al soterrani amb uns quants més del grup i van passar-se l'estona ballant a la pista al ritme de la música més actual importada de les grans ciutats d'Europa i dels Estats Units. Noies com elles es movien en una dansa desinhibida i seductora que encenia passions i les feia sentir-se lliures, poderoses, les dones d'una nova generació que no temia res.

Va ser aquella nit, en un moment en què l'Olivia es va trobar a soles amb la Rosa al bany de senyores que, mentre la seva amiga es retocava el maquillatge davant del mirall de doble lluna i ella es ruixava amb el perfum que hi havia a disposició de les clientes, s'hi va confessar.

—Rosa, encara no t'he explicat una cosa.

La seva amiga la va mirar a través del mirall, l'*eyeliner* a mig dibuixar i va alçar les celles en senyal interrogatiu.

—Més sorpreses? —va fer, divertida—. Últimament sembles una altra, Oli.

—És que em sento renovada, no sé com explicar-t'ho... Estic plena d'una energia nova.

—I digues, què és això que encara no m'has dit?

—L'altre dia em vaig topar amb en Quico en una manifestació.

—No fotis! I què vas fer?

—Vam acabar fent l'amor al seu pis.

—Ets boja? —La Rosa la mirava astorada.

L'Olivia va deixar caure el cap enrere en una rialla. Anava una mica beguda.

—Mira, Rosa, necessitava tornar a estar amb ell, un cop més.

—I ara què? —va preguntar-li la Rosa, prudent. No podia amagar el seu disgust, era clar que l'amoïnava que l'Olivia tornés a caure en una relació que ella ja no aprovava de cap de les maneres.

—Doncs va resultar que mentre fèiem l'amor jo no podia deixar de pensar en una altra persona. —L'Olivia es va arronsar d'espatlles i va fer el seu millor somriure—. Rosa, no t'ho creuràs però era amb en Quico i no feia més que pensar en en Marc Hailer.

Es va ficar al llit que el cap li donava voltes, la música de la *boîte* encara li retronava a les orelles i el regust de la felicitat li retornava als llavis, al fons del seu cor. Estava esgotada i alhora no volia dormir. Eren tantes, les emocions. Va pensar en el que li havia confessat en veu alta a la seva amiga, va recrear-se en el rostre d'ulls blau aigualit i barba rossa ben retallada amb el qual havia posat distància i que ara mateix anhelava veure. Tot i així no sabria què dir-li, es va dir, perquè estava feta un embolic. Per l'escletxa de la persiana mal abaixada del seu dormitori s'escolava la primera llum de l'albada i amb aquell raig en va tenir prou per acabar de desvetllar-se. Necessitava ocupar la ment, deixar de pensar en el que li convenia, reposar cada nova emoció, cada nou sentiment i que les idees se li anessin endreçant a poc a poc amb el dictat del seu cor. Es va desfer dels llençols i va sortir del llit. Va apujar la persiana una mica més i va encendre el llum de la taula d'escriptori sota la finestra. Un cop asseguda, va tocar l'única cosa capaç de distreure-la en aquell moment, el llibre de fotografies i textos del París dels anys vint. N'havia tret força informació, però encara li quedava molt per llegir. Diccionari en mà, ja que el francès no el dominava i anava més lenta del desitjat, va obrir-lo per la pàgina on ho havia deixat i s'hi va submergir de nou. Era el que més li agradava: buscar, interpretar, imaginar la resta i seguir configurant lentament el món de la Valèria Sans.

El dictat màgic de l'inconscient

L'estiu del 1924 va resultar ser el més calorós de la dècada. La Valèria va rebre la invitació d'uns amics per anar a passar uns dies a la casa de camp que havien llogat al Midi francès i s'hi va presentar amb el seu nou amor, el jove ballarí Ivan. Es tractava d'una bonica casa de pedra amb prou habitacions per a diversos convidats que anaven i venien durant l'estiu xafogós i que gaudien, gràcies a la generositat dels seus amfitrions, de vetllades literàries i musicals als vespres i de pícnics a migdia en el prat extens i florit que els feia de jardí particular. La Valèria i l'Ivan s'ajeien cada migdia damunt la manta que col·locaven sobre l'herba i conversaven amb els altres convidats. Es coneixien tots de París, però no eren tan amics que haguessin de passar el dia junts, de manera que la pintora i el seu amor s'escapolien després de cada àpat a fer una becaina sota el seu arbre favorit, prat enllà. A recer de les branques abundants que formaven una cúpula verda sobre els seus caps, podien passar-se hores fent-se confidències, com dos adolescents. La Valèria rejovenia cada cop que estava amb l'Ivan. Tenien una relació que no se'n podia dir relació, ja que cadascú estimava altres dones i altres homes, de manera indistinta i sense cap compromís, i quan es trobaven en una festa, quan coincidien a casa d'algú, reprenien el joc de l'amor allà on l'havien deixat l'últim cop. Sota aquell arbre, l'estiu del 1924 parlaven de quan eren menuts, del lloc on havien nascut i on havien viscut la seva infantesa. Records que anaven desgranant com petites perles de nostàlgia que sorgien espontànies davant les orelles atentes i curioses de l'altre.

—Vaig néixer a Kíev però no en tinc cap record —li explicava l'Ivan—. El pare va aconseguir feina a l'orquestra del Teatre Mariinski de Sant Petersburg i ens hi vam traslladar tota la família.

—Quants germans dius que tens? —li preguntava ella.

—Set. Tres noies i quatre nois.

I aleshores li feia repetir-ne els noms, de gran a petit.

—Deu ser bonic tenir germans.

—Explica'm la teva infantesa a Barcelona —li va demanar aleshores el noi. Va arrencar un bri d'herba i se'l va ficar a la boca. Amb el cap ros i rinxolat damunt del ventre d'ella va tancar els ulls esperant que li contestés. La Valèria li va resseguir les parpelles abaixades amb el dit, va tocar-li les pestanyes, llargues com pinzells.

—Jo vaig néixer a Barcelona, tot i que la meva mare venia d'un poble petit dels Pirineus —va començar a relatar-li—. Al cap de poc va venir la tieta Quima i ja vam ser tres.

—I el teu pare?

—No n'hi va haver mai, de pare.

—Va morir?

—En realitat, no. —La Valèria es va quedar callada, l'Ivan s'esperava pacient mossegant el bri d'herba amb aquella boca que tot sovint la devorava. Les fulles de l'arbre es removien capricioses a ressò del vent—. Quan era petita feia preguntes a la mare, també a la tieta Quima... i sempre em deien el mateix. «No te'n pots recordar de ton pare perquè va morir quan eres molt menuda». Però el cert era que sempre vam ser nosaltres soles, cap home que ens protegís. M'ho va explicar la mare quan ja era gran...

La Valèria no solia parlar de tot allò amb ningú, només en Lukas coneixia la seva història completa, però la innocència i la frescor de l'Ivan, els ulls curiosos i innocents que ara l'observaven la van portar a compartir-ho amb ell d'una manera molt relaxada i planera. Li va reproduir amb tot detall la conversa que havia mantingut amb la seva mare el primer Nadal que va tornar de París i, en acabar, el jove ballarí va quedar en un silenci meditatiu.

—Quina història més trista... —va acabar dient.

—De cap manera —li va replicar la Valèria—. Si hi hagués hagut un home a les nostres vides, el més probable és que mai m'haguessin deixat volar.

Aleshores ella va besar aquells llavis tendres, ja no en volia parlar més. Les carícies van substituir les paraules i a poc a poc es van anar encenent. Sota la cúpula verda i frondosa del seu arbre favorit del Midi, la parella va fer l'amor *au plein air*, com tantes altres vegades, amb les pells escalfades de les hores al sol.

A la tornada d'aquell estiu la Valèria va assistir a la formació del que esdevindria el nou moviment d'avantguarda artística del moment, el surrealisme. Havia acudit una sola vegada a casa d'André Breton, un literat que abans havia estat entre les files dadaistes tot i haver acabat trencant amb Tristan Tzara. A Breton li agradava convidar gent a casa seva i a poc a poc s'havia anat fent un cercle d'amics i seguidors que acudien a la rue Fontaine per discutir sobre l'amor, el sexe, l'atzar. La Valèria hi va anar una vegada, però no hi va tornar més. Li va fer riure la manera com Breton i els seus amics teoritzaven sobre les dones i el sexe. Va anar de ben poc que no s'hi enfronta, estava a punt de replicar-los amb tota la contundència que no en tenien ni idea, que ni tan sols s'acostaven a saber el que de debò els agradava a les dones, però aquella tarda també hi havia la Kiki entre les dones convidades i va ser ella i no la Valèria que amb una sola frase els va fulminar.

—Vosaltres parleu molt sobre l'amor, però no sabeu fer-lo! —els va etzibar.

I la Valèria se'n va sentir orgullosa i encara somriu en rememorar el desconcert en cada un d'aquells rostres masculins.

No va gaudir gaire a casa de Breton i per això no hi va tornar. Però el cert és que el nou moviment artístic sí que li va cridar l'atenció. Breton li va explicar que havia treballat en hospitals psiquiàtrics durant la guerra i que havia estudiat amb fervor l'obra de Sigmund Freud. A ell i als altres surrealistes els interessava el viatge a les interioritats de l'ànima i la Valèria hi va mostrar interès.

—Es tracta de deixar-se portar pel dictat màgic de l'inconscient —li va dir aquella tarda un pintor del mateix grup.

I a poc a poc es va anar imbuint d'aquell nou esperit. Les obres que havia realitzat en el darrer any eren plenes d'elements sorgits d'aquest deixar parlar els somnis i de la part més interior i irracional d'ella mateixa que, en una lenta cadència, obra a obra, anava aflorant. Composicions que la portaven a incorporar en el llenç un seguit d'elements que la remetien al seu passat, un viatge a través del temps i de les emocions més amagades cap a la seva infantesa, on hi reconeixia les mans de la mare, les agulles de cosir, les flors de roba de la tieta Quima, els ulls d'expressió canviant d'en Lukas, que no l'abandonaven mai, i les boques de tots els seus amants, que la visitaven cada nit i se la bevien tota.

Durant el darrer any, li semblava haver estat revisant tota la seva vida i les persones que n'havien format part i es preguntava si allò tenia a veure amb el fet d'haver arribat a la plenitud. Va ser aquesta sensació de màxima esplendor la que l'havia portat, feia només uns mesos, a pintar el seu autoretrat definitiu. Havia pintat totes les dones que l'envoltaven, artistes, éssers lliures com ella, amigues i amants del seu adorat Montparnasse. Ara li tocava a ella esdevenir immortal. En l'horabaixa d'un capvespre d'estiu del 1925, la Valèria Sans es va desfer de tota la roba i va quedar nua davant del mirall. Es va contemplar durant llarga estona, amb ulls de pintora, com feia amb les seves models. No s'havia vist mai tan bonica, tan ella mateixa. I en un exercici d'honestedat, en una declaració de principis sobre la seva manera de viure i el seu art més autèntic, va agafar el pinzell i es va començar a pintar.

29

La tardor del 1975 estava resultant molt convulsa arreu del país. Si a finals de setembre l'Olivia i els seus amics s'havien hagut d'empassar les darreres execucions del règim, el primer d'octubre van haver d'aguantar la retransmissió per televisió de l'última aparició de Franco al balcó de la Plaza de Oriente de Madrid. Amb la veu tremolosa i unes ulleres fosques que provaven en va d'ocultar el seu mal estat de salut, el *generalísimo* va qualificar les protestes recents de ser el fruit d'una conspiració maçònica i d'esquerres. Una subversió sobre la qual en Boris i ella el van veure bramar a través de la petita pantalla, davant d'una massa de ciutadans devots: «... que, si a nosotros nos honra, a ellos les envilece». Quants dies, quantes setmanes o mesos més caldria aguantar els deliris del vell i decrèpit dictador?, es preguntava l'Olivia. Era evident que la seva salut, física i mental, s'anava deteriorant a passes gegantines i les hospitalitzacions eren cada cop més freqüents.

En arribar el mes de novembre, ja era un fet que s'acostava el seu final. La televisió retransmetia el *parte médico* de manera periòdica i tothom hi estava a l'aguait. Els uns que pregaven, els altres que començaven a percebre cert alè de llibertat. El món estava a punt de canviar per als joves com ella, uns joves que mai havien conegut altra vida que no fos la dictadura de Franco.

Dijous, 20 de novembre. En Boris es va llevar aviat i va anar a la cuina a preparar l'esmorzar per a ell i la seva neta, que encara dormia. Amb moviments mecànics, els mateixos de cada matí, va engegar la ràdio i tot seguit va introduir les llesques de pa a la torradora. De seguida li va arribar la música sacra que sortia de l'aparell. Va aturar els seus moviments. No deu pas ser que..., va rumiar. Va parar la taula i va disposar-hi els plats i les tasses de cafè amb llet.

—Olivia! Són les set! —va cridar des de la cuina, traient el cap pel passadís.

I mentre s'asseia a taula i untava amb mantega la primera torrada, quan ja sentia la neta que feia córrer l'aigua del lavabo, la ràdio va aturar la música sacra i va tornar a retransmetre el comunicat oficial: *Franco ha muerto*.

—Olivia! Vine!

No era una gran sorpresa, feia ben bé un mes que el *caudillo* estava hospitalitzat i s'esperava la seva mort qualsevol d'aquells dies. Tanmateix, en sentir les paraules esperades, desitjades de feia tant de temps, en Boris va vessar unes llàgrimes d'emoció. Per tots els que s'havien quedat pel camí i no ho podrien veure, perquè ja no recordava com es vivia sense un règim a mans dels feixistes i perquè donava gràcies de no ser massa vell per poder viure aquell moment. L'Olivia va aparèixer a la cuina a mig comunicat del president Arias Navarro. Després el tornarien a veure per la televisió: assegut davant de la càmera, el rostre desencaixat i el llavi inferior que li tremolava, el cap de govern feia esforços per aguantar el tipus i donava veu a les últimes paraules dictades per Franco.

Avi i neta van sortir ben abrigats al carrer i van decidir fer un volt abans d'anar a obrir l'antiquari. Els semblava que el temps s'havia aturat, d'alguna manera, malgrat que la gent feia vida normal al carrer. De portes endintre, els constava que hi havia moltes celebracions, mostres d'alegria i alleujament, el principi d'una nova esperança que creixia a cada minut, però de portes enfora la gent era prudent i es respirava una certa contenció. Les dues Espanyes, es deien, les quals convivien des de feia dècades. D'aquesta manera, mentre que en algunes llars destapaven l'ampolla de cava que feia dies que havien posat a refredar, en altres començaven a penjar un crespó negre al balcó. Van pujar les Rambles fins gairebé arribar a la plaça de Catalunya i es van aturar davant del quiosc. El que més va impressionar l'Olivia van ser les portades de tots els diaris que, en una filera endreçada, mostraven el rostre del dictador sobre un fons negre, completament negre, i només unes lletres ben grosses on es llegia: *Franco ha muerto.*

Va ser un matí molt mogut al carrer de la Palla, no pas per la feina a fer a l'antiquari, sinó per les contínues trucades d'amics, de la família, i les visites dels veïns i col·legues de professió que venien a treure el nas. Tothom especulava i intercanviava frases de l'estil: «Què passarà a partir d'ara?», «Morirà el règim amb el dictador?», «A mi els *cachorros del régimen* em fan molta por...», «És clar que pitjor no podrà ser», «Què farà el successor de Franco, el futur rei d'Espanya?», «La dictadura té els dies comptats, no hi ha marxa enrere!», «Sí, sí, però el molt cabró ha hagut de morir al llit». Paraules dites a mitja veu, entre el cercle de confiança, ja que la incertesa estava servida a la mort del dictador.

Al migdia en Boris va decidir abaixar la persiana i que la Teresa i l'Olivia s'agafessin la tarda lliure. No desitjava altra cosa que entaforar-se al sofà de casa i passar la resta del dia entre la ràdio i el televisor. I a l'Olivia ja li va anar bé, perquè havia rebut la trucada de la Natàlia uns minuts abans.

—Aquest vespre la farem grossa —li havia anunciat amb una veu que esclatava d'alegria—. Ja he parlat amb la Rosa. Anirem tots al seu pis. Els amics de l'Oriol, gent de la universitat... Uns porten menjar, els altres ampolles de cava. Això s'ha de celebrar!

I ella volia celebrar-ho, i tant!, però en aquell moment decisiu de la història i de les seves vides, el dia en què tot estava predestinat a canviar, li mancava algú.

Des d'aquell dia de juliol al *rompeolas* que en Marc no li havia tornat a trucar. Ja feia ben bé tres mesos que no es veien i hi pensava cada cop més. Primer li va semblar natural i fins i tot va agrair una certa distància. Al cap i a la fi ella li havia dit que necessitava temps, que no estava preparada per a cap altra relació. Li agradava que el noi l'hi hagués respectat, però a mesura que havien anat passant les setmanes l'havia començat a trobar a faltar. Cada cop més. Durant aquells darrers mesos havia tingut temps per pensar en l'última conversa i preguntar-se una vegada i una altra si no s'havia equivocat. Havia tancat totes les portes sense adonar-se'n? Havia estat massa contundent? I si en Marc ja no volia saber res més d'ella? I si l'havia perdut? A l'Olivia l'angoixava aquella possibilitat, però alhora no havia gosat contactar-hi. Des del dia que va fer l'amor amb en Quico i se li va aparèixer el rostre d'en Marc que havia pensat molt en aquell petó davant del mar. Aquell petó. Havia començat a imaginar una relació amb ell i com més hi pensava, més s'hi engrescava. Com devia ser estimar i ser estimada per algú com ell?

La tarda del dia en què va morir Franco, mentre en Boris i ella recollien els plats del dinar van trucar a la porta de casa. Era en Marc Hailer, que, en sortir de la feina, s'havia apropat al carrer de la Palla i havia trobat el negoci tancat i barrat.

—Puc entrar?

A l'Olivia el cor li va fer un salt.

—Marc! Quina il·lusió! —Es van abraçar.

Van passar la tarda plegats. En Boris, en Marc i l'Olivia. Tots tres al sofà de casa i comentant el que havien vist, el que havien sentit al carrer, el que estava per venir. Feia tres mesos que no es veien i, cada cop que l'Olivia el mirava, en Marc li somreia i feia com si res, com si s'haguessin vist ahir mateix i res dolent hagués passat entre ells. Mentre l'Olivia contemplava els dos homes enmig d'aquell dia d'emocions a flor de pell va pensar en la vida que se'ls obria al davant. Va ser aleshores que es va dir que potser sí, potser sí que havia arribat el moment de ser feliç.

L'any dels nord-americans

El 1925 és, per descomptat, l'any dels nord-americans a París. Fa temps que arriben a la capital francesa en un degoteig cada cop més intens, però des que va començar l'any que a les terrasses de Saint-Germain-des-Prés la Valèria gairebé no sent parlar altra cosa que l'anglès. Hi acudeix sovint, perquè és allà on s'ajunten les seves amigues Djuna, Natalie, Janet Flanner i les altres nord-americanes. Elles li van parlar de tots els joves expatriats, de totes les ments artístiques i inquietes d'Amèrica del Nord que, com elles, han anat fugint del puritanisme i la rígida moralitat que tristament s'han imposat al seu país d'origen i els han acabat asfixiant.

—Allà impera la llei seca, les festes de debò s'han de fer en la clandestinitat —li havia explicat la Djuna feia temps.

—I es persegueixen la diferència de raça, de religió i l'homosexualitat —li comenta sempre la Janet, que fa poc ha començat a escriure les cròniques de tot el que passa a la ciutat i els seus compatriotes les hi treuen de les mans—. El nostre és un país que col·lecciona pecats i ha fet que molts i moltes hàgim preferit agafar un transatlàntic i convertir París en la nostra llar.

La Valèria l'entén, perquè comparteix amb tots ells l'afany de viure, crear i fer l'amor en completa llibertat.

Des de la tornada de l'estiu que ha reprès les passejades pels Jardins de Luxemburg amb la seva amiga Gertrude. L'Alice i ella s'han comprat un gosset que és ben bé com un fillet i tot sovint el treuen a passejar pel seu barri. A la Valèria li agrada sumar-s'hi i aprofitar per parlar d'una manera més íntima i confident amb la seva amiga, en comptes de fer-ho envoltades de tanta gent al seu saló. La Gertrude sempre li ha donat bons consells, ella sempre l'ha admirada perquè és la primera dona amb personalitat pròpia, a més a més de la seva estimada Marie Laurencin, que va conèixer a París. Quan pensa en el seu saló, s'adona que allà hi ha conegut bona part dels pintors, músics i escriptors que algun dia ompliran les pàgines de la història universal de l'art, ments dedicades en cos i ànima a la seva obra, a formular a través d'aquesta un missatge íntim i personal, la seva mirada particular del món, el seu llegat que potser, només potser, els farà esdevenir eterns. Un anhel que ella comparteix en el més profund del seu interior.

—Et trobo de molt bon humor —li va dir a la Gertrude feia pocs dies mentre passejaven per Luxemburg.

—Ho estic, Valèria. Tinc grans esperances de poder publicar finalment *The Making of Americans.* —La seva expressió severa se suavitza quan parla de la seva obra—. Ja saps que Hemingway va aconseguir que me'n publiquessin un fragment en una revista i això ha fet possible que ara tingui un nou editor interessat a publicar l'obra completa. L'Alice i jo ens hem passat l'estiu corregint galerades.

Un exemple de perseverança, es diu la Valèria, perquè la Gertrude va escriure aquesta obra més d'una dècada enrere. Pensa en en Hemingway, el jove amic de l'escriptora, un home atractiu i apassionat que la Valèria ha conegut a casa seva. Des del primer dia que li va semblar un gran seductor. Amb el seu bigoti ben retallat, la mandíbula quadrada i els ulls que treuen espurnes quan et miren sense embuts. Potser el que més li agrada és la seva veu suau que t'embolcalla. Està segura que ja ha encisat moltes noies d'aquí, tot i que al saló de la Gertrude ella sempre l'ha vist amb la seva *legitime*. De tota manera, la Valèria està poc interessa en la vida personal d'en Hemingway, ell no és la mena d'home que li agrada. Cada cop que hi coincideix no fa més que parlar-li dels seus viatges a Espanya, de la seva admiració pels toreros i els *sanfermines*, sense saber que a ella allò dels toros no li ha agradat mai, que més aviat la fa patir pels pobres animals. La Gertrude li ha dit que durant el darrer estiu a Espanya Hemingway s'ha dedicat a escriure la seva primera novel·la i ara n'enllesteix l'últim esborrany.

Deixa a un costat el jove escriptor per concentrar el seu pensament en la futura exposició surrealista que està en boca de tothom. Tindrà lloc el proper novembre a la Galerie Pierre i té pensat anar-hi amb en Lukas, que vindrà uns dies a París. Ell li ha escrit una carta una mica enigmàtica on li avança que ha de parlar amb ella, que vol demanar-li una cosa. La Valèria té moltes ganes de veure'l, perquè encara no li ha mostrat el seu autoretrat, del qual n'està profundament orgullosa. Sap que a en Lukas li agradarà molt i frisa per veure la seva reacció. És tan personal que encara no l'ha volgut ensenyar a ningú. Ni tan sols a l'Ivan, que encara apareix de tant en tant per casa seva, tot i que ella se n'ha començat a cansar. Segueixen tenint una relació molt còmoda, oberta i força intermitent, però ja fa massa temps que dura i està rumiant de deixar-ho estar. És tan jove! Al principi allò li agradava, però ara se n'ha avorrit. Darrerament s'ha vist amb un reporter nord-americà que escriu cròniques quinzenals per a una revista del seu país i hi està il·lusionada, malgrat que està lluny d'estar-ne enamorada. El que més li agrada és acompanyar-lo a les estrenes o als esdeveniments on el conviden com a reporter. Només fa unes setmanes que van anar a l'estrena de la *Revue Negre* al Théâtre des Champs-Elysées i mentre ell prenia notes per a la seva crònica de l'endemà ella ja li va avançar que aquell espectacle revolucionaria tot París. Va quedar fascinada amb la seva artista principal. Josephine Baker, amb la seva pell negra com l'atzabeja i l'agilitat de moviments, amb el somriure magnífic i aquell posat còmic amb el qual sembla riure's de tot i de tothom, està trencant motllos i tots els artistes la volen pintar. «No n'hi ha cap com la Baker», diuen molts companys seus, i la Valèria està contenta perquè ja hi té emparaulat un retrat. La va anar a felicitar al seu camerino després de l'espectacle i es van entendre de seguida. Ara frisa perquè arribi el dia de tenir-la al seu estudi i començar-la a pintar. El seu estudi, el seu reducte de pau. Abocada a la finestra que dona al Quai d'Orléans, pot entretenir-se durant hores contemplant els tons de l'aigua, les copes dels arbres, la silueta de Notre-Dame retallada en el cel nocturn. Últimament pensa sovint com n'és d'afortunada.

Quan arribi en Lukas potser el portarà a veure la Baker. Aleshores ja l'haurà pintat i formarà part d'aquesta col·lecció de retrats de la qual està tan satisfeta sobre les dones rellevants de París. Però ella no és l'única que immortalitza les artistes del moment, les pintores, escultores, escriptores, ballarines, cantants... També ho fa la càmera de Berenice Abbott, una altra nord-americana, per cert. La Berenice ho ha après tot fent d'assistent de Man Ray i ara té el seu estudi propi, on fa poc ella mateixa hi ha anat a deixar-se retratar. Mentre posava davant l'objectiu, va pensar que totes dues, la Berenice amb la càmera i ella amb el pinzell, es dediquen a fer una mica de justícia en aquest món tan masculí. Elles s'encarreguen de deixar constància de totes les dones artistes per a la posteritat.

30

L'Olivia estava decidida a fer-li veure a en Marc que ho volia intentar, si és que ell encara ho desitjava. El problema era que no sabia pas com fer-s'ho, ja que el noi havia represès la seva amistat just en el punt anterior a la conversa del *rompeolas*. En Marc feia veure com si aquell dia no hagués existit, com si mai l'hagués portat a les roques, l'hagués besada i li hagués declarat el seu amor. Havien tornat a les seves converses sobre la pintora, a les llargues passejades i als projectes de futur de l'Olivia, que tornava a compartir amb ell. L'Olivia buscava el moment adequat per parlar-hi, estava decidida a arriscar-se a ser rebutjada, ho havia de provar perquè la idea d'estar amb en Marc la tenia cada cop més engrescada i anhelava els seus petons. Desitjava amb totes les seves forces tornar a estimar.

I aleshores, tot d'una, la noia es va fer enrere. Tenia un bon motiu per fer-ho. Va decidir que no veuria en Marc fins a haver pres una decisió. El que havia descobert ho capgirava tot. Necessitava pensar, necessitava estar sola. És per això que, la següent vegada que en Marc li va trucar i li va demanar de veure's, ella li va contestar que no.

—Tinc molta feina i estic cansada —va mentir-li—. En tot cas ja et trucaré jo... d'aquí uns dies.

—Però és que hem de quedar aquest vespre.

—Per què?

—És important.

L'Olivia s'hi resistia però el seu to insistent li havia picat la curiositat. Què podia ser tan important que no pogués esperar uns dies? En Marc va aprofitar la seva pausa per explicar-se:

—Sento avisar-te amb tan poc temps, però crec que hauries de venir a sopar amb nosaltres.

—Nosaltres?

—Sí, amb el meu besoncle August i jo. Te n'he parlat alguna vegada, és el germà petit del meu avi. Ha vingut d'Àustria a passar uns dies a casa.

—Sí, ho recordo, però...

—Oli —el noi la va tallar—, et vindríem a buscar a última hora, l'August està molt interessat a veure l'autoretrat de la Valèria i tot el que tens d'ella. M'ha explicat coses... l'has de sentir parlar.

No calia que li digués res més per convèncer-la, però el que va afegir en Marc a continuació li va donar l'estocada final.

—Ell sap com va morir la Valèria Sans.

Li va tocar quedar-se sola a l'antiquari tota la tarda i les hores se li van fer més lentes i feixugues que mai. A la fi podria resoldre el misteri que tant l'havia desconcertat. En Marc no li havia volgut avançar res. Per sort, el noi va ser puntual. A les vuit es va presentar acompanyat del seu besoncle, un home alt, ros com ell i d'espatlles amples que, a pesar de l'edat avançada, feia molt de goig.

—Soc l'August —li va dir amb la mà estesa i un català

molt correcte malgrat l'accent estranger—. En Marc m'ha parlat molt de tu.

L'Olivia es va posar una mica nerviosa i amb un gest de la mà va desviar la mirada dels dos homes cap a l'autoretrat de la Valèria Sans.

—Aquí el té, el millor de tots.

Després va mostrar-li la resta d'obres que tenien guardades al magatzem. A petició d'en Marc, li va detallar l'ambiciós projecte que tenia en ment: la futura branca d'especialització de l'antiquari, el llibre que ja escrivia sobre la Valèria Sans i fins i tot la possible futura exposició monogràfica de la pintora, però a mitja explicació es va adonar que el besoncle August ja estava al corrent de tot.

—Jo n'hi he fet cinc cèntims —va dir-li en Marc amb un somriure davant la seva mirada—, però volia que l'hi expliquessis tu.

Van anar a fer un mos en una cafeteria propera, situada en un carrer estret del darrere de la catedral, on van demanar unes tapes variades i una ampolla de vi negre. El besoncle August va treure's un cigarret de la butxaca i se'l va encendre mentre esperava que els portessin el menjar. Es mirava els dos joves amb ulls cofois.

—Al meu germà Lukas li hauries agradat molt —va dir-li a l'Olivia—. Poc podia imaginar-se que algú de la teva generació tornaria a fer aflorar la Valèria.

—Estic ben decidida a reivindicar-la —va respondre-li ella satisfeta pel compliment—. No es mereix aquest oblit.

L'August va assentir complagut.

—Hi estic d'acord. I per això crec que puc compartir amb tu el que ja he explicat a en Marc. Es tracta d'una conversa que fa molt de temps vaig tenir amb el meu germà Lukas. La Valèria va ser molt important per a ell. No n'hem parlat mai en família, no era gens adequat tenint en compte que ell va refer la seva vida amb l'àvia d'en Marc, va formar una família nova... A més a més, tot allò formava part de les moltes confidències que ens fèiem de germà a germà. En Lukas i jo, Olivia, no teníem una relació com la dels altres germans. Ell era el més gran, jo el més petit de tots, ens separava una diferència de quinze anys, però sempre vam connectar d'una manera especial. Ell va confiar en mi quan jo encara era molt jove i ell un home de negocis experimentat. Quan es va traslladar a viure a Barcelona durant la Gran Guerra, em va deixar al capdavant de Tèxtils Hailer, que aleshores tenia la seu central a Àustria. Més endavant, quan en va traslladar les oficines centrals a Barcelona, em va deixar a càrrec de la fàbrica, que no es va moure d'allà. Vam passar una colla d'anys treballant plegats, ell des d'aquí i jo des d'allà, fins fa poc, que m'he jubilat. Ara, com bé deus saber, és el pare d'en Marc qui porta el negoci.

En Marc escoltava a mitges aquella conversa que donava voltes sobre Tèxtils Hailer, se la sabia de memòria i frisava perquè anés al tema que més els interessava, però sabia que el besoncle August, com totes les persones grans, necessitava el seu temps per explicar-se i no li agradava que l'interrompessin. Així doncs, va mantenir-se callat mentre escoltava un cop més tot el que havien compartit els dos germans al llarg dels anys. L'August sempre havia viscut a Àustria, però cada any visitava la família a Barcelona i s'hi quedava un parell de setmanes, des dels temps de l'avi. Havien compartit negoci però també moltes confidències personals. En Lukas i l'August s'ho explicaven tot. I quan va morir la Valèria ell va quedar enfonsat. Li va costar reprendre el seu dia a dia, els explicava l'August, a pesar que feia molts anys que en Lukas i ella estaven separats.

—Perquè per a ell la Valèria ho era tot. Abans de conèixer la teva àvia, és clar —va corregir-se davant d'en Marc—. La Valèria va ser el seu primer amor de debò. Quan es van casar, en Lukas era l'home més feliç del món. Després va venir la separació, volguda només per ella. Cal dir que al principi, quan ella vivia tota sola a París i ell s'havia quedat a Barcelona, en Lukas seguia conservant l'esperança que algun dia tornarien a estar junts. Tot i així, hi va acabar renunciant. Es va conformar a ser el seu marxant i el seu amic. Volia de totes passades ser part de la seva vida, a pesar de tot. I haig de dir que la va acompanyar fins al final.

—Com va morir? —A l'Olivia la pregunta li cremava a la gola des que s'havien trobat, però no havia volgut ser brusca. En aquell moment, ja no podia contenir-se més.

L'ancià va somriure davant l'expressió transparent de la noia i en fer-ho va mostrar unes dents blanques perfectes per a la seva edat.

—Tot al seu temps —va dir-li—. Primer et vull explicar l'última vegada que en Lukas i ella van estar junts a París. Era el novembre del 1925.

Et vull demanar un favor

La Valèria i en Lukas tornen a casa en una nit de boira. Han assistit al *vernissage* que la Galerie Pierre ha organitzat amb motiu de la inauguració de l'exposició de pintors surrealistes. André Breton i Robert Desnos han escrit el prefaci del catàleg per a l'ocasió. Tot París hi ha volgut ser. A mitjanit han servit una copa de xampany i no cabia una agulla a l'interior. Els convidats s'han repartit entre dintre i fora del local estenent la celebració al carrer.

—Hi era tothom —comenta en Lukas des del volant. Van en un cotxe petit descapotable, tot i que han posat la coberta plegable a causa del fred.

La Valèria només emet un so imprecís des del seient del costat. Mira a l'exterior i es fixa en les escasses finestres on hi ha llum, petits compartiments plens de vida en la foscor general dels edificis. És de matinada i gairebé tothom dorm. Porta un vestit de gasa de color pruna amb pedreria a l'escot i un tocat del mateix to als cabells. Està radiant. I molt callada des que han sortit del *vernissage*. Cobrint-li les espatlles, unes pells magnífiques que li ha regalat en Lukas per celebrar les últimes vendes que ha fet d'obra seva a dos milionaris americans.

—Peggy Guggenheim s'ha mostrat interessada a veure el teu autoretrat —li comenta ell, amb la vista fixada al davant.

La Valèria somriu, però no diu res. No està preparada per desfer-se de l'obra que més l'enorgulleix.

—Man Ray estava molt satisfet de participar-hi al costat de dues obres de Picasso, a més a més de compartir col·lectiva amb Joan Miró, Hans Arp, Max Ernst, Paul Klee, Giorgio De Chirico, André Masson, Pierre Roy... Em deixo algun artista?

—Diria que els has dit tots —li respon la Valèria en to distret.

En Lukas la mira de cua d'ull i rumia si aquest és el millor moment per parlar-li del tema que li cou a dins. Ella sap que li vol demanar alguna cosa, l'hi va escriure en l'última carta, però no li ha preguntat res perquè sap que en Lukas necessita el seu temps per demanar res.

—Val, t'haig d'explicar una cosa important.

Ella l'observa amb atenció.

—He conegut una dona a Barcelona.

—M'ho havia imaginat. T'ho he vist al rostre des que vas arribar ahir. N'estàs enamorat?

—L'estimo, Val. No de la mateixa manera com t'he estimat a tu. És un amor diferent...

—Ella no et fa patir. —La Valèria somriu i allarga una mà comprensiva per acariciar-li el clatell ample, fort, que es manté una mica tens.

—Ella...

—Com es diu?

—Helena.

—M'agrada.

—L'Helena vol formar una família, com jo. —En Lukas atura el cotxe. Han arribat a l'Île Saint-Louis. Són just a sota de l'apartament d'ella—. Ara sí que ens hauríem de divorciar.

—Per descomptat.

—Gràcies, Val, per fer-ho fàcil.

Ella el mira sorpresa.

—Pensaves que em posaria gelosa?

Ell es remou al seient.

—És clar que no. Però com que mai hem parlat de divorciar-nos...

—Perquè fins ara no n'hem vist la necessitat. Ets el millor espòs que he tingut.

Ara a en Lukas se li escapa el riure.

—Diràs l'únic!

—Mai més em tornaré a casar, Lukas, o sigui que sempre seràs el millor.

Es fan un petó, ella li diu que pugi, ell dubta. Té son i vol anar a dormir al seu hotel.

—No pateixis que no penso seduir-te —li fa broma la Valèria—. Prens l'última copa i et deixo marxar. És que jo també t'haig d'explicar una cosa. I vull demanar-te un favor important.

31

El besoncle August els va explicar que aquella nit la Valèria va confiar-li a en Lukas que estava embarassada. No estava segura de si era del ballarí rus o d'un reporter nord-americà amb el qual havia començat a veure's. Però allò tant era, perquè no volia pas tenir aquell fill.

—La Valèria no només volia explicar-l'hi a en Lukas, sinó que li va demanar el seu ajut. L'avortament era una pràctica il·legal, malgrat que hi havia remeieres i també metges que la realitzaven des de feia segles. Volia ser al més discreta possible, que en Lukas l'ajudés a buscar el metge adequat i l'acompanyés en aquell tràngol pel qual no volia passar tota sola.

—I ell ho va fer, és clar —va apuntar en Marc.

L'Olivia els mirava des d'un silenci abstret.

—Per descomptat, que ho va fer —va respondre l'August—. Abans d'això va voler assegurar-se que n'estava del tot segura. Avortar era, a banda de les qüestions legals, una intervenció perillosa que podia portar les seves complicacions. Ella, no obstant això, no tenia cap dubte. Un fill li tallaria les ales i ella volia fugir d'allò, tal com havia fugit de qualsevol compromís estable al llarg de la seva vida. De manera que en els dies següents ell va ajudar-la a buscar un metge de tota confiança que li volgués practicar l'avortament. Ho van organitzar per fer-ho a casa seva, allà a l'Île Saint-Louis, ja que la Valèria no volia anar a cap altre lloc. Després passarien uns dies plegats, en Lukas en tindria cura mentre ella es recuperés i llestos, el deixaria marxar i començar la seva nova vida al costat de l'Helena, la teva àvia —va dir-li a en Marc.

—Què va passar? —va preguntar-li l'Olivia amb un fil de veu.

I aleshores el besoncle August va fer una ganyota perquè revivia el dolor del seu germà i la dona que tant va estimar.

—En aparença, la intervenció va anar bé. El doctor va fer-li un raspat uterí i va dir-li que en els propers dies hauria de fer repòs. En Lukas es va instal·lar al pis i l'assistia en tot el que calia. L'omplia d'atencions. Tornaven als temps de casats, només per uns dies, però revivien aquell dia a dia en què ell en tenia cura i ella es deixava estimar. —L'August va fer una pausa i va sacsejar el cap—. Però tot es va començar a complicar de manera molt ràpida. Al tercer dia, ella ja hauria d'haver-se trobat millor, però en comptes d'això se sentia molt decaiguda, no tenia esma ni per aixecar-se i en Lukas aviat va adonar-se que li havia pujat la febre. Van avisar el metge i quan aquest va poder venir la Valèria ja es queixava d'un fort dolor al ventre. El meu germà estava tan amoïnat! Va parlar amb el doctor a un costat i li va demanar que fos sincer, que li digués sense embuts què passava i què hi podia fer ell.

—La Valèria patia una infecció —va avançar-se-li en Marc, que ja havia sentit la història un primer cop, abans de trobar-se amb l'Olivia.

—En efecte —va continuar el seu besoncle—. Potser a causa de certes restes de placenta que devien haver quedat dins l'úter, potser perquè l'instrument que va fer servir el metge no estava ben esterilitzat. Qui ho sap... El fet és que només es podia esperar que la febre remetés, que la infecció desaparegués. Tot i així, en Lukas em va dir que en els ulls del doctor ja hi va veure el que estava a punt de succeir.

El comiat

La Valèria intueix que no hi ha res a fer. La infecció no remet. La febre li fa tenir moments de deliri i percep com un monstre s'escampa per tot el seu cos i l'apaga. És una lluita desigual. Morirà aviat? Quants dies li queden de vida? No gosa preguntar-ho, però percep que li ha arribat el final. En Lukas és un encant, no fa res més que estar per ella, no vol deixar-la ni un instant. La seva vida futura, aquella que aviat començarà sense ella, ha quedat aturada i el veu com s'aboca a cada bri d'esperança per salvar-la, una esperança que el més segur és que ja no existeixi. La Valèria només ha volgut tenir-lo a ell al costat. Ni la Marie, ni la Gertrude, ni tan sols un Ivan desconsolat. Cap dels seus amics i amigues han rebut permís per visitar-la. Perquè ella no vol que la vegin així, tan feble, tan poc ella. Si ha de morir, vol que la recordin com ha estat fins ara: esplèndida, encara jove, plena de llum i de vida.

—Lukas, seu un moment al meu costat. Aquí, just aquí, que et pugui veure bé.

—Digues, què necessites?

—A tu.

—Ja em tens. No em penso moure.

—Escolta'm bé, Lukas: si no me'n surto...

—No ho diguis, Val, per l'amor de Déu.

—Escolta'm, t'he dit. Si tot això s'acaba, vull que em ploris una mica, però no gaire. Vull que estiguis bé, que siguis feliç. M'entens?

Ell fa que sí amb el cap i abaixa la mirada. És incapaç de mirar-la als ulls perquè fa un parell de dies que s'aguanta. No vol plorar, davant d'ella no. En Lukas no pot afrontar que ella deixi d'existir.

La Valèria li parla de la seva mare i de la tieta Quima, vol que es quedin tots els quaderns i els dibuixos d'infantesa.

—Els meus inicis pertanyen a la meva mare. Ella ho va fer possible.

A continuació li demana que agafi paper i ploma i li dicta una carta dirigida a ella, que és com un dolç comiat. Unes ratlles on li agraeix que la deixés volar, que li permetés trobar-se a si mateixa encara que fos lluny de casa. La carta acaba així:

Si hagués estat mare, voldria haver-me assemblat a tu.

Hem passat bona part de la vida separades i tot i així sempre t'he sentit molt a prop. Mareta, t'estimo, pensa que gràcies a tu he estat molt feliç.

En Lukas guarda la carta i no diu res. Durant uns minuts fingeix fer coses per l'apartament, des de la petita cuina li demana si vol alguna cosa de menjar, una mica de brou.

—T'has d'hidratar, ho ha dit el doctor.

—No tinc gana —murmura ella sense esforçar-se a alçar la veu. I torna a deixar-se encisar pel son.

L'endemà al matí, els primers rajos de sol en molts dies s'escolen per la finestra. Són uns rajos calents, a pesar de l'hivern. La Valèria li demana a en Lukas que obri les cortines per poder veure les copes dels arbres del Quai d'Orléans. Si l'ajuda a incorporar-se una mica, fins i tot albirarà les aigües del Sena, que discorren tranquil·les, com si res.

Aquell doll de llum no fa més que evidenciar la pal·lidesa del seu rostre, els ulls una mica enfonsats. Però en Lukas fa com si no se n'adonés i s'asseu al costat d'ella i li parla i li passa la mà pels cabells. En un moment determinat ella li demana que li apropi el seu autoretrat al llit. Ell, diligent, arrossega el cavallet que el sosté fins al punt exacte on ella li indica i es desfà del llençol que el cobreix. La Valèria queda enfrontada a la seva millor versió. Per la cua d'ull se li escapa una llàgrima perquè pensa que no és just, que no se'n vol anar.

—Tinc por, Lukas.

Ell l'abraça i li parla a cau d'orella de la manera més dolça que li ha parlat mai.

—T'estimo, Lukas. Oi que ho saps? —acaba interrompent-lo ella.

—A la teva manera.

—T'ho dic de debò. Ets l'home de la meva vida, el meu millor amic.

Ell se'n separa una mica per veure-li el rostre i li aparta un ble de cabells bruns.

—Hauria volgut ser més que això. Hauria volgut ser també el teu amant espòs.

—Ja ho vas ser.

—He estat afortunat.

—No, he estat afortunada jo, de conèixer algú com tu.

Aleshores la Valèria li assenyala amb un gest de cap l'autoretrat.

—No vull que el venguis a Peggy Guggenheim ni a ningú. El meu desig és que el tinguis tu. —Treu les mans de sota el llençol, agafa el rostre d'en Lukas i el mira amb els ulls de gat que des del primer dia el van seduir—. Vull que siguis feliç amb l'Helena, t'ho dic de debò. M'hauria agradat conèixer-la. Estima-la amb tot el teu cor, ella sabrà correspondre't com et mereixes, com tu necessites. Però et demano una cosa, estimat meu: no m'oblidis mai.

32

—Van anar-li fallant els òrgans fins que va morir —va cloure el besoncle August.

La cafeteria s'havia anat buidant de clients i només hi quedaven ells tres, sumits en un silenci contingut. Va ser en Marc qui el va trencar per preguntar:

—L'avi va estimar de debò la meva àvia?

—Sempre. D'una manera diferent. Cada amor és diferent, és nou, és únic. No n'hi ha cap d'igual. Les coses poden sortir-te bé la primera vegada, aleshores vius l'amor de la teva vida de principi a fi, o de vegades en la vida d'una persona l'amor adopta diversos rostres.

L'August va dedicar l'estona següent a relatar-los com en Lukas va organitzar el seu enterrament, al qual van assistir-hi els seus amics i amigues, amants, admiradors de la seva obra i tots aquells afortunats i afortunades que havien conegut la pintora. No era la primera ni tampoc l'única dels artistes d'aquell Montparnasse feliç que havia mort jove, però cal dir que la Valèria Sans va deixar empremta en tothom que la va conèixer, al seu estimat París i també a Barcelona, on va fer les primeres passes. Es va parlar d'organitzar-li una exposició monogràfica, de provar d'ajuntar novament la seva obra repartida per col·leccionistes particulars de mig món. En Lukas va fer moltes gestions, en els següents dos anys. Marie Laurencin el va ajudar, també Gertrude Stein, i el 1929 semblava que l'exposició seria aviat una realitat, però aleshores va venir el crac de la borsa de Nova York i la conseqüent crisi econòmica que ho va canviar tot.

—El crac va repercutir en l'economia mundial —va rememorar el besoncle August—. Aquell París artístic, bohemi, ple de marxants i col·leccionistes rics nord-americans es va acabar de cop. En devaluar-se el dòlar i la lliura respecte al franc, tots marxaven altre cop cap al seu país d'origen. Les terrasses dels cafès es van buidar d'un dia per altre, les mansions es posaven a la venda perquè als seus propietaris els urgia efectiu de manera immediata. Recordo que en Lukas em va explicar que els joiers de la rue de la Paix estaven perdent fortunes a causa de les cancel·lacions sobtades de comandes que tenien en curs.

—Aleshores, l'exposició no es va arribar a fer? —va preguntar-li l'Olivia després de no haver obert la boca en molta estona. La seva expressió era d'un cert capteniment, com si tot allò l'afectés d'una manera molt personal.

—No, Olivia, no es va fer mai. Els anys trenta i quaranta van ser uns anys molt convulsos, ja us ho podeu imaginar... L'ascens del feixisme, l'esclat de la Segona Guerra Mundial, la subsegüent crisi econòmica. No se li pot retreure a en Lukas que ho acabés deixant estar. Al cap i a la fi, ell necessitava refer la seva vida i ho va fer, gràcies a Déu, al costat de l'Helena i del fill i els nets que va tenir després. Una nova vida per al meu germà que va gaudir fins a l'últim instant.

El cambrer se'ls va acostar per anunciar-los que havien de tancar. De tant parlar no s'havien adonat que el personal feia estona que recollia el local, de manera que es van aixecar i van sortir. Van caminar plegats pels carrers estrets del darrere la catedral fins a arribar a la plaça de la Seu. Aleshores l'Olivia va xiuxiuejar-li a en Marc si podia quedar-se una estona més amb ella, que hi volia parlar. Tots dos sols.

Van acompanyar el besoncle August fins a trobar un taxi, se'n van acomiadar i l'Olivia va mostrar-s'hi molt agraïda per tot el que havia compartit amb ella.

—Ha estat molt generós amb mi, August, l'hi agraeixo de tot cor.

L'Olivia i en Marc s'havien quedat sols.

—Vols que passegem? —va preguntar-li ell. Era evident que no se li havia escapat l'expressió emmurriada de l'Olivia durant tota la vetllada i ara esperava treure'n l'entrellat.

—És que tot això de la Valèria m'ha deixat molt trasbalsada.

—Ho entenc.

—No, no del tot, Marc. El que vull dir és que sabíem que havia mort jove, pensàvem que d'una pneumònia, després es va obrir la possibilitat del suïcidi, tot i que no m'ho vaig acabar de creure mai. I al final resulta que va morir perquè estava embarassada i va decidir no tenir el fill.

—Una tragèdia.

—Una injustícia. Les dones sempre ho hem tingut molt difícil.

L'Olivia es va quedar aturada a mitja plaça. Era buida.

La façana de la catedral de Barcelona s'imposava majestuosa a la llum d'una lluna nova. Va mirar el seu amic i va decidir confiar-s'hi.

—Marc, estic embarassada.

33

En Boris i l'Olivia van veure per televisió com el príncep Joan Carles era proclamat rei d'Espanya i s'erigia així, segons la voluntat expressada pel dictador uns anys abans, en el seu successor. En el discurs de coronació el nou monarca va parlar de «reconciliació nacional» i van llegir-hi la voluntat de fer una transició cap a la democràcia, fet força esperable si es tenia en compte el desgast del règim i la conflictivitat dels últims anys, que no s'adeien al moment de creixement econòmic que s'estava donant a Europa. Tanmateix, Joan Carles I no va ometre en el mateix discurs un record sentit i respectuós cap al seu predecessor, cosa que li va posar els pèls de punta a en Boris, sobretot quan va afirmar que Franco constituiria, per a ell, «una exigència de comportament i lleialtat».

Al desembre l'Olivia llegia als diaris sobre la formació del primer govern de la Corona, un gabinet de transició en el qual es mantenia el president Arias Navarro, a més a més de quatre militars que ocupaven diverses carteres, alguns falangistes i altres ministres de tarannà reformista. Els joves com l'Olivia s'ho miraven amb ulls mig clucs perquè a peu de carrer els canvis encara estaven per arribar. Molta gent seguia empresonada en diversos indrets d'Espanya i la repressió encara era una cara habitual de la quotidianitat. I aleshores va venir el Nadal, i el dia abans un home que havia sortit en llibertat feia poc, després d'uns anys d'empresonament per activitats contràries al règim, va decidir plantar-se davant la presó Model per demanar l'amnistia total dels presos polítics. «És en Xirinacs», va explicar-li la Natàlia a l'Olivia, i tot seguit li va dir que l'havien d'anar a visitar, que molta gent ho estava fent, ja que aquest home, «que és capellà dels bons i un pacifista convençut», estava fent torns de dotze hores diàries fins que els alliberessin a tots. Les dues amigues s'hi van acostar al cap d'uns dies i van poder comprovar com la gent el visitava i li feia costat en aquella sorprenent manifestació silenciosa i persistent.

I va començar el primer any sense Franco. El gener del 1976, l'Olivia s'estava amb la Natàlia a casa la Rosa un vespre, mentre ella posava els nens a dormir. La sentien des de la sala com els llegia l'últim conte abans d'apagar-los el llum i l'Olivia es recreava amb aquella dolçor del seu to, en les preguntes del petit Oriol i de l'Anna, que li arribaven com un xiuxiueig cada cop més apagat.

—Ets ben boja, mira que tenir ara un fill, amb tot els teus projectes de futur —es lamentava per enèsima vegada la Natàlia.

L'Olivia somreia i es tocava el ventre que ja se li començava a inflar.

—No tens remei, Nat. No saps respectar les decisions dels altres.

—Que sàpigues que jo mai tindré fills. M'assemblo a la teva pintora, tan lliure com un ocell.

—Ara dius això, però potser algun dia voldràs ser mare. Com la Rosa, com jo.

—A mi no m'atabaleu amb aquest discurs. —La Natàlia es va incorporar del sofà i va encendre's un cigarret—. Figura que totes les dones han de voler ser mares, com si aquesta fos la raó de la seva existència. I la dels homes no, oi? La dels homes és fer una carrera, per damunt de tot.

—Jo no dic que hagis de ser mare, només que potser algun dia ho desitjaràs com jo. Fixa't, qui m'hauria dit a mi que em convertiria en mare soltera?

La Rosa va sentir l'última frase en entrar a la sala amb pas silenciós, no fos cas que els nens no s'haguessin adormit del tot, i es va sumar a la conversa per preguntar a l'Olivia:

—Ja t'ho has pensat bé, allò de la proposta d'en Marc?

—No hi tornis, Rosa. T'ho he explicat mil cops.

La Rosa va arronsar les espatlles i va començar a xerrar d'altres coses amb la Natàlia, mentre l'Olivia deixava caure l'esquena al sofà i es quedava mirant el sostre. La conversa amb en Marc li va tornar al cap. La van tenir pocs dies després de saber que ella havia decidit seguir endavant amb el seu embaràs. Va ser aleshores que en Marc li va proposar de casar-se. «Fem-ho pel nen —li va dir primer. I davant el desconcert de l'Olivia va afegir—: Si és que no em vols a mi com a parella, és clar..., ja saps que jo seria l'home més feliç de la terra si tu volguessis estar amb mi». A ella li havien saltat les llàgrimes perquè aquella última frase era el que més li hauria agradat sentir dies enrere, abans de saber que estava embarassada d'en Quico. Només per aquella última vegada amb en Quico que per a ella no havia significat res, només perquè havia estat tan estúpida de deixar-se portar pel moment i no pensar que ja no prenia la píndola, que podia passar-li allò. Tanmateix, davant d'un Marc que la mirava amb ulls intensos, que li demostrava el seu amor a pesar de tot, que no havia renunciat a ella tot i no haver-la pressionat, davant d'un Marc que fins i tot així estava disposat a casar-s'hi, l'Olivia es va eixugar les llàgrimes. «El món està canviant —li havia dit llavors—. No em fa por tenir la criatura sola. Viurem amb el meu avi, que m'ajudarà en tot. Ell m'ha fet costat en tot moment! Els ha fet comprendre i respectar la meva decisió als pares... No has de patir per mi. I si algun dia torno a estar amb algun home no serà perquè busqui cap protecció ni cap pare per al meu fill. Serà perquè l'estimo i perquè vull estar amb ell».

Ajaguda al sofà de casa la Rosa, agombolada per la conversa de les seves amigues de l'ànima que havia tornat a recuperar, l'Olivia es va tocar el ventre en un gest que ja començava a fer-se-li familiar i va sentir aquella il·lusió continguda per tot el que estava per venir. No li feia por, feia temps que l'Olivia se sentia una altra dona molt diferent d'aquella noia que anys enrere havia arribat a Barcelona a cursar els estudis d'història de l'art.

El 15 de gener del 1976 es va organitzar el primer d'uns quants recitals que Lluís Llach havia de fer al Palau dels Esports de Montjuïc. Feia més de vuit mesos que no actuava a Barcelona i arrossegava anys de prohibicions per part del règim que l'havien portat a viure molt de temps a l'estranger. En Marc i l'Olivia van decidir anar-hi plegats. Mentre enfilaven pel carrer costerut de la muntanya de Montjuïc la noia se sentia el cor desbocat. D'alguna manera, aquell concert representava l'arribada dels nous temps. A mesura que s'aproximaven al Palau dels Esports van començar a percebre els milers de persones que s'hi anaven concentrant. Un cop a dintre el recinte, no hi cabia ni una agulla i no hi havia un sol jove demòcrata que no contingués la respiració d'emoció. Tot eren banderes que onejaven, crits de «Llibertat, amnistia i Estatut d'autonomia» i la gran expectació de veure altre cop Lluís Llach. Tot d'una, va sortir a l'escenari i el públic sencer es va posar dempeus. Va seguir una llarga ovació que posava la pell de gallina i que va commoure el cantautor. Amb el posat serè i la veu més ferma que mai, camisa negra i cabells llargs com la majoria dels presents, va donar inici a un dels millors recitals de la seva vida. L'Olivia i en Marc s'agafaven de la mà mentre cantaven a plens pulmons al costat de milers de joves com ells, tots se sabien les lletres de les cançons prohibides anys enrere, com ara *L'estaca*, que sonava com un sol crit de llibertat. No eren els únics a qui se'ls trencava la veu a mitja cançó, ni que aplaudien entre l'una i l'altra amb totes les seves forces. Lluís Llach a voltes s'acompanyava de la guitarra, a voltes del piano, i amb tota la complicitat dels seus músics i un públic fidel i entregat es lliurava a aquella nit que cap dels presents oblidaria mai.

Quan el concert tocava a la fi i se sentia alguns que ja demanaven els bisos, en Marc tenia els sentiments tan a flor de pell que no se'n va poder estar.

—Olivia —li va agafar totes dues mans, els ulls encesos en un veritable foc—: Tota la meva vida que he sigut massa prudent. Mai m'he enfrontat al meu pare, sempre he fet tot allò que em deien i no n'estic orgullós. Potser m'hauria d'haver plantat davant la meva família, provar sort com a dibuixant i deixar la vida còmoda i avorrida que faig. Potser és que no he cregut prou en mi mateix. Però hi ha una cosa de la qual n'estic segur. Recordes el que va dir el meu besoncle August sobre l'amor?

—Que de vegades et surt bé a la primera i d'altres adopta rostres diferents —va respondre-li l'Olivia. Hi havia pensat sovint.

Ell va somriure, la veu de Lluís Llach tornava a sonar a l'escenari i els acompanyava de nou.

—Doncs jo estic segur que per a mi l'amor només tindrà un rostre i és el teu —va dir-li—. No crec que pugui estimar mai ningú més.

L'Olivia ja no pensava, només volia escoltar el seu cor. Les mans que encara es tenien agafades les hi va portar fins al seu rostre i el va besar. El va besar una vegada i una altra i li va semblar que es fonia de felicitat. Havia trencat les últimes resistències que li quedaven, es delia per estimar-lo i deixar-se portar. En aquell moment va tornar a sonar *L'estaca*, els ulls els somreien, van tornar a cantar-la junts. En acabar-se la cançó, l'Olivia va ensorrar el cap a la seva espatlla i ell va passar-li la mà pels cabells. Després la mà del noi va baixar fins al ventre d'ella i, arran d'orella, enmig del brogit d'aplaudiments, d'encenedors que brillaven com petites lluernes en la foscor, entre les veus que cridaven i els punys que s'alçaven, en Marc va murmurar-li:

—Podem intentar-ho, Oli. Em deixaràs formar-ne part?

Epíleg

Exposició inaugural galeria Badia
pintures de Valèria Sans (1890-1925)

Vernissage 11 de maig de 1977
19.00 h

Consell de Cent, 323
Barcelona

Faltaven pocs minuts perquè comencessin a arribar els primers convidats. L'Olivia estava feta un sac de nervis i alhora se la veia exultant. Aquell vespre es complia el somni que havia començat tres anys enrere, arran de la descoberta d'una pintora que li havia obert els ulls en molts sentits. L'Olivia feia la darrera ullada al local que havien llogat amb en Boris al carrer Consell de Cent, a partir d'avui convertit en la galeria d'art que ella mateixa dirigiria, i pensava que la seva inauguració no podia lluir amb més esplendor que amb els quadres de la Valèria Sans. «Una sala d'art vinculada al conegut antiquari Badia del carrer de la Palla, especialitzada en pintura moderna i contemporània fonamentalment feta per dones artistes», havien transmès a la premsa convidada al feliç esdeveniment. En Boris havia trucat personalment a tots els seus col·legues professionals, que aquella nit farien costat a la seva neta en la nova branca del negoci familiar, com també alguns clients molt especials, notaris de Barcelona, metges il·lustres, cognoms coneguts de la ciutat que havien confirmat la seva assistència per deferència a ell i, amb tota probabilitat, per l'originalitat del projecte. «Tota una declaració d'intencions», havia escrit un jove periodista de l'*Avui*, el primer diari que es publicava en llengua catalana des del 1939 i que ja havia complert el seu primer any de vida. Els temps estaven canviant, la Llei de reforma política promulgada el mes de gener significava la fi del sistema franquista i la convocatòria d'eleccions democràtiques. Les primeres des que l'Olivia havia nascut i que s'havien de celebrar el mes següent. I sí, ella també volia contribuir a canviar tots els tics del franquisme i de la societat rància i masclista que havien heretat, i ho faria a través del seu nou local del carrer Consell de Cent, ho faria a través de l'art.

Vora les set de la tarda van començar a arribar els assistents i el càtering contractat per a l'ocasió va servir la primera copa de cava i alguns canapès. La gent entrava i anava directa a l'autoretrat de la pintora, que lluïa amb tota la seva esplendor al bell mig d'una paret que havien pintat de vermell cirera. Al seu voltant, es desplegava un ventall d'obres que resumien la vida, les experiències i les amistats de la Valèria Sans, a més a més de deixar palès el seu indiscutible talent. Allà hi havia reunits tots els quadres que l'Olivia i en Boris havien anat localitzant al llarg d'aquells tres anys i que provenien de col·leccions particulars d'arreu del món. Hi eren presents totes les amigues artistes de la pintora, en retrats que ella mateixa els va fer o bé amb obra pròpia. Rostres que també lluïen en una selecció de fotografies de Berenice Abbott, així com el perfil de la Kiki en un raiograma de Man Ray. I disseminades arreu de la nova i flamant sala d'exposicions, un seguit de vitrines que contenien totes les troballes fetes per l'Olivia: el quadern de viatge dels primers mesos a París, les cartes de guerra, fotografies personals, les boniques il·lustracions trobades al Marché aux Puces i una selecció dels dibuixos d'infantesa i joventut que havien comprat feia poc a la pobra Quimeta, traspassada recentment. Fins i tot en una sala de dimensions reduïdes, annexa a la sala gran, s'hi projectava un vídeo que havien muntat amb imatges de les col·laboracions de la pintora amb els Ballets Russes de Diàghilev.

A cada convidat, l'Olivia li entregava un exemplar del catàleg raonat i la biografia que havien editat feia només uns dies. Cada cop que en donava un, ho feia amb tota la cerimònia, ja que aquell era el fruit de moltes hores, dies, mesos i anys de recerca i escriptura acurada. Un tresor en forma de llibre. Un llibre que volia recollir la vida i l'obra d'una artista injustament oblidada i a la qual ella acabava de donar llum. N'estava orgullosa i, a tot aquell que s'hi prestava, li explicava que allò només era el principi de moltes dones artistes que s'havia proposat recuperar. Perquè hi havia la Valèria Sans, com a paradigma d'aquella terrible omissió de la dona en l'art, però ara caldria fer aflorar totes les altres, les coetànies de la pintora i també les seves predecessores, les que van obrir-los el camí, com la meravellosa Lluïsa Vidal, que va despertar-li el neguit de ser artista a la mateixa Valèria. I també caldria donar visibilitat i protagonisme a les artistes d'anys després, les que la Valèria ja no va poder conèixer i que l'Olivia estava convençuda que hauria defensat. Artistes de talent com Remei Varo, Maruja Mallo o Ángeles Santos, que no tenien la projecció que es mereixien. La història es repetia a cada generació i l'Olivia, en tant que historiadora de l'art i ara galerista, sabia que l'esperava una vida sencera per rescatar-les.

Un crític d'art de la vella escola se li va acostar.

—Senyoreta, m'ha dit el seu avi que parli amb vostè. Tinc una pregunta per fer-li —va demanar-li en un to paternalista—: Creu de debò que una galeria especialitzada en dones artistes pot funcionar?

—No veig per què no —va respondre-li l'Olivia amb tranquil·litat—, tenint en compte que fins ara han funcionat prou bé la resta de galeries, totes elles especialitzades en homes.

Per sobre del rebuf del crític d'art va percebre la mirada del seu avi, que semblava dir-li: «Te'n sortiràs. Estàs del tot preparada per afrontar aquest repte».

Li havia demanat a en Marc que deixés la nena a casa amb la Natàlia, la qual s'havia prestat a fer-li de cangur, i tot seguit vingués al *vernissage*. Tan bon punt el va veure entrar al local s'hi va acostar.

—L'has deixada dormint? S'ha pres tot el biberó? —va preguntar-li en un xiuxiueig.

—Se l'ha acabat tot i ara dorm com una soca. Aquesta nena no pot ser més bona —va respondre-li orgullós.

L'Olivia va besar-lo alleujada i va alçar la mà per cridar un dels cambrers.

—Ens pot portar dues copes de cava, si us plau?

Quan el cambrer ho va fer, va alçar la copa per fer un brindis, però abans va recórrer amb la mirada tot l'espai.

—Per la Valèria —va brindar.

—I per l'Olivia —va afegir en Marc.

Van beure un glop del líquid escumós i les pessigolles els van pujar a la gola. Es miraven intensament i tots dos pensaven en la celebració íntima que en farien un cop tota aquella gent hagués marxat. L'Olivia havia descobert una nova manera de fer l'amor amb en Marc, una dansa d'igual a igual, un cos que coneixia i buscava els punts febles de l'altre fins a fer-lo gemegar de plaer. Un plaer que es multiplicava per mil cada cop que prenia consciència que, per primera vegada, ho tenia tot en una sola persona.

De bon matí l'Olivia dormia un son plàcid a la seva habitació. La nena la va despertar i ella es va incorporar per agafar-la del bressol. S'havia assegut i la mirava amb aquells ulls negres que brillaven desperts enmig de la foscor.

—Tens gana, petita?

Se la va encaixar al maluc i se la va emportar cap a la cuina per preparar-li el biberó de llet amb cereals. La petita Valèria emetia alguns sons que començaven a assemblar-se a paraules i que a l'Olivia li semblaven música. En un parell de mesos compliria l'any. Un any, i com li havia canviat la vida! Recordava els mesos dolços de l'embaràs, però també el garbuix de sentiments i de pors, el torrent d'emocions quan va néixer, quan li va veure el rostre i va sentir-li la veu per primer cop. Al principi no se l'acabava de sentir seva, la mirava desconcertada i sense saber com se'n podria sortir. Per sort, la mare es va instal·lar al carrer Petritxol durant les primeres setmanes i a més a més hi havia en Boris, la presència tranquil·la i constant del qual li apaivagava els neguits. En Boris adorava la nena, com també l'adorava en Marc. Des del principi que els havia robat el cor. Si fos per en Marc, ja se n'haurien anat a viure plegats des del primer moment. Però l'Olivia li va dir que no, que volia que la seva relació creixés sense la pressió quotidiana de ser pares abans que parella. I ell l'hi va respectar, tot i que aprofitava cada moment per mostrar-se d'ajut i a poc a poc s'havia anat guanyant no només el cor de l'Olivia, sinó també el de la petita Valèria. Malgrat sentir-se acompanyada, emparada pels seus, l'Olivia recordava aquells primers mesos com uns temps molts durs. No va preveure que no es trobaria bé, que els ànims li jugarien males passades i tot sovint se sentiria superada per la situació. Tot i així, va tirar endavant i tal dia faria un any de tot allò. Ara es mirava aquella preciositat d'ulls negres a la qual havia posat el nom de la seva pintora favorita i cada cop que li somreia li esclatava el cor de felicitat.

Va anar a obrir els porticons del balcó de la sala perquè hi entrés la llum i va deixar la finestra entreoberta. Es va asseure al sofà amb la nena a la falda i va començar a donar-li el biberó. Li arribava la frescor primaveral, i mentre la petita xuclava amb delit i obria aquells dos fars negres que es clavaven en el seu rostre, ella va començar-li a parlar. De la nit anterior, de l'altra Valèria, de tot el que farien juntes. Va prometre-li que també lluitaria per ella, perquè tingués la vida que es mereixia i perquè no permetria, no en els nous temps, que ningú li fes ombra.

—El futur és nostre, Valèria.

Agraïments

Aquest és un projecte molt personal que vaig iniciar fa molt temps, tant com fa que soc escriptora o fins i tot abans. Hi són recollides algunes preguntes que em vaig fer mentre estudiava la carrera, mentre descobria i m'introduïa per sempre en el món de l'art.

He caminat molt de prop de l'Olivia i de la Valèria, les he acompanyat mentre em mostraven el camí que jo només havia dibuixat, i m'han sorprès, i m'hi he emmirallat en molts aspectes. Elles són el paradigma de moltes dones, d'èpoques diferents, que en el seu amor i dedicació a l'art hi han trobat grans interrogants: sobre el paper que hi jugaven, sobre la seva acceptació en un món dominat pel discurs patriarcal que encara no hem resolt. Art femení, masculí... Quan ho superarem i anirem més enllà?

He hagut de recuperar part dels meus apunts i lectures de quan estudiava Història de l'Art, m'han tornat a la memòria algunes classes impartides per grans professors i professores que vaig tenir el goig de conèixer. Alguns em van marcar per sempre, com passa amb els bons mestres, com ara Lourdes Cirlot o Ricard Salvat. Qui pogués tornar a les seves classes!

I en la recerca, en el viatge al passat i a tot el que necessitava per escriure aquest llibre, m'hi han acompanyat els meus còmplices, persones expertes en algun aspecte fonamental per a la novel·la i que m'han escoltat amb gran generositat.

El primer que voldria citar és el meu pare, Lluís Juste de Nin, a qui he dedicat aquest llibre perquè no l'hauria escrit mai sense el seu suport. Ell em va ajudar a recuperar els meus records i els de la seva generació per a les escenes dels anys setanta; ell em va fer estimar l'art i aprendre a viure'l des del més profund; plegats hem visitat museus de tot el món i ens hem commogut en un silenci compartit davant de les nostres obres favorites, les seves i les meves. Ell em va acompanyar molt de prop, com sempre, en l'escriptura i ens va deixar quan jo m'acostava al final de la novel·la. La tasca més dura ha estat enllestir-la sabent que ja no la podria llegir. Encara que, ben mirat, sí que la va llegir, perquè n'hi vaig parlat moltes vegades, perquè em feia preguntes i reflexionàvem en veu alta. Els nostres dies de confidències no m'abandonaran mai.

També han estat còmplices de la seva mateixa generació la Neus Aranda, la meva mare, l'Àngels Martí i el Josep M. Tortosa. Gràcies pels vostres records i per mostrar-me amb els vostres ulls alguns episodis de la història recent.

El grup d'amics artistes d'en Marc Hailer està inspirat en una amistat real, la del meu pare amb en Néstor Pellicer, l'Enric Devenat i en Joan Collado. Tots quatre compartien sessions de dibuix al natural al Cercle Artístic de Sant Lluc i tenien la taula d'artistes reservada a la Taverneta per retratar la clientela. Anys de bohèmia artística que encara avui recorden amb tot detall i han compartit amb mi en una taula de la mateixa Taverneta. Una amistat, la d'aquests quatre amics artistes, que mai es va arribar a trencar.

Una menció especial mereix la Mariona Millà: pintora, artista d'ofici i de cor amb un talent incomparable i una llarga trajectòria que l'avala com un dels grans referents en el món de l'art actual. La passió que posa en la tela és la mateixa amb la qual ensenya als seus alumnes. En el seu taller de retrat i de nu al natural vaig poder impregnar-me no només de la dinàmica de les classes per reproduir-ho a la novel·la, sinó també del conjunt de percepcions que s'hi concentren: els sons, les olors, l'atmosfera de concentració que es respira, l'observació, la tècnica, l'acompanyament de la professora Millà en el procés creatiu de cada alumne. L'atzar ens va unir anys enrere en la mateixa finca antiga de Barcelona: ella pintava, jo començava a escriure i la complicitat i l'amistat fluïen de paret a paret. Amb aquest llibre l'he recuperat i m'ha mostrat tota la llum de la dona artista per excel·lència.

Pel que fa al món dels antiquaris, el meu etern agraïment a en Pedro Pasquín, company de carrera i antiquari de referència a Barcelona. Amb la seva experiència i el bon coneixement que té del sector, m'ha donat llum i m'ha resolt dubtes. No hi ha res com assessorar-se amb algú que estima el seu ofici amb veritable passió.

El mateix li passa a la meva estimada amiga Glòria Sabaté, doctora en Filologia, professora de la Universitat de Barcelona i autora. Amb ella m'he passejat moltes vegades pels passadissos de l'edifici històric de la Universitat de Barcelona i m'ha facilitat la bibliografia necessària per a l'ambientació universitària de la novel·la.

Gràcies, també, a la Roser Vilaró, que em va brindar els records d'una estudiant de Filosofia i Lletres als anys setanta, com també ho va fer la Cristina Gatell a través d'un intercanvi d'emails, amb tot l'entusiasme i la generositat.

Vull mencionar, així mateix, en Vladimir de Semir, que, amb la seva generositat de sempre, em va obrir les portes del seu pis de la plaça Reial per tal que pogués trepitjar, prendre notes i inspirar-me a l'hora de construir en el meu imaginari el pis d'en Lukas Hailer.

Com ja és habitual, el doctor Berthy Rivero m'ha assessorat en tot el que fa referència als aspectes mèdics, convertit, un cop més, en metge de capçalera de tots els meus personatges.

I, finalment, un agraïment molt sentit a la meva editora, Glòria Gasch, amb qui cada cop sumem més lectures i complicitats. El mateix que succeeix amb la Maite Cuadros i la Mathilde Sommeregger i amb l'equip sencer de Columna i Maeva respectivament.

A les meves agents literàries, Carlota Torrents i Natàlia Berenguer, les millors acompanyants que podria demanar en aquesta aventura d'escriure. I a la meva família i els meus amics, que em donen cada dia l'amor, el suport, l'amistat sense els quals no podria viure.